Zum Buch:

Evelyne, Ingrid und Barbara kennen sich bereits seit der ersten Klasse der Grundschule, blicken also auf 55 Jahre Freundschaft zurück – eine Tatsache, auf die sie immer wieder gerne anstoßen, gemeinsam mit Evelynes 84-jähriger Mutter Rosa. Als dann aber ein Mord ihren Heimatort erschüttert, entscheiden sich die Freundinnen schnell, einzuschreiten. Man nehme jahrzehntelang angelesenes Wissen aus unzähligen Kriminalromanen, eine gehörige Portion Neugier und Schamlosigkeit, eine Spur pensionsbedingte Langeweile und die Tatsache, dass die Vier wirklich jede Menschenseele, jeden Stein, jedes Flüsschen und jeden Baum der Umgebung wie ihre Westentasche kennen, und es kann ihnen niemand so leicht etwas vormachen. Weder die verschiedenen Herren, die als Zaungäste im Leben der Vier auftreten, noch die verdächtig wenig trauernde Witwe des Opfers …

Zur Autorin:

Birgit Zimmermann lebt in der Eifel und hat bereits zahlreiche erfolgreiche Romane unter Pseudonymen veröffentlicht. Ihr Steckenpferd sind starke Frauenfiguren, die gegen die Konventionen ihrer Zeit ankämpfen und nebenbei die Liebe finden. Wenn Birgit Zimmermann nicht gerade Romane schreibt, ist sie draußen in der Natur unterwegs. Beim Wandern mit ihrer Schäferhündin in den Bergen und Strandspaziergängen am Meer lässt sie sich zu neuen Stoffen inspirieren.

BIRGIT ZIMMERMANN

DER ROMMÉ CLUB ERMITTELT

KRIMINALROMAN

HarperCollins

1. Auflage 2024
Originalausgabe

Umschlaggestaltung von FAVORITBÜRO, München
Umschlagabbildung von juart99, maak / Shutterstock
Gesetzt aus der Stempel Garamond
von GGP Media GmbH, Pößneck
Druck und Bindung von GGP Media GmbH, Pößneck
Printed in Germany
ISBN 978-3-365-00852-2
www.harpercollins.de

Für Christel

PROLOG

Ruhe und Frieden lagen an diesem Montagabend über den blühenden Wiesen und grünen Wäldern von Himmelrath. In der Ferne tauchte die untergehende Sonne die sanft ineinanderfließenden Eifelhügel in ein goldenes Licht. Ein lauer Abendwind fächelte aus dem Fichtenwald den Duft von Harz zu den drei Frauen hinüber, die wie jede Woche auf der Steinterrasse zum Spielabend zusammengekommen waren. Evelyne sog den Geruch geräuschvoll ein. Dabei trommelten ihre schlanken Finger auf dem Holztisch.

»Typisch Barbara … Ich verstehe einfach nicht, wie jemand ständig zu spät kommen kann«, sagte sie ungehalten mit ihrer für eine Frau recht tiefen Stimme.

»Sie hat halt mehr um die Ohren als wir«, verteidigte Ingrid die gemeinsame ehemalige Schulfreundin. »Ich mische schon mal.«

»Lasst uns doch erst mal ein Gläschen trinken«, schlug Rosa vor.

Ihre Tochter schob das Sektglas weit von sich. »Ich nehme Rhabarberschorle.«

Rosa nickte ihr aufmunternd zu. »Gönn dir doch auch mal ein Schlückchen, Kind. Das macht locker.« Doch dafür erntete sie nur einen abweisenden Blick. Ungeachtet dessen wollte sie gerade die Sektflasche aus dem Kühler nehmen, als das tiefe Brummen eines Dieselmotors laut wurde.

Ingrid atmete lächelnd auf. »Da ist sie.«

»Wurde auch Zeit«, befand Evelyne.

»Barbara!«, rief Rosa freudig aus, als die Genannte um die Ecke eilte – klein, rundlich, in Gummistiefeln und grüner Latzhose.

»Entschuldigt bitte …«, stieß sie kurzatmig hervor.

»Warst du etwa bis jetzt im Stall?«, fragte Evelyne erstaunt.

Barbara ließ sich auf den Terrassenstuhl plumpsen. »Ihr glaubt nicht, was passiert ist.«

»Und was?«, erkundigte sich Evelyne im Ton der strengen Schulrektorin, die sie bis vor ihrer Frühpensionierung gewesen war.

»Unser Verbandsbürgermeister …«

Evelyne zog die dunklen Brauen zusammen. »Was ist mit ihm?«

»… tot.«

Ein paar Sekunden lang hörte man nur das Brummen einer Fliege, die unschlüssig über der Schale mit Erdnüssen kreiste.

»Tot?«, wiederholten Rosa und Ingrid wie aus einem Mund.

Barbara nickte. »Ermordet.«

Rosa lehnte sich zurück. »Das wundert mich gar nicht«, murmelte sie in sich hinein.

»Das gibt's doch nicht!«, sagte Evelyne und schüttelte ungläubig den Kopf. Der Zweifel stand ihr auf dem schmalen Gesicht geschrieben.

»Erschlagen mit einem Stein.«

»Wer sagt das?«

»Kurz bevor ich mich umziehen wollte, hat mein Bruder angerufen und erzählt, dass Hubert Brandt heute Morgen von seiner Frau als vermisst gemeldet und kurz darauf von zwei Wanderern vor seiner Jagdhütte gefunden worden sei. Erschlagen. Der blutige Stein lag neben ihm.«

»Mein Gott …« Ingrid schlug ein Kreuz vor dem tiefen Ausschnitt ihrer zart roséfarbenen Seidenbluse.

Beklommene Stille breitete sich über der Steinterrasse aus. Selbst die Vögel in den Apfelbäumen unterhalb des Hauses verstummten.

»Die arme Friderike«, sagte Evelyne schließlich wie zu sich selbst. »Und erst Jan. Der hat doch sowieso in der letzten Zeit Lernschwierigkeiten.«

»Und die Brandts hatten eine so glückliche Ehe«, sinnierte Ingrid laut, während ihr Blick zu den üppig blühenden Bauernhortensien schweifte, die in großen Kübeln auf den Natursteinen standen. Jede am Tisch wusste, dass sie gerade an ihre eigene Ehe dachte, die vor acht Jahren geschieden worden war, weil ihr Mann sie wegen einer anderen verlassen hatte.

»Das wird Friderike nicht so schnell verkraften. Die ist doch ohne diesen Mann völlig hilflos«, warf Evelyne ein.

»So ein Quatsch!« Ihre Mutter schüttelte energisch den Kopf, sodass ihre goldenen Ohrringe schaukelten. »Keine Frau ist ohne ihren Mann hilflos. Ich bin zweiundachtzig, seit zwölf Jahren Witwe, und es geht mir prächtig.«

»Na ja, Mama, du musst schon zugeben, dass du …« Ihre Tochter sah sie bedeutungsvoll an.

»Irrtum, Evelyne! Wenn ich dich nicht hätte, hätte ich zwar ein bisschen mehr Arbeit, aber solange ich körperlich noch so fit und im Kopf klar bin … Außerdem haben wir ja auch Tine.«

»Es geht jetzt nicht um uns beide, Mutter«, schnitt Evelyne energisch das Thema ab, das sonst vielleicht ausgeufert wäre, und wandte sich mit besorgter Miene an Barbara. »Aber den Fall bearbeitet doch nicht etwa dein Bruder, oder?«

Ihre Freundin lachte ihr glucksendes Lachen. »Doch. Der fällt in den Zuständigkeitsbereich der Kriminaldirektion Koblenz, und Hannes ist jetzt total im Stress. Er findet es ungerecht, dass ihm sein Chef ein paar Monate vor der Pensionierung noch einen Mordfall aufs Auge drückt.«

Alle drei nickten wissend. Hannes Neffgen war für sein gemütliches Naturell bekannt. Und auch dafür, dass er nicht die hellste Kerze auf der Torte war – wie Rosa es mehr als einmal ausgedrückt hatte. Schon öfter hatte sich Evelyne gefragt, wie Barbaras Bruder es überhaupt bis zum Kommissar geschafft hatte.

Rosas schwarze Augen, ein Erbe ihres sizilianischen Vaters, blitzten auf. »Und wenn wir vier Hannes dabei ein bisschen unter die Arme greifen würden? Natürlich ohne, dass er davon weiß. Wisst ihr ...«, mit verklärtem Ausdruck schaute sie von einer zur anderen, »von so einer Gelegenheit habe ich immer schon geträumt.«

»Mutter! Wir können uns doch nicht in die Ermittlungsarbeit der Kriminalpolizei einmischen.«

»Papperlapapp. Durch mein jahrelanges Interesse für Krimis bin ich inzwischen bestimmt genauso versiert, was die Vorgehensweise einer solchen Ermittlung angeht, wie unser Herr Kommissar. Und du, Evelyne, bist sogar mit der Witwe des Opfers befreundet. Dadurch kannst du uns Informationen beschaffen, an die die Kripo gar nicht rankommt.«

»Mutter, dabei könnten wir uns strafbar machen«, wandte Evelyne streng ein.

Ihre Mutter lächelte sie milde an. »Wenn du mit von der Partie bist, wirst du uns bestimmt davor bewahren.«

»Warum eigentlich nicht?«, sagte da Ingrid für alle überraschend. »Ich liebe es, Rätsel zu lösen. Und Rosa hat recht. Wir kennen hier viele Leute, die uns bestimmt mehr erzählen werden als Hannes.«

»Das Ganze ist doch völliger Blödsinn«, erwiderte Evelyne barsch.

»Ich könnte meinen Bruder sicher dazu bekommen, mich über seine Ermittlungsergebnisse auf dem Laufenden zu halten«, fügte Barbara ungeachtet dieses Einwandes mit nachdenklicher Miene hinzu. »Hannes dürfte natürlich nichts von unserer Ermittlungstätigkeit wissen.«

Voller Unverständnis schüttelte Evelyne den Kopf. »Entschuldigt bitte, aber ihr spinnt.«

»Du bist doch immer so für Gerechtigkeit und Ordnung«, hielt Rosa ihr entgegen. »Willst du einen Mörder etwa frei herumlaufen lassen, nur weil die Polizei sich überfordert fühlt? Und denk auch mal an die hilflose Friderike ...«

»Also – ich bin dabei.« Barbara griff beherzt in die Schale mit den Erdnüssen und lehnte sich zufrieden zurück. »Vorausgesetzt, wir werden meinem Bruder wichtige Erkenntnisse, die zur Lösung des Falles beitragen könnten, zukommen lassen. Schließlich ist er der Kommissar.« Damit warf sie sich die Handvoll Nüsse in den Mund.

»Klar«, sagte Ingrid sofort.

Evelyne schwieg.

Ihre Mutter erwiderte mit verbindlichem Lächeln: »Noch sind wir nicht so weit.« Dann strahlte sie in die Runde. »Also ist es jetzt abgemacht. Darauf stoßen wir an!« Sie stand auf, nahm die Sektflasche aus dem Kühler und ließ den Korken knallen.

»Auf uns!«, rief Barbara kauend aus.

»Auf uns«, echote Ingrid vergnügt.

Rosa hob den rechten Daumen. »Auf die Rommé-Cops und ihren ersten Fall!«

Evelyne verdrehte die Augen und stieß schließlich mit ihrem Glas Rhabarberschorle mit den anderen an.

1. KAPITEL

Evelyne öffnete die Terrassentür. Mit dem Frühstückstablett auf den Händen blieb sie stehen. Zu dieser frühen Stunde strahlte die Sonne bereits in voller Pracht vom blitzblanken Himmel und versprach wieder einen herrlichen Julitag. Die milde Luft duftete nach den rosa-violetten Blüten der Zitronengeranien auf der Tuffsteinbrüstung. Unterhalb der Steinterrasse funkelten noch ein paar Tautropfen in den blühenden Wiesen, und die Vögel sangen ihr Morgenlied. Ihr Elternhaus stand in Alleinlage auf einer Anhöhe von Himmelrath, das oberhalb von Adenau lag. Von hier aus hatte man einen unverstellten Blick auf die Eifelhügel, die sich im Morgendunst am Horizont hintereinander aufstellten.

Welch eine Idylle! Kaum zu glauben, dass hier ganz in der Nähe vor kaum mehr als sechsunddreißig Stunden ein brutaler Mord geschehen war! Evelyne schauderte.

»Guten Morgen, mein Kind«, erklang da die muntere Stimme ihrer Mutter in ihrem Rücken.

Evelyne schrak zusammen und drehte sich um. »Guten Morgen, Mama.«

Rosa trug noch ihren Rüschenmorgenrock, rote Rosen auf schwarzem Grund. Wahrscheinlich hatte sie wieder bis tief in die Nacht gelesen. Ihr weißes, modisch geschnittenes Haar war jedoch schon tipptopp gestylt, und ihre Lippen leuchteten in dem frischen Rot, das sie stets auch auf den Nägeln trug.

»Welch ein Tag!«, rief ihre Mutter voller Inbrunst aus, stellte ihren doppelten Espresso auf den Tisch und zog eine Tablettenpackung aus der Tasche des Morgenrocks. »Hier, deine Allergietabletten. Heute fliegt bestimmt wieder viel durch die Luft.«

Evelyne musste lächeln. Sie konnte so alt werden wie Methusalem – ihre Mutter würde sie immer noch als ihr kleines Mädchen betrachten, das bemuttert werden musste.

Sie positionierte die quadratische Schüssel mit dem Bio-Müsli vor sich, exakt parallel zur Tischkante. Ihr Kaffeebecher mit der Sojamilch fand neben dem oberen rechten Winkel der Schale seinen Platz.

»Und? Hast du dir schon überlegt, wie wir vorgehen?«, erkundigte sich Rosa, kaum, dass sie sich hingesetzt hatte.

Evelyne lächelte ihre Mutter an. »Du meinst eure Agatha-Christie-Ambitionen? Du weißt, wie ich darüber denke. Aber ja, ich fahre gleich mal zu Friderike, um zu kondolieren.«

»Gut. Dann kannst du ihr am besten gleich ein paar Fragen stellen: Hatte ihr Mann Feinde? Wenn ja, welche? Und wo war sie vorgestern Abend? Was …«

»Mutter! Zuerst gebietet es ja wohl der Anstand, zu fragen, wie sie sich fühlt und ob ich etwas für sie oder Jan tun kann«, erwiderte Evelyne empört. »Schon vergessen? Sie hat gerade ihren Ehemann verloren, der nur einen Kilometer Luftlinie von hier entfernt vor ein paar Stunden brutal erschlagen worden ist!«

Rosa nippte an ihrem Espresso und schwieg. Dabei sah sie in die Richtung, in der die Jagdhütte des ehemaligen Verbandsbürgermeisters lag. »Ja, natürlich«, räumte sie kleinlaut ein. »Das meinte ich auch nicht so. Aber wir hatten doch gestern Abend beschlossen, Hannes aus guten Gründen bei seiner Ermittlung ein bisschen unter die Arme zu greifen.«

»*Ihr* hattet das beschlossen«, berichtigte Evelyne sie. »Außerdem – glaubst du etwa wirklich, dass der gute Hannes nicht gestern schon Friderike alle wichtigen Fragen gestellt hat?«

»Da hast du vermutlich recht. Aber vielleicht hörst du als Frau noch etwas anderes aus ihren Antworten heraus.«

»Und dann möchtest du, dass wir uns mit Hannes austauschen, oder wie?«

»Natürlich nicht. Der darf doch nichts von unserer Ermittlungsarbeit wissen.«

»Also weißt du, Mama, ich halte das Ganze für völligen Unsinn. Lassen wir doch die Kripo ihre Arbeit machen, und wir halten uns raus.«

Rosa wirkte enttäuscht. »Ingrid und Barbara waren auch dafür. Und so ein bisschen umhören schadet doch nichts.«

Evelyne schwieg, aß ein paar Löffel Müsli und schob schließlich die Schüssel von sich weg. Ihr fehlte der Appetit. In der Nacht hatte sie schlecht geschlafen. Ob es daran lag, dass sie gestern Abend beim Rommé haushoch verloren hatte? Oder an dem Verbrechen, das plötzlich Eingang in ihre so harmonische Welt gefunden hatte? Vielleicht hatten ihre Freundinnen und ihre Mutter sogar recht. Womöglich konnten sie tatsächlich dazu beitragen, den Mörder schneller zu fassen und seiner gerechten Strafe zuzuführen. Wenn sie der Kripo auch nur einen einzigen, entscheidenden Tipp würden geben können, der zum Erfolg beitrug … Dann hätten sie schon eine gute Tat vollbracht.

Sie sah ihre Mutter an. »Möchtest du noch einen Espresso?«

»Gerne, Kind.«

Als sie mit der Tasse wieder ins Freie trat, erkundigte sich Rosa: »Sag mal, wann bist du eigentlich mit Dr. Groß verabredet?«

Evelyne seufzte auf. »Heute in einer Woche.«

»Freu dich doch! Ich finde, es ist eine sehr nette Geste von ihm, dir den Scheck persönlich bei einem schönen Abendessen überreichen zu wollen.«

»Dieser alte Schwerenöter hat doch nur eine Gelegenheit gesucht, mal wieder mit einer Frau auszugehen.«

»So reich, wie der ist, würde er auch andere finden.«

»Aber nicht in meinem Alter. Der ist doch mindestens schon neunzig.«

»Na ja, so jung bist du nun auch nicht mehr.« Rosa warf kokett den Kopf in den Nacken. »Ich zum Beispiel würde sofort mit ihm essen gehen.«

»Du würdest auch altersmäßig besser passen«, entgegnete Evelyne leicht schnippisch. »Übrigens, du kannst nächsten Montagabend gerne für mich einspringen. Er hat einen Tisch im Burghotel bestellt. Da bist du doch früher so gerne mit Papa hingegangen.«

»Da würde ich tatsächlich noch einmal gerne hin, aber so was würde sich nicht gehören. Einfach für eine andere Frau einspringen …« Sie schüttelte den Kopf.

»Ich mag ihn einfach nicht, und ich bereue es, dass ich zugesagt habe«, sagte Evelyne entschlossen. »Soll er mir doch mein Preisgeld auf mein Konto überweisen, und ich leite es dann weiter an die Wiederaufbaugesellschaft der Ahr. Punkt.«

Voller Unverständnis sah ihre Mutter sie an. »Dieser Mann hat bei dem Spendenlauf zweitausend Euro auf dich gesetzt! Der muss von deiner Fitness sehr überzeugt gewesen sein.«

Evelyne reckte das Kinn. »Ich bin ja auch noch sehr fit – für mein Alter«, fügte sie mit süffisantem Lächeln hinzu.

Rosa wedelte mit der beringten Hand durch die Morgenluft. »Wie dem auch sei. Für dieses Vertrauen kannst du wenigstens mit ihm essen gehen. Das ist auch mal wieder eine Gelegenheit, dich hübsch zu machen.«

»Das fehlte noch!« Evelyne pustete den grau melierten Pony ihres exakt geschnittenen Pagenkopfes aus der Stirn. »Er hat darauf bestanden, mir vor dem Lauf meine Nummer mit seinem Firmennamen persönlich am Trikot zu befestigen – wie einem Rennpferd vor dem Start. Ich sag dir, das ist ein Schmecklecker ohnegleichen. Wer weiß, was der sich von diesem Abendessen erhofft.«

Rosa lachte. »Je öller, je döller.«

»Genau. Und deshalb werde ich mich ganz bestimmt nicht wie ein Pfingstross aufzäumen.«

»Du kannst aber auch nicht in Jeans und Sneakers gehen.«

»Das werde ich entscheiden, wenn es so weit ist.«

»Zieh am besten das weiße Etuikleid an. Das ist schlicht und trotzdem elegant«, empfahl ihre Mutter ihr. »Und dazu ein bisschen Lippenstift. Der bringt Farbe ins Gesicht. Ich kann dir einen geben …«

»Mutter, bis nächste Woche fließt noch viel Wasser die Ahr runter.«

»Stimmt. Vielleicht lebt Dr. Groß bis dahin auch längst nicht mehr.«

Evelyne schlug den Blick zum blauen Himmel und stand auf. »Ich fahre jetzt zu Friderike.«

Sie wollte sich schon umdrehen, als ihre Mutter sagte: »Wie wäre es, wenn wir uns in zwei Stunden bei Barbara treffen? Die wohnt doch nur ein paar Hundert Meter entfernt. Dann kannst du uns alles direkt berichten.«

Evelyne zögerte zuerst, willigte dann jedoch ein. »Okay, dann so gegen Mittag bei Barbara. Sagst du ihr und Ingrid Bescheid?«

Rosa strahlte. »Nichts lieber als das.«

2. KAPITEL

Evelyne achtete im Straßenverkehr grundsätzlich darauf, die vorgeschriebene Geschwindigkeit einzuhalten – auch in so ländlichen und wenig befahrenen Gegenden wie der Eifel. Die Dorfstraße durch Himmelrath ließ jedoch ohnehin kein schnelles Fahren zu. Nicht nur, weil sie kurvig und eng war, sondern weil Evelyne immer wieder nach rechts und links grüßen musste. Vor Helgas Lebensmittelladen, der neben einem kleinen Sortiment für den täglichen Bedarf auch über eine Theke mit frischen Brötchen und Eifler Brot verfügte, standen Barbaras Cousinen. Die beiden waren gestenreich mit zusammengesteckten Köpfen ins Gespräch vertieft. Als sie an ihnen vorbeifuhr, winkten sie ihr fröhlich zu. Ein paar Meter weiter stellte Monika Hammes gerade vor ihrer Metzgerei die Tafel mit den Tagesangeboten auf. Monika hob kurz die Hand. Ihre Miene wirkte alles andere als fröhlich. Merkwürdig.

Als Evelyne am Gasthof zum Schwarzen Adler vorbeifuhr, saßen dort bereits der ehemalige Drogist von Himmelrath, der seine Apotheke inzwischen an seine Nichte Jutta abgegeben hatte, mit dem pensionierten Dorfschulrektor Mühe unterm Sonnenschirm beim Frühschoppen zusammen. Beide hatten ein Glas Rotwein vor sich stehen. Evelyne schmunzelte – war sie sich doch sicher, dass sich bei dem schönen Sommerwetter schon bald ein paar weitere pensionierte Herren aus dem Dorf zu den beiden gesellen würden.

Nachdem der Dorfkern hinter ihr lag, wanderten ihre Gedanken zu Hubert Brandt. Mit vielen Stimmen, vor allem weiblichen, und großen Hoffnungen war der clevere Finanzmakler Hubert Brandt aus Adenau vor knapp acht Jahren zum Verbandsbürgermeister gewählt worden. Er hatte viel dafür getan, stets und überall präsent zu sein. Meistens in Begleitung seiner Frau und seines Sohnes. Die drei waren die perfekte Vorzeigefamilie. Ob beim Aufrichten des Maibaumes in Adenau, beim Hahnenköppen, beim traditionellen Himmelrather Waffelfest oder bei Schützen- und Feuerwehrfesten in der Gemeinde – Hubert Brandt war stets tatkräftig dabei, was ihm besonders die Sympathie der traditionsbewussten Bürgerinnen und Bürger eingebracht hatte. Er war attraktiv, beredt, jovial und charmant. Jede Frau, ob jung oder alt, beneidete Friderike um diesen Mann. Seit der Flut jedoch, die das Leben im Ahrtal verändert hatte, war es in der Bevölkerung gegenüber Brandt zu einem Stimmungswechsel gekommen. Zur Verbandsgemeinde Adenau gehörten auch ein paar kleine Ortschaften, die von der Katastrophe betroffen waren. Statt sich um deren raschen Wiederaufbau zu kümmern, widmete sich Brandt lieber dem Ausbau der Windenergie. Um sich bei der Landesregierung, die eine Windenergiequote vorschrieb, beliebt zu machen – so munkelten viele. Denn Brandt machte keinen Hehl daraus, einen Sitz im Landesministerium in Mainz anzustreben. Ob sein Mörder vielleicht bei den von der Flut Betroffenen zu suchen ist?, ging es Evelyne durch den Kopf.

Als ihr dieser Gedanke kam, fuhr sie gerade an Barbaras Hof vorbei, der abseits der Straße in den blühenden Wiesen ruhte. Achthundert Meter weiter hatte sie dann auch schon ihr Ziel erreicht. Die Villa der Brandts lag etwas außerhalb von Himmelrath. In seinem mediterranen Stil wirkte der terrakottafarbene Bau wie ein Fremdkörper in der Eifellandschaft. Da das große Grundstück nur spärlich bepflanzt war, entdeckte Evelyne schon von Weitem Friderikes Kleinwagen vor der Doppelgarage neben dem schwarzen Kombi, der ihrem Mann gehört hatte. Ihre Sportfreundin, die sie vor Jahren in einer Yogagruppe kennengelernt hatte und mit der sie seither regelmäßig zum Joggen ging – obwohl Friderike zwanzig Jahre jünger war als sie! –, war also zu Hause.

Evelyne spürte, wie ihre Handflächen feucht wurden. Sie war keine schüchterne Person, war es zeitlebens gewohnt, vor vielen Menschen zu sprechen, aber dieser Gang machte ihr doch zu schaffen. Friderike lag ihr am Herzen, sie konnte sich nicht vorstellen, wie die Freundin mit der Situation umgehen würde. Sie rechnete mit dem Schlimmsten. Auch fiel es ihr schwer, in solchen Situationen die richtigen Worte zu finden – emotionale Worte, die ihr grundsätzlich nicht so leicht über die Lippen kamen.

Als sie aus dem Wagen stieg, öffnete sich die weiße Kassettentür, und Friderike trat heraus. Sie trug einen pfirsichfarbenen Hausanzug, der sie noch blasser machte, als sie ohnehin meistens war. Das dünne blonde Haar war im Nacken zu einem unordentlichen Knoten zusammengefasst. Als sie Friderikes rosafarben geschminkte Lippen und die getuschten Wimpern bemerkte, war sie doch überrascht. Friderike schminkte sich nur selten. Unwillkürlich musste sie an den Spruch ihrer Mutter denken, die vor ihrer Geburt Kosmetikerin mit einem eigenen kleinen Salon – dem Schminktöpfchen – in Bonn gewesen war: Ein gepflegtes Äußeres ist wie ein Korsett, das einen vor dem inneren Zusammenbruch bewahren kann. Ein Spruch, den sie selbst für absoluten Blödsinn hielt.

»Hallo, ich habe ein Auto kommen hören«, begrüßte Friderike sie. Ihre Stimme war weich und leise, was sie allen Menschen auf Anhieb sympathisch machte.

»Komme ich ungelegen?« Evelyne bemühte sich, ihrer sonst eher kräftigen Stimme auch einen weichen Klang zu geben.

»Nein, komm rein.« Friderike trat zur Seite und gab den Weg frei in die Eingangshalle.

So häufig sie sich auch zum Laufen trafen, bei den Brandts zu Hause war sie noch nie gewesen. Hubert braucht privat seine Ruhe, hatte die Erklärung stets gelautet. Nun führte die alleinige Hausherrin sie durch eine doppelte Flügeltür aus Glas in ein riesiges Wohnzimmer mit einem Mobiliar aus Acryl, Chrom und schwarzem Leder, das eine sachliche und kühle Atmosphäre schuf. Das konnte unmöglich Friderikes Geschmack sein!

»Wollen wir nach draußen gehen?«, fragte Friderike.

Die Gestaltung der Terrasse nahm den mediterranen Stil der Architektur des Hauses wieder auf. Überall standen terrakottafarbene Gefäße. Die meisten waren leer. Nur in einigen warteten ein paar vom Eifelwind gebeutelte Palmen auf Wasser. Im Swimmingpool trieben eine Luftmatratze, die dringend aufgeblasen werden musste, sowie ein lederner Fußball.

»Wo ist Jan?«, erkundigte sich Evelyne angesichts des Balls. Jan war ein leidenschaftlicher Fußballspieler im Adenauer Jugendverein.

»Bei meiner Schwester in Bonn. Sie hat ihn gestern Nachmittag, nachdem die Kripo weg war, abgeholt. Es sind ja Ferien. Kaffee?« Friderike zeigte auf das Tablett mit den diversen bunten Bechern, der Thermoskanne und der Schale mit Gebäck.

»Gerne. Erwartest du Besuch? Vielleicht passt es jetzt doch nicht so …« Evelyne war verwirrt, was nicht oft vorkam. Das Haus der Brandts, seine Atmosphäre, den großen Garten hatte sie sich ganz anders vorgestellt. Mehr mit dem Leben und der Wärme einer glücklichen Familie erfüllt.

»Alles gut«, hörte sie ihre Freundin in ihre Gedanken hinein sagen. »Ich dachte, wahrscheinlich schauen heute ein paar Leute aus der Gemeindeverwaltung vorbei. Zum Kondolieren. Inzwischen hat es sich bestimmt herumgesprochen.«

Sie beobachtete, wie Friderike mit ruhiger Hand Kaffee einschenkte. Erstaunlich, wie gelassen sie war! Ihr zart geschnittenes Gesicht zeigte weder Spuren einer durchweinten Nacht noch Trauer oder Verzweiflung. Das konnte nur der Schock sein, der alle Gefühle blockierte. Was auch kein Wunder war. Wie sollte ein Mensch so schnell begreifen, was da so plötzlich in sein Leben hereingebrochen war!

»Wie geht es dir?«, fragte sie vorsichtig, nachdem sie am Kaffee genippt hatte.

Friderike hatte den roten Becher mit beiden Händen so fest umfasst, dass ihre Fingerknöchel weiß hervortraten. Sie zuckte mit den schmalen Schultern. »Ich weiß es selbst noch nicht. Ich fühle mich, als hätte ich mit alledem nichts zu tun.«

»Wenn ich dir oder Jan helfen kann, sag es mir.« Ein paar Augenblicke lang hielt Evelyne inne. Sie tat sich schwer mit dieser Situation, die ganz anders war als die, auf die sie sich innerlich eingestellt hatte. Sie hatte eine in Verzweiflung aufgelöste Witwe erwartet. Mit unerwarteten Wendungen konnte sie grundsätzlich nur schlecht umgehen. »Jetzt kommt eine Menge Behördenkram auf dich zu«, sprach sie weiter. »Wenn du möchtest, kann ich dir dabei helfen.«

Friderike nickte mit abwesendem Blick. »Die Leiche muss erst freigegeben werden. Du weißt ja, die Obduktion ...«

»Hast du sie identifizieren müssen?«

Ihre Freundin schüttelte den Kopf. »Gott sei Dank nicht. Hannes Neffgen kannte Hubert. Die Kripo wusste also sofort, wer das Opfer war.«

Evelyne räusperte sich entschlossen. »Du wirkst sehr gefasst.«

»Ich habe erst gestern früh bemerkt, dass er in der Nacht von Sonntag auf Montag nicht heimgekommen ist«, erzählte Friderike. »Ich hatte abends eine Schlaftablette genommen. Und dann habe ich sofort die Polizei angerufen.«

Merkte man tatsächlich nach jahrelanger Ehe nicht, wenn der Platz neben einem im Bett leer blieb?, fragte sich Evelyne im Stillen. Okay ... Darin hatte sie natürlich keine Erfahrung.

»Dann ist die Kriminalpolizei gekommen. Wegen unserer Alibis. Herr Neffgen war sehr mitfühlend und rücksichtsvoll. Er sagte, dass wohl ein Kampf stattgefunden haben muss. Hubert hatte Blutergüsse wie von kräftigen Hieben am Körper. Und sein Gewehr muss der Mörder mitgenommen haben.« Friderike seufzte, bevor sie fortfuhr: »Der Kommissar hat mich gefragt, ob Hubert irgendwelche Feinde gehabt hat ...«

Evelyne wurde hellhörig. »Und? Hatte er?«

»Na ja, sein Verhalten nach der Flut ...« Friderike hob die Schultern. »Da gibt's schon ein paar ...« Sie zögerte.

»Wen denn?«, erkundigte sich Evelyne mit schlechtem Gewissen. Eigentlich hatte sie ihre Freundin nicht aushorchen wollen, aber ihre Neugier war jetzt doch plötzlich geweckt.

»Du kennst doch bestimmt den Hoch- und Tiefbauunternehmer Peter Thelen aus Adenau. Der hat auch an der Ausschreibung zum Wiederaufbau des Ahrtals teilgenommen, aber aus irgendeinem Grund, ich weiß nicht warum, hat Hubert ihm den Zuschlag verweigert – obwohl sie sich von der Jagd kannten. Dadurch ist dem natürlich ein Millionengeschäft entgangen. Vor noch nicht allzu langer Zeit stand er abends hier vor der Tür und hat Hubert beschimpft und gedroht, dass er sich rächen würde. Ich muss allerdings dazusagen, dass Thelen ziemlich betrunken war. Aber, man weiß ja nie …«

»Und das hast du Kommissar Neffgen erzählt?«

»Natürlich!« Friderike sah sie mit großen Augen an.

»Gibt es noch andere, die ein Motiv gehabt haben könnten?«, fragte Evelyne vorsichtig.

Ihre Bekannte massierte sich die Schläfen, während sie zögerlich antwortete: »Ich will natürlich keinen verdächtigen. Das habe ich auch gestern dem Kommissar gesagt. Aber da ist noch Gustav Engels, der Elektriker. Mit dem stand Hubert auch auf Kriegsfuß. Oder besser gesagt, andersherum. Herr Engels hat vor einem Vierteljahr heftige Drohungen gegenüber Hubert ausgestoßen, weil er ein Stück Land für den Bau von Windrädern abgeben sollte.«

»Und wie hat dein Mann darauf reagiert?«

»Er hat gesagt, dass er ihn anzeigen wird, falls er sich das noch einmal erlauben würde. Und danach war auch Ruhe.« Friderike seufzte. »Und da war auch noch die Feindschaft zwischen Hubert und dem Hammes. Aber davon weiß ja jeder hier. Die besteht schon seit fast acht Jahren.«

Evelyne erinnerte sich an den Zwist zwischen Hubert Brandt und dem Metzgermeister, der seinen Höhepunkt vor nur zwei Monaten auf der 1.-Mai-Feier auf dem Buttermarkt in Adenau gefunden hatte. Brandt hatte den Fünfzigjährigen vor allen Leuten runtergeputzt, weil der ihm prophezeit hatte, ihn bei der Bürgermeisterwahl diesen Jahres um den Sieg zu bringen. Plötzlich fiel ihr ein, dass dessen Frau Monika eben, als sie an der Metzgerei vorbeigefahren war, ziemlich besorgt ausgesehen hatte. Ob etwa Hammes …?

Friderike ließ sich zurück in das anthrazitfarbene Kissen sinken. »Aber weißt du … Das alles sind doch eigentlich keine Motive, um jemanden umzubringen.«

»Na ja, wer weiß, was zwischen denen sonst noch passiert ist, von dem dein Mann dir nichts erzählt hat«, mutmaßte Evelyne verunsichert.

»Hubert hat mit mir immer über alles gesprochen.«

Das bezweifelte Evelyne.

»Ein paar Plätzchen?« Friderike zeigte auf die Schale mit dem Buttergebäck.

»Nein, danke. Sag mal, war dein Mann am Sonntagabend eigentlich allein auf Jagd?«

»Er geht eigentlich immer allein jagen. Manchmal geht Jan mit, aber eher selten. Hubert sagt immer, dass er auf der Jagd am besten runterkommen kann. Da kann er keine anderen Menschen um sich vertragen. Nur bei Treibjagden natürlich nicht.«

»Und wer wusste davon, dass er jagen war?«, tastete sich Evelyne vorsichtig weiter vor.

Friderike sah sie irritiert an. »Ich … und Jan natürlich.«

Insgeheim wunderte sich Evelyne, wie leicht ihr all die Fragen über die Lippen gingen. Aber jetzt war es auch genug. Weiteres Nachforschen war ihr peinlich. Sie schwiegen wieder eine Weile, während sie auf die sanften Hügelketten am Horizont blickten. Dabei hatte sie das Gefühl, dass vonseiten ihrer Bekannten irgendetwas Ungesagtes zwischen ihnen stand.

»Da ist noch etwas«, sagte Friderike dann auch schließlich in die Stille hinein. »Ich möchte dir gegenüber offen sein. Falls es doch mal rauskommen sollte, sollst du nicht denken, ich hätte dir was verheimlicht. Der Kripo habe ich das natürlich nicht gesagt. Es hat ja nichts mit dem Mord zu tun«, fügte sie rasch hinzu.

Evelyne fühlte sich wie elektrisiert. Was kam denn jetzt?

»Es geht um Jan.« Friderike zögerte, spielte mit ihren zarten Fingern und schien zu überlegen. Schließlich hob sie den Blick und sah sie mit ihren großen wasserblauen Augen an. »Du bist die Einzige, mit der ich hier überhaupt darüber sprechen kann. Du kennst Jan durch die Nachhilfe und warst jahrzehntelang Lehrerin. Wahrscheinlich hast du beruflich auch schon mit diesem Thema zu tun gehabt. Und ich weiß, dass du das nicht in Himmelrath oder Adenau herumerzählen würdest. Denn dann wäre Huberts Ruf ruiniert. Und das möchte ich nicht.«

Was Evelyne in den nächsten Minuten zu hören bekam, ließ sie erblassen.

3. KAPITEL

Wie benommen saß Evelyne zehn Minuten später hinterm Steuer und fuhr die lange, ungepflegt wirkende Ausfahrt der Villa zur Straße hinunter. Friderike hatte sie, bevor sie aufgebrochen war, das Versprechen gegeben, am nächsten Tag wiederzukommen. Sie war froh, jetzt zu Barbara fahren zu können, um sich das gerade Gehörte mit gutem Gewissen von der Seele reden zu können. Denn weder ihre Freundinnen noch ihre Mutter würden etwas davon weitererzählen. Und womöglich hatte es ja doch etwas mit dem Mord zu tun – entgegen Friderikes Meinung. Doch daran wollte sie eigentlich gar nicht denken.

Kurz hinter dem Ortseingang von Himmelrath lag der Bauernhof der Hofmanns – ein über einhundert Jahre altes Steingebäude mit roten Fensterläden und einer roten, kunstvoll geschreinerten Haustür. Von den Fensterbänken flossen rote und weiße Geranien. Wie ein Schmuckstück ruhte er in den Wiesen, auf denen die schwarz-weiß gefleckten Kühe standen, die Barbara die Milch für die Herstellung ihres Eifler Rohmilchkäses und des cremigen Camemberts gaben.

Während Evelyne über den unbefestigten Weg fuhr, der das Bauernhaus mit der Straße verband, kündeten die beiden Gänse bereits ihr Kommen an. Der feuerrote Fiat ihrer Mutter und Ingrids schwarzes Golf-Cabrio standen schon vor dem Haus. Nur wenige Sekunden später kam Barbara aus der Haustür. Ihr rundes Gesicht strahlte mit der Sonne um die Wette. »Komm rein, jetzt sind wir vollzählig.«

Sie betraten das Untergeschoss, das mit seinen Holzbalken, niedrigen Decken und dem riesigen Kachelofen Heimeligkeit und Geborgenheit vermittelte.

»Geh schon mal nach draußen«, sagte Barbara, »ich brühe noch mal frischen Kaffee auf.«

Evelyne trat durch die Flügeltür auf den gepflasterten Innenhof. Ihre Mutter und Ingrid saßen unter dem beigen Marktschirm. Auf dem Holztisch standen drei leere Piccolos und drei Sektgläser, die Evelyne geflissentlich übersah. Auch hier rankten üppig blühende Geranien von den Fensterbänken. In der warmen, flirrenden Luft mischte sich der Geruch von warmer Milch und Kuhmist mit dem süßen Duft der Phlox-, Rittersporn- und Sonnenhutpflanzen, die in großen Steinguttöpfen den Innenhof zum Sommerparadies machten. Eigentlich war das Anwesen, das Barbaras Mann mit in die Ehe gebracht hatte, viel zu groß für die beiden, nachdem die Kinder aus dem Haus waren.

»Und? Wie war's?« Rosa und Ingrid sahen sie erwartungsvoll an.

Im nächsten Moment kam Barbara mit einem Tablett mit Kaffee und selbst gebackenem Kirschkuchen aus der Küche.

»Hast du gebacken?«, wunderte sich Evelyne, während sie sich an den Tisch setzte.

»Ich backe doch ständig.« Ihre Freundin lachte. »Matthias und die Kleinen lieben Süßes.«

»Wo ist dein Mann überhaupt?«

»Mit unserem Sohn in Aachen auf einer Rinderauktion.« Barbara ließ sich in den Terrassensessel fallen. »Erzähl! Wie geht es Friderike?«

Evelyne musste seufzen. »Ich glaube, die steht noch unter Schock. Sie ist völlig gefasst, völlig normal. So, als wäre nichts geschehen. Sie war sogar geschminkt.«

Rosa nickte wissend. »Der Tod eines Partners ist ein Lebenseinschnitt. Danach verändern sich viele.«

Verständnislos schüttelte Evelyne den Kopf. »Aber doch nicht schon am zweiten Tag. Und schon gar nicht nach einem Mord! So was sind doch lange Prozesse.«

Ingrid hob die Schultern. »Die Menschen reagieren halt unterschiedlich auf Freude oder Leid.«

Evelyne half Barbara, Kuchen und Kaffee zu verteilen. Als alle versorgt waren, forderte Rosa sie ungeduldig auf: »Jetzt erzähl mal, Kind! Und zwar ganz genau, lass kein Detail aus. Jede kleine Beobachtung kann zum großen Durchbruch einer Ermittlungsarbeit führen«, fügte sie mit sachkundiger Miene hinzu.

Wie es ihre Art war, rückte Evelyne ohne Umschweife mit dem Wichtigsten heraus. »Also – hinter den Kulissen der Vorzeigefamilie Brandt sah es in Wirklichkeit ganz anders aus, als alle gedacht haben. Brandt ist seinem Sohn gegenüber einige Male gewalttätig geworden. Besonders in den letzten Monaten.«

»O nein!« Ingrid fasste sich ans Herz.

Rosa starrte sie nur fassungslos an.

»Na ja, Streitereien kommen doch überall mal vor, wenn man Kinder hat. Besonders in der Pubertät«, meinte Barbara abmildernd.

»Barbara, ich rede hier nicht von Streitereien, sondern von Gewalt an Kindern«, erwiderte Evelyne scharf.

»Und was haben wir uns darunter vorzustellen?«, erkundigte sich ihre Mutter sachlich.

»Wenn Brandt gestresst war, hat er Jan verprügelt. Und zwar so, dass es Spuren hinterlassen hat.« Evelyne merkte, wie sich ihr Hals zusammenzog. Sie klopfte sich auf die Brust, auf das dunkelblaue Poloshirt. »Mir sind diese Spuren – blaue Flecken und Blutergüsse – sogar einmal während der Nachhilfestunde aufgefallen. Aber Jan hat gesagt, die kämen vom Fußballspielen. Und ich habe keinen Verdacht geschöpft! Nie hätte ich gedacht ...« Sie pustete sich den Pony aus der Stirn, bevor sie mit Grabesstimme hinzufügte: »Das kann ich mir nicht verzeihen. Obwohl mir das Thema Gewalt an Kindern durch die Schule nicht fremd ist, wäre ich bei Hubert Brandt niemals darauf gekommen und ...« Mitten im Satz brach sie ab. Sie spürte, wie ihr Puls raste.

»Und Friderike?«, fragte Ingrid sichtlich betroffen.

»Die hat versucht, einzugreifen, aber wir kennen sie ja. Sie hat sich nie gegen diesen Typen durchsetzen können. Brandt hat es im Nachhinein angeblich auch immer leidgetan. Das typische Muster. Dann hat er sich besonders um Jan bemüht. Sie haben Fußball gespielt, er hat seinen Sohn zum Schießstand mitgenommen oder zur Jagd, und alles schien wieder gut zu werden, bis dann erneut alles aus dem Ruder geriet.«

Barbara war unter ihrer frischen Hautfarbe ganz blass geworden und schwieg.

Rosa sah Evelyne forschend an. »Und du glaubst jetzt ...?«

»Was soll ich jetzt glauben?«, fragte Evelyne gereizt.

»Dass Friderike vielleicht die Täterin ist.«

»Ich glaube gar nichts. Ich bin noch viel zu betroffen und entsetzt über meine Ignoranz, als dass ich schon logische Schlüsse ziehen könnte.«

»Könnte Jan womöglich seinen Vater umgebracht haben?«, fragte Ingrid mit großen Augen in die Runde.

»Vielleicht war es eine Gemeinschaftstat«, erwog Barbara.

»Jetzt macht aber mal einen Punkt«, empörte sich Evelyne. »Was sollen denn jetzt solche Spekulationen? Außerdem haben Friderike und Jan ein Alibi. Die waren beide am Sonntagabend zu Hause. Das haben sie der Polizei bestätigt, wie mir Friderike gesagt hat.«

Ihre Mutter hob die exakt nachgezogenen Brauen. »Vielleicht schützen sie sich gegenseitig. Sie haben beide ein Motiv. Und mit der Frage nach dem Motiv fängt jede Ermittlung an.«

»Mutter ...!«

»Wer wusste denn eigentlich noch davon?«, erkundigte sich Barbara nun.

»Laut Friderike nur ihr Vater. Aber der lebt in Mainz. Sie stammt ja von dort. Friderikes Mutter ist vor drei Jahren gestorben.«

»Vielleicht Jans Großvater ...«, mutmaßte Ingrid vorsichtig. »Der hätte dann auch ein Motiv. Nämlich, seine Tochter und seinen Enkel zu schützen.«

Die drei anderen schwiegen betroffen.

Ingrid wandte sich an Barbara. »Müssen wir Hannes nicht darüber unterrichten? Was meinst du?«

»Wir erzählen zurzeit niemandem etwas davon«, ergriff Evelyne energisch das Wort, woraufhin ihre Mutter ihr nur einen erstaunten Blick zuwarf.

Eine Weile war es in dem Innenhof so still wie in der Kirche. Das Summen und Brummen der Bienen und Insekten, die eilfertig von Blüte zu Blüte flogen, war das einzige Geräusch, das zu hören war.

»Warum hat Friderike dir das überhaupt erzählt?«, fragte Rosa schließlich.

»Keine Ahnung. Vielleicht wollte sie es sich einfach von der Seele reden. Vermutlich hat sie im Nachhinein ein schlechtes Gewissen, dass sie nicht entschlossener eingeschritten ist. Außerdem ist die ganze Situation total belastend für sie, und sie ist bestimmt am Ende ihrer Kräfte.«

»Dass sie es dir erzählt hat, ist doch ein Beweis dafür, dass sie und Jan nichts mit dem Mord zu tun haben können«, schlussfolgerte Ingrid. »Sonst hätte sie doch wohl eher den Mund gehalten.«

»Stimmt.« Barbara nickte entschlossen.

»Hat Hubert Brandt auch seine Frau verprügelt?«, fragte Rosa.

Evelyne schüttelte den Kopf. »Davon hätte sie mir erzählt.«

Ingrid seufzte, bevor sie sich wieder ihrem Kirschkuchen zuwandte. »Unter jedem Dach ein Ach.«

Rosa tupfte sich mit der geblümten Papierserviette über die Lippen und wandte sich dann Barbara zu. »Hast du eigentlich inzwischen mal mit deinem Bruder über den Fall gesprochen?«

»Heute Morgen. Der geht plötzlich ganz in seiner Arbeit auf und ist entsprechend redselig«, verkündete Barbara vergnügt. »Also ... Der jetzige Stand der Ermittlungen ist folgender: Die Ermittler haben den Tatort sowie Brandts Jeep, die Jagdhütte und den Hochsitz nach möglichen Spuren abgesucht. Nach Fingerabdrücken, Reifen- und Fußspuren und all so was ... Die Auswertung durch die KTU wird in ein paar Tagen erwartet. Die KTU ...«

»Die Abteilung für kriminalistische Untersuchungen«, belehrte Rosa die anderen.

Barbara nickte. »Genau. Also, die KTU arbeitet auf Hochtouren. Heute ist übrigens die Obduktion. Hannes meint aber, dass dabei nichts Überraschendes mehr zutage kommen wird. Etwa Gift im Körper oder so ... Mit großer Wahrscheinlichkeit ist der Stein die Tatwaffe. Danach wird die Leiche freigegeben.« Mit ungläubigem Lächeln schüttelte sie den Kopf. »Ich sage euch, Hannes hängt sich richtig in den Fall rein. Er sagt, das sei sein letzter, und jetzt will er mal zeigen, was er draufhat. Was für uns nur von Vorteil sein kann. Das, was er mir erzählt, ist natürlich alles unter dem Mantel höchster Verschwiegenheit«, fügte sie zwinkernd hinzu.

»Friderike hat gesagt, dass Brandt Blutergüsse hatte, wie

nach einem Kampf«, erzählte Evelyne den anderen. »Und sein Jagdgewehr hat die Polizei nicht gefunden. Wahrscheinlich hat es der Täter mitgenommen.«

Rosa zog die schwarzen Brauen zusammen. »Vielleicht wegen möglicher Fingerabdrücke? Vielleicht hat der Täter es Brandt aus den Händen gerissen, als der schießen wollte«, murmelte sie vor sich hin. Dann sah sie Barbara an. »Gibt es denn schon Verdächtige?«

»Oh!« Barbara schlug die Hand vor den Mund. »Danach habe ich Hannes gar nicht gefragt«, gestand sie zerknirscht.

Evelyne verdrehte die Augen. Dass man so etwas Wichtiges vergessen konnte! Sie setzte sich aufrecht hin. »Aber dazu kann ich euch was sagen. Friderike hat der Kripo drei mögliche Verdächtige genannt.«

Die drei sahen sie erstaunt an. »Und wen?«, wollte Rosa wissen.

»Elektriker Engels, Metzgermeister Hammes und den Hoch- und Tiefbauunternehmer Thelen. Alle drei waren Brandts Erzfeinde.«

Ingrid blinzelte verwirrt. »Engels?«, fragte sie erstaunt. Dabei glitt ihre Hand fahrig über die Rüschen ihrer cremefarbenen Seidenbluse, deren fließende Qualität ihren nicht gerade kleinen Busen betonte.

»Engels hat Brandt bedroht, weil dieser ihm Land wegnehmen wollte wegen der Windräder.«

Ingrid räusperte sich. »Ich kenne Gustav Engels. Er ist ein langjähriger Bekannter meines Ex. Der kann es auf keinen Fall gewesen sein«, fügte sie mit einer Entschlossenheit hinzu, die man sonst nicht von ihr kannte.

Evelyne zuckte mit den Schultern. »Das wird sich rausstellen. Wenn er ein Alibi hat …«

Ihre Freundin biss sich auf die Lippe. »Und wenn nicht?«

»Das wäre schlecht für ihn«, erwiderte Rosa trocken. »Ein Alibi ist das A und O, um die Unschuld eines Tatverdächtigen zu beweisen.«

Evelyne bemerkte, wie betroffen Ingrid plötzlich war. Aber so war sie schon immer gewesen – sehr empathisch und etwas nah am Wasser gebaut.

»Was haltet ihr davon, wenn wir jetzt mal zum Tatort fahren und uns dort umsehen«, schlug Barbara vor. »Die Jagdhütte ist doch ganz in der Nähe. Und jetzt sind wir gerade alle zusammen.«

»Was soll denn das bringen?«, fragte Evelyne unwirsch.

»Der Tatort steht immer im Mittelpunkt der Ermittlungen«, dozierte ihre Mutter. »Hier wurde die Tat begangen. Hier finden sich die entscheidenden Spuren.«

»Die Kripo hat dort doch schon längst alle Spuren aufgenommen«, widersprach ihre Tochter ihr kopfschüttelnd.

»Frauenaugen sehen anders«, konterte Rosa knapp und stand auf.

4. KAPITEL

Die Fahrt zur Jagdhütte dauerte nur acht Minuten. In Barbaras großem Defender bogen sie hinter Himmelrath in Richtung Blankenheim ab. Evelyne kannte den Weg. Im vergangenen Herbst hatte Friderike dort mit zwölf Jungen Jans dreizehnten Geburtstag gefeiert. Bei Lagerfeuerromantik, mit Schnitzeljagd und Zelten im Wald. Evelyne hatte ihre Freundin bei der Organisation und der Betreuung der Jugendlichen unterstützt.

Die Hütte lag auf einer Lichtung an einem kleinen, kreisrunden See. Vereinzelte Basaltbrocken, die sich in dem dichten Schilfgürtel versteckten, erzählten davon, dass auch dieser See – genauso wie die großen Maare der Eifel – einmal vor Jahrtausenden durch den Ausbruch eines Vulkans entstanden war. Die Mittagssonne malte silberne Streifen auf den blaugrünen Spiegel. Über ihm spielten bunt schillernde Libellen, die wie pastellfarbene Edelsteine mit Flügeln aussahen. Die Holzhütte, von deren Terrasse ein Steg hinaus aufs Wasser führte, duckte sich unter dem Blätterdach einer alten Rotbuche. Am gegenüberliegenden Ufer stand ein neu gezimmerter Hochsitz.

Barbara parkte den Defender vor dem rot-weißen Plastikband, der Absperrung zum Tatort. Sie stiegen aus. Die warme Luft roch nach dem Harz, das die Mittagssonne aus den Stämmen der Fichten trieb. Eine sakrale Stille hing über der Lichtung, die die vier schweigen ließ.

»Los geht's«, sagte Rosa schließlich entschlossen.

Ingrid band sich den lichtblauen Seidenschal, der locker um ihren Hals gelegen hatte, um den Kopf und setzte die Sonnenbrille auf.

Auf Rosas und Barbaras verblüfften Blick hin erklärte sie todernst: »Schließlich ermitteln wir hier undercover.«

Evelyne unterdrückte ein Lachen, ihre Mutter und Barbara schüttelten nur verständnislos den Kopf. Aber Ingrid war eben für jeden Anlass passend ausgestattet.

»Also – da hinten hat er gelegen«, sagte Rosa mit unterdrückter Stimme und zeigte auf die aufgesprühte weiße Farbe, die die Umrisse des Opfers nachzeichnete.

»Und das in dieser Idylle«, flüsterte Ingrid.

»Kommt! Lasst uns mal sehen, ob wir noch was finden«, schlug Rosa resolut vor. Ohne lange zu fackeln, hob sie das Absperrband hoch und schlüpfte mit einer für ihr Alter bewundernswerten Wendigkeit darunter hinweg.

»Mutter!«, rief Evelyne entsetzt aus. »Das ist ein Tatort! Den dürfen wir nicht betreten.«

»Papperlapapp!«, rief ihre Mutter. »Hier sind in den vergangenen Stunden bestimmt auch schon andere Leute gewesen. Dort hinten geht der Eifelwanderweg vorbei. Außerdem sieht uns doch niemand. Oder seht ihr irgendjemanden?«

Barbara und Ingrid schauten sich gleichzeitig um. Tatsächlich waren sie ganz allein auf weiter Flur, was Evelyne schon fast ein bisschen unheimlich vorkam. So nah am Ort eines Verbrechens, dessen Täter noch frei herumlief ... Ihre beiden Freundinnen schienen da weniger empfindlich zu sein. Wie Rosa schlüpften sie unter der Absperrung hindurch. Doch um die Umrisse auf der Erde machten sie einen großen Bogen.

Welch ein Quatsch, dachte Evelyne mit aufsteigendem Ärger. Als wenn wir jetzt das entscheidende Indiz zur Lösung des Falles fänden! Sie kam sich plötzlich so albern vor, dass sie mit der festen Absicht, sich nicht länger auf diese Scharade einzulassen, zum Wagen zurückging. Schließlich hatte sie zwanzig Jahre der Realschule in Adenau vorgestanden und war eine Respektsperson gewesen! Und jetzt sollte sie hier auf der Erde herumkriechen und Detektiv spielen? Und das in ihrem Alter? Lächerlich!

Sie setzte sich auf den langen Baumstamm, neben dem Barbara geparkt hatte. Mit aufgewühltem Gemüt sah sie sich um. Über ihr hüpfte ein rotbraunes Eichhörnchen von Ast zu Ast, schielte neugierig mit seinen glänzenden Perlenaugen auf sie herunter. Sein tschuk-tschuk hörte sich an, als würde die kleine Eichkatze über sie lachen. Doch dann durchfuhr sie ein Blitz. Eine Hand! Aus dem Laub des vergangenen Jahres stachen fünf Finger heraus. Ihr stockte das Blut in den Adern. Unfähig, sich zu rühren, starrte sie auf die braunen Fingerkuppen. Dann jedoch erkannte sie, dass sie aus braunem Leder waren und eingedrückt. Eigentlich konnte keine Hand drinnen stecken. Also nur ein Handschuh? Zwei, drei hämmernde Herzschläge lang zögerte sie noch. Dann nahm sie sich ein Herz, bückte sich und zog das Objekt mit spitzen Fingern aus dem Laub hervor. Tatsächlich ein Männerhandschuh! Er sah nicht so aus, als hätte er seit Herbst hier gelegen. Im Gegenteil. Er wirkte sauber und ziemlich neu. Wie kam er hierhin? Wem gehörte er? Warum hatte die Kripo ihn nicht gefunden? Waren die Ermittler im wirklichen Leben gar nicht so gründlich wie im Fernsehen?

Sie schaute hinüber zu den anderen. Ingrid lehnte in ihrem hellen Rock, den Pumps und der Seidenbluse an der Hüttenwand, die Sonnenbrille auf der Nase. Sie schien über etwas nachzudenken. Barbara und ihre Mutter krochen noch im Unterholz herum.

Sie stand auf, den Handschuh wie eine Trophäe in die Luft haltend. »Ich habe was gefunden!«

Rosa und Barbara tauchten sofort aus dem Gebüsch auf. Ingrid drehte sich zu ihr um und nahm die Brille ab.

»Wo hast du denn den gefunden?«, fragte Rosa überrascht, während sie auf sie zukam. Die beiden anderen folgten ihr auf dem Fuß.

»Reiner Zufall«, erwiderte Evelyne.

Ihre Mutter nickte wissend. »Es sind oft völlig unerwartete Dinge, mit denen man einen Verbrecher zur Strecke bringt. Aber wo ist der andere?«

Ein paar Minuten später stellten sie fest, dass es weit und breit keinen zweiten Handschuh gab.

»Wem mag er wohl gehören?«, fragte Ingrid.

»Friderike hat irgendwann mal erwähnt, dass ihr Mann immer mit Handschuhen geschossen hat, besonders im Sommer, wenn die Hände verschwitzt sind«, erinnerte sich Evelyne.

»Dann zeig ihr morgen doch einfach den Handschuh. Wenn er Brandt gehört, kann er nicht vom Täter sein«, schlug Barbara vor.

»Der muss von der Spurensicherung untersucht werden«, erwiderte Evelyne streng. »Da könnten DNA-Spuren des Täters dran sein – auch wenn Brandt ihn getragen hat.«

»Vielleicht hat ihn auch ein Wanderer hier verloren«, meinte Ingrid.

»Wir sollten die Sache mit gesundem Menschenverstand angehen«, schaltete sich Rosa ein. »Wenn er Brandt gehört, kommt er erst mal zu uns in die Asservatenkammer. Das ist ein Raum, in dem alle Indizien aufbewahrt werden. Warum die Kripo einschalten und ihr Arbeit machen, wenn es nicht nötig ist? Wir können immer noch alle unsere Ergebnisse an Hannes weiterreichen.«

»Mutter, das ist Zurückhalten von Beweismaterial. Dafür können wir wegen Strafvereitelung belangt werden.«

Rosa schnaubte durch die Nase. »Nichts wird so heiß gegessen, wie's gekocht wird.«

»Und wie geht's jetzt weiter?«, erkundigte sich Ingrid.

»Ich schlage vor, wir treffen uns morgen Abend, nachdem Evelyne nochmals mit Friderike gesprochen hat. Dann hat Evelyne bestimmt neue Fakten«, sagte Barbara.

»Und wo?«, wollte Ingrid wissen.

»Am besten bei uns«, meinte Rosa. »Ich koche uns Spaghetti al ragù nach dem Rezept meiner nonna Anna.«

»Da sagen wir nicht Nein«, erwiderten Ingrid und Barbara gleichzeitig.

5. KAPITEL

Nach dem Frühstück am Mittwochmorgen, das Mutter und Tochter bei schönem Wetter wie immer auf der Terrasse eingenommen hatten, machte sich Evelyne auf, um zu Friderike zu fahren. Im Flur steckte sie den Handschuh in ihren Stoffbeutel, auf dem in bunten Lettern Abschluss 2020 Realschule Adenau stand – was ihre Mutter mit wohlwollendem Blick kommentierte.

»Wenn sie ihn als Handschuh ihres Mannes identifiziert, kann er nicht vom Mörder sein«, betonte Rosa nochmals. »Dann müssen wir ihn gar nicht erst an die Kripo weiterleiten. Die wollen wir doch erst mal außen vor halten und auf eigene Faust recherchieren.«

Evelyne nickte nur, obwohl ihr bei der ganzen Sache immer mulmiger wurde. Niemals war sie mit dem Gesetz in Konflikt geraten, und jetzt bekam sie langsam das Gefühl, dass sich das, wenn sie sich weiterhin in diesen Mordfall einmischte, bald ändern könnte.

»Wir sehen uns dann heute am Spätnachmittag«, fuhr ihre dreiundachtzigjährige Mutter fort. »Ich fahre gleich nach Bonn. Gegen siebzehn Uhr bin ich zurück. Wenn du wieder da bist, kannst du schon mal die Bolognesesoße aus dem Kühler nehmen. Dann müssen wir nur noch die Nudeln kochen, wenn die beiden kommen.«

Evelyne stieg gerade in ihren alten Volvo V70, als ihr Handy klingelte.

»Ich bin's – Friderike. Ich bin gerade in Adenau und dachte, dass wir uns doch auch hier irgendwo treffen könnten.«

Sie schlug ein Bistro auf der Strecke zum Nürburgring vor, das während der Woche nur wenig frequentiert war. Klar, die meisten Leute in der Umgebung kannten sie. Bei den öffentlichen Auftritten ihres Mannes war sie stets an seiner Seite gewesen, ging Evelyne durch den Kopf, als sie in den Wagen stieg. Die Traumfamilie schlechthin. Sie seufzte in sich hinein. Das Leben war doch eine einzige Täuschung. Man konnte nichts und niemandem trauen. Davon konnte auch sie ein Lied singen. Aber daran wollte sie jetzt nicht denken. Daran wollte sie eigentlich überhaupt nicht mehr denken. Punkt.

Durch die Wiesen, die Löwenzahn, Glockenblumen und Wiesenschaumkraut in ein einziges Blumenmeer verwandelten, fuhr Evelyne von ihrem Elternhaus hinunter ins Dorf. Als sie an der St.-Donatus-Kirche vorbeikam, bepflanzte Lena, eine ehemalige Schülerin von ihr, gerade die beiden Blumenkübel neben dem Eingang. Als die junge Frau ihren Wagen hörte, drehte sie sich um und winkte ihr zu. Kurz vor dem Ortsausgang in Richtung Adenau kam ihr der Backes-Karl in seinem Postauto entgegen. Er blinkte auf und hob die Hand. Sie grüßte zurück und schmunzelte vor sich hin. Vom Backes-Karl erzählte man sich im Dorf hinter vorgehaltener Hand, dass er nicht nur die Post ausbrachte, sondern bei der einen oder anderen Hausfrau auch mal ein Schäferstündchen verbrachte.

Hinter Himmelrath ging die Fahrt durch einen dichten Buchenwald bergab. Die Sonnenstrahlen, die durch das dichte Geäst schienen, malten ein Muster von Licht und Schatten auf den Asphalt. An dieser kurvenreichen Strecke standen rechts und links immer wieder Wegkreuze aus dunklem Basalt. Eines dieser Kreuze hatte sie vor Jahren mit einer ihrer Klassen hier aufgestellt. Auf die Rückseite hatten die Kinder ihre Namen eingeritzt, und Pfarrer Heidenreich hatte es gesegnet. In Erinnerung daran lächelte Evelyne versonnen vor sich hin.

Nach ein paar Hundert Metern kam sie unten in Adenau an. Im Kreisverkehr bog sie rechts ab in Richtung Nürburgring. Adenau, ein lang gestreckter Ort mit Kleinstadtflair, war der Verwaltungssitz der Verbandsgemeinde. Hier hatte bis vor drei Tagen noch Hubert Brandt residiert. Kaum zu glauben, dass er jetzt tot war!

Evelyne mochte den Ort mit seinen schmucken alten Fachwerkhäusern aus dem 17. Jahrhundert. Jahrzehntelang hatte sie hier gearbeitet. Auf der Durchgangsstraße mit ihren Geschäften, Boutiquen und Lokalen herrschte schon reger Betrieb. Unter einem der riesigen Sonnenschirme auf dem Marktplatz entdeckte sie zwei Mütter ihrer ehemaligen Schüler, die ein Gläschen Ahrwein vor sich stehen hatten. Eine von ihnen winkte ihr zu, und sie winkte herzlich zurück. Auch Luise, die Blumenfrau, die vor ihrem Laden gerade blaue und weiße Hortensien arrangierte, hob die Hand, als sie langsam an ihr vorbeifuhr. Bei dem schönen Sommerwetter waren an diesem Morgen auch schon viele Touristen unterwegs, die mit Rucksäcken und in Wanderstiefeln von hier aus in die waldreiche Umgebung starteten.

Evelyne ließ den Buttermarkt mit der Bronzeplastik der Buttermarktfrau und der Kapelle rechter Hand liegen und fuhr in Richtung Nürburgring weiter. Kurz hinter der Nordschleife gab es ein Bistro, das zu Rennzeiten sehr überlaufen war. Doch an diesem Vormittag stand nur Friderikes blauer

Fiesta auf dem Parkplatz. Sie stellte sich daneben und stieg aus. Die Terrasse des kleinen Lokals lag im Schatten, und es wehte ein belebter, warmer Südwind, wie oft hier oben nahe der Hohen Acht. Sie schlüpfte in ihre Strickjacke, die sie stets im Auto liegen hatte, und ging auf ihre Freundin zu.

Friderike trug Schwarz. Hose, Ballerinas und eine Strickjacke, die sie sich über die weiße, ärmellose Bluse gelegt hatte. Die Trauerfarbe gab ihrer Blässe etwas Dramatisches. Aber auch heute hatte sie sich wieder dezent geschminkt.

»Wartest du schon lange?«, begrüßte Evelyne sie, wobei sie kurz mit liebevoller Geste ihre Hand auf Friderikes Arm legte. Dann setzte sie sich ihr gegenüber und bestellte ein Mineralwasser bei der Kellnerin, die wie aus dem Nichts viel zu schnell neben ihr auftauchte.

»Erst ein paar Minuten«, erwiderte Friderike mit mattem Lächeln. »Ich war heute Morgen schon ganz früh beim Bestattungsinstitut. Huberts Leiche ist gestern freigegeben worden.«

»Weißt du schon, wann die Beerdigung ist?«

»Nächsten Dienstag.«

»Wird er hier begraben?«

»Klar. Er stammt doch aus Adenau. Seine Familie liegt auch hier.« Friderike seufzte sichtlich erleichtert auf. »Die kümmern sich um alles. Die regeln auch alle Formalitäten bei den Behörden. Damit hatte ich gar nicht gerechnet.«

»Bei meinem Vater war es damals genauso«, antwortete Evelyne und verbot sich, einen weiteren Gedanken daran zuzulassen. Selbst nach zwölf Jahren erfüllte sein Tod sie noch mit Trauer.

»Ich habe einen Text für die Annoncen in der Zeitung und für die Trauerkarten ausgesucht«, unterbrach ihre Bekannte ihre schweren Gedanken. »Jetzt muss ich nur noch alle Adressen raussuchen und denen geben.«

»Wenn du möchtest, können wir die Liste gemeinsam erstellen«, bot sich Evelyne an.

»Das nehme ich gerne an.« Friderike lächelte ihr dankbar zu. »Ich bin froh, dass Jan erst mal bei Ulrike in Bonn ist«, fuhr sie fort. »Alles, was gerade passiert, dreht sich nur um dieses Unglück. Die vielen Telefonate ... Wahrscheinlich wird auch die Kripo noch mal kommen. So sieht man's ja immer im Fernsehen. Das alles würde ihn nur noch mehr belasten. Er hat sehr an Hubert gehangen. Trotz allem.« Mit bebender Hand nahm sie eine Schachtel Zigaretten aus der Handtasche, die neben ihrer Kaffeetasse stand.

»Du rauchst wieder?«, fragte Evelyne verblüfft. Sogleich jedoch merkte sie, dass sie gerade wieder einmal wie die maßregelnde Lehrerin geklungen hatte, die sie einst gewesen war. Schnell schickte sie hinterher: »Das kann ich sogar verstehen – in deiner Situation. Da macht man vieles, was man sonst nicht tun würde.«

»Ich rauche schon seit einiger Zeit wieder«, gestand ihr Friderike gelassen. »Natürlich nicht beim Sport oder auch nicht direkt danach. Deshalb hast du es bisher nicht bemerkt. Auch Hubert hat es nicht gutgeheißen.«

»Und du hast es trotzdem gemacht?«, kam es Evelyne ungläubig über die Lippen.

»Wenn er nicht da war. Und dann auch nur draußen.«

Wahrscheinlich macht sie tatsächlich eine Wandlung durch, sagte Evelyne sich. Die jedoch musste, wie sie gerade gehört hatte, schon vor der Ermordung ihres Mannes ihren Anfang genommen haben.

Die Kellnerin brachte das Wasser. Gleichzeitig kam wieder ein Windzug auf, der nicht nur die Bierdeckel vom Tisch wehte, sondern auch Friderike die Strickjacke von der rechten Schulter. Bevor Friderike sie wieder richten konnte, entdeckte Evelynes scharfes Auge die Verletzung – einen handtellergroßen blau-roten Fleck am Oberarm, der geblutet hatte. Die Narbe war noch frisch.

Der Anblick ließ Evelyne den Atem stocken. Friderike bemühte sich, eiligst mit dem Arm in den Jackenärmel zu schlüpfen, verhedderte sich jedoch und ließ schließlich unverrichteter Dinge Arme, Schultern und Kopf sinken.

»Dein Mann?«, fragte Evelyne leise, nachdem sie sich von dem Anblick brutaler Gewalt erholt hatte.

Ihre Freundin schwieg, immer noch mit gesenktem Kopf und der Strickjacke im Schoß.

»Hat Hubert dich auch geschlagen?«, wiederholte Evelyne entsetzt.

Als Friderike immer noch nichts sagte, drängte sie sie: »Sag es mir bitte, falls es so ist …«

Da kam wieder Bewegung in ihre Freundin. Friderike schlüpfte in die Jacke, sah sie an und erwiderte in herausforderndem Ton: »Wenn es so wäre, hätte ich doch ein Motiv, oder?«

»Nein … Ja … So ein Blödsinn …«, stammelte Evelyne und hob die Schultern. »Du hast doch ein Alibi.«

Friderike seufzte und zündete sich endlich die Zigarette an, die sie schon die ganze Zeit zwischen den Fingern gehalten hatte. Nachdem sie den Rauch in die Luft gestoßen hatte, vertraute sie Evelyne mit belegter Stimme an: »Unsere Ehe war schon lange nicht mehr so toll, wie es immer den Anschein gehabt hat. Hubert hat sich durch seinen Ehrgeiz, politisch Karriere machen zu wollen, im Laufe seiner Amtszeit verändert. Wenn ich nicht nach seiner Pfeife getanzt habe, hat er mir mit Scheidung gedroht und mir genüsslich vorgerechnet, dass ich dann zum Sozialfall werden würde.«

Evelyne zog die Brauen hoch, woraufhin Friderike ihr erklärte: »Vor einigen Jahren hat er auf einen Ehevertrag mit Ausschluss eines gegenseitigen Unterhalts bestanden. Unser Haus, das seit einem Jahr schuldenfrei ist, gehörte ihm allein. Im Fall einer Scheidung hätte ich also wieder arbeiten müssen. Doch in meinem ehemaligen Beruf als Laborassistentin kann ich wegen einer Allergie nicht mehr tätig sein.« Sie zog an ihrer Zigarette, stieß den Rauch scharf aus und schwieg, während sie den Rauchwölkchen nachsah, mit denen der Wind sein Spiel trieb.

Evelyne hatte ihr voller Mitgefühl zugehört. Sie wusste, dass Friderike kaum so enge Freundinnen wie sie hatte, denen sie sich anvertrauen konnte.

»Und warum hast du überhaupt in den Ehevertrag eingewilligt?«, fragte sie voller Unverständnis.

»Das weiß ich inzwischen auch nicht mehr. Hubert war dominant, aber er konnte auch sehr charmant sein, und wenn er etwas durchsetzen wollte, bediente er sich all seiner Stärken – wie auch seiner Schwächen.«

»Wozu wohl eindeutig auch dieser Fleck an deinem Arm gehört«, fügte Evelyne trocken hinzu.

Friderike seufzte. »Ich weiß, das kannst du nicht verstehen. Du hast immer auf deinen eigenen Beinen gestanden, hast dich nie von einem Mann abhängig gemacht. Aber so was ist auch nur wenige Male passiert. Und danach hat er es immer sofort bereut und versucht, es mit Geschenken wiedergutzumachen«, verteidigte sie sich selbst und ihren Mann, bevor sie ihre Zigarette mit einer einzigen Bewegung ausdrückte.

»Und wann war das?« Evelyne zeigte auf ihren Oberarm.

Friderike zögerte zuerst, antwortete dann jedoch: »Sonntag, bevor er zur Jagd gefahren ist. Wir hatten uns mal wieder gestritten, weil er Jan einen Loser genannt hatte. Da war Jan Gott sei Dank bei einem Freund. Er ist erst zurückgekommen, als Hubert schon im Auto saß. Die beiden haben dann noch in der Auffahrt miteinander gesprochen. Ich habe sie noch lachen hören.«

Evelyne griff nach dem Wasser und trank ein paar Schlucke. »Weiß das die Kripo?«

»Was?« Friderike sah sie an, als würde sie sie gar nicht richtig wahrnehmen.

»Das mit dem Ehevertrag und dass er dich geschlagen hat.« Und das nur ein paar Stunden vor seiner Ermordung, wollte sie schon hinzufügen, doch sie konnte sich gerade noch bremsen. Wenn das kein Motiv war!

»Natürlich nicht.« Friderike verschränkte die Arme vor der Brust, als ob sie frösteln würde. »Trotz allem will ich auf keinen Fall Huberts Ruf im Nachhinein schädigen. Das hat ja auch alles nichts mit dem Mord zu tun.«

Das sehe ich aber anders, hätte Evelyne am liebsten geantwortet, doch auch diesbezüglich hielt sie sich zurück. Denn für sie war es immer noch völlig undenkbar, dass die zarte, liebenswerte und willensschwache Friderike zu einer solch brutalen Tat fähig sein sollte. Selbst nicht, um dadurch ihren Sohn zu schützen. Außerdem hatte sie doch gar nicht die körperliche Kraft, um ihrem Mann ein paar kräftige Hiebe zu versetzen!

Die beiden schwiegen und sahen den Fahrzeugen zu, die vorbeifuhren. Inzwischen lag die Terrasse in der Sonne, und der Wind hatte spürbar nachgelassen.

Wenn wir uns nur eine halbe Stunde später hier getroffen hätten, hätte der Wind ihr die Jacke nicht von den Schultern geweht, ich hätte die Verletzung nicht entdeckt und somit auch nicht erfahren, dass Brandt seine Frau misshandelt hat, ging es Evelyne derweil durch den Kopf. Wie hatte ihre Mutter gestern noch gesagt? Es sind oft die völlig unerwarteten Dinge, mit denen man einen Verbrecher zur Strecke bringt. Unsinn! Friderike war keine Mörderin. Davon war sie überzeugt.

Sie griff in ihren Stoffbeutel, um ein Taschentuch herauszuholen – und fühlte dabei den Handschuh. Den hätte sie fast vergessen! Sie nahm ihn heraus und legte ihn auf den Tisch. »Schau mal, kennst du den?«

Friderike beugte sich vor und nahm ihn in die Hand. »Der gehört Jan.«

Evelyne spürte, wie es unter ihrem linken Auge zuckte. »Jan?«, brachte sie mit belegter Stimme über die Lippen.

Friderike nickte. »Wo hast du den her?«

»Den habe ich …« Evelyne räusperte sich. Ihre Gedanken überschlugen sich. Unmöglich konnte sie Friderike den wahren Fundort nennen. Den Tatort. Das könnte im schlimmsten Fall bedeuten …

»Am Ende eurer Auffahrt, als ich gestern gefahren bin, habe ich ihn am Rand entdeckt«, flunkerte sie und wunderte sich, wie leicht ihr diese Lüge über die Lippen kam. »Da wir uns sowieso heute treffen wollten, bin ich nicht mehr zurückgefahren.«

Bei den letzten Worten lehnte sie sich zurück wie nach einem Supersprint. Das Herz schlug ihr im Hals, und sie konnte nur hoffen, dass ihre Bekannte ihr nichts anmerkte.

»Die habe ich Jan vor vierzehn Tagen gekauft, weil Hubert ihn mit auf Jagd nehmen wollte. Um das Gewehr sicherer halten zu können. Aber dazu ist es dann ja nicht mehr gekommen«, erklärte Friderike mit traurigem Lächeln. »Es kann sein, dass Hubert sie am Sonntag mitgenommen hat. Der konnte seine nicht finden. Er hatte es eilig, weil er das Büchsenlicht nicht verpassen wollte. Wahrscheinlich ist ihm der aus dem Auto gefallen, als er sich noch mit Jan unterhalten hat. Der andere liegt bestimmt im Jeep.«

6. KAPITEL

Evelyne schwirrte der Kopf. Mit einem dicken Kloß im Hals fuhr sie nach Hause. Der Handschuh gehörte Jan. Er hatte am Tatort gelegen, zwar außerhalb der rot-weißen Begrenzung, aber immerhin am Tatort. Demnach musste der Junge dort gewesen sein. Oder aber Hubert hatte die Handschuhe tatsächlich am Mordabend benutzt. Dennoch. Wenn die Kripo den Handschuh in die Hände bekommen würde, würde er auf DNA-Spuren untersucht werden. Aber wahrscheinlich hatte Hannes den anderen Handschuh schon längst in dem Jeep entdeckt. Und Jans DNA-Spur daran auch. Das würde bedeuten, dass sie den Jungen nicht mehr schützen konnte. Wahrscheinlich gehörte der Dreizehnjährige inzwischen bereits zum Kreis der Verdächtigen. Wenn sich das herumsprechen würde! Ein Vatermörder! Kinder konnten erbarmungslos sein. Obwohl – Jan hatte doch ein Alibi für den Mordabend. Von seiner

Mutter. Andererseits hörte sie im Geiste schon ihre Mutter argumentieren, dass Alibis unter Familienmitgliedern auch fingiert sein konnten. Was, wenn Jan vielleicht doch mitbekommen hatte, wie sein Vater seine Mutter geschlagen und ihn einen Loser genannt hatte? Er war zur Jagdhütte gelaufen, hatte seinen Vater dort angegriffen … Unmöglich! Sie kannte sich zwar nicht mit Männern aus, aber sie verstand sich auf Kinder und Jugendliche. Da konnte man ihr nichts vormachen. Und ihre Erfahrung sagte ihr, dass Jan niemals zu einer solchen Tat fähig sein würde. Der Junge war ein sensibler, weicher Charakter. Er war hilfsbereit und sozial gegenüber seinen Mitschülern. Er liebte Tiere und spielte sehr liebevoll mit seiner zweijährigen Cousine, der Tochter seiner Tante in Bonn. Niemals würde er seinen Vater angegriffen, verprügelt und schon gar nicht mit einem Stein erschlagen haben. Außerdem war Jan im Gegensatz zu dem hünenhaften und athletisch gebauten Hubert Brandt nur eine halbe Portion. Ihm würde allein die körperliche Kraft dafür gefehlt haben.

Und wenn es eine Gemeinschaftstat war?, hatte Barbara gemutmaßt. Eine Gemeinschaftstat von Friderike und ihrem Sohn?

Evelyne spürte eine Zentnerlast auf der Brust, als sie nach Hause fuhr. In was war sie da nur hineingeraten! Und das nur, weil ihre Mutter unbedingt mal Detektivin spielen wollte.

7. KAPITEL

In den nächsten Stunden drehten sich Evelynes Gedanken im Kreis. Sie war froh, dass ihre Mutter in Bonn war, wo sie allwöchentlich einmal hinfuhr. Sie besuchte ihre ältere Schwester Lisa und traf sich mit einer Freundin, die einst Kundin in ihrem Schminktöpfchen gewesen war. Heute stand auch noch ein Besuch im Krankenhaus auf der Agenda. An solchen

Tagen war Evelyne stets nervös und beunruhigt. Denn Rosa fuhr wie der Teufel. Und wenn sie dann am frühen Abend voller Energie wohlbehalten zurückkam, wunderte sich Evelyne stets aufs Neue, dass ihre Mutter in diesem Alter noch ein so volles Programm absolvieren konnte.

Da Evelyne sich nach dem, was Friderike ihr anvertraut hatte, nicht mehr auf ein Buch oder die Zeitung hätte konzentrieren können, ging sie laufen. Danach duschte sie. Im Bademantel und mit weißem Frotteeturban auf dem nassen Haar zog sie unruhig durchs Haus; ging ins Esszimmer, das mit seinen wuchtigen Vitrinen, der dunklen Holzverkleidung und dem schweren Silber einem Rittersaal ähnelte; verweilte ein paar Augenblicke in der Bibliothek, dem Lieblingsraum ihres Vaters, mit ihren deckenhohen Bücherregalen, den Perserteppichen, dem gemauerten Kamin und den braunen Chesterfieldsesseln. Schlenderte dann in den Wintergarten, der mit seinen mannshohen Palmen, Oleanderpflanzen und Korbsesseln in den kalten Eifelwintern das Flair des Sommers ins Haus zurückholte. Dabei fragte sie sich wieder einmal nach langer Zeit, warum sie nie aus diesem Haus ausgezogen war. Ihre finanzielle Situation hätte es ihr durchaus erlaubt, sich irgendwo eine schöne Wohnung zu mieten oder zu kaufen.

Sie seufzte in sich hinein. Es gab viele Antworten auf diese Frage, denen sie sich jetzt jedoch nicht stellen wollte. Inzwischen hatte sie sich mit ihrer Rolle des späten Mädchens, das noch bei Muttern lebte, abgefunden.

Schließlich stieg sie die Treppe hinauf in ihre Wohnung, die schmucklos und funktional eingerichtet war und von einem riesigen Schreibtisch beherrscht wurde. Eine Junggesellinnenwohnung, in der weder gekocht noch gelebt wurde. Der Blick aus den großen Fenstern und von dem Balkon war jedoch einzigartig. Zu allen Seiten breitete sich die Eifellandschaft mit ihren Wäldern, dem Ginster und Wacholder aus. Und in der Nacht erschienen ihr auf dieser Anhöhe die Sterne näher als sonst irgendwo auf der Welt.

Nachdem sie sich umgezogen hatte, zupfte sie ein bisschen Unkraut, las die Rhein-Zeitung und deckte schließlich den Terrassentisch für vier Personen ein. Die Bolognesesoße war inzwischen aufgetaut und musste nur noch erhitzt werden; das Wasser für die Pasta war schon im Topf, und den samtenen Primitivo aus Puglia, den ihre Mutter fürs Abendessen ausgesucht hatte, hatte sie auch schon dekantiert. Jetzt wartete sie mit einem Glas Mineralwasser auf der Terrasse auf die anderen.

Ihr war das Herz schwer. Sie spürte bereits die Erwartung ihrer Mutter und ihrer Freundinnen an sie, ihnen genaustens von dem Treffen mit Friderike zu berichten. Konnte sie ihnen überhaupt alles erzählen? Wenn herauskam, dass der Handschuh Jan gehörte, würde sie den Jungen damit unweigerlich in den Mordfall hineinziehen. Vielleicht hatte die Kripo den anderen Handschuh bei der Durchsuchung des Jeeps übersehen – wie auch den im Laub. Also besser grundsätzlich darüber Stillschweigen wahren? Auch gegenüber ihren Freundinnen? Falls sie damit jedoch bei der Kripo auffliegen würde, konnte man sie der Unterschlagung von Beweismaterial belangen. Konnte sie als pensionierte Beamtin dieses Risiko eingehen? Damit würde sie vielleicht noch ihre Frühpension verspielen.

Während Evelyne all diese Überlegungen durch den Kopf gingen, hörte sie Motorengeräusch. Und das gleich von mehreren Autos. Sie blickte über die Balustrade. Um die Ecke kam ein schwarzes Golf-Cabrio, gefolgt von einem grünen Geländewagen. Den beiden Fahrzeugen voran sauste ein feuerroter Fiat die Anhöhe hinauf. Nun war es mit der Ruhe vorbei – und auch mit dem Nachdenken. Plappernd und lachend stürmten ihre Mutter, Barbara und Ingrid das Haus.

»Ist das kein perfektes Timing?«, fragte Barbara sie strahlend. »Ich habe mich extra gesputet im Stall und Sven gebeten, noch das Abwischen der Käselaibe zu übernehmen.«

»Toll, dann kann ich ja das Pastawasser anstellen«, erwiderte Evelyne mit weit weniger Enthusiasmus und wollte sich schon an die Arbeit machen. Da hielt ihre Mutter sie zurück.

»Ich schlage vor, dass wir erst mal ein Gläschen Sekt trinken und du uns dabei alles erzählst. Du hast von Friderike doch bestimmt Neuigkeiten zu unserem Fall mitgebracht.«

8. KAPITEL

Ein paar Minuten später saßen die vier auf der Terrasse und stießen miteinander an. Evelyne mit Rhabarberschorle. Sie musste schließlich einen klaren Kopf bewahren.

»Also, was ist nun mit dem Handschuh?«, erkundigte sich Rosa. »Hast du rausbekommen, wem er gehört?«

Evelyne räusperte sich, trank und sagte dann mit fester Stimme: »Hubert Brandt.«

Ingrid nickte zufrieden. »Dann konnte Friderike ihn also eindeutig identifizieren.«

»Ich hatte ja schon gesagt, dass Brandt immer Handschuhe beim Schießen getragen hat«, fügte Evelyne hinzu und fühlte sich gleich eine Spur wohler, weil sie dieses Mal wenigstens die Wahrheit gesagt hatte.

»Dennoch sollten wir ihn vielleicht Hannes geben, damit er auf Spuren untersucht werden kann«, wandte Barbara unsicher ein.

»Ich finde, Mutter hatte gestern ganz recht«, sagte Evelyne und straffte sich. »Wenn er Brandt gehörte, kann er nicht vom Täter sein. Warum sollen wir ihn dann der Kripo geben?«

»Gestern hast du noch ganz anders gesprochen«, erwiderte Barbara verblüfft.

»Ich habe eingesehen, dass Rosas Argumente die stärkeren waren«, entgegnete sie mit glattem Lächeln, woraufhin ihre Mutter vor Erstaunen die großen schwarzen Augen aufriss und ihr dann zustimmte: »Genau. Er ist unser erstes Indiz für unsere Asservatenkammer.«

Evelyne räusperte sich bedeutsam. »Geht nicht. Ich habe ihn Friderike zurückgegeben.«

»Wie bitte?«, riefen die drei unisono aus.

»Ja. Was sollte ich denn machen? Er gehört ihr doch. Beziehungsweise ihrem Mann.«

»Den könnten wir vielleicht noch mal brauchen«, wandte Ingrid zaghaft ein. »Je nachdem, wie sich der Fall entwickelt.«

»Vielleicht hat Hannes das Gegenstück gefunden und braucht den zweiten für seine Ermittlungen«, meinte Barbara.

»Das Gegenstück wird dann wohl auch Hubert Brandt gehören und nicht dem Täter. Das ist doch nur logisch«, stellte Evelyne energisch klar.

»Nun gut«, schaltete sich Rosa ein. »Lassen wir den Handschuh mal außen vor. Ich glaube, der hilft uns im Moment nicht weiter, wenn er Hubert Brandt gehörte. Außerdem – wenn wir den Handschuh jetzt als Beweismaterial rausrücken würden, fiele doch auf, dass wir auch recherchieren.« Sie wandte sich an ihre Tochter. »Was hat Friderike denn sonst noch gesagt?«

Evelyne atmete erleichtert auf. »Das wird euch interessieren ...«

»So ein Mistkerl!«, empörte sich Ingrid, nachdem alle betroffen zugehört hatten. »So was hätte ich mir von meinem Mann nicht bieten lassen.«

»Das lassen sich leider viele Frauen bieten«, erwiderte Barbara seufzend. »So was liest man doch immer wieder in der Zeitung. Und stellt euch vor ...« Sie senkte die Stimme. »Sonja Thelen, die mit mir zusammen im Gemeinderat sitzt, hat auch schon mehrmals von dem Thelen Prügel bezogen, weil der so eifersüchtig ist.«

»Peter Thelen?«, fragte Ingrid entsetzt. »Der kauft bei uns Basalt und Kies. Der ist doch so nett.«

Barbara lachte auf. »Nach außen hin. Sonja hat sich mir vor einiger Zeit unter dem Mantel der Verschwiegenheit anvertraut. Der kann ganz schön brutal werden.«

»Der hat ja auch Brandt Prügel angedroht«, fiel Rosa ein.

Evelyne schauderte.

»Wisst ihr eigentlich, dass Sonja früher mal mit Hubert Brandt liiert gewesen ist?«, fragte Barbara.

Ingrid nickte. »Das weiß doch hier jeder.«

»Die waren drei Jahre lang ein Liebespaar. Der Brandt war Sonjas große Liebe«, erzählte Barbara weiter. »Aber da der nicht treu sein konnte, hat Sonja irgendwann mit ihm Schluss gemacht und den Thelen geheiratet. Sie hat mir mal anvertraut, dass sie Brandt nie richtig vergessen konnte und ihr Mann noch heute eifersüchtig auf ihn ist.«

»Das glaube ich gerne«, warf Ingrid ein. »Ich kann mich genau daran erinnern, dass Brandt auf Festen immer hemmungslos mit Sonja geflirtet hat. Selbst noch, als er schon lange mit Friderike verheiratet war.«

Rosa lachte auf. »Der konnte die Abfuhr nicht verwinden und wollte sich immer wieder vergewissern, ob er noch anziehend auf Sonja wirkte.«

»Vielleicht hat Thelen den Brandt ja doch umgebracht. Aus Eifersucht«, mutmaßte Ingrid.

»Ausgeschlossen«, erwiderte Barbara entschieden. »Hannes hat Thelens Alibi überprüft. Thelen war den ganzen Abend mit Sonja zusammen.«

»Jetzt lasst uns noch mal zu unserem Fall kommen, bevor wir uns verzetteln«, wechselte Evelyne das Thema. Für Tratsch, Klatsch und Spekulationen hatte sie nicht so viel übrig.

»Also – Friderike hat ein starkes Motiv, und wir müssen sie ab jetzt zum Kreis der Verdächtigen zählen«, ging Rosa sofort auf ihren Vorschlag ein. »Sie wollte sich und den Jungen vor weiteren Gewalttätigkeiten schützen. Vielleicht hat sie mit ihrem Mann reden wollen, der hat wieder zugeschlagen, und sie hat im Affekt gehandelt. Dann wäre es kein Mord, sondern Notwehr gewesen, was vom Gericht ganz anders bewertet wird.«

»Außerdem hätte sie nach dem, was wir gerade gehört haben, im Falle einer Scheidung kein Geld gesehen«, gab Ingrid zu bedenken. »Immerhin hätte sie allen Grund gehabt, sich zu trennen. Als Witwe jedoch …«

»Friderike hat ein Alibi«, sagte Evelyne energisch. »Sie hat mir und der Polizei gesagt, dass sie den ganzen Abend mit Jan zusammen zu Hause war.«

»Noch einmal: Und wenn die beiden sich gegenseitig ein Alibi geben, weil sie es zusammen gemacht haben?«, gab Barbara zu bedenken.

»Du willst doch wohl nicht einen Dreizehnjährigen des Vatermordes bezichtigen!«, rief Evelyne entrüstet aus.

»Nein, natürlich nicht«, ruderte Barbara sofort zurück und trank erst mal einen großen Schluck.

»Also, ich habe Hunger«, wechselte Ingrid rasch das Thema. »Wie schaut es denn mit der köstlichen Bolognesesoße aus, die uns Rosa gestern versprochen hat?«

Ingrid hatte ein gutes Gespür für Stimmungen und war diejenige, die stets ausgleichend einwirkte, wenn es beim Rommé mal zu Unstimmigkeiten kam.

Danke, Ingrid, sagte Evelyne im Stillen und lächelte ihrer Freundin herzlich zu.

9. KAPITEL

So köstlich die Soße auch war, sie konnte die vier beim Essen nicht davon abhalten, weiter über den Mordfall zu sprechen.

»Ich habe eigentlich gar keine Ahnung, wie so eine Ermittlung überhaupt abläuft«, brachte Ingrid das Thema wieder auf den Tisch. »Wie geht Hannes denn jetzt vor, um den Täter zu finden?«

Evelyne schüttelte insgeheim den Kopf. Das wusste doch jeder aus Film und Fernsehen. Ingrids Frage würde jetzt jedoch mal wieder die perfekte Steilvorlage für ihre Mutter sein, ihr kriminalistisches Wissen loszuwerden. Und genau so war es auch.

»Das kann ich euch sagen«, erwiderte Rosa prompt und legte die langzahnige Spaghettigabel zur Seite. »Wie wir wissen, gibt es für die Kripo bis jetzt drei Verdächtige. Thelen, Hammes und Engels. Sie sind noch nicht so weit wie wir in der Sache und wissen noch nichts von Friderikes und Jans möglichem Motiv. Die Kripo wird also derzeit die Alibis der drei überprüfen. Parallel dazu werden von Spezialisten alle sachdienlichen Beweise, die die Spurensicherung am Tatort sichergestellt hat, wenn sie dort überhaupt irgendetwas sichergestellt haben, einer kriminaltechnischen Untersuchung unterzogen. Mit dem Ziel, den Täter nachzuweisen. Wobei in diesem Fall bereits feststeht, wer das Opfer und was die Tatwaffe ist«, fügte sie hinzu.

»Sachdienliche Beweise sind zum Beispiel Fingerabdrücke, Reifenspuren, Haare oder Speichel, Schmauchspuren«, klärte Barbara Ingrid auf. »Oder eben ein Handschuh ...«

Evelyne hielt sich zurück.

Ingrid tupfte sich mit der riesigen Serviette, die ihre lichtblaue dekolletierte Seidenbluse vor der roten Soße schützte, über die Lippen. »Und wenn ein Verdächtiger für die Tatzeit kein Alibi hat?«, fragte sie.

Hat sie so was nicht schon einmal gefragt?, fiel Evelyne auf. »Wie meinst du das?«, fragte sie mit zusammengezogenen Brauen.

»Na ja, wenn derjenige allein zu Hause war.«

»Dann gehört er erst mal weiterhin zum Kreis der Verdächtigen«, erklärte Rosa ihr geduldig. »Denn dann könnte er theoretisch – wie in unserem Fall – bei der Jagdhütte gewesen sein. Im schlimmsten Fall kommt er – oder sie – erst mal in Untersuchungshaft.«

»Ich glaube, das Thema hatten wir schon mal«, sagte Evelyne unwirsch.

Ihren Einwand ignorierend fuhr Ingrid fort: »Und wenn er schwört, dass er es nicht gewesen ist?«

Evelyne konnte ein Lachen nicht unterdrücken. Ingrid war schon immer ein bisschen naiv gewesen. Eine Eigenschaft, die ihr Exmann leider schamlos ausgenutzt hatte. »Also, auf einen Schwur gibt die Kripo in einem Mordfall nicht viel. Da zählen nur handfeste Beweise.« Als sie sah, wie betroffen ihre Freundin wirkte, tat es ihr schon leid, so ruppig gewesen zu sein.

»Wenn dich die Kripoarbeit so interessiert, komm doch am Samstag auf unser Hoffest«, wandte sich Barbara an Ingrid. »Hannes wird auch da sein. Der ist bestimmt stolz, wenn er dir ein bisschen von seiner Tätigkeit als Ermittler erzählen kann.«

»Das ist eine gute Idee!« Rosa klatschte so begeistert in die Hände wie ein Kind. »Ich komme auch. Vielleicht können wir Hannes ein paar Ermittlungsergebnisse entlocken, an die wir selbst nicht rankommen und die uns in unseren Überlegungen weiterbringen.«

»Ob der auch bei euch so gesprächig ist …«, bezweifelte Barbara. »Er steht immerhin unter Schweigepflicht.«

Rosa lachte. »Lasst mich nur machen. Der wird gar nicht merken, dass er uns was verrät.«

10. KAPITEL

Am Freitagmittag, Evelyne war erst kurz von Friderike zurück, der sie bei der Erstellung der Adressenliste geholfen hatte, kam Barbara völlig unerwartet zu Besuch. Wie meistens in grüner Latzhose und Gummistiefeln.

»Keine Angst, ich kann nicht lange bleiben«, verkündete sie, als sie vom Hof aus auf die Terrasse trat. Evelyne und ihre Mutter hatten gerade ein Sandwich gegessen und saßen jetzt beim Espresso.

»Magst du auch einen?«, fragte Evelyne ihre Freundin.

»Nein, nein, vielen Dank«, wehrte Barbara ab und ließ sich sichtlich erschöpft in den Terrassensessel plumpsen.

»Was gibt's denn?«, fragte Evelyne erstaunt.

»Hier!« Barbara stellte ein Päckchen zwischen die beiden Espressotassen. »Das hat der Backes-Karl eben bei uns abgegeben. Für Friderike, weil er sie zu Hause nicht angetroffen hat. Wir nehmen immer gegenseitig die Post entgegen.«

Rosa wollte schon nach dem Päckchen greifen, doch Evelyne war schneller und legte ihre Hand darauf. »Moment! Und was sollen wir damit?«, fragte sie ihre Freundin.

Barbara sah sie bedeutsam an. »Der Absender.«

»Was ist damit?« Evelyne sah sie ungeduldig an.

»Th. Mayer. Koblenz.«

»Ja und?«

Sichtlich verunsichert hob Barbara die Schultern. »Ich dachte, das könnte für die Lösung des Falls irgendwie von Bedeutung sein.«

»Da hast du durchaus richtig gedacht«, lobte Rosa sie mit herzlichem Lächeln. »Wir müssen allem nachgehen. Wie wir jetzt wissen, gehört Friderike zum Kreis der Verdächtigen.« Sie entzog Evelyne das Päckchen und meinte gelassen: »Dann schauen wir uns doch mal an, was da drin ist.«

»Mutter!«

»Papperlapapp. Ich kann so was. Friderike wird es gar nicht merken.« Mit diesen Worten ging sie ins Haus und kam ein paar Sekunden später zurück auf die Terrasse. »So, jetzt lasst mich mal«, fuhr sie fort und machte sich mit einem Fön an dem Klebeband zu schaffen. Vorsichtig löste sie es ab und klappte die kleine weiße Box auf.

Evelyne konnte es nicht fassen. Sie wurde gerade Zeugin davon, wie ihre Mutter ohne Hemmungen das Briefgeheimnis verletzte!

»Guckt mal!«, rief Barbara voller Ehrfurcht aus, als zwischen dem weißen Seidenpapier eine kleine rote Samtschatulle zum Vorschein kam.

Rosa nahm sie aus dem Päckchen, drückte auf den Verschluss, der Deckel sprang auf, und zum Vorschein kam ein Paar Ohrringe. Kunstvoll geschliffene Aquamarinhänger in Silber gefasst, in der Farbe von Friderikes Augen.

Da war selbst Evelyne sprachlos. Sie fing sich jedoch als Erste wieder, sprang auf und sagte aufgeregt: »Also, ich habe da gar kein gutes Gefühl bei. Wir haben uns gerade an fremdem Eigentum vergriffen. Das ist gesetzeswidrig. Und was soll das Ganze uns jetzt bringen? Die Ohrringe haben doch nichts mit dem Mordfall zu tun.«

»Liegt da irgendein Zettel drin?«, fragte Rosa, ihren Einwand ignorierend.

Mit spitzen Fingern angelte Barbara in dem weißen Papier herum. »Nichts.«

»Merkwürdig«, murmelte Evelynes Mutter. »Entweder hat Friderike die im Internet bestellt und alles schon im Voraus abgewickelt. Oder sie sind ein Geschenk von jemandem, der sich nicht zu erkennen geben will.«

»Für den Fall, dass Hubert Brandt das Päckchen in Empfang genommen hätte«, ergänzte Barbara.

Rosa nickte zustimmend.

»Vielleicht hat Friderike einen Liebhaber?«, sagte Barbara vorsichtig. Unschlüssig blickte sie von einer zur anderen.

Liebhaber?, fragte sich Evelyne. Friderike hatte sich verändert. Sie rauchte, sie schminkte sich ... Steckte etwa ein Mann dahinter? Hatte Friderike vielleicht sogar ihren Ehemann verlassen wollen? In diesem Fall wäre ihre Startposition in ein neues Leben als finanziell gut gestellte Witwe sehr viel besser als die einer arbeitslosen und mittellosen Geschiedenen.

»Nicht auszuschließen«, meinte Rosa gelassen. »Was man sogar verstehen könnte. Die Ehe ist kaputt, Brandt schlägt sie und ihren Sohn ... Was aber dann auch bedeuten würde, dass sie noch ein weiteres Motiv hätte, ihren Ehemann ins Jenseits zu befördern. Nach seinem Tod ist sie jetzt eine recht vermögende Frau. Diese Villa ist bestimmt einiges wert. Und obendrein schuldenfrei.« Rosa lehnte sich im Terrassenstuhl zurück. »Wisst ihr eigentlich, dass die Besitzstandswahrung, die Angst, alles zu verlieren, eines der stärksten Mordmotive ist? Stärker als Eifersucht oder Hass. Wäre Brandt hinter ihr Verhältnis gekommen, hätte sie alles verloren. Der Mord wäre also für sie die eleganteste Lösung gewesen, sich zu trennen.«

»Mama, du galoppierst mal wieder ohne Sinn und Verstand davon«, versuchte Evelyne, ihre Mutter zu bremsen. »Wir wissen doch noch gar nicht, wer Th. Mayer aus Koblenz ist. Vielleicht ist das auch nur der Name des Onlinehandels.«

»Vielleicht hat sie recht«, sagte Barbara zu Rosa. »Sonst hätten doch bestimmt ein paar persönliche Worte dabei gelegen.«

»Nicht unbedingt«, erwiderte Rosa. »Wenn der Mann Friderike schützen wollte.«

»Warum hätte er denn dann überhaupt die Ohrringe verschicken sollen? Koblenz ist nun wirklich nicht aus der Welt«, sagte Evelyne genervt.

»Vielleicht sollte es eine romantische Überraschung sein«, erwiderte ihre Mutter mit versonnenem Blick auf die Eifelhügel in der Ferne. Dann sah sie ihre Tochter an. »Dein Vater hat mir auch oft solch schöne Überraschungen gemacht.«

Evelyne schwieg – tief in ihrem Innern regte sich ein winziger Anflug von Neid. Solche Männer hatte sie nie kennengelernt.

Stille senkte sich über die Terrasse, die Evelyne schließlich durch die harsche Frage unterbrach: »Und jetzt?«

Ihre Mutter schenkte ihr eines ihrer Madonnenlächeln. »Jetzt mache ich das Päckchen wieder zu, dann brühe ich uns einen starken Espresso auf, und danach bringt Barbara es zu Friderike.«

11. KAPITEL

Das Hoffest der Hofmanns wurde von Jahr zu Jahr größer. Es ähnelte inzwischen einem kleinen Dorffest, zu dem nicht nur die Himmelrather kamen, sondern auch Besucher aus der Umgebung. Sie tauschten die Neuigkeiten in der Gemeinde aus und besuchten Barbaras Hofladen, wo es ihre Eifler Käsespezialitäten, das hausgemachte Apfel-Thymian-Schmalz und das Brot aus dem hofeigenen Backes zu kaufen gab. In diesem Jahr hatten Barbara und ihr Mann Matthias auf einer der Wiesen hinter den Stallungen für die Kinder eine riesige Hüpfburg aufgebaut. Ihre Schwiegertochter Kerstin, Leiterin der Kita in Adenau, beaufsichtigte die jungen Gäste. Kerstins fünfjährige Zwillinge Lea und Mia, Ebenbilder Pippi Langstrumpfs, hingen entweder ihrem Vater Sven am Rockzipfel oder ihrer Großmutter, die zwischen all den Besuchern herumwuselte und dafür sorgte, dass alles nach Plan lief. So hatte Barbara auch kaum Zeit, sich um ihre drei Freundinnen zu kümmern, die am späten Vormittag zusammen auf das Hoffest kamen. Stattdessen begrüßte Matthias, ein stattlicher Mann mit rötlich-weißem Rauschebart und freundlich blickenden hellbraunen Augen, die drei. Sie wechselten ein paar Worte, aber nach wenigen Minuten schon wurde Matthias von seinem Sohn in die Scheune gerufen, wo die Lüftungsanlage streikte.

»Dann wollen wir uns mal ins Getümmel stürzen«, beschloss Rosa und marschierte durchs Hoftor. Auch im Innenhof drängten sich die Menschen. Die einen saßen mit einem Glas Wein auf einem der Strohballen, einige standen an den Stehtischen, andere drängten sich vor dem Stand der Landfrauen, die ihre selbst gehäkelten Taschen und Handyhüllen feilboten. Der Erlös sollte an die Flutopferhilfe gehen. An einem anderen Stand verkaufte Anna, die unverheiratete

Tochter Barbaras, Apfel- und Kirschstreusel. Anna war so groß wie ihr Vater und hatte das hübsche Gesicht ihrer Mutter geerbt. In der schwarzen Designerlederjacke und den Glitzerjeans brachte sie einen Hauch von Großstadtflair aufs Land. Während sie Evelyne, Rosa und Ingrid von ihrer Arbeit als Redakteurin beim WDR in Köln erzählte, wurde Evelyne von Monika Hammes angesprochen.

Nachdem sie die typischen Begrüßungsfloskeln ausgetauscht hatten, zog Monika Evelyne zur Seite und sagte mit unterdrückter Stimme in ihrer gehetzten Art: »Eigentlich wollte ich dieses Jahr gar nicht hierhinkommen. Du hast doch bestimmt auch gehört, dass die Kripo kurzzeitig Ralf in Verdacht gehabt hat.« Sie legte die Hand aufs Herz und schlug die Augen gen Himmel. »Bin ich froh, dass wir ein hieb- und stichfestes Alibi vorweisen konnten. Meine Mutter ist achtzig geworden, und wir haben bis tief in die Nacht mit allen Verwandten im Schwarzen Adler gefeiert. Aber jetzt stell dir mal vor, das wäre nicht gewesen. Zum ersten Mal in meinem Leben habe ich erlebt, wie schnell man in Verdacht geraten kann. Nur, weil Ralf und der Brandt diese persönliche Fehde hatten. Aber deswegen würde man doch keinen umbringen. Ob du's glaubst oder nicht – in der vergangenen Woche hatten wir eine Umsatzeinbuße von fünfzig Prozent. Wahrscheinlich haben manche Kunden gedacht, sie würden bei uns auch erschlagen.« Heftig schüttelte sie ihre blondierten Locken, die ihr breites, erhitztes Gesicht umrahmten, und fuhr empört fort: »Nie hätte ich gedacht, dass irgendwelche wilden Gerüchte so geschäftsschädigend sein könnten. Jetzt können wir nur hoffen, dass sich das schleunigst wieder einspielt. Darum erzähle ich auch überall von der Geburtstagsfeier, die ja Ralfs Alibi ist.«

Evelyne hatte ihr ruhig zugehört. Monika war dafür bekannt, dass sie viel und ohne Punkt und Komma redete. Nicht umsonst bildeten sich vor der Metzgerei zu Stoßzeiten oft lange Warteschlangen.

Sie lächelte Monika an. »Na ja, mich hätte es nicht abgehalten. Aber du weißt, dass ich kaum Wurst oder Fleisch esse.«

Monika winkte ab. »Das weiß ich doch. Du würdest solche Gerüchte doch gar nicht erst glauben. Ich meinte auch nicht dich. Ich wollte nur, dass du Bescheid weißt. Du kennst doch so viele Leute. Vielleicht kannst du auch ein bisschen dabei helfen, Ralfs Ruf wieder zurechtzurücken. Zumal er doch im Herbst für die Verbandsbürgermeisterwahl kandidiert. Obwohl ich schon gesagt habe, dass er's lieber lassen soll. Die ganze Sache hat doch jetzt, da der Brandt tot ist, einen unangenehmen Beigeschmack bekommen.« Sie schnappte nach Luft, um dann jedoch gleich wieder loszulegen: »Ach, dahinten ist die Frau Pastor! Mit der muss ich auch noch reden.« Und schon war sie wie ein Wiesel zwischen den anderen Besuchern verschwunden.

»Einen schönen guten Tag, junge Frau«, hörte Evelyne, während sie sich nach ihrer Mutter und Ingrid umsah, hinter sich eine Stimme schmissig sagen. Sie hätte sie unter Tausenden wiedererkannt. Für einen Mann war sie ein paar Tonlagen zu hoch.

Lächelnd drehte sie sich um. Vor ihr stand Hannes Neffgen, der Herr Kommissar. Einen Kopf kleiner als sie, mit vollem Gesicht und einer Nasenspitze, die leicht nach oben zeigte. Sie hatte Hannes fast zwei Jahre nicht mehr gesehen, aber er hatte sich nicht verändert. Immer noch trug er seinen Bauch wie ein Weinfass vor sich her.

»Junge Frau?« Sie lachte. »Jetzt übertreib aber mal nicht mit deinem Charme.«

»Wieso? Einundsechzig ist doch heute kein Alter mehr. Ich habe vier Jahre mehr auf dem Buckel. Ich stehe jetzt kurz vor der Pensionierung.«

»Aber vorher hast du noch einen Mordfall zu lösen.«

Sein Gesicht nahm einen bedenklichen Ausdruck an. »Da sagst du was. Und das hier bei uns.« Er zog mit beiden Händen die helle Leinenhose hoch, die ihm unterm Bauch hing, und schickte sich gerade an, weiterzureden, als Rosa, ihren gerüschten Sonnenschirm schwingend, auf sie beide zukam.

»Da ist er ja, unser Herr Kommissar!«, rief sie aus. »Wie schön, dich wiederzusehen!«

Hannes fuhr mit dem Zeigefinger über seinen grauen Oberlippenbart, dessen Enden sich keck nach oben bogen, und nickte mit anerkennendem Blick. »Das finde ich auch. Und du siehst immer noch hervorragend aus!«

Rosa schenkte ihm ein kokettes Lächeln. »Danke, mein Lieber. Wollen wir uns irgendwo gemütlich zusammensetzen? Mir tun die Füße weh. Übrigens – Ingrid ist auch hier.«

Da leuchteten Hannes' kleine Augen auf. Ingrid war seine Jugendliebe gewesen, die jedoch stets unerwidert geblieben war.

»Da kommt sie auch schon!« Rosa zeigte in Richtung Hoftor – und Evelyne fragte sich in diesem Moment amüsiert, ob ihre Mutter Ingrids Auftritt inszeniert hatte. Wieder einmal bewunderte sie ihre Freundin, wie sie es schaffte, in den Pumps, die sie zu einem sandfarbenen, kniebedeckenden Bleistiftrock und einer weißen Seidenbluse mit tiefem Ausschnitt trug, ohne zu stolpern über das holprige Pflaster zu gehen. Wie unbequem! Und auch gefährlich. Aber der Zweck heiligte bekanntlich die Mittel. In diesem sexy Outfit würde sie Hannes ganz sicher ein paar polizeiliche Interna entlocken können.

Hannes straffte sich, sodass er die kleine Ingrid um höchstens zwei Zentimeter überragte. »Hallooo, schöne Frau«, begrüßte er sie überschwänglich und lüftete den hellen Strohhut, der seinen grauen Haarkranz verdeckt hatte.

Ingrid schenkte ihm ein warmes Lächeln. »Guten Tag, Hannes. Wie lange ist das her …!«

»Jahre. Aber ich war ja auch nur selten hier. Der Job in Koblenz, Einsätze am Wochenende, Stapel von Akten auf dem Schreibtisch … Und dann hatte ich auch ein paar Jahre lang eine Freundin, die aus Boppard kam, wo ich immer am Wochenende war …«

»Wie schön«, sagte Rosa mit mildem Lächeln.

»Aber das ist jetzt wieder vorbei, was auch besser ist«, beeilte sich Hannes klarzustellen. »In unserem Alter kann man sich nicht mehr so leicht auf einen Partner einstellen, wenn man sein Leben lang Junggeselle gewesen ist.«

»Dann sieht man sich vielleicht jetzt öfter«, meinte Rosa aufmunternd. »Also, was ist? Wollen wir ein Gläschen zusammen trinken?«

»Na klaro.« Hannes zog sich wieder ruckelnd die Hose hoch. »Sucht schon mal ein ruhiges Plätzchen, und ich hol uns Wein. Ich lade euch selbstverständlich ein.«

»Für mich bitte ein Wasser«, sagte Evelyne.

»Trinkst du immer noch nichts?« Hannes sah sie erstaunt an. »Weißt du es noch nicht? Rotwein ist die Milch des Alters. Und wir haben sogar ein hervorragendes Milchgebiet gleich vor der Tür«, fügte er lachend hinzu.

»Ich trinke durchaus, aber keinen Alkohol«, stellte Evelyne kühl richtig. Als wenn alle Menschen Alkohol trinken müssen, dachte sie mit einem Anflug von Missmut. Sie sah ihm nach, wie er sich mit leichtem X-Gang auf den Weg zum Weinstand machte. In seinen Gesundheitsschuhen schlurfte er jedoch mehr, als dass er ging. Aber Schnelligkeit war noch nie seine Sache gewesen.

»Mit dem Strohhut, seinem Bärtchen und dem karierten Gilet macht er wohl auf Hercule Poirot, Agatha Christies Meisterdetektiv«, unkte Ingrid.

»Der hatte aber weder ein ungebügeltes Hemd an noch viel zu lange Hosenbeine«, erwiderte Rosa.

»Was ist denn wohl in dem Beutel, den er um den Hals trägt?«, rätselte Ingrid.

Evelyne hob die Schultern. »Keine Ahnung. Das kannst du ihn ja gleich fragen.« Sie seufzte. »Wie ein cleverer Kommissar sieht er auf alle Fälle nicht aus.«

»Na ja, immerhin hat er sich im Laufe der Jahre vom mittleren Dienst in den gehobenen Dienst hochgearbeitet«, nahm

Rosa Hannes in Schutz. »Kommt, wir setzen uns dort hinten auf die vier Strohballen.« Sie stupste Ingrid in die Seite. »Ich glaube, wir haben ihn am Haken.«

Es dauerte nicht lange, bis Hannes mit einem Tablett zurückkam, auf dem vier Weingläser und eine kleine Flasche Mineralwasser standen.

»Ich wollte keinen Wein«, stellte Evelyne energisch richtig.

»Dann trinke ich ihn«, meinte Hannes beschwingt. »Der wird schon nicht schlecht.« Er stellte das Tablett auf den noch freien Strohballen, entfernte sich mit einem »Bin gleich wieder da« und kam mit einem weißen Plastiksessel zurück – in dem er es sich gemütlich machte. Ingrid sah Rosa und Evelyne vielsagend an. Auch kein Kavalier. Augenscheinlich mit sich und der Welt zufrieden, hob Hannes sein Glas. »Dann wollen wir mal auf unser Wiedersehen trinken!«

Evelyne setzte die Flasche an die Lippen. Noch nicht einmal ein Glas hatte er ihr mitgebracht!

Rosa beugte sich vertraulich zu Hannes hinüber. »Du hast gerade erwähnt, dass dein Schreibtisch voller Akten ist … Was sagst du denn zu deinem neuen Fall?«

Hannes zwinkerte ihr zu. »Gar nichts. Ich stehe unter Schweigepflicht.«

Ungeachtet dieser klaren Worte seufzte Rosa mitfühlend. »Ich kann mir gut vorstellen, dass da jetzt eine Menge Arbeit auf dich zukommt. Um so einen Fall zu lösen, braucht es bestimmt viel Sachverstand und Erfahrung. Aber das hast du ja. Außerdem stammst du von hier, was ein Vorteil ist. Wenn du den Fall nicht lösen kannst, wer dann?«

Evelyne sah ihre Mutter mahnend an. Gerade übertrieb sie mal wieder schamlos. Sie konnten von Glück sagen, dass Hannes das nicht zu bemerken schien, sondern sich sogar sichtlich gebauchpinselt fühlte. Mit jovialer Miene lehnte er sich zurück und meinte lässig: »Man braucht nur eines für meine Arbeit. Köpfchen …« Dabei tippte er sich bedeutungsvoll an die Stirn.

»Das Opfer ist bekannt und die Tatwaffe auch. Das stand in der Rhein-Zeitung«, plauderte Rosa weiter.

Hannes hob mahnend den Zeigefinger. »Das Opfer ja, die Tatwaffe erst einmal mit Vorbehalt. Wir müssen erst noch die Untersuchungen der KTU abwarten. Das Blut auf dem Stein muss noch mit dem des Opfers verglichen werden. Aber wir gehen davon aus, dass es der Stein war.«

»Nur den Täter habt ihr wahrscheinlich noch nicht, oder?« Rosa lächelte ihn liebreizend an.

»Die Suche nach dem Täter ist immer das Schwierigste. Aber mit ein bisschen Köpfchen …« Hannes tippte sich wieder an die Schläfe. Dabei zwinkerte er Rosa spitzbübisch zu. »Vielleicht wird die KTU ja Fingerabdrücke auf dem Stein finden. Die würden dann logischerweise von dem Täter stammen. Und wenn wir Glück haben, finden die sich dann in unseren Datenbanken und führen uns zum Täter.«

Ingrid, die mit gläubigem Blick an Hannes' Lippen gehangen hatte, stützte die Ellbogen auf die übereinandergeschlagenen Beine und beugte sich ihm mit großen Augen entgegen, sodass er einen direkten Einblick in ihr Dekolleté gewann. »KTU? Was ist das eigentlich?«

Evelyne verkniff sich ein Schmunzeln. Ganz schön raffiniert. Ihre Freundin wusste genau, was die KTU war.

»Kriminaltechnische Untersuchung«, erwiderte Hannes mit nachsichtigem Lächeln.

»Warum dauert das denn so lange mit den Untersuchungen? Brandt ist doch schon vor fünf Tagen gefunden worden. Im Fernsehen geht das immer schneller.«

»Fernsehen!« Hannes schnaubte verächtlich. »Ich würde mir wünschen, wie meine TV-Kollegen ein Verbrechen in sechzig Minuten lösen zu können. Aber in der wirklichen Welt dauert es erheblich länger. Und manchmal findet man die Wahrheit auch überhaupt nicht heraus. So sieht es nämlich aus.« Wie zur Bekräftigung seiner Meinung trank er sein Glas auf einen Zug aus.

Evelyne konnte sich nicht beherrschen. Mit zuckersüßem Lächeln zeigte sie auf den Wein, den er für sie mitgebracht hatte. »Bitte! Dein Nachschub.«

Er sah sie kurz verwirrt an, bedankte sich und fuhr fort: »Ich bin der Meinung, dass die ganzen Tatortkrimis unserem Berufsstand nur schaden und den Leuten eine völlig falsche Vorstellung vermitteln. Wie überall mangelt es auch bei uns an Personal und Geld. Unter solchen Bedingungen geht eben alles langsamer.« Während sein Blick noch einmal zu Ingrids Ausschnitt zurückwanderte, griff er in den kleinen ledernen Beutel, der ihm um den Hals hing. Zum Vorschein kam eine Pfeife, die er zusammensetzte.

»Du rauchst inzwischen Pfeife?«, fragte Rosa erstaunt.

»Na klaro.« Hannes lachte. »Wie die englischen Detektive. Aber dies ist eine irdene Mutz. Die haben die Leute hier in der Eifel früher immer geraucht. Leider ist diese Tradition weitgehend verloren gegangen. Ich befülle sie sogar mit Wittlicher Strangtabak. Wie früher.«

»Ich finde es schön, dass du so traditionsbewusst bist«, säuselte Ingrid. Auch sie hatte inzwischen ihr Glas zur Hälfte geleert.

Eines musste man Ingrid lassen: Sie hatte es drauf, mit Männern umzugehen. Hoffentlich würde ihr Einsatz in diesem Fall die erwünschte Wirkung zeigen. Hannes' langer, sehnsuchtsvoller Blick jedoch, mit dem er Ingrid bedachte, ließ sie diesbezüglich hoffen.

»Hier munkelt man was von drei Hauptverdächtigen«, sagte Ingrid mit unschuldiger Miene.

»Es ist bekannt, dass Brandt mit Thelen, Hammes und Engels auf Kriegsfuß stand«, fügte Rosa deutlicher hinzu.

Hannes nickte. »Stimmt. Alle drei hätten ein Motiv.«

»Und was machst du jetzt, um unter den Verdächtigen den Täter ausfindig zu machen?«

Dieses Mal reagierte Hannes auf Ingrids sanfte Stimme nicht. Mit seinen dicken Fingern befüllte er den kleinen Pfeifenkopf, wobei mehr als die Hälfte des Tabaks auf die Erde fiel. Aber das schien ihn nicht zu stören. Wie mochte es bloß bei ihm zu Hause aussehen?, fragte sich Evelyne entsetzt. Es brannte ihr schon unter den Nägeln, die Tabakbrösel pflichtbewusst aufzusammeln, doch sie beherrschte sich.

Erst nachdem er sich die Pfeife mit einem Zündholz, das er ebenfalls achtlos auf den Boden warf, angesteckt hatte, beantwortete er Ingrids Frage. »An den dreien sind wir dran. Die haben wir auch schon wegen ihren Alibis befragt. Zwei haben eins. Die sind jetzt natürlich raus. Wenn einer bis nachts nachweislich auf einer Familienfeier war und der andere das ganze Wochenende mit seiner Frau zusammen, können die beiden es natürlich nicht gewesen sein. Der Dritte im Bunde jedoch hat keins. Der behauptet, den ganzen Abend allein zu Hause gewesen zu sein.«

Ingrid setzte sich gerade hin. »Und jetzt?«

Hannes seufzte theatralisch auf. »Mensch, Mädels, ihr löchert mich ganz schön. Ich stehe unter Schweigepflicht.«

»Uns interessiert ja nur deine Arbeitsweise«, stellte Rosa, die Ingrid bis jetzt weitgehend das Feld überlassen hatte, mit charmantem Lächeln richtig. »Wir wollen halt wissen, wie so was im richtigen Leben abläuft. Du hast gerade gesagt, dass das Fernsehen uns was Falsches vormacht. Du bist Spezialist auf diesem Gebiet. Und ich bin sicher, dass du einer der Besten bist.«

Hannes beugte sich runter und nahm das volle Weinglas vom Tablett. Nachdem er sich einen kräftigen Schluck gegönnt und sich mit dem Zeigefinger über den Schnauzbart gestrichen hatte, lächelte er gutmütig in die Runde. »Nun gut … Dann befragen wir die Nachbarn. In unserem Fall jedoch hat der Nachbar des betroffenen Verdächtigen ausgesagt, er hätte diesen wegfahren sehen. Also …?« Er sah alle drei nacheinander an und schien es zu genießen, dass sechs Augenpaare gerade an seinen Lippen hingen.

»Also war er doch nicht zu Hause«, folgerte Evelyne trocken.

»Und dann?« Es war Ingrids Stimme, die so belegt klang.

Evelyne sah ihre Freundin forschend an. Ingrid wirkte betroffen. Warum?

Hannes paffte ein paarmal an seiner Mutz. »Dann forschen wir natürlich weiter. Dann kommen die Spuren am Tatort zum Einsatz. Wie sieht es mit der Tatzeit aus? Passen die Fingerabdrücke zu diesem Verdächtigen, passen die Hautpartikel, die wir eventuell unter den Fingernägeln des Opfers finden werden, zu seiner DNA und so weiter.«

»DNA?«, fragte Rosa betont unwissend.

Evelyne unterdrückte ein Lächeln. Ihre Mutter wollte das Gespräch in Gang halten, in der Hoffnung, noch ein paar Interna zu erfahren.

Und Hannes erklärte auch sofort bereitwillig: »Die DNA ist der genetische Fingerabdruck eines Menschen. Sie findet sich in Blut, Sperma, Speichel, Hautpartikeln oder in der Haarwurzel. Also kann die am Tatort gefundene DNA wichtige Hinweise auf den Täter liefern, sogar auf sein Geschlecht.« Nach seinem Vortrag sah er eine nach der anderen an. »Was heißt das also in unserem Fall?«

»Findet sich die DNA eures Verdächtigen, der kein Alibi hat, am Tatort, könnte er den Mord verübt haben«, schlussfolgerte Rosa lächelnd.

Hannes lehnte sich selbstzufrieden zurück. »So ist es.«

Rosa himmelte ihn an. »Das finde ich hochspannend.«

Hannes tippte sich an die Stirn, an der ein paar Schweißtropfen hinunterliefen. »Köpfchen!« Dann hievte er sich aus dem Sessel hoch. »Ich hole mir noch einen Wein. Was ist mit euch?«

Rosa lächelte ihn dankbar an. »Wir haben noch.«

Während er sich die Hose hochzog, zwinkerte er Ingrid forsch zu. »Nicht weglaufen, bin gleich wieder da.«

Als er in Richtung Weinbar davonschluffte, drohte Rosa Ingrid spielerisch mit dem Finger: »Na, na, du machst den armen Hannes ja völlig durcheinander. Wenn du so weitermachst, hast du ihn an der Backe.«

Evelyne nickte ihrer Freundin zu und lachte. »Wo Mutter recht hat, hat sie recht.«

»Also bitte!«, empörte sich Ingrid und sah Rosa vorwurfsvoll an. »Du hast doch gesagt, ich soll ein bisschen nett zu ihm sein.« Sie schluckte, griff zum Glas und trank hastig. Die roten Flecken am Hals und ihre Finger, die an ihrem Dekolleté herumzupften, verrieten ihre innere Unruhe.

»Stimmt, aber besonders weit sind wir dadurch noch nicht gekommen«, bedauerte Rosa.

»Die Untersuchungen der KTU sind auch noch nicht da«, erwiderte Evelyne.

»Pscht, da kommt er zurück«, sagte Ingrid mit unterdrückter Stimme.

»So, da bin ich wieder«, kündigte sich Hannes an und ließ sich in den Plastikstuhl fallen. Dabei schwappte der Rotwein übers Glas auf seine helle Hose.

»O Mist«, meinte er und lachte. »Seht ihr, dafür braucht ein Mann eine Frau. Natürlich auch noch für einiges andere«, fügte er zwinkernd mit Blick auf Ingrid hinzu, deren Miene augenblicklich gefror.

»Wie du eben schon selbst gesagt hast, kann man sich in unserem Alter nicht mehr so leicht auf einen Partner einstellen«, erwiderte sie kühl.

Hannes steckte die Zurechtweisung lächelnd weg und zog an seiner Pfeife. »Also, um noch mal abschließend auf unseren Mordfall zurückzukommen ... Wir haben ein Opfer, die vermutliche Tatwaffe und einen Verdächtigen – und mehr Fragen als Antworten.«

Im nächsten Moment fiel Evelyne etwas ein. »Habt ihr eigentlich in Brandts Jeep Handschuhe gefunden?«

Hannes sah sie verblüfft an. »Nein. Sollten wir?«

»Friderike hat ihre verloren«, erwiderte sie. »Sie hatte sie sich gerade gekauft. Womöglich hat sie sie in dem Jeep liegen lassen.«

Hannes lachte ungläubig auf. »Da denkt diese Frau doch

tatsächlich in dieser Situation an ihre Handschuhe! Da könnte man doch glatt meinen, dass ihr der Tod ihres Mannes sonst wo vorbeigeht.«

»Nein, nein«, beeilte sich Evelyne zu sagen, die ihre Frage sofort bereute. »Es ist mir gerade nur so eingefallen, weil ich sie so toll fand. Also, die Handschuhe ... Friderike hat davon gar nichts gesagt. Die ist doch noch viel zu geschockt, um an so etwas zu denken.«

»Frauen und Klamotten ...«, murmelte Hannes kopfschüttelnd.

»Und was passiert jetzt mit dem Verdächtigen, den ihr habt?«, wechselte Ingrid das Thema.

Hannes hob lässig die Schultern. »Vielleicht Untersuchungshaft, damit er nicht abhaut – falls er es doch gewesen sein sollte und wir in unseren Ermittlungen nur noch nicht so weit sind, ihn überführen zu können.«

»Untersuchungshaft?« Ingrid erblasste.

Evelyne sah sie erstaunt an.

Hannes lächelte sie stolz an. »Dazu habe ich die Befugnis.«

Da ging ein Ruck durch Ingrid. Sie setzte sich aufrecht hin, zog den Rock über die Knie und sagte: »Der Engels war es nicht. Ich kenne ihn von früher. Der würde niemals jemanden erschlagen. Dafür lege ich meine Hand ins Feuer.«

Hannes zog die Brauen hoch. »Die könntest du dir aber verbrennen, meine Liebe. In meinem Beruf zählen nur handfeste Beweise und keine persönlichen Einschätzungen.«

Wie kam ihre Freundin auf den Hoch- und Tiefbauunternehmer? Hannes hatte doch überhaupt keine Namen genannt. Aber das schien er gar nicht zu bemerken. Nur ihre Mutter wirkte genauso verdutzt wie sie.

Ingrid trank ihr Weißweinglas in einem Zug aus, dann sah sie Hannes entschlossen an und sagte, indem sie jedes Wort betonte: »Engels hat ein Alibi. Er war am Sonntagabend bei mir zu Hause.«

Evelyne blickte zu ihrer Mutter hinüber, die mit großen Augen die Schultern hob.

Auch Hannes setzte sich aufrecht hin. »Verstehe ich das richtig? Du gibst dem Engels ein Alibi?«

»Ja. Gustav Engels war an diesem Abend, beziehungsweise in der Nacht, in der Hubert Brandt ermordet wurde, bei mir. Das gebe ich gerne am Montag zu Protokoll.«

Hannes' Gesichtsausdruck vereiste. »Dann bist du also wieder gebunden?«, fragte er spitz. »Nun gut. Dann kann ich das schon mal zu Protokoll nehmen. Dafür musst du nur ein Formular unterschreiben. Und das habe ich im Auto.« In einer einzigen Bewegung war er auf den kurzen Beinen. Sein Gesicht hatte sich gerötet. Es verriet, wie betroffen er davon war, bei Ingrid auch heute keine Chancen zu haben. »Ich hole es. Das erspart mir am Montag einen zusätzlichen Arbeitsgang und dir die Fahrt nach Koblenz.« Mit diesen Worten bahnte er sich den Weg durch die Besucher, die auf dem Hof inzwischen immer zahlreicher geworden waren.

»Du hast was mit dem Engels?«, fragte Evelyne fassungslos.

»Na ja, noch nicht richtig, aber er war tatsächlich bei mir.«

»Warum hast du uns das denn nicht erzählt?«, erkundigte sich Rosa vorwurfsvoll.

Ingrid errötete wie ein junges Mädchen. »Weil ich ... Nun, Gustav ist doch verheiratet, und eigentlich gehört sich das ja nicht.«

Da lachte Rosa ihr herzhaftes Lachen. »Ach, du liebe Güte! Diese alten Moralvorstellungen gelten doch heute nicht mehr. So ein Fisternölschen ist doch nichts Verwerfliches.«

»Mutter ...«, wandte Evelyne energisch ein.

»Es ist doch noch gar nichts oder kaum was passiert«, beschwichtigte Ingrid sie. »Seine Ehe ist sowieso kaputt. Und wie gesagt, wir kennen uns von früher. Es hat sich halt so ergeben, dass wir uns in der letzten Zeit nähergekommen sind. Also, wie gesagt, noch nicht richtig. Und ich weiß auch gar nicht, ob ich das will. Aber irgendwie mag ich ihn. Und die

Stunden, die wir zusammen verbringen, sind schön.« Sie hatte sich derart in Rage geredet, dass sich an ihrem Hals rote Flecken zeigten. »Ich bin eben keine Frau, die den Rest ihres Lebens allein verbringen will«, fügte sie mit einer Stimme hinzu, die die ersten Tränen ankündigte.

»Dafür ist ein verheirateter Mann aber ziemlich ungeeignet«, konterte Evelyne sachlich.

»So, da bin ich wieder.« Hannes hatte eine Aktentasche unterm Arm und setzte sich wieder. Er sah Ingrid kühl an. »Die Sache haben wir ganz schnell erledigt. Und danach muss ich mich auch mal den anderen Leuten hier widmen.« Er öffnete die Tasche, zog ein Formular heraus und zückte einen Stift. Dann wandte er sich wieder an Ingrid. »Ich gehe davon aus, dass du die Wahrheit sagst.«

»Selbstverständlich«, erwiderte sie erhobenen Hauptes.

Hannes seufzte. »Eigentlich schade«, meinte er dann mit schiefem Lächeln wie zu sich selbst.

12. KAPITEL

Über den Hügel am Horizont segelten vor der tief stehenden Sonne rosig umsäumte Wolkenstreifen, die einen Wetterwechsel ankündigten. Der Abendwind wehte den süßen Duft des Geißblatts von unterhalb der Steinterrasse zu Evelyne hinauf. Bis in den späten Nachmittag waren sie und ihre Mutter auf dem Hoffest geblieben. Ingrid hatte sich, kurz nachdem sie ihre Aussage zu Protokoll gegeben hatte, verabschiedet.

Gleich nachdem sie zu Hause angekommen waren, war Evelyne laufen gegangen, um zu all den vielfältigen Eindrücken innere Distanz zu bekommen. Nach dem Duschen hatte sie ihren dunkelblauen Hausanzug angezogen, die Hortensien auf der Terrasse und vor dem Haus gegossen und saß jetzt mit der Samstagszeitung draußen – vor sich ein Glas Holundersaft, den sie bei Barbara gekauft hatte.

»Dass du den so pur trinken kannst«, wunderte sich ihre Mutter, die sich mit einem Glas Rotwein zu ihr gesellte. In der Hand hielt sie den Krimi, den sie gerade las.

»Holunder ist gesund«, murmelte Evelyne, ohne von der Rhein-Zeitung aufzublicken.

»Rotwein auch, wie wir heute von Hannes gelernt haben. Die Milch des Alters …« Rosa kicherte. »Der Hannes ist schon ein Unikum. Findest du nicht?«

Evelyne seufzte in sich hinein. »Hmm.« Sie hörte, wie ihre Mutter an ihrem Glas nippte und sagte:

»Es gibt also keinen zweiten Handschuh. Da hat sich Friderike wohl geirrt. Vielleicht hat der Täter ihn mitgenommen, aus Angst, es könnte seine DNA daran zu finden sein. Immerhin scheint es zu einem handfesten Kampf zwischen Brandt und seinem Mörder gekommen zu sein. Und den, den du Friderike zurückgegeben hast, hat er bei seiner Flucht im Laub verloren.«

»Vielleicht«, entgegnete Evelyne zweisilbig, um zu demonstrieren, dass sie weiterlesen wollte.

Doch ihre Mutter ließ sich davon nicht zurückhalten. Munter fuhr sie fort: »Gott sei Dank kommt Tine am Mittwoch wieder. Drei Wochen waren eine lange Zeit. Hoffentlich hat die Kur ihr was gebracht. Mit einem Herzinfarkt im Alter von zweiundvierzig ist nicht zu spaßen.«

»Hmm.«

»Na ja, sie arbeitet auch viel. Drei volle Tage in der Woche bei uns, dann montags die diversen Putzstellen, und am Wochenende, wenn sie bei ihrem Freund in Trier ist, wird sie auch nicht nur die Füße hochlegen können.« Rosa räusperte sich und lehnte sich entspannt zurück, wie Evelyne aus dem Augenwinkel sah. »Das Haus hier hat's nach der langen Zeit auch mal wieder nötig. Obwohl wir bei dem schönen Wetter meistens draußen waren, trägt man den Schmutz halt doch rein.«

Als Evelyne weiterhin schwieg, fuhr Rosa unverdrossen fort: »Weißt du, worauf ich mich schon freue? Auf Tines köstlichen Döppekuchen. Dreimal in der Woche mittags ein warmes Essen ist doch was wert. Dann braucht man abends nur noch eine Kleinigkeit.«

Evelyne blickte kurz von ihrer Lektüre auf. »Wir sind in der Zeit nicht verhungert.«

»Natürlich nicht. Du verstehst dich ganz hervorragend auf kalte Häppchen.«

Meinte sie das jetzt ernst?, fragte sich Evelyne zweifelnd. Sie konnte nicht kochen. Hatte sich auch nie dafür interessiert. Sie hatten immer Haushälterinnen gehabt, die sich um das große Haus sowie ihre Verköstigung gekümmert hatten. Tine war jetzt bereits seit zehn Jahren bei ihnen. Ihre Mutter hatte immer nur dann gekocht, wenn sie dazu Lust gehabt hatte. Und dann auch nur italienische Gerichte, die jedoch durchaus mindestens zwei Sterne verdienten.

»Glaubst du, der Engels meint es ernst mit Ingrid?«, plauderte Rosa weiter.

»Keine Ahnung.«

»Wahrscheinlich nicht. Eine Scheidung würde ihn doch viel zu viel kosten. Obwohl – Ingrids Mann hat sich auch für eine andere scheiden lassen.«

Evelyne sah ihre Mutter über die schwarze Lesebrille hinweg an. »Aber für eine sehr viel jüngere Frau. Die Männer wollen doch meistens jüngere Frauen. Und Ingrid ist auch einundsechzig!«

»Was heißt denn das? Du darfst dich nicht immer noch an diesem Richter aus München orientieren, den du damals mal hattest. Es gibt auch andere Männer.«

»Tatsächlich? Was ist denn mit dem Bibliothekar aus Bonn gewesen? Oder mit dem Apotheker aus Koblenz? Die haben mich alle betrogen und belogen. Also, ich habe nicht vor, mich noch einmal verletzen zu lassen. Ich genieße mein Leben auch ohne Mann.«

Ihre Mutter sah sie lange an, und Evelyne wusste ganz genau, was hinter deren Stirn vorging: Rosa wünschte sich selbst heute immer noch einen Schwiegersohn.

»Jetzt haben wir nur noch zwei Verdächtige: Mutter und Sohn«, wechselte ihre Mutter dann Gott sei Dank das Thema.

Evelyne streckte das Kinn vor. »Irrtum. Mutter und Sohn haben ein Alibi. Aber da ist immer noch Friderikes Vaters, der von den Gewalttätigkeiten wusste.«

»Der lebt in Mainz. Glaubst du, der wäre an diesem Sonntagabend extra hier hochgefahren, um seinen Schwiegersohn um die Ecke zu bringen? Er müsste dann auch gewusst haben, wo er Brandt hätte finden können. Und das hätten nur Friderike oder Jan ihm sagen können. Was bedeuten würde, dass sie eine Mitschuld hätten – ganz abgesehen von einem ganz starken Motiv«, fuhr Rosa ungeachtet dessen fort, dass ihre Tochter wieder in die Zeitung schaute.

Mit einem Stoßseufzer faltete Evelyne schließlich das Blatt zusammen, legte es mit Nachdruck auf den Tisch und nahm die Brille ab.

»Vielleicht Friderikes Freund?«, schlug sie mit herausforderndem Blick vor. »Dieser Th. Mayer aus Koblenz?«

»Wir wissen doch gar nicht, ob er überhaupt ihr Freund ist.«

»Dann sollten wir das mal herausfinden.«

Ihre Mutter nickte. »Stimmt. Fahr morgen noch mal zu ihr.«

»Geht nicht. Sie ist morgen in Bonn bei ihrer Schwester und holt Jan zurück. Der hat Heimweh. Aber wir sollten Augen und Ohren offen halten. Wie hast du gesagt? Es sind oft die völlig unerwarteten Dinge, mit denen man einen Verbrecher zur Strecke bringt.«

Rosa strahlte sie an. »Das hast du dir gemerkt?«

»Ich lehne nicht grundsätzlich alles ab, was von dir kommt. Außerdem sind wir jetzt schon mittendrin in dem Fall. Und ich muss ehrlich sagen, inzwischen hat mich auch die Neugier gepackt.«

»Da meine Worte bei dir also doch nicht immer auf unfruchtbaren Boden treffen, können wir jetzt vielleicht über übermorgen reden«, schlug sie mit schelmischem Blick aus ihren großen schwarzen Augen vor, denen selbst sie als Tochter manchmal nicht widerstehen konnte. Ganz zu schweigen von den Männern.

»Was ist denn übermorgen?«, fragte sie irritiert.

»Montag. Dr. Groß. Abendessen im Burghotel …«

Entsetzt fasste sie sich an den Kopf. »O nein! Daran habe ich gar nicht mehr gedacht. Aber was gibt's denn jetzt darüber zu reden?«

»Dein Outfit.«

»Mutter … Hör auf damit! Ich werde schon nicht nackt da hingehen. Irgendwas ziehe ich halt an. Ich glaube, ich habe bereits alles dazu gesagt.«

Rosa legte beruhigend die Hand auf ihren Arm. »Schau, Liebes, mir geht es doch nicht darum, dass du dich für den Groß schön machst. Aber du warst schließlich mal Schulrektorin. Eine Respektsperson für viele. Das verpflichtet. Bei offiziellen Anlässen hast du dich damals doch auch anständig gekleidet. Nicht mit Jeans, Funktionsweste und Turnschuhen. Du willst doch nicht, dass die Leute sagen, wie läuft die denn heute rum!«

Evelyne zuckte mit den Schultern. »Mir ist heute schnurzpiepegal, was die Leute über mich sagen.«

»Evelyne, du hast auch eine Verpflichtung unserer Familie gegenüber. Dein Vater war Generalmajor bei der Bundeswehr auf der Hardthöhe. Dein Großvater Zahnarzt in Adenau. Wir sind bekannt …«

»Liebe Mama, jetzt muss ich aber mal was sagen: Du hast auch nicht so ganz in diese Familie gepasst. Eine Halbitalienerin in einer Zeit, als gegen Gastarbeiter hier noch Vorurteile herrschten, völlig unkonventionell, sozusagen ein schriller Vogel, der sich der Schönheit verschrieben hatte …« Kaum hatte sie die Worte ausgesprochen, da zuckte sie auch schon innerlich zusammen. O weia! War sie jetzt respektlos gewesen?

Doch Rosa lachte nur ihr herzliches Lachen. »Da hast du ganz recht. Mit meiner Schwiegermutter habe ich deswegen auch ständig auf Kriegsfuß gestanden. Ich weiß noch, die hat ein riesiges Theater gemacht, als dein Großvater uns zur Hochzeit das Grundstück hier auf der Höhe geschenkt hat. Aber die Gute ist Gott sei Dank nicht besonders alt geworden. Meinen Schwiegervater dagegen konnte ich um den Finger wickeln. Und dein Vater hat mich geradezu vergöttert. Ich war so, wie er gerne gewesen wäre.«

»Und der Rest der Familie?«

»Mit meinen Schwägerinnen habe ich mich immer gut verstanden. Aber das weißt du doch noch. Für die war ich ein Vorbild. Das waren doch damals Landeier. Die habe ich immer in puncto neuester Mode und Make-up beraten. Apropos: Darf ich dich für übermorgen auch beraten?«

Doch dazu kam es nicht mehr, wie Evelyne im nächsten Augenblick erleichtert feststellte. Ein Auto kam auf den Hof hinterm Haus gefahren. Dem hochtourigen Geräusch nach war es Ingrids Cabrio.

»Ingrid?« Ihre Mutter sah sie überrascht an.

»Ich glaub ja.«

Ein paar Sekunden später kam Ingrid die Stufen zur Steinterrasse hinauf – im sandfarbenen Jogginganzug und mit goldenen Ballerinas. Den blonden Bob hatte sie aufgesteckt. An den Ohren trug sie Perlen.

Egal, was sie anhat, sie gibt sich immer weiblich, dachte Evelyne mit einem Anflug von Bewunderung. Vielleicht sollte sie übermorgen tatsächlich auch mal ein Kleid tragen?

»Ingrid!«, rief ihre Mutter aus. »Was machst du denn hier?«

»Störe ich euch?«, fragte Ingrid mit aufgewühlter Miene und zauberte eine Flasche Sekt hinterm Rücken hervor. »Ich muss unbedingt mit jemandem reden. Aber wenn ich ungelegen komme …«

»Blödsinn«, unterbrach Evelyne sie. »Wir sind doch gegenseitig immer füreinander da. Setz dich.«

Ihre Mutter schnappte sich sofort die Flasche. »Die ist sogar kalt«, stellte sie erfreut fest.

»Bleibt sitzen. Ich hol uns Gläser«, bot Ingrid an und huschte durch die Terrassentür ins Haus.

»Was mag sie wohl haben?«, rätselte Evelyne besorgt.

»Das erfahren wir gleich«, meinte Rosa gelassen.

Die drei stießen miteinander an – Evelyne ebenfalls mit Sektglas, in dem jedoch Eifelwasser sprudelte.

»So, jetzt erzähl mal«, forderte Rosa den späten Gast auf.

Ingrid holte tief Luft. »Gustav hat eben am Telefon mit mir Schluss gemacht.«

»Wie bitte?«, entfuhr es Evelyne. »Obwohl du ihm heute den Allerwertesten gerettet hast?«

»Gerade deswegen«, erwiderte ihre Freundin. »Ich habe ihn heute Nachmittag auf dem Handy, von dem seine Frau nichts weiß, angerufen und ihm erzählt, dass ich ihm ein Alibi gegeben habe. Da ist er explodiert. Ich dürfe mich nicht in seine Angelegenheiten mischen. Wenn seine Frau erfahren würde, wo er gewesen sei in dieser Nacht … Und so weiter und so fort.« Ingrids Stimme schwankte bedenklich, bevor sie verstummte.

»Dann würde er wohl lieber übermorgen in Untersuchungshaft sitzen, oder?«, fragte Evelyne herausfordernd, woraufhin Ingrid nur die Schultern hob und sich mit dem Spitzentaschentuch vorsichtig über die Augen tupfte, sodass die Schminke nicht verschmierte.

»Das ist ja ein Ding!«, empörte sich Rosa, bevor sie sich, ungeachtet des maßregelnden Blickes ihrer Tochter, die Zigarette anzündete, die sie schon seit ein paar Minuten in den Fingern hielt. Nachdem sie den Rauch in die warme Abendluft gepustet hatte, fuhr sie an Ingrid gewandt sanft fort. »Jetzt weißt du wenigstens, was du von ihm zu halten hast. Der hätte sich niemals getrennt. Du wärst immer die heimliche Geliebte geblieben, die er beglückt, wenn es gerade in seinen Plan passt.«

Ingrid atmete tief ein. »Wahrscheinlich hast du recht. Aber ich hätte so gerne wieder eine Beziehung. Einundsechzig ... Das ist doch noch kein Alter, um für ewig allein zu bleiben.«

»Kein Mensch ist fürs Alleinsein geschaffen«, sagte Rosa leise, während sie Ingrids Hand streichelte. »Selbst ich in meinem hohen Alter genieße es, wenn Dr. Friedrichs mich besucht oder mich zum Essen ausführt.«

»Friedrichs ist ein Freund der Familie, Mama«, stellte Evelyne richtig. »Vaters ehemaliger Jagdfreund. Ingrid dagegen sucht einen Mann.«

Da lehnte sich ihre Mutter im Terrassenstuhl zurück. »Ach, und das weißt du so genau? Glaubst du wirklich, im Alter gibt es keine Zärtlichkeit mehr zwischen Mann und Frau?«

Evelyne spürte, wie ihr die Hitze in die Wangen schoss. Hatte ihre Mutter etwa ein Fisternölschen, wie sie es nannte, mit dem ehemaligen Rechtsanwalt? Zuzutrauen war es ihr, das musste sie zugeben. Sie hatte diese Möglichkeit nur noch nie in Betracht gezogen. War sie tatsächlich so lebensfremd? Wut auf sich selbst und auf all die Frauen, die so unbedingt einen Mann haben wollten, breitete sich in ihr aus.

»Ihr könnt meinetwegen machen, was ihr wollt«, stieß sie aufgebracht hervor. »Aber Frau und Mann passen einfach nicht zusammen. Punkt.«

Im nächsten Moment klingelte das Telefon. Dankbar für die Ablenkung, stand sie auf und eilte in den Flur.

»Ich bin's – Barbara«, meldete sich die muntere Stimme ihrer Freundin. »Ich wollte mich nur schnell mal erkundigen, ob Hannes uns ein paar Hinweise gegeben hat. Ihr habt ja lange mit ihm gesprochen.«

»Also ... Dass du jetzt noch anrufst ...«, sagte Evelyne verwirrt. Ihr Kopf war noch immer bei dem Gespräch über Männer.

»Schlaft ihr etwa schon?«

Da musste sie lachen. »Nein, im Gegenteil. Ingrid ist eben noch gekommen. Nur ... Ist das Hoffest denn schon zu Ende?«

»Schon lange. Das geht nur bis achtzehn Uhr. Wir haben jetzt neun. Nur Matthias und Sven sitzen noch mit ein paar Kumpeln im Hof. Aber mir reicht's. Also, was ist?«

»Von Hannes haben wir nur erfahren, dass die KTU-Ergebnisse noch nicht vorliegen, aber Hammes, Thelen und Engels haben ein Alibi.«

»Dann bleiben als mutmaßliche Täter nur noch Friderike und ihr Sohn übrig«, schlussfolgerte auch Barbara.

Evelyne schwieg.

»Hannes geht am Dienstag auch mit zur Beerdigung«, fuhr ihre Freundin fort. »Danach werde ich ihn mal interviewen.«

»Gut. Magst du noch rüberkommen? Ingrid hat Sekt mitgebracht.«

»Vielen Dank, aber ich bin total erschöpft. Das war ein turbulenter Tag.«

Als Evelyne auf die Terrasse zurückkehrte, hatte sich ihre Stimmung wieder gehoben. Sie gab den beiden das Telefonat wieder.

»Vielleicht erfährt Barbara am Dienstag mehr von ihrem Bruder«, meinte Ingrid zuversichtlich.

»Hoffentlich«, erwiderte Rosa ernst. »Wir müssen jetzt unbedingt am Ball bleiben, sonst verläuft unsere Ermittlung bald im Sand.«

13. KAPITEL

Montagmorgen wachte Evelyne mit Kopfschmerzen auf. Als sie auf ihren Balkon trat, merkte sie es sofort – Eifelföhn. Er hatte sich schon am Abend mit feinen Wolkenstreifen am südlichen Himmel angekündigt. Jetzt schlug ihr eine unnatürlich warme Luft entgegen. Die Hügelketten am Horizont schienen zum Greifen nah zu sein, während der ganze Himmel von

Wolkenschuppen überzogen war. Die Sonnenstrahlen kämpften sich nur schwer durch den Dunstschleier. Eifelföhn – er brachte nicht nur klebrig-warme Luft mit, sondern auch die Gemüter der Menschen ganz schön durcheinander. So erzählten es sich die alten Leute in den Dörfern. Die einen brausten auf oder wurden sentimental. Die anderen trieb er zu Taten an, die sonst niemals geschehen würden, und wieder andere neigten zu Kopfschmerzen und Lustlosigkeit. Sie gehörte zu den Letzteren. Und wenn sie an ihre Verabredung mit Dr. Groß am Abend dachte, gesellte sich zu ihrem Kopfschmerz auch noch die Lustlosigkeit. Da muss ich jetzt durch, sagte sie sich streng und begab sich an ihre Morgentoilette. Es war schließlich peinlich, so kurzfristig abzusagen. Aber vielleicht sagte Dr. Groß ja ab … In seinem Alter würde er doch bestimmt noch mehr unter dem Wetter leiden als sie.

Bis in den späten Nachmittag hinein checkte Evelyne immer wieder ihre Mails und WhatsApp-Nachrichten in der Hoffnung, eine Absage ihres Sponsors würde sie vor dem Abendessen bewahren. Aber nichts dergleichen geschah. Und das Telefon blieb auch stumm.

In ihrer Stimmung fühlte sie sich auch außerstande zu arbeiten. Seit ihrer Frühpensionierung war sie freiberuflich für zwei Schulbuchverlage tätig. Hauptsächlich arbeitete sie in den Fachbereichen Mathematik und Geschichte. So konnte sie ihre jahrzehntelange didaktische Erfahrung nutzbringend bei der Entwicklung eines neuen Schulbuchs einfließen lassen. Um die Zeit totzuschlagen, räumte sie in ihrer Wohnung ein paar Dinge von rechts nach links, blätterte durch alte Schulordner, die nach eineinhalb Jahren immer noch auf ihre Entsorgung warteten, und hoffte darauf, dass die Zeiger ihrer großen Armbanduhr, ein Erbstück ihres Vaters, schneller laufen würden. Sie wollte dieses Abendessen endlich hinter sich bringen. Ein Klopfen an der Wohnungstür machte dann ihrer Trödelei ein Ende.

»Wir wollten doch noch über dein Outfit reden«, sagte ihre Mutter, die sich den ganzen Tag in der Bibliothek aufgehalten hatte, die mit ihrer Nordlage stets der kühlste Raum im Haus war.

Das hatte ihr gerade noch gefehlt!

»Für das weiße Etuikleid ist jetzt kein Wetter.« Mit diesen Worten stürmte ihre Mutter ihre Wohnung. »Ich empfehle dir das schwarze. Du hast es damals auf meinen Rat hin in zwei Farben gekauft. Aber das muss ein bisschen aufgepeppt werden. Ich dachte da an meinen roséfarbenen Pashminaschal. Der schmeichelt so schön.«

Evelynes Schultern fielen herab. Soll sie doch nur machen, ging ihr durch den Kopf, der wieder brummte. Ihre Kraft brauchte sie noch für den Abend mit Dr. Groß.

14. KAPITEL

Als Evelyne gegen halb sieben vor dem mannshohen Art-déco-Spiegel im Hausflur stand, sah sie sich einer fremden Frau gegenüber. Diese Frau war groß und schlank. Die Größe hatte sie von ihrem Vater geerbt. Sie war immer ein Problem bei den Männern gewesen, denn mit Pumps hatte sie die oft um Zentimeter überragt – was die männliche Spezies grundsätzlich nicht so schätzte. Deshalb hatte sie früher immer flache Schuhe getragen. Heute jedoch stand sie hier in schwarzen Pumps, die ihren langen Beinen gut standen. Das Schwarz des schmal geschnittenen Kleides unterstrich ihre leicht gebräunte Haut, und das lichte Rosé des Pashminaschals, der um ihre nackten Schultern lag, wirkte tatsächlich sehr weiblich. Sie hatte sich sogar darauf eingelassen, sich von ihrer Mutter die Wimpern tuschen zu lassen, die ihre braunen Augen strahlen ließen. Rosa, die Make-up-Expertin, hatte schließlich noch einen schimmernden Lippenstift aus ihrem Schminkkoffer gezaubert, der zu der Farbe des Schals passte, nur ein paar Töne dunkler. Auch an ihren Haaren hatte ihre Mutter Hand angelegt. Mit wenigen Griffen hatte sie sie lässig hochgesteckt, sodass der Pony und ein paar weiße Strähnen ihr schmales Gesicht umspielten. Zu diesem für sie gänzlich neuen Look hatte sie sich sogar ein Paar silberne Creolen ihrer Mutter aufschwatzen lassen, musste jedoch jetzt zugeben, dass sie gut zu ihrer Haarfarbe passten.

Das soll ich sein?, fragte sich Evelyne, während Rosa um sie herumtänzelte und ihr Werk stolz betrachtete.

»Wie schön du aussehen kannst«, sagte sie voller Mutterstolz. »Dass du dein Potenzial immer so vergeudest!«

Als Evelyne schließlich das Haus verließ, bedeckte ein gelblicher Dunst den Himmel, so wie vor einem Sandsturm in der Wüste. Schwüle lag über dem Land. Nicht ein Blatt des alten Lindenbaumes, der in der Mitte des Hofes stand, bewegte sich. Mückenschwärme schwebten tief überm Boden. Ein paar Augenblicke lang blieb sie vor ihrem Volvo stehen. Etwas Seltsames lag in der Luft. Ihr war zumute, als würde die Welt den Atem anhalten in Erwartung auf etwas Neues, Großes.

Energisch schüttelte sie den Kopf, als könnte sie so dieses beunruhigende Gefühl abschütteln. Was sollte an diesem Abend schon passieren? Sie ging mit einem Mann um die neunzig essen, würde höflich ein bisschen Konversation betreiben, den Scheck lächelnd entgegennehmen und in drei Stunden wieder zu Hause sein. Sie war inzwischen nur so ungeübt darin, mit einem Mann auszugehen – und sei es auch nur mit einem Neunzigjährigen, der nichts mehr anstellen konnte. Eigentlich traurig. Weder Ingrid noch Barbara würden damit Probleme haben. Von ihrer Mutter ganz zu schweigen.

15. KAPITEL

Das Burghotel lag in Richtung Nürburg auf den Eifelhöhen. Zu Renn-Events auf dem Ring mieteten sich dort die Reichen und Schönen ein. Es bot eine luxuriösere und auch individuellere Atmosphäre als die Hotels der internationalen Ketten auf dem Ring. Mit seinen Suiten, der großen Kellerbar, dem eleganten Restaurant und der riesigen Terrasse, die einen unverstellten Ausblick über die Höhenzüge der Eifel bot, erfüllte das Burghotel all die Wünsche eines exklusiven Publikums. Seine Wellnesslandschaft mit echtem Marmor und fließenden Gewässern war legendär.

Von diesem Publikum erzählten auch die glänzenden Karossen, die auf dem Parkplatz standen. Evelyne hielt an, schaute sich um – und entdeckte weit hinten einen armeegrünen verbeulten Geländewagen. Der passte zu ihrem alten Volvo! Mit Schwung setzte sie sich neben ihn. Als sie ausstieg, schien ihr die Luft mit elektrischer Energie aufgeladen – wie vor einem Gewitter. Sie blickte hinüber zu der Terrasse, wo die großen Marktschirme bereits eingezogen waren. Man rechnete also mit Regen.

Evelyne atmete tief durch, bevor sie über den weißen Kies auf das Portal zuging, vor dem in einem Rondell Ginster und Lavendel blühten. Mit ihren Pumps bewegte sie sich so vorsichtig, als würde sie auf Eiern gehen.

In der geschmackvollen Lobby wurde sie schon von einer jungen Frau in hellblauer Hoteluniform empfangen. In ihr erkannte sie eine ehemalige Schülerin.

»Frau Görgens! Ich habe in der Reservierung gelesen, dass Sie heute Abend bei uns speisen. Wie geht es Ihnen?«

Evelyne lachte sie an. »Gut geht es mir. Und wie geht es dir?« Sie zwinkerte ihre ehemalige Schülerin an. »Oder muss ich jetzt Sie sagen?«

»Natürlich nicht! Super geht's mir! Alles total cool! Wie Sie sehen, habe ich mich dann doch für eine Hotellehre entschieden, statt Kosmetikerin zu werden.«

»Eine gute Entscheidung. Das eröffnet dir auch mehr Möglichkeiten, in der Welt herumzukommen.« Evelyne wechselte noch ein paar Worte mit der jungen Frau und ging dann ins Restaurant, wo sie vom Oberkellner an einen Tisch in einer der Nischen geführt wurde. »Ist Dr. Groß noch nicht da?«, fragte sie erstaunt. Sie war auf die Minute pünktlich.

»Er wird bestimmt gleich kommen«, erwiderte der Kellner mit beruhigendem Lächeln. »Darf ich Ihnen vielleicht vorab einen Aperitif servieren?«

»Nein, danke, ich warte lieber.«

Eigentlich unverschämt, dass er mich warten lässt, ging Evelyne durch den Kopf, während sie ihren Schal über den Schultern neu arrangierte. Missmutig sah sie sich um. Einige der Nischen waren besetzt, und an den Tischen in der Mitte des Raumes saßen auch Gäste. Von ihrem Platz aus hatte sie nicht nur den Restauranteingang im Blick, sondern auch die kleine, etwas erhöhte Bar gegenüber dem Eingang. An ihr saß ein einziger Gast. Ein Mann in khakigrüner Hose, Funktionsweste und mit abgewetzten, halbhohen Lederstiefeln. So viel dazu, dass ich laut Mutter nicht in Jeans und Sneaker hierhin gehen konnte, dachte sie kopfschüttelnd. Jetzt saß sie hier herausgeputzt und wie bestellt und nicht abgeholt.

Ihr Blick wanderte zum Eingang in der Hoffnung, Dr. Groß würde dort endlich erscheinen. Doch nichts dergleichen geschah. Dann sah sie wieder zu dem Barbesucher hinüber, der sich mit dem Barkeeper unterhielt. Er hatte einen Charakterkopf mit prägnanter Nase, einen kurz geschnittenen grauen Vollbart und grau melierte Locken, die eigentlich viel zu lang waren. Schlecht sah er nicht aus.

Als hätte er ihren Blick gespürt, schaute er plötzlich in ihre Richtung. Zwei, drei Sekunden lang begegneten sich ihre Blicke. Dann sah sie schnell zur Seite. Trotz der Klimaanlage über ihr wurde ihr plötzlich siedend heiß. Sie nahm ihr Handy aus der Clutch. Schon zehn Minuten nach sieben, und keine Nachricht von Dr. Groß. Einfach kein Benehmen!

»Ich glaube, Sie sind die Frau, auf die ich warte«, hörte sie da eine tiefe, heisere Männerstimme neben sich. Eine Reibeisenstimme.

Sie sah auf. An ihrem Tisch stand der Mann von der Bar. Mit zwei Sektgläsern in der Hand.

»Darf ich mich setzen?« Er lächelte sie an.

War das jetzt eine Anmache?, schoss ihr durch den Kopf. Ihr Blut begann, schneller durch die Adern zu laufen. Sie spürte, wie ihr die Hitze in die Wangen schoss. Ohne etwas erwidern zu können, starrte sie ihn an. Völlig überrumpelt und hilflos wie selten in ihrem Leben.

Dieser attraktive Mann hob die schwarzen Brauen und sah sie auffordernd an. »Darf ich?«

»Ich weiß nicht …«, kam ihr wie von selbst stockend über die Lippen.

»Sind Sie Frau Görgens? Evelyne Görgens?«

Sie nickte.

Da legte sich wieder dieses Lächeln auf seine Züge. »Michael Groß. Ich bin der Neffe von Dr. Groß, mit dem Sie hier verabredet sind.«

»Sie …« Evelyne räusperte sich. Sie wusste weder, was sie sagen, noch, was sie tun sollte. Und das passierte ihr, die sonst stets eine passende und nicht selten scharfzüngige Bemerkung auf den Lippen hatte. »Und Ihr Onkel?«, brachte sie schließlich hervor.

»Der hat mich gebeten, ihn heute Abend kurzfristig zu vertreten. Das Wetter macht ihm zu schaffen«, antwortete Michael Groß, während er ihr gegenüber Platz nahm, immer noch die beiden Sektflöten in den Händen haltend. Er machte seinem Namen alle Ehre. Er war groß, wenigstens zehn Zentimeter größer als sie auf ihren Pumps. Und dazu athletisch gebaut. Ein Mann wie ein Bär.

»Verzeihen Sie bitte meinen Aufzug, aber als ich heute Mittag in Prüm losfuhr, wusste ich noch nicht, dass ich eine Verabredung mit einer Frau haben würde. So oft kommt das in meinem Alter nicht mehr vor.«

Evelyne sah ihn an. Seine Offenheit ließ sie spontan lächeln. Bei mir auch nicht, wollte sie schon erwidern, doch sie konnte sich gerade noch bremsen.

»So, nachdem wir das jetzt geklärt haben, sollten wir doch erst einmal miteinander anstoßen.« Mit diesen Worten drückte er ihr das Sektglas in die Hand und hielt ihr seines entgegen. Ein obligatorischer Blick auf seine Hände klärte sie darüber auf, dass er keinen Ehering trug. Sie trank ganz automatisch einen Schluck. Eiskalt und prickelnd rann der Sekt durch ihre Kehle. Er tat ihr gut. So gut, dass sie gleich noch einmal einen nahm. Dann stellte sie das Glas vor sich hin, hielt es jedoch noch in beiden Händen und genoss die Kälte, die ihr Gemüt hoffentlich ein wenig abkühlen würde.

»Ich hoffe, ich bringe Sie durch mein Erscheinen nicht in eine unangenehme Lage. Immerhin haben Sie meinen Onkel erwartet. Ich weiß nicht, ob ich mich an Ihrer Stelle so schnell auf diese neue Situation einstellen könnte.«

»Ich bin flexibel«, schwindelte sie forsch.

Dieser Mann hatte Augen, um die ihn manch eine Frau beneiden würde! Umbrabraun, geheimnisvoll schimmernd, von einem dichten Kranz schwarzer Wimpern umrandet. In der Farbpsychologie stand die Farbe Braun für Ehrlichkeit und Aufrichtigkeit.

»Haben die Herrschaften schon gewählt?«, fragte der Oberkellner in ihre Gedanken hinein.

»Nein, die Herrschaften brauchen noch ein bisschen«, kam es ihr da vorschnell über die Lippen. Sie fühlte sich plötzlich seltsam leicht.

Michael lachte. Sein Lachen klang warm und dunkel. »Ja, wir brauchen noch ein paar Minuten«, sagte er an den Kellner gewandt. Und in ihre Richtung fügte er hinzu: »Wir sollten uns erst mal ein bisschen kennenlernen. Dann schmeckt es auch besser.«

»Oder schlechter«, konterte sie.

Wieder lachte er. »Ich bin gespannt.« Er hob sein Glas. »Salute!«

»Salute!«, erwiderte sie schwungvoll – und trank genauso schwungvoll.

Der Sekt schmeckte gar nicht übel. Er war erfrischend. Genau das Richtige für einen so schwülen Abend.

»Ich habe meinen Onkel ein bisschen gelöchert. Ich wollte natürlich wissen, mit wem ich es heute Abend zu tun habe«, erzählte Michael Groß mit seiner Reibeisenstimme, die ihr unter die Haut ging.

»Das hätte ich an Ihrer Stelle auch getan. Und? Was hat er gesagt?«, erkundigte sie sich mit mulmigem Gefühl. Eine pensionierte Lehrerin in Jeans, Funktionsweste und Sneaker …

»Eine pensionierte Rektorin in Jeans, Sneaker und Funktionsweste. Ich liebe diese Dinger übrigens auch, wie Sie sehen«, fügte er zwinkernd hinzu und fuhr dann fort: »Deshalb habe ich Sie auch nicht erkannt, als Sie ins Restaurant kamen. Eine solche Frau …« Er verstummte, während er sie bedeutsam ansah. »… also eine so attraktive Frau habe ich daraufhin natürlich nicht erwartet.« Er zuckte mit den breiten Schultern. »Eigentlich sind mir Äußerlichkeiten nicht so wichtig, aber jetzt ärgert es mich, dass wir optisch so gar nicht zueinander passen.«

Sie lachte amüsiert. »Daran ist meine Mutter schuld. Sie hat auf mich eingeredet, dass ich mich fürs Burghotel adäquat kleiden muss.«

»Damit hatte sie sogar recht.«

»Dafür passen aber unsere Autos gut zusammen«, fuhr sie beschwingt fort, um diesen Gegensatz zwischen ihnen zu überbrücken. »Ich nehme an, dass der armeegrüne Geländewagen draußen zu Ihnen gehört.«

»Bingo!«

»Haben Sie jetzt gewählt?«, fragte der Oberkellner erneut höflich.

Evelyne sah Michael an. Eigentlich verspürte sie gar keinen Hunger. Sie fühlte sich rundum satt und zufrieden wie schon lange nicht mehr.

»Haben Sie den Mut, sich mir anzuschließen?« Michaels Blick verströmte so viel Wärme, dass ihr ganz anders wurde. »Mein Onkel hat mir den Hirschbraten wärmstens ans Herz gelegt. Und als Vorspeise ein Eifler Forellenfilet. Was halten Sie davon?«

Was sollte sie sagen? Genau das hätte sie auch gewählt. Wildfleisch war bestes Bio-Fleisch, und Fisch hatte viele Omega-3-Fettsäuren. »Ja, das klingt gut.«

»Und was möchten Sie dazu trinken?«, fragte der Kellner.

Ohne sie einzubeziehen, erwiderte Michael: »Zur Forelle jeweils ein Glas Chablis. Zum Hirsch eine Flasche Spätburgunder trocken von der Ahr.« Erst jetzt sah er sie an. »Passt das?«

Sie nickte huldvoll und erwiderte keck: »Hätte ich auch gewählt.«

»Eine Flasche Wasser dazu?«, fragte der Kellner.

»Unbedingt«, antwortete Michael.

Gott sei Dank! Er trank auch Wasser.

»So, nachdem wir das geklärt haben, noch einmal – zum Wohl!«

Evelyne nahm ihr Glas und hielt es Michaels entgegen. Dabei begegneten sich wieder ihre Blicke. Diese Männeraugen! Rasch schaute sie weg und nippte am Sekt. War es Michaels Gegenwart, der Alkohol oder der Eifelföhn, der sie so durcheinanderbrachte und sich um Jahrzehnte jünger fühlen ließ?

Sie setzte sich aufrecht hin und räusperte sich. »Was machen Sie eigentlich beruflich?«, erkundigte sie sich. »Ich möchte schließlich gerne wissen, mit wem ich es heute Abend zu tun habe«, wiederholte sie seine Worte.

Er lachte wieder. »Das ist eine lange Geschichte«, antwortete er dann.

»Ich liebe Geschichten.«

Michael legte die gebräunten Unterarme, die die aufgekrempelten Ärmel seines Safarihemds freigaben, auf die weiße Tischdecke und beugte sich ihr entgegen. »Dann will ich Ihnen diese Geschichte erzählen.«

In den nächsten Minuten war sie nicht nur wieder von seiner Stimme fasziniert, sondern auch von der Art, wie er erzählte. Sie achtete weniger auf die Geschichte selbst als mehr auf seine Lippen, wie sie die Worte formten, auf seine großen, schönen Hände, mit denen er sie untermalte. Er hatte Sport studiert, war an der Sportuniversität in Köln jahrelang Professor gewesen, hatte Bücher veröffentlicht, war dann krankheitsbedingt frühzeitig aus dem Dienst geschieden und arbeitete heute als Ranger im Naturpark Hohes Venn-Eifel.

»Auf deutscher Seite«, fügte er hinzu und lächelte sein ansteckendes Lächeln. »Dort sorge ich für Recht und Ordnung.«

Recht und Ordnung … Diese beiden Worte allein, die Evelyne so wichtig waren, bedeuteten für sie das endgültige Sesam-öffne-dich.

»Welch ein schöner und sinnvoller Beruf«, sagte sie aus vollem Herzen. »Ich liebe die Natur und bin auch viel draußen.« Sie biss sich auf die Lippe. Biederte sie sich ihm jetzt etwa an? Erschrocken widmete sie sich dem letzten Bissen ihres Hirschbratens, über den sie gar nicht hätte sagen können, ob er ihr geschmeckt hatte.

»Dann können wir vielleicht einmal gemeinsam Zeit in der Natur verbringen,« hörte sie Michael sagen.

Während sie das Besteck exakt zusammenlegte, schaute sie ihn an. »Gerne.«

Er hob das Weinglas. »Michael.«

Sie prostete ihm mit einem Lächeln zu, das sich für sie ganz neu anfühlte. »Evelyne.«

Sie tranken, wobei sich Evelyne fast verschluckt hätte, weil sie Michaels intensiven Blick auf sich spürte.

»Ein sehr besonderer Name«, sagte Michael. »Ich kenne nur Evelyn.«

»Mein Vater hatte auf dem Ende bestanden. Wenn es nach meiner Mutter gegangen wäre, würde ich jetzt Giuseppina heißen. Sie ist Halbitalienerin, und ihr Vater hieß Guiseppe. Aber das hat mein Vater dann gerade noch verhindern können.«

»Die Frau vor mir wäre dann aber doch immer noch dieselbe – sehr interessant, humorvoll und attraktiv.«

Beschrieb er wirklich gerade sie? Eine warme Woge flutete durch ihr Inneres. Welch ein Mann … Sie fühlte sich wie benommen.

»Gehen wir für ein paar Minuten nach draußen?«, fragte er in ihr Gefühlschaos hinein. Er stand auf, trat neben sie und beugte sich zu ihr herunter. »Ich habe nämlich bei all meinen hervorragenden Eigenschaften auch ein kleines Laster: Nach dem Essen rauche ich gern ein Zigarillo«, raunte er ihr mit seiner dunklen, heiseren Stimme ins Ohr, als würde er ihr ein Geheimnis verraten. Dabei roch sie sein Rasierwasser. Es duftete nach Holz und Gras. Er rauchte?, dachte sie, während sie den Duft einatmete. Egal. Ihr Vater hatte auch immer geraucht, und ein guter Tabak roch grundsätzlich ja nicht schlecht.

Sie stand auf und merkte, wie ihr schwindelte. Michael schien es auch zu bemerken. »Darf ich?« Ritterlich bot er ihr seinen Arm. Als sie an ihm hocherhobenen Hauptes durchs Restaurant auf die Terrasse schritt, fühlte sie sich wie eine Königin.

16. KAPITEL

Das Wetter war umgeschlagen. Die Luft war kühl und feucht geworden. In den Senken hatte sich Nebel gebildet, und die Fichten neben dem Burghotel beugten sich ächzend unter dem aufgefrischten Wind. Am Horizont über den Ardennen quoll und brodelte es bereits. Die schwarze Wolkenfront war in Bewegung, schob sich deutlich schnell näher. Evelyne zog den Pashminaschal enger um sich. Michael legte die Hand auf ihren Rücken und führte sie in die Ecke nahe der Terrassentür. Er zog die Schachtel mit den Zigarillos aus einer seiner Westentaschen. »Rauchst du auch?«

»Nein, danke. Aber meine Mutter. Manchmal sogar auch ein Zigarillo.«

»Stört es dich jetzt?«

Sie schüttelte den Kopf.

Michael zündete sein Zigarillo mit einem Sturmfeuerzeug an und stieß den Rauch genüsslich aus. »Ist dir kalt?« Besorgt sah er sie von der Seite an.

Sie lachte. »Ich bin ein absoluter Outdoor-Mensch und ziemlich robust.«

»Das glaube ich dir sogar, auch wenn du heute Abend sehr weich und weiblich aussiehst. Darf ich?« Er sah sie unsicher an, während er seinen Arm um ihre Schulter legte.

Sie genoss das Gefühl, ein Gefühl von Wärme und Geborgenheit. Und plötzlich machte ihr auch das nahende Gewitter keine Sorgen mehr. Irgendwie würde sie schon nach Hause kommen. Ach du lieber Himmel, was war denn bloß los mit ihr?, dachte sie amüsiert über sich selbst. Das konnte nur der Wein sein. Sie beschloss, an diesem Abend keinen Tropfen mehr zu trinken. Nur noch Wasser. Wo sollte das sonst hinführen?

Sie schwiegen. Es war ein entspanntes, harmonisches Schweigen, das zwischen ihnen hing. So nah neben Michael stehend, dass seine Körperwärme auf sie abstrahlte, beobachtete sie, wie der Wind die Wolkenmassen immer näher trieb. Obwohl es erst neun Uhr war, wie sie mit einem Blick auf ihre Armbanduhr feststellte, wurde es schon dunkel.

»Bei euch hat es vor ein paar Tagen einen Mord gegeben«, sagte Michael da in ihr Schweigen hinein.

Unwillkürlich zuckte sie zusammen. »Wie kommst du denn jetzt darauf?«

Er lachte. »Weil die Natur gerade so unheimlich wirkt.«

Sie musste lächeln. Er empfand genauso wie sie!

»Unser Verbandsbürgermeister«, antwortete sie. »Kanntest du ihn?«

»Nur flüchtig durch meinen Onkel. Ich wohne in Prüm. Aber vor gar nicht langer Zeit habe ich die Brandts bei einem Event meines Onkels kennengelernt. Und am Sonntag …« Michael hielt inne.

Der erste Blitz! Er zeichnete seine weißen Zackenpfeile an den schwarzen Himmel. Sekunden unheimlicher Stille folgten. Evelyne hielt den Atem an. Sie wartete auf den Donnerschlag, der gleich folgen würde. Dann kam er. Sein Geräusch erinnerte an das von rollenden Fässern, die polternd gegeneinanderschlagen. Erst als es verklungen war, sprach Michael weiter: »Also, an dem Mordabend habe ich seine Frau an der Tankstelle oben am Ring gesehen. Was heißt gesehen? Sie ist mir beim Zurücksetzen in den Wagen gefahren.« Er hob lässig die Schultern. »Die Beule hatte nur sie, denn meiner kann schon was vertragen. Wir haben auch keine Polizei gerufen. Für mich war der zusätzliche Kratzer am Kotflügel nicht weiter schlimm.«

Evelyne glaubte, nicht richtig gehört zu haben. Sie schüttelte den Kopf, als könnte sie sich so von ihrer Benommenheit befreien. Mit einem Mal fühlte sie sich ernüchtert. Sie trat einen Schritt von Michael zurück und sah ihm ins Gesicht. »Was sagst du da?«

Sein Blick wirkte irritiert. »Nun ... Dass ich die Frau von diesem Brandt an der Tankstelle getroffen habe.«

»An dem Abend, als er ermordet worden ist?«

Er nickte mit immer noch erstaunter Miene.

»Kannst du dich noch an die Uhrzeit erinnern?«

»So gegen elf oder halb zwölf. Ich kam von Onkel Georg, der ein Nachtrabe ist, und war auf dem Weg nach Hause. Warum willst du das so genau wissen?«

Im nächsten Moment fielen die ersten Hagelkörner. Wie kleine Gummibälle sprangen sie auf den Terrassentischen auf und nieder.

Michael drückte sein Zigarillo in dem Standaschenbecher aus und fasste Evelyne um die Taille. »Komm! Nichts wie rein!«

In der gemütlichen Nische, die Evelyne inzwischen wie ihr eigenes kleines Wohnzimmer vorkam, erzählte sie Michael von dem Mord, erwähnte ihre freundschaftliche Beziehung zur Witwe und deren Sohn und vom Stand der Ermittlungen. Dass sie, ihre Mutter und ihre Freundinnen auf eigene Faust ermittelten, verschwieg sie zunächst noch tunlichst. Wenn Michael Friderike an diesem Abend an der Tankstelle gesehen hat, ist ihr Alibi dahin, sagte sie sich im Stillen. Was aber auch bedeutete, dass Jan gelogen hatte, als er ausgesagt hatte, seine Mutter sei zu Hause gewesen.

Sie trank von ihrem Mineralwasser. »Ich bin mal gespannt ...«, sagte sie laut in nachdenklichem Ton.

»Die Kripo wird den Täter schon finden«, meinte Michael zuversichtlich. »Durch die modernen Techniken wird heute jeder Mord aufgeklärt. Früher oder später.«

Dann unterhielten sie sich über andere Themen. Sie brauchten sich gar nicht anzustrengen, um Gesprächsstoff zu finden. Ihre Unterhaltung verlief ganz zwangslos, so, als ob sie sich schon viel länger kennen würden als erst zwei Stunden. Sie stellten fest, dass sie in vielem gleicher Meinung waren, und spielten sich verbal immer wieder die Bälle zu. Diese Wortspiele ließen sie viel lachen. Zwischendurch jedoch fragte sich

Evelyne einige Male im Stillen, ob Friderike ihren Mann vielleicht doch ermordet hatte. Grund genug dazu hätte sie gehabt.

Sie waren die letzten Gäste im Restaurant, als Michael ihr den Scheck überreichte und ihr dazu gratulierte. »Als mein Onkel mich um den Gefallen bat und mir dieses Ding in die Hand drückte, habe ich nicht geahnt, dass dieser Abend so schön werden würde«, sagte er. »Ich danke dir.«

Evelynes Herz weitete sich. Sie spürte, wie ihm ihr Inneres entgegenströmte. Sie konnte ihn nur anlächeln. Ihre Stimme hätte gebebt, wenn sie darauf etwas erwidert hätte. Nachdem Michael die Rechnung beglichen und zwei Taxen bestellt hatte, fragte sie: »Übernachtest du bei deinem Onkel?«

»Nein, ich möchte ihn und seine Haushälterin zu dieser Uhrzeit nicht mehr wecken. Ich lass mich hoch zum Ring fahren. Die internationalen Hotels dort haben rund um die Uhr geöffnet. Bei meinem Onkel habe ich groß getönt, die Sache hier wäre binnen eineinhalb Stunden erledigt. Und jetzt ist es schon nach Mitternacht. So kann es gehen …«

»Ja, so kann es gehen …«, wiederholte sie seine Worte, und sie sahen sich lächelnd an.

Als sie vors Hotel traten, war das Gewitter weitergezogen. Es war kühler geworden. Am Himmel glitzerten wieder die ersten Sterne, und der Mond schien wie eine Lampe auf sie herunter. Im Schein der Laternen, die das Rondell beleuchteten, glitzerten die Wassertropfen in den Ginster- und Lavendelsträuchern wie Edelsteine. Die Luft roch intensiv nach feuchter Erde.

»Schön …«, sagte Evelyne leise.

»Ja, schön …« Michael nahm ihre Hand in seine und führte sie an seinen Mund. Das Gefühl seiner warmen Lippen, das leichte Kitzeln seines Bartes ließen einen Schauer durch ihren Körper rieseln. Während sie diesem wohligen Gefühl nachspürte, fuhren auch schon die beiden Taxen vor. Michael hielt ihr die Tür auf, und sie stieg ein. Ihr Herz hämmerte so laut, dass er es eigentlich hätte hören müssen. War das jetzt alles gewesen?, fragte sie sich, während sie züchtig das Kleid über die Knie zog. Sie hätten sich doch noch so viel zu erzählen!

»Wir sehen uns«, hörte sie Michael sagen. Sie schaute zu ihm hoch. Groß und breit wie ein Bär stand er neben der Taxitür. In seinen braunen Augen schimmerte ein warmes Licht. Sie zögerte. In ihr fochten gerade Herz und Verstand einen harten Kampf. Am liebsten wäre sie wieder ausgestiegen und hätte Michael umarmt. Andererseits hatte sie sich vor Jahren geschworen, niemals mehr auf einen Mann zuzugehen, den sie erst seit Kurzem kannte – aus Angst, zurückgestoßen zu werden.

»Das würde mich freuen«, entgegnete sie lächelnd – und spürte selbst, dass es diesem Lächeln ein bisschen an Herzlichkeit fehlte.

17. KAPITEL

Als Evelyne am nächsten Morgen aufwachte, nahm sie als Erstes die frische Luft wahr, die durch das auf Kipp stehende Fenster in ihr Schlafzimmer drang. Als Nächstes das dumpfe Hämmern im Kopf, das dieses Mal nicht vom Föhn kam. Noch gefangen zwischen Traum und Wirklichkeit zog sie die Decke über den Kopf und lauschte dem Gesang der Vögel im Garten. Dabei wachte ihre Erinnerung an den vergangenen Abend auf. Michael. Der Ranger. Ein Hüne mit warm blickenden Augen, ansteckendem Lächeln und einer Stimme, die ihr einen angenehmen Schauer beschert hatte. Und plötzlich verspürte sie die Sehnsucht, von diesem Mann in die Arme genommen zu werden. Mit einem Mal war sie hellwach. Da war doch noch etwas gewesen! Friderike! Ihr Alibi.

Evelynes Herz begann, schneller zu schlagen. Abrupt richtete sie sich im Bett auf. Das bedeutete, dass ihre Freundin womöglich doch die Täterin oder zumindest in die Tat verwickelt gewesen war. Die Kripo hatte die Tatzeit zwischen neun und zwölf Uhr abends datiert.

Ein Klopfen an der Wohnungstür ließ sie zusammenschrecken.

»Evelyne – bist du da?«, hörte sie ihre Mutter rufen, mit einer Stimme, in der helle Aufregung mitschwang.

Mit einem Stoßseufzer schwang sich Evelyne aus dem Bett. Sofort wurde ihr schwindelig. Sie hielt sich am Bettgestell fest, bis der Anfall vorüber war. »Ich komme!«, rief sie zurück, was in ihren Ohren dünn und belegt klang. Sie fühlte sich miserabel. Der Alkohol …

»Wo ist denn dein Wagen?«, fragte ihre Mutter verwirrt, als sie die Tür aufmachte. »Ich dachte schon, du wärst gar nicht da. Es wäre etwas passiert.« Sie schlug ein Kreuz vor der Brust. »Gott sei Dank!« Nachdem sich ihre Angst verflüchtigt hatte, fragte sie so streng wie zu ihrer Kindheit: »Weißt du überhaupt, wie spät es ist? Um elf Uhr ist die Beerdigung. Und wie siehst du überhaupt aus?«

Rosa stand bereits, in tiefem Schwarz gekleidet, fix und fertig da. Die schwarze Handtasche unter den Arm geklemmt, den kleinen Hut mit dem schwarzen Netzteil auf dem Kopf.

»Und du siehst aus, als wärst du die Witwe«, kam es Evelyne über die Lippen.

Die schwarzen Augen ihrer Mutter wurden schmal. »Hast du etwa gestern getrunken?«

Evelyne wandte sich ab. »Ich muss duschen. Kannst du mir einen doppelten Espresso machen?«

»Hast du?« Rosa hielt sie am Arm fest. »Doch nicht etwa mit Dr. Groß?«

»Bitte, Mama …« Empört schüttelte Evelyne ihren Griff ab.

»Ich hoffe, du erzählst mir gleich alles!«, rief ihre Mutter gut gelaunt, bevor sie die Wohnungstür hinter sich zuzog.

Als Evelyne unter der Dusche stand, fasste sie sich ein Herz und drehte die Temperatur auf null. Zuerst nahm das kalte Wasser ihr den Atem. Dann jedoch merkte sie, wie ihr Kopf langsam klarer wurde. Nachdem sie sich abgetrocknet hatte, verspürte sie nicht nur eine angenehme Wärme auf der Haut, sondern auch neue Energie. In Windeseile war sie in die schwarze Hose und Bluse geschlüpft.

Als sie auf die Terrasse trat, wo ihre Mutter und der doppelte Espresso auf sie warteten, sah sie einen großen Blumenstrauß auf dem Tisch stehen. Rosa blickte ihr mit großen Augen entgegen. In der Rechten hielt sie einen weißen Umschlag in die warme Morgenluft. »Den hat Luise gerade gebracht.«

Evelyne blieb in der Terrassentür stehen. »Für wen ist der?«

»Da bin ich mir auch noch nicht sicher«, meinte ihre Mutter trocken. »Auf der Karte steht: Für die humorvollste und charmanteste Frau, die ich kenne. Danke für den wunderbaren Abend. Michael.«

Evelyne merkte, wie ihr vor Freude die Röte in die Wangen stieg. Michael hatte ihr Blumen geschickt.

Ihre Mutter zwinkerte ihr zu. »Du warst doch gestern Abend mit Dr. Groß aus. Und der heißt Georg mit Vornamen.«

Evelyne musste lachen. »Stimmt. Der heißt Georg.«

»Und wer ist dann Michael?«

»Mutter, jetzt löchere mich nicht. Ich brauche erst mal einen Espresso und ein Aspirin. Ich erzähle es dir auf der Fahrt zum Friedhof.«

Schmunzelnd schüttelte Rosa den Kopf. »Also, Kind, jetzt überraschst du mich.«

18. KAPITEL

»Ein emeritierter Sportprofessor … Donnerwetter, mein Schatz, das wäre eine gute Partie«, sagte Rosa ehrfurchtsvoll.

»Mutter!« Evelyne trat so heftig auf die Bremse, dass die Sicherheitsgurte einrasteten. Aufgewühlt sah sie ihre Mutter an. »Genau das ist der Grund, warum ich dir nur ungern etwas von mir erzähle. Du spinnst immer sofort ein Happy End aus allem. Michael und ich haben gerade einmal ein paar Stunden miteinander verbracht. Vielleicht sehen wir uns auch gar nicht mehr wieder.« Sie gab wieder Gas und bog rechts in die Friedhofstraße ein.

Rosa schwieg mit vorgestrecktem Kinn – ein Zeichen für Evelyne, dass sie beleidigt war, weil sie so harsch reagiert hatte. Sollte sie ruhig! Evelyne konzentrierte sich darauf, an der Straße einen Parkplatz zu finden. Die Autos der Trauergäste parkten dicht aneinander. Langsam ließ sie den roten Fiat weiterrollen, bis sie eine Lücke fand, in die er gerade so hineinpasste. Als sie ausstieg, schwindelte ihr wieder. Ihr Schädel brummte, trotz der Tablette. Wahrscheinlich hatte sie jetzt noch Alkohol im Blut. Nie mehr werde ich so viel trinken, schwor sie sich, während sich ihre Mutter bei ihr einhakte.

»Komm, wir müssen uns beeilen«, sagte Rosa und zog sie energisch in Richtung Friedhofseingang.

Als sie durch das schmiedeeiserne Tor traten, stand bereits eine Traube von Menschen vor der Kapelle, die dem Verbandsbürgermeister ihr letztes Geleit geben wollten. Langsam ging Evelyne neben ihrer Mutter an den Basalt- und Holzkreuzen vorbei auf die kleine weiße Kirche zu. Sie mochte die Atmosphäre von Friedhöfen. Die meditative Ruhe, die bunt blühenden Blumen auf den Gräbern, die das Leben verkörperten … Wie schweigsame Wächter standen hier und da mannshohe Lebensbäume. Sie las die Inschriften und Verse auf den Grabsteinen und erkannte wieder einmal, dass sich das, was vom Leben übrigblieb, letztendlich auf ein Kreuz und ein Dutzend Zeichen und Zahlen beschränkte. Und einige Inschriften waren längst von Wind, Wetter und der Zeit unkenntlich gemacht worden.

Barbara und Ingrid, die mit zwei Frauen aus dem Gemeinderat zusammenstanden, winkten ihnen zu.

Evelyne sah Barbara an. »Sind Friderike und Jan schon in der Kapelle?«

Ihre Freundin nickte. »Die wollen vermutlich nicht von jedem angesprochen werden.«

»Ist Hannes auch hier?«, erkundigte sich Rosa.

»Der wollte kommen«, bestätigte Barbara ihr. »Aber wahrscheinlich mal wieder zu spät.«

Als die Kirchenglocke die Trauergäste zur Predigt rief, betraten alle die kühle Kapelle, in der sich der Geruch von Weihrauch mit dem süßen der weißen Lilien auf dem Sarg mischte. Friderike, Jan und ein braun gebrannter Mann mit weißem, kurz geschorenem Haar, der nur Jans Großvater sein konnte, sowie Friderikes Schwester mit Familie aus Bonn saßen in der ersten Reihe. Ihnen gegenüber auf der rechten Seite nahmen jetzt die Honoratioren aus der Verbandsgemeinde Platz. Es waren alle gekommen – der stellvertretende Verbandsbürgermeister, die Ortsbürgermeister, der Vorsitzende des Vereins für Heimatpflege, in dem Brandt Mitglied gewesen war, der Vorsitzende der Karnevalsgesellschaft Rot-Weiß, der Vorsitzende des Golfclubs Bad Neuenahr …

»Wir bleiben am besten hier hinten«, raunte Rosa und schob Barbara, Ingrid und Evelyne nacheinander in eine der mittleren Sitzreihen. Als sie schließlich auf der harten Kirchenbank saß, spürte Evelyne ein leichtes Zittern in den Knien, das sie an ihren Schlafmangel und den für sie ungewohnten Alkoholkonsum erinnerte. Mit zusammengefalteten Händen im Schoß blickte sie an den Köpfen der anderen vorbei in Richtung Altar. Sie konnte Friderike schräg von der Seite sehen. Mit stoischer Miene schaute die Witwe zu dem Eichensarg hinüber. Ihr Sohn saß wie ein Häufchen Elend mit gesenktem Kopf zwischen ihr und seinem Großvater, der ihm tröstend übers Haar strich. Neben dem Sarg stand ein kleiner Tisch, auf ihm ein Bild des Verstorbenen mit einer brennenden Kerze. Hubert Brandt war zweifelsohne sehr attraktiv gewesen. Ob er Friderike treu gewesen war?, fragte sich Evelyne. Sie drehte sich um und sah, dass die Kirche inzwischen bis auf den letzten Platz gefüllt war. Die Trauergäste standen sogar bis draußen vor der Tür.

Nach den gemeinsamen Gebeten und Liedern begann der Pfarrer mit seiner Ansprache. Während er die Beliebtheit, den Familiensinn, die Rechtschaffenheit und die Liebe des Verstorbenen zu seiner Heimat würdigte, hörte man hier und da ein leises Schluchzen. Auch Jan liefen die Tränen über die Wangen, seine Mutter hingegen zeigte keinerlei Regung. Das asketische Gesicht des Großvaters wirkte versteinert. Es verriet, dass er seinen Schwiegersohn nicht gemocht hatte. Evelyne seufzte in sich hinein.

Nun gehörte Friderike tatsächlich zum Kreis der Verdächtigen. Vielmehr waren sie und Jan zurzeit die einzigen Verdächtigen, sollte die Kripo zu keinen neuen Erkenntnissen gekommen sein. Wo hatte ihre Sportfreundin an dem Mordabend hingewollt? Wo war sie gewesen? Warum hatte sie bezüglich ihres Alibis gelogen? War Jan vielleicht der Täter, und sie deckte ihn? Da sie nicht zu Hause gewesen war, hatte Jan nun auch kein Alibi mehr. Der Junge war ein trainierter Läufer, der die Strecke von seinem Elternhaus zur Jagdhütte schnell zu Fuß hätte bewältigen können.

Ich muss endlich die Wahrheit über den Handschuh gestehen, sagte sich Evelyne im Stillen. Zumindest Barbara, Ingrid und Mutter. Durfte sie tatsächlich allein aus Sorge um Jans Zukunft die Ermittlung behindern?

Nach der Predigt bewegte sich der schwarze Trauerzug zur Grabstätte. In das Rauschen der Gebete hinein tönte dumpf die Trauerglocke. Auch bei der Einsegnung am Grab bewahrte Friderike Haltung. Evelyne sah sich unter den Trauergästen um. Die meisten kannte sie persönlich, andere nur vom Sehen. Brandts Erzfeinde Thelen, Hammes und Engels waren der Beerdigung ferngeblieben. In der hintersten Reihe erspähte sie Hannes Neffgen. Er stand ein wenig abseits, mit vorgestrecktem Bauch, der das schwarze Gilet fast sprengte, die Hände hinterm Rücken verschränkt, und ließ seinen Blick kreisen. Vermutlich hoffte er darauf, irgendetwas Verdächtiges zu entdecken.

»Erde zu Erde«, sagte der Pfarrer in monotonem Tonfall. »Asche zu Asche und Staub zu Staub …«

Da die Witwe von Beileidsbekundungen am Grab abgesehen hatte, verlor sich die Menschenmenge auch bald, nachdem sie die weißen Rosen und die Schüppchen Erde ins Grab geworfen hatte. Evelyne beobachtete, wie auch Jan und sein Großvater die Grabstätte verließen. Ihre Freundin wollte dem Jungen den Leichenschmaus ersparen, denn nach der Beisetzung waren die Honoratioren der Stadt, Freunde und Bekannte des Verstorbenen in dem nahe gelegenen Goldenen Hirschen zu Schnittchen und Streuselkuchen eingeladen. Als die beiden an ihr vorbeigingen, lächelte Jan ihr unter Tränen zu. Sie lächelte zurück. Dann kreuzte sich ihr Blick für zwei, drei Sekunden mit dem seines Großvaters. Die eisblauen Männeraugen schienen ihr geradewegs in die Seele zu schauen. Obwohl sie zugeben musste, dass Friderikes Vater mit seiner beachtlichen Größe, der sportlichen Figur und den markanten Gesichtszügen ein durchaus gut aussehender Mann war. Sie schätzte ihn in ihrem Alter. Ein paar Augenblicke lang sah sie den beiden nach. So kühl und unnahbar Friderikes Vater auch wirkte, so liebevoll ging er mit seinem Enkel um. Schützend legte er den Arm um ihn, und der Junge schmiegte sich an ihn. So verschwanden die beiden aus ihrem Blickwinkel. War für Friderikes Vater die Liebe zu seinem Enkel vielleicht ein Tatmotiv?

Da Barbara und Ingrid nicht zum Leichenschmaus geladen waren, verabschiedeten sich die beiden von Evelyne und Rosa.

»Hannes fährt noch mit zum Hof«, sagte Barbara. »Ich habe mich angeboten, seine Hosenbeine zu kürzen. Irgendwann fällt er mal drüber.« Sie zwinkerte den beiden zu. »Und dabei werde ich ihn ein bisschen über den Fall ausfragen. Ich schlage vor, dass wir uns heute Abend für ein Stündchen bei euch treffen. Dann erzähle ich euch, was ich erfahren habe.«

19. KAPITEL

Evelyne mochte den Goldenen Hirschen nicht. Mit seinem dunklen Mobiliar, der Holzverkleidung und der tiefen Decke strahlte er eine bedrückende Atmosphäre aus. In der Luft hing der Geruch von abgestandenem Bier und gebratenen Schnitzeln. Sie versuchte, nicht allzu tief einzuatmen. An dem großen Stammtisch, direkt neben dem Ausschank, saßen ein paar Rentner. Neugierig beobachteten sie den Einzug der Trauergesellschaft. Natürlich wusste inzwischen jeder, dass es in der Gemeinde einen perfiden Mord gegeben hatte. Fragten sie sich, ob der Mörder vielleicht unter den Gästen war? Das fragte sich zumindest Evelyne, nachdem alle an der langen Tafel in dem großen Saal Platz genommen hatten. Ihr kam es so vor, als würden alle einander misstrauisch beäugen, während die Honoratioren Lobesreden auf den Verstorbenen hielten, bei denen einige der weiblichen Trauergäste zum Taschentuch griffen.

Erst nachdem die dritte Runde Nelchesbirnenbrand herumgereicht worden war, lockerte sich die Atmosphäre. Man hörte wieder Gespräche und hier und da ein herzhaftes Lachen. Da stand auch Friderike auf und kam auf sie zu.

»Danke, dass ihr gekommen seid«, sagte sie mit zerbrechlichem Lächeln. Nie zuvor war Evelyne ihre Sportfreundin so fragil vorgekommen wie an diesem Tag. Friderike hatte deutlich abgenommen. In dem schlanken schwarzen Kleid wirkte sie um Jahre gealtert. Aber genau wie die letzten Male war sie wieder geschminkt. Ein wenig zu stark, fand Evelyne.

Friderike ließ sich auf den Stuhl neben Rosa fallen und legte ihr Handy auf den Tisch. »Ich bin so froh, wenn das hier endlich vorbei ist«, sagte sie leise mit bebender Stimme. »Die vielen Menschen, die Reden …«

»Das kann ich gut verstehen«, erwiderte Rosa mit verständnisvollem Blick.

Evelyne nickte nur. Sie sah ihre Bekannte plötzlich mit anderen Augen. Ihre Mutter dagegen wusste ja noch nichts von dem geplatzten Alibi.

»Aber die schwierigste Zeit kommt erst noch«, prophezeite Rosa mit wissender Miene. »Wenn erst mal Ruhe eingekehrt ist, macht der Schock der Verzweiflung Platz. Dann kommt man erst richtig zum Nachdenken. Wird Ihr Vater noch bleiben?«

»Noch ein paar Tage. Schon wegen Jan. Jan ist …« Friderike hielt inne, weil in diesem Moment ihr Handy brummte. »Entschuldigt bitte …«

Evelyne und Rosa sahen sie wie gebannt an. Doch Friderike ließ nur ein paar Worte fallen. »Jetzt ist es schlecht … Nein … Ja … Ich melde mich.« Dann drückte sie das Gespräch weg und brachte ein müdes Lächeln zustande. »Irgendwie ist mir alles zu viel«, sagte sie so leise wie zu sich selbst.

Rosa legte die Hand auf Friderikes. »Das braucht alles seine Zeit.«

Im nächsten Moment trat eine der Kellnerinnen an den Tisch. »Frau Brandt? Die Chefin möchte Sie kurz sprechen.«

Friderike stand auf. »Ich komme gleich wieder …« Sie eilte aus der Saaltür. Ohne ihr Handy.

Blitzschnell griff Rosa in ihre Handtasche, zog ihr Mobiltelefon heraus, tauschte es gegen Friderikes aus und stand mit den Worten auf: »Ich gehe mal eben aufs stille Örtchen.«

Evelyne starrte sie an, unfähig, einen Ton von sich zu geben. Sie sah ihrer Mutter nach, wie sie hocherhobenen Hauptes an der langen Tafel vorbeistolzierte und den Raum verließ. Evelyne schnappte nach Luft. Um Himmels willen! Was hatte ihre Mutter da gerade getan! Wenn Friderike jetzt zurückkam! Ihr schlug das Herz im Hals. Verstohlen sah sie zu den anderen Gästen hinüber, ob die etwas von dieser Tauschaktion mitbekommen hatten. Doch alle waren im Gespräch vertieft. Sie hatte Glück, dass die beiden Ehepaare zu ihrer Rechten bereits gegangen waren. Die Sekunden dehnten sich für sie zu gefühlten Minuten. Immer wieder warf sie einen Blick in Richtung Tür. Was hatte sich ihre Mutter bloß dabei gedacht? Da! Friderike kam zurück.

Mit mattem Lächeln setzte sich Friderike auf den Stuhl zurück, der neben Rosas stand. »Frau Schneider wollte wissen, ob sie noch mal Schnittchen nachlegen soll oder ich die Feier beenden möchte«, erzählte sie. Mit ihren schmalen Händen griff sie sich an die Schläfen. »Aber ich kann nicht mehr. Ich möchte jetzt nur noch nach Hause.« Voller Unruhe stand sie wieder auf und nahm das Handy von der Tischdecke. »Sei mir nicht böse, Evelyne, aber ich gehe jetzt auch.«

Evelyne konnte nur nicken. Und das mit einem dicken Knoten im Magen. Wie bloß konnte sie Friderike noch so lange aufhalten, bis ihre Mutter zurückkam? Die Handys mussten doch wieder getauscht werden! Und wie stellte ihre Mutter sich das vor? Ihr brach der Schweiß aus allen Poren.

»Friderike …«, begann sie zögerlich. »Ich wollte dich noch fragen, ob ich irgendwas für Jan tun kann. Er hat ja jetzt Ferien. Ich könnte mit ihm mal einen Ausflug machen. Vielleicht in die Römervilla in Ahrweiler oder in den Regierungsbunker oder …« Sie wusste nicht mehr weiter.

»Da bin ich wieder!«, hörte sie da die munter klingende Stimme ihrer Mutter hinter sich. »Und stellt euch vor, was mir passiert ist!« Rosa ließ sich auf ihren Stuhl fallen. Sie sah zuerst Friderike und dann Evelyne mit gespielt verzweifelter Miene an. »Ich werde alt«, fuhr sie kopfschüttelnd fort. »Ich wollte doch gerade draußen telefonieren, da stellte ich fest, dass das gar nicht mein Handy ist.« Sie gab Friderike deren Handy zurück. »Das kann nur Ihres sein. Die beiden lagen nebeneinander auf dem Tisch, und ich Deppes habe das falsche mitgenommen.« Ungläubig lachte sie auf.

Friderike nahm ihr Handy wieder an sich und nickte mit mattem Lächeln. »So was kann passieren.«

»Das ist mir schrecklich peinlich«, fuhr Rosa mit zerknirschter Miene fort. »Ich bin in letzter Zeit so schusselig. Aber was kann man mit dreiundachtzig noch erwarten? Da will der Kopf nicht mehr so wie mit dreiundvierzig.«

»So alt sind Sie doch noch gar nicht«, erwiderte Friderike höflich.

Evelyne merkte ihr deutlich an, dass sie keine Energie mehr hatte. Welch ein Glück! Dadurch hatte sie auch nicht bemerkt, dass das Handy ihrer Mutter gar nicht auf dem Tisch gelegen hatte.

Sie stand auf und sagte energisch: »Komm, Mutter, wir gehen jetzt auch.« Bevor du noch was anderes anstellst, hätte sie am liebsten wütend hinzugefügt.

20. KAPITEL

»Wie konntest du nur?«, fragte Evelyne, nachdem sie auf dem Bürgersteig waren. »Wenn das aufgeflogen wäre, dass du fremder Leute Handys filzt ...«

»Ist es aber nicht«, erwiderte Rosa mit ihrem entwaffnenden Madonnenlächeln.

Auf dem Weg zu Rosas Fiat schwiegen sie beide. Erst als sie im Wagen saßen, erkundigte sich Evelyne: »Und? Hat sich das Risiko wenigstens gelohnt? Hast du etwas Brauchbares gefunden?«

»Das erfährst du heute Abend, wenn wir alle zusammensitzen.«

»Wie bitte?«

»So ist das nun mal. Wir sind ein Team.«

»Gut, dann erfährst du auch erst bei unserer Teambesprechung, was ich gestern Abend bezüglich unseres Mordfalls ausfindig gemacht habe.«

Sie spürte den erstaunten Blick ihrer Mutter auf sich ruhen und musste insgeheim lächeln. Ihre Mutter war viel zu stolz, als dass sie jetzt nachfragen würde. Aber eines war sicher: Sie würde bis zum Abend darüber rätseln, was sie ihr vorenthielt.

Bevor sie nach Hause fuhren, holten sie den Volvo auf dem Parkplatz vom Burghotel ab. Danach ging Evelyne laufen. Nach dem Duschen setzte sie sich mit einem Glas Holunderschorle vor ihren Computer und tat das, was ihr auf dem Herzen lag: Sie googelte Dr. Michael Groß. Und fand ihn auf der Website des Naturparks Hohes Venn-Eifel mit einem kurzen Bericht über seinen Tätigkeitsbereich und mit einem Foto. Lange betrachtete sie das Bild. Er gefiel ihr. Wie alt mochte er sein? Sie schätzte ihn ein paar Jahre jünger, als sie war. Ob er tatsächlich ungebunden war? Wenn sie Glück hatte, würde sie das vielleicht bald herausfinden. Nachdem er ihr die Blumen geschickt hatte, ging sie davon aus, dass er sich wieder bei ihr melden würde. Oder sollte der Strauß etwa sein Abschiedsgeschenk sein? Vielleicht sollte ich ihn kontaktieren, fiel ihr da ein. Immerhin gebot das die Höflichkeit. Sie musste sich für das üppige Bouquet bedanken. Aber wie sollte sie diesbezüglich am besten vorgehen, ohne den Eindruck zu erwecken, sie wollte etwas von ihm? Wollte sie das überhaupt?

Um sich von diesen Spekulationen abzulenken, schnappte sie sich ihren Laptop, setzte sich auf den Balkon unter den Sonnenschirm und begann mit dem Lektorat eines der beiden Mathematikbücher, die im übernächsten Halbjahr in Rheinland-Pfalz erscheinen sollten. Immer, wenn sie arbeitete, merkte sie nicht, wie schnell die Zeit verging. Erst als ihre Mutter von unten zu ihr heraufrief, wusste sie, dass es kurz vor sieben sein musste.

Als sie auf die Terrasse trat, standen auf dem Tisch bereits der obligatorische Sektkühler, vier Sektflöten und eine Schale mit schwarzen in Knoblauchöl und Paprika eingelegten Oliven – Rosas Geheimrezept.

»Die beiden müssten gleich kommen«, sagte ihre Mutter, die ihre Trauerkleidung gegen eine weiße Hose und eine pinkfarbene Baumwollbluse getauscht hatte. Der aufgestellte Kragen und die mit Gel gestylte Kurzhaarfrisur gaben ihr ein flottes Aussehen.

»Für mich bitte Wasser.« Das waren Evelynes erste Worte, bevor sie sich setzte.

Rosa lachte. »Heute kann ich's sogar verstehen.«

Während sie in der Küche war, kamen Barbara und Ingrid hintereinander die Terrassentreppe hinauf.

»Seid ihr gemeinsam gefahren?«, fragte Evelyne erstaunt.

»Ich habe Barbara abgeholt«, erwiderte Ingrid, die in ihrem cremefarbenen Kleid wieder einmal wie aus dem Ei gepellt aussah. Barbara dagegen hatte noch eine große weiße Gummischürze über ihren grünen Overall gebunden. »Ich hatte gerade Käse geschöpft, als Ingrid kam. Und wie meistens dabei die Zeit vergessen«, lautete ihre Erklärung für ihr Outfit.

»Das macht doch gar nichts«, erwiderte Rosa. »Hauptsache, du bringst neue Erkenntnisse im Fall Brandt mit.«

»Die bringe ich tatsächlich mit«, versprach Barbara verheißungsvoll. »Aber zuerst könnte ich ein Schlückchen vertragen.« Beherzt griff sie in die Schale mit den Oliven und wartete genussvoll kauend, bis Rosa eingeschenkt hatte.

Nachdem die vier miteinander angestoßen hatten, begann Barbara zu erzählen.

»Also, mein Bruder war heute äußerst gesprächig. Man merkt, dass ihm eine Frau an der Seite fehlt. Hannes ist eine Plaudertasche. Er muss sich immer irgendjemandem mitteilen, und wenn er keine Freundin hat, bin ich es.«

»Was in diesem Fall nicht verkehrt ist«, meinte Ingrid trocken.

»Ich habe auch Neuigkeiten zu erzählen«, erwiderte Rosa. »Und Evelyne anscheinend auch. Aber alles der Reihe nach. Lasst uns erst mal hören, was unsere Plaudertasche von sich gegeben hat.«

Barbara holte tief Luft. »Wo soll ich anfangen? Also, der Stein ist eindeutig die Tatwaffe, wie schon vermutet. An ihm klebt Brandts Blut. Außerdem hat man Fingerabdrücke an ihm gefunden. Am Opfer hat man keine Schmauchspuren feststellen können, was bedeutet, dass Brandt aus seinem Gewehr, das verschwunden ist, nicht geschossen hat. Dass zwischen Opfer und Täter ein Kampf stattgefunden haben muss, wissen wir bereits. Brandts Körper weist Abwehrspuren auf. Kratzer, blaue Flecke, die von Boxhieben stammen könnten.«

»Hat man schon herausgefunden, wem die Fingerabdrücke auf dem Stein gehören?«, fragte Rosa.

Barbara schüttelte den Kopf. »Sie sind in keiner der Datenbanken der Kripo verzeichnet. Was bedeutet, dass der Täter bislang noch nicht offiziell straffällig geworden ist.«

Mit schwerem Herzen biss sich Evelyne auf die Lippe. Friderike? Jan? Jans Großvater?

»Und die Tatzeit?«, wollte Ingrid wissen.

»Zwischen einundzwanzig und vierundzwanzig Uhr. So ungefähr. Brandts Körper befand sich noch in der Todesstarre, die – wie Hannes sagte – ein bis zwei Stunden nach dem Tod eintritt und ein bis zwei Tage anhält. Der Körper war außerdem noch nicht ganz kalt.«

»Das könnte hinkommen«, sagte Rosa mit sachkundiger Miene. »Die Körpertemperatur sinkt nach dem Tod nur langsam. Und was noch?«

»Reifenspuren. Man hat außer der Reifenspur von Brandts Jagdauto noch zwei weitere, unterschiedliche Reifenspuren gefunden. Was bedeutet, dass außer Brandts Jeep noch zwei andere Autos am Tatort gewesen sein müssen. Alle ungefähr zur gleichen Zeit.«

Rosa machte große Augen. »Eine ganze Bande also? Ein Komplott?«

»Vielleicht ein Raubüberfall. Dass der oder die Täter das Gewehr mitgenommen haben, könnte dafürsprechen«, spekulierte Ingrid. »Ein richtig gutes Gewehr kann auf dem Markt viel Geld bringen.«

Barbara hob die Schultern. »Hannes ist dran.«

»Und was ist mit anderen Spuren?«, erkundigte sich Ingrid.

Barbara schaute triumphierend in die Runde. »Jetzt kommt's: mehrere lange Haare an Brandts Polohemd. Mit Haarwurzel! Die können jedoch bezüglich ihrer DNA auch nicht zugeordnet werden. Die KTU hat nur festgestellt, dass sie von einer Frau stammen.«

Evelyne fühlte sich wie elektrisiert. »Welche Farbe?«

»Blond.«

Friderike?

»Die könnten von Friderike stammen«, mutmaßte Rosa.

»Stimmt«, sagte Evelyne. »Sie und ihr Mann hatten vorher Streit. Vielmehr hat er sie geschlagen. Es könnte also gut sein, dass ihre Haare an seiner Kleidung waren.«

»An den Händen oder unter den Fingernägeln des Opfers hat man nichts gefunden«, fuhr Barbara in ihrer Berichterstattung fort. »Was dafür spricht, dass Brandt Handschuhe getragen hat.«

»Dann hat der Täter dem Toten wahrscheinlich die Handschuhe ausgezogen und wollte sie mitnehmen, damit man seine DNA daran nicht findet. Und unterwegs hat er den einen verloren – den, den wir gefunden haben«, folgerte Rosa, bevor sie ebenfalls einen großen Schluck trank.

»Umso mehr bräuchten wir jetzt diesen Handschuh. Aber Evelyne hat ihn ja Friderike zurückgegeben«, bemerkte Barbara spitz. »Denn dann könnte die KTU ihn auf DNA-Spuren untersuchen.«

In Evelyne tobten widerstreitende Gefühle. Sie merkte, wie ihr die Hitze in den Kopf stieg. An diesem Handschuh würde sich auch Jans DNA finden lassen, denn laut Friderikes Aussage gehörten die Handschuhe Jan. Und wer wusste schon, was die Kripo daraus stricken würde.

»Außerdem hat die KTU hellblaue Fasern an Brandts Kleidung entdeckt«, fiel Barbara ein. »Wie von einem Baumwollhemd.«

»Oder einer Bluse«, ergänzte Rosa. »Denkt daran, dass wir, anders als die Kripo, zurzeit immer noch Friderike und ihren Sohn als Verdächtige in petto haben.« Sie sah Barbara bedeutsam an. »War das alles?«

Hannes' Schwester nickte und griff noch einmal in die Schale mit den Oliven.

»Gut, dann bin ich dran.« Rosa blickte von einer zur anderen. »Wie wir schon vermutet haben, hat die Witwe einen Liebhaber. Und das schon länger. Auf ihrem Handy sind jede Menge Liebesschwüre und Zukunftswünsche von einem gewissen Tom. Dieser Tom, ich gehe davon aus, dass er Thomas Mayer heißt, scheint unsterblich verliebt zu sein. Friderike scheint ihn auch zu lieben, aber ihre WhatsApp-Nachrichten klingen etwas verhaltener.«

»Und woher weißt du das?«, fragte Ingrid erstaunt.

»Die Geschichte erzähle ich euch gleich«, erwiderte Evelyne mit unheilvoller Miene.

Ihre Mutter lachte belustigt und ging darüber hinweg. »Also, was können wir aus dieser Info folgern?«, fragte sie in die Runde.

»Dass auch Thomas Mayer als Täter infrage kommt«, antwortete Ingrid. »Vielleicht mit Friderike zusammen, was die beiden unterschiedlichen Reifenspuren erklären würde.«

»Genau.« Rosa nickte zufrieden. Dann seufzte sie und sah Evelyne mit ihrem Madonnenlächeln an. »Aber meine Tochter weigert sich ja, ihre Sportfreundin in die Täterrunde aufzunehmen, weil Friderike ein Alibi von ihrem Sohn hat.«

»Dieses Alibi ist geplatzt«, kam es Evelyne da über die Lippen. Mit diesen vier Worten zog sie die ungeteilte Aufmerksamkeit aller am Terrassentisch abrupt auf sich. Sie nickte bestätigend und erzählte, was sie von Michael erfahren hatte. Dabei bezeichnete sie ihn als Bekannten, den sie zufällig getroffen hatte. »Also war sie an dem Abend eine Zeit lang nicht zu Hause«, endete sie. »Und Jan hat somit für diese Zeit auch kein Alibi mehr. Und in diesem Zusammenhang muss ich euch noch etwas beichten«, fuhr sie mit hochroten Wangen fort. »Ich habe gelogen. Der Handschuh, den ich an der Jagdhütte gefunden habe, gehört Jan und nicht seinem Vater. Friderike behauptet zwar, dass Brandt die Handschuhe an dem Mordabend mit zur Jagd genommen hat, weil er seine eigenen nicht fand. Aber was ist, wenn sie sich irrt? Dann fiele der Verdacht auf Jan. Könnt ihr euch vorstellen, was das für die Psyche eines dreizehnjährigen Kindes, das sowieso schon im wahrsten Sinne des Wortes geschlagen ist, bedeuten würde? Und jetzt hat er noch nicht einmal mehr ein Alibi, weil seine Mutter gar nicht wissen kann, ob er an dem Abend zu Hause gewesen ist.« Erschöpft hielt sie inne. Sie sah ihre beiden Freundinnen an, die zu ihrer Erleichterung beide zustimmend nickten.

»Ich kann sehr gut verstehen, dass du ihn schützen willst«, sagte Ingrid voller Mitgefühl. »Wenn er es am Ende doch nicht sein sollte, ist er in seiner Schule erst einmal gebrandmarkt.«

Auch Barbara nickte Evelyne bestätigend zu. »Wenn ich da an meine eigenen Kinder denke … Ich hätte erst einmal genau wie du reagiert.«

»Aber wenn wir uns alle gegenseitig etwas verheimlichen, werden wir den Fall nicht lösen«, erwiderte Rosa und hob mahnend den Zeigefinger.

»Und wenn wir das alles Hannes verheimlichen, dann wird die Kripo auch nicht weiterkommen«, ergänzte Barbara mit nachdenklicher Miene. »Ich plädiere dafür, Hannes von unseren bisherigen Erkenntnissen zu erzählen. Ich meine, wir sollten nicht nur aus Eitelkeit der Kripo Beweismaterial vorenthalten. Die sind schließlich die Profis.«

»Na ja, diese Profis haben den Handschuh übersehen, den Evelyne gefunden hat«, erwiderte Ingrid. »Und die Infos, dass Friderike einen Liebhaber und kein Alibi hat, kommen auch von uns. Wir sind einfach näher dran an dem Fall. Warum sollten wir nicht erst mal auf eigene Faust weitermachen?«

»Weil ich ein schlechtes Gewissen gegenüber Hannes habe«, entgegnete Barbara unwirsch.

»Aber der freut sich doch, wenn er sich bei dir abreden kann«, konterte Ingrid. »Wir können doch immer noch alles an ihn weitergeben. Aber nicht jetzt schon.«

»Ingrid hat völlig recht«, sagte Rosa entschlossen. Sie wandte sich an ihre Tochter. »Was meinst du?«

»Genau das meine ich auch.« Evelyne rückte mit dem Terrassensessel näher an den Tisch heran. »Lasst es uns mal auf den Stand bringen: Wir haben nach der derzeitigen Beweislage drei mögliche Täter: Friderike, ihren Liebhaber und Jan. Alle drei haben ein Motiv. Friderike sogar mehrere – Rache für die Gewalttätigkeiten, Aufrechterhaltung ihres Lebensstandards sowie freie Bahn für einen neuen Mann in ihrem Leben. Jans Motiv wäre vielleicht, seine Mutter vor dem Vater zu beschützen, und Rache, weil er ihn schlecht behandelt hat. Tom, der Liebhaber, will Friderike für sich allein haben und sie vielleicht ebenfalls vor weiteren Gewalttaten bewahren.«

»Und dann haben wir auch noch Jans Großvater in Mainz, der von Brandts Gewalttätigkeiten wusste«, sagte Rosa. »Er könnte die Tat theoretisch auch begangen haben.«

»Den unter die Lupe zu nehmen, ist für uns aber sehr schwierig«, wandte Ingrid ein.

»Stimmt. Wir sollten erst mal herausfinden, wer dieser Tom ist«, schlug Rosa vor.

»Das kann ich machen«, bot Evelyne sich an. »Ich werde mit Friderike darüber reden.«

»Willst du ihr etwa sagen, dass ich ihr Handy geklaut habe?«, fragte ihre Mutter entrüstet.

Evelyne musste lachen. »Natürlich nicht. Ich sage, mir wären Gerüchte zu Ohren gekommen.«

»Was hast du gemacht?«, fragte da Barbara und sah Rosa entgeistert an.

Evelyne erzählte von dem Geniestreich ihrer Mutter bei dem Leichenschmaus.

»Wahnsinn!«, rief Ingrid begeistert aus. »Dafür würde mir der Mut fehlen.«

Rosa zuckte keck mit den Schultern. »Von nichts kommt nichts.«

»Gut«, sagte Barbara wieder ernst. »Dann konzentrieren wir uns erst mal auf Friderike und ihren Freund. Das bedeutet aber auch, dass wir herausfinden müssen, ob eine der Reifenspuren zu ihrem Fiesta gehört. Ob ihre Fingerabdrücke mit denen auf dem Stein übereinstimmen, ob die langen blonden Haare von ihr stammen und dieser hellblaue Fussel von einer ihrer Blusen ist. Aber all das können wir doch gar nicht leisten. Wir haben nicht die Möglichkeiten einer KTU.«

»Miss Marple hatte auch keine«, konterte Rosa. »Sie löste ihre Fälle durch scharfe Beobachtungsgabe und Spürsinn.«

»Das stimmt«, musste Evelyne zugeben. »Und wie Ingrid schon vorgeschlagen hat, können wir Hannes immer noch einweihen. Vielleicht kommen er und seine Leute auch auf neue Spuren, die in eine ganz andere Richtung führen, und wir liegen mit unseren Schlussfolgerungen völlig falsch.«

»Womöglich ist es tatsächlich eine organisierte Bande, die auf Raubzüge spezialisiert ist …«, gab Rosa zu bedenken.

»Dann hätten sie auch Brandts Jeep mitgenommen, um ihn zu verhökern«, wandte Ingrid ein.

Barbara seufzte. »Okay, dann machen wir erst mal so weiter.« Evelyne sah ihr an, wie wenig ihr diese Lösung gefiel.

21. KAPITEL

Als Evelyne an diesem Abend im Bett lag, dachte sie wieder an Michael. Sie hatte die Hände unterm Kopf verschränkt und schaute zum Fenster hinaus. Wie ein stiller Wächter stand der Mond am Himmel, an dem die Sterne wie Diamanten auf schwarzem Samt funkelten. Ein lauer Nachtwind wehte den süßen Duft der Lindenblüten ins Zimmer und ließ die Blätter der Rhododendren unterhalb des Fensters auf geheimnisvolle Weise wispern. Morgen würde sie Michael anrufen und sich für die Blumen bedanken. Allein schon bei dem Gedanken daran bildete sich ein Knoten in ihrem Magen. Wie mochte das Gespräch verlaufen? Würde sie wieder zu dem lockeren Ton von vorgestern Abend zurückfinden können? Auch ohne Wein? Unwillkürlich musste sie lachen. Das wäre ja noch schöner, wenn ich mich zukünftig erst betrinken müsste, um mit einem Mann unbeschwert zu plaudern! Tatsächlich waren ihre Beziehungen jedoch auch an ihrer Korrektheit, Zurückhaltung und Verklemmtheit gescheitert. Einer der Männer hatte sie einmal als Spaßbremse bezeichnet. Kein Wunder, dass die meisten sie betrogen hatten. Die meisten ... Wieder musste sie lachen. So viele waren es nun auch nicht gewesen. Viel zu wenige, um mit Männererfahrung auftrumpfen zu können. Vielleicht schätzte sie auch Michael falsch ein. Vielleicht gehörte ein Blumenstrauß nach einem netten Abend zu seinem Standardprogramm, nach dem er dann für immer von der Bildfläche verschwand. Also ... Bei dem morgigen Telefonat war erst einmal Zurückhaltung angesagt. Sie wollte schließlich nicht den Eindruck einer mannstollen alten Jungfer erwecken.

Evelyne drehte sich auf die Seite und versuchte zu schlafen. Ihre Gedanken spazierten dabei in den Naturpark Hohes Venn-Eifel mit seinen Waldgebieten, malerischen Seen, Torfheiden und knorrigen Moorbirken. Und kurz vorm Einschlafen sah sie sich im nächsten April mit Michael Hand in Hand durch die blühenden Narzissenwiesen wandern.

22. KAPITEL

Am Mittwochmorgen, punktgenau um acht Uhr, stand Christine Tönges auf der Matte – klein und rund, mit karamellfarbenen Knopfaugen und rotbraunem Lockenkopf. Es gab ein großes Hallo und Umarmungen.

»Schlank bist du geworden«, sagte Rosa zu der Hilfe, die bereits seit über zehn Jahren zum Haushalt gehörte.

»Ich hab in der Kur zehn Kilo abgenommen«, berichtete Tine voller Stolz. »Aber da geht noch was. Mindestens noch mal zehn Kilo.«

»Dann wärst du ja nur noch ein Strich in der Landschaft«, scherzte Evelyne, wohl wissend, dass Christine dann immer noch Größe vierundvierzig tragen würde.

Tine lachte. »Das sagt Kalle auch. Der mag's sowieso lieber etwas fülliger.« Sie hängte ihre Ledertasche an die Garderobe, schlüpfte aus den Gesundheitssandalen in die Hausschuhe, die in dem Garderobenschrank standen, und rieb sich unternehmungslustig die Hände. »So, jetzt kann's losgehen. Nach der langen Zeit gibt es bestimmt viel zu tun. Soll ich heute Mittag kochen?«

»Döppekuchen«, erwiderte Rosa wie aus der Pistole geschossen.

»Wird gemacht.«

»Ich bin heute Morgen beim Frisör, und danach treffe ich mich mit der Mutter von Jutta, unserer Apothekerin, zum Kaffee in Adenau«, teilte sie ihrer Hilfe mit. »Wir können dann um halb eins essen.«

»Und ich bin in meiner Wohnung und arbeite«, fügte Evelyne hinzu. »Du hast also freie Bahn hier unten. Meine Wohnung kannst du morgen oder übermorgen machen.«

Ein paar Minuten später stand Evelyne mit dem schnurlosen Telefon an ihrem Wohnzimmerfenster. Mit dem Handy hatte sie im Haus schlechten Empfang. Und ihr Anruf bei Michael sollte zumindest von technischer Seite komplikationslos verlaufen. Ihre Hände waren vor Aufregung ganz klamm. Sie sah, wie ihre Mutter gerade vom Hof fuhr. Natürlich mal wieder viel zu schnell und ohne das Tor zu schließen. Fast hätte sie bei ihrem Kavaliersstart Tines kleinen gelben Opel gerammt. Voller Unverständnis schüttelte Evelyne den Kopf. Das musste ihr ungestümes italienisches Temperament sein, das schon ihren Vater manches Mal zur Verzweiflung gebracht hatte.

Sie schaute in den Himmel, der an diesem Morgen verhangen war. Die Eifelhügel versteckten sich im Nebel. In der Luft lag Feuchtigkeit, und im Vergleich zum Vortag war es deutlich kühler geworden. Sollte sie Michael heute tatsächlich anrufen? Blödsinn! Der Verlauf ihres Gesprächs hatte schließlich nichts mit dem Wetter zu tun. Sie hatte sich doch früher nicht durch solche Stimmungen leiten lassen.

Entschlossen ging sie zum Schreibtisch und setzte sich. Die Nummer der Naturparkverwaltung hatte sie bereits gestern im Internet herausgefunden. Der Zettel lag vor ihr auf der Schreibtischunterlage. Sie atmete einmal tief durch und drückte entschlossen die Tasten ihres Festnetzanschlusses.

Am anderen Ende der Leitung meldete sich eine Frau.

»Guten Morgen. Mein Name ist Görgens. Ich möchte gerne Herrn Groß sprechen«, sagte Evelyne mit der Telefonstimme, mit der sie als Rektorin Tausende Telefonate geführt hatte. Sie klang freundlich, sachlich, aber auch entschieden.

»Sie meinen wohl Dr. Groß«, erwiderte die Frau am anderen Ende der Leitung im singenden Eifler Tonfall.

Evelyne stutzte. Belehrungen solcher Art konnte sie nur ganz schlecht vertragen.

»Michael Groß«, erwiderte sie knapp und kühl. »Er erwartet meinen Anruf. Wenn Sie mich jetzt bitte durchstellen würden …« Angespannt horchte sie in die Leitung.

»Dr. Groß ist nicht in seinem Büro«, lautete die Antwort. »Ich kann ihm ausrichten, dass Sie angerufen haben. Wie war doch gleich Ihr Name?«

Evelyne spürte, dass sie hier nicht weiterkam. Weder auf energische noch auf verbindliche Art.

»Görgens. Evelyne Görgens. Ich gebe Ihnen meine Telefonnummer. Wenn Sie den Namen bitte notieren würden ...« Sie nannte Handynummer und fügte hinzu: »Es ist sehr dringend. Ich erwarte seinen Rückruf bis heute Mittag zwölf Uhr. Bitte kontaktieren Sie ihn umgehend. Vielen Dank, und noch einen schönen Tag.« Nach dieser Ansprache legte sie auf und lehnte sich mit einem Stoßseufzer zurück.

Aus jahrelanger Erfahrung mit Behörden wusste sie, dass die Bitte um Rückruf oft gar nicht weitergeleitet wurde. Daher war sie es gewohnt, in solchen Situationen sehr fordernd aufzutreten. Auch wenn sie den Sekretärinnen danach als unsympathisch in Erinnerung blieb – aber sie blieb wenigstens in Erinnerung.

Das war schon ein ganz schlechter Einstieg, sagte sie sich mit klopfendem Herzen. Jetzt musste sie warten, bis Michael sich meldete. Und wenn er sich nicht meldete?

Sie schaltete den Computer an, um zu arbeiten. Aber eigentlich wusste sie schon, dass sie sich jetzt kaum konzentrieren konnte. Ihr wichtigstes Anliegen an diesem Morgen war, Michael zu sprechen. Sie stand auf und befüllte die kleine Kaffeemaschine mit Wasser und Kaffeepulver. Sie war das einzige Küchengerät neben dem Wasserkocher, das sie in Gebrauch hatte. Mit dem Kaffeebecher in der Hand stellte sie sich vor die Balkontür und blickte in die triste Landschaft hinaus. Dabei trank sie in kleinen Schlucken. Warten ... Wie oft schon hatte sie auf den Anruf eines Mannes gewartet! Eigentlich hatte sie nie wieder in diese Situation kommen wollen. Wie viel kostbare Lebenszeit ging dabei verloren! Zumal sie in dieser Wartezeit auch nichts anderes tun konnte. Dafür war sie innerlich zu blockiert.

Dann zuckte sie zusammen. Das Smartphone in ihrer Hand klingelte. Eine Handynummer stand auf dem Display. Sie kannte sie nicht. Michael? Entschlossen räusperte sie sich die Stimme frei und drückte die grüne Taste. »Ja, bitte ...?«

»Hier spricht Michael Groß.« Seine Stimme klang genauso tief und rau, wie sie sie in Erinnerung hatte.

»Herr Dr. Groß!«, rief sie betont munter aus. »Mit so einem prompten Rückruf habe ich gar nicht gerechnet.«

Michael lachte sein warmes Lachen. »Wir sind doch beide korrekte Menschen, oder? Vielleicht manchmal ein bisschen zu korrekt«, fügte er hinzu, und im Geiste sah sie ihn dabei zwinkern.

»Leider. Aber das könnte man bei Bedarf ändern«, konterte sie forsch.

»Dabei können wir uns vielleicht gegenseitig helfen.«

»Warum nicht? Ich bin immer offen für Neues.«

»Das gefällt mir an dir.«

Evelynes Herz machte einen Sprung. Das lief ja wider Erwarten alles wie am Schnürchen! So, als würden sie sich schon viel länger kennen als erst einen Abend.

»Ich habe dich angerufen, um mich für die wunderschönen Blumen zu bedanken. Und für deine schönen Worte«, setzte sie mutig in weicherem Ton hinzu.

»Wahre Worte«, verbesserte er sie – und dieses Mal hatte sie kein Problem mit dieser Belehrung.

»Leider hatte ich deine Handynummer nicht. Deshalb musste ich in der Naturparkverwaltung anrufen«, fuhr sie fort.

»Jetzt hast du sie. Sie müsste auf deinem Display zu lesen sein.«

»Stimmt.«

»Hast du auch eine Festnetznummer?«, fragte Michael. »Für alle Fälle ...«

Er wollte sie also zukünftig unbedingt erreichen können. Sie lächelte zufrieden. »Hast du etwas zum Schreiben zur Hand?«

»Ich tippe sie in mein Handy ein. Dann habe ich beide jederzeit griffbereit.«

»Das ist nicht verkehrt«, erwiderte sie trocken und nannte ihm die Ziffern.

»Erledigt«, hörte sie ihn nach ein paar Atemzügen sagen. »Ich freue mich, dass du dich gemeldet hast – womit ich eigentlich gerechnet habe, nachdem ich dir die Blumen geschickt habe.«

Sie lachte belustigt auf. »Hast du sie deshalb geschickt?«

»Äh … ja und nein …«

»Du hättest wenigstens deine Handynummer auf der Karte vermerken können.«

»Ein bisschen Mühe solltest du dir schon machen müssen. Daran merke ich, dass es dir wichtig ist, mich zu sprechen.«

Verdutzt hielt sie inne. Gar nicht so unklug – dieser Mann. Sie lächelte in sich hinein. »Ein Stratege also …«

»Ein passionierter Schachspieler.«

»Was?« Sie fuhr vom Schreibtischstuhl hoch. »Du spielst Schach?«

»Du auch?«

»Seit meiner Jugend. Mein Vater hat es mir beigebracht.«

»Dann sollten wir beide mal ein Spielchen wagen.«

Ihr klopfte das Herz im Hals. »Da sage ich nicht Nein.«

Ein paar Sekunden lang war es still in der Leitung. Wahrscheinlich wusste Michael gerade auch nicht, wie er das Gespräch weiterführen sollte. Sie nahm sich ein Herz und fragte: »Störe ich dich gerade bei der Arbeit?«

»Nein, gar kein Problem. Meine Arbeit ist mein Hobby. Außerdem bin ich gerade im Wald. Ganz allein auf weiter Flur, nur umgeben von Rotbuchen und Eichhörnchen. Einmal im Monat kontrolliere ich die Wildüberwachungskameras.«

»Wildüberwachungskameras«, wiederholte sie gedehnt. »Wofür sind die eigentlich da?« Sie kannte sehr wohl deren Zweck, wollte aber das Gespräch noch ein bisschen fortführen.

»Sie erfassen Bewegungen von Tieren und Menschen mithilfe eines Bewegungssensors«, erklärte Michael ihr. »Sie machen Fotos oder Videos. Je nach Bedarf kann man sie einstellen. Frau übrigens auch«, fügte er hinzu.

Seine Formulierung gefiel ihr. Er schien keiner der Männer zu sein, an denen die Emanzipation unbeachtet vorbeigegangen war.

»Und wie funktionieren diese Kameras?«, erkundigte sie sich.

»Über Batterien oder Akkus.«

»Wie viele Fotos können die denn so machen?«

»Ein Foto pro Stunde oder eins alle fünf Minuten. So lange, bis die SD-Karte, also ihr Speicher, voll ist.«

Evelyne ließ seine Worte nachwirken. Dabei regte sich in den tiefsten Schichten ihres Gehirns etwas. Sie konnte den Gedanken nur noch nicht greifen.

»Hauptsächlich wird sie von Jägern oder so Leuten wie mir benutzt, um das Wild im Revier zu kontrollieren«, fuhr Michael fort. »Viele benutzen sie aber auch als Überwachungskamera auf ihrem Grundstück.«

Überwachungskamera … Das war das Schlüsselwort! Falls Hubert Brandt solche Kameras in seinem Jagdrevier installiert hatte, würde man doch eventuell … Ihr floss das Blut plötzlich schneller durch die Adern.

»Wie kann man denn eine solche Wildkamera auslesen?«

»Mit jeder Digitalkamera, die einen SD-Kartenslot besitzt. Einfach die SD-Karte aus der Wildkamera reinstecken und die Wiedergabe starten. Das klappt ganz gut«, erklärte Michael ihr. »Oder mit einem Kartenlesegerät, das an den Computer oder Laptop angeschlossen wird.«

»Das ist interessant«, erwiderte Evelyne, wobei ihre Gedanken noch bei der Idee waren, die ihr gerade gekommen war.

»Dass du dich dafür interessierst …«, wunderte sich Michael. »Du solltest mich mal hier im Park besuchen.«

»Ja, das würde ich gerne«, antwortete sie hastig.

»Da wir gerade dabei sind – wann hättest du denn mal Zeit?«

Evelyne griff sich an den Kopf. In ihm jagte ein Gedanke den anderen. So spontan fiel ihr gar kein Termin ein, obwohl sie eigentlich nur selten etwas vorhatte. Aber irgendwie war sie auf Dates gar nicht mehr eingestellt.

»Wir sollten noch mal telefonieren«, sagte Michael in ihr Schweigen hinein. »Jetzt können wir uns ja gegenseitig erreichen.«

»Das ist eine gute Idee. Ich freue mich.« Sie zögerte, wusste plötzlich nicht mehr, was sie sagen sollte. Ihr war zumute, als hätte sich vor ihr eine Tür aufgetan, durch die sie eigentlich gehen wollte, aber noch zögerte – aus Angst davor, was sie hinter ihr erleben würde.

»Gut, ich werde jetzt mal weitermachen«, hörte sie Michael sagen. »Und wie sieht dein Tag heute aus?«

»Ich werde jetzt in den Wald gehen und die Wildüberwachungskameras kontrollieren«, antwortete sie, woraufhin Michael lachte.

Er dachte wohl, sie würde scherzen.

23. KAPITEL

Evelyne stieg in ihre Wanderschuhe, schlüpfte in die grüne Wachsjacke und drückte den Jagdhut ihres Vaters aufs Haar. Dann lief sie die Treppe hinunter ins Erdgeschoss.

»Ich muss mal kurz weg!«, rief sie Tine zu. »Zum Mittagessen bin ich zurück.«

Ihr Ziel war die Jagdhütte. Keine zehn Minuten später hatte sie sie erreicht. Sie parkte den Volvo am Rande des Forstweges, in dessen Nähe die Lichtung lag, und stieg aus.

Still war es im Wald. Hier und da leuchteten die in Rispen stehenden weißen Blüten der Ebereschen durch das Fichtengrün. Irgendwo hämmerte ein Specht, und im Unterholz raschelte es. Anders als noch am Morgen versank die Landschaft inzwischen in einem Nebelmeer. Graue Schleier schwebten zwischen den Bäumen. Ein feiner Nieselregen schluckte das spärliche Tageslicht und ließ die Welt trist erscheinen. Fest entschlossen, sich von dem Wetter nicht ausbremsen zu lassen, marschierte Evelyne los. In dem undurchdringlichen Dickicht rechts von ihr stapelten sich vermooste Basaltsteine; linkerhand ragten umgestürzte, wettergebleichte Fichten wie Skelette in den verhangenen Himmel. Die passende Kulisse für einen weiteren Mord, dachte sie mit leichtem Schauder.

Nach einer Kurve hatte sie den schmalen Wildpfad, der zur Lichtung führte, erreicht. Von hier aus konnte sie schon die Hütte sehen. Sie lag verlassen da. Das rot-weiße Absperrband der Kripo schlängelte sich über den Waldboden. Seine Enden flatterten im Wind. Und die weiße Farbe, die die Lage der Leiche skizziert hatte, hatte der Gewitterregen in der Nacht von Montag auf Dienstag weggewaschen.

Evelyne blieb am Ufer des kleinen Sees stehen. Unheimlich war es hier, was auch an dem ungastlichen Wetter liegen mochte. Grund genug, die Sache schnell hinter sich zu bringen. Sie atmete einmal tief durch und ging auf die Stelle zu, wo die Leiche Brandts gelegen hatte. Hier blieb sie stehen und schaute sich um. Zwischen fünf und zwanzig Metern, hatte Michael gesagt … Wenn Hubert Brandt überhaupt Wildkameras in seinem Revier installiert hatte, dann war bestimmt auch hier irgendwo eine zu finden. Denn auf der Lichtung standen zwei Salzlecken, die das Rotwild anlocken sollten. Rechts davon lagen noch ein paar alte Maiskolben für die Wildschweine. Was war naheliegender, als das Wild bei seiner Fütterung zu filmen oder zu fotografieren? Und wenn sie Glück hatte, würde diese Kamera auch Fotos oder Videos vom Tathergang aufgezeichnet haben. Aber vielleicht hatte die Kripo sie längst gefunden und mitgenommen. Aber dann hätte Hannes Barbara gegenüber doch etwas davon verlauten lassen, oder?

Evelyne ging auf die Fichten zu, die gegenüber der Hütte und des kleinen Sees standen. Jede einzelne nahm sie ins Visier. Nichts. Sie ging weiter zu den Rotbuchen, die in zehn Meter Abstand zur Seitenwand der Hütte standen. Auch von hier aus hätte eine Kamera das Tatgeschehen quer über die Lichtung aufnehmen können. Aber auch hier fiel ihr nichts auf. Schließlich wanderte sie an der Rückseite der Jagdhütte vorbei und kam an der anderen Seite aus dem Unterholz wieder heraus. Sie betrachtete jeden einzelnen Baumstamm. Enttäuscht blieb sie stehen. Noch einmal, sagte sie sich. Vielleicht hatte sie ja etwas übersehen.

Sie schrak zusammen, als plötzlich in unmittelbarer Nähe eine Motorsäge zu kreischen begann. Mit ohrenbetäubendem Geräusch fraß sie sich ins Holz. Kurz darauf nahm Evelyne ein Rauschen und dann den dumpfen Aufschlag eines schweren Astes wahr. Ein ganzer Baum konnte es nicht gewesen sein. Der Knall wäre noch lauter gewesen. Vielleicht sollte ich vielmehr auf die Äste achten statt auf die Stämme, sagte sie sich und setzte sich wieder in Bewegung – den Blick auf die Astgabeln gerichtet, die sich in etwa sechs bis acht Metern Höhe am Stamm befanden. Da! Abrupt blieb sie stehen.

Das Ensemble passte sich optimal der Umgebung an. Der kleine Kasten im Camouflage-Muster war an einem Aststumpf befestigt und zusätzlich mit Moos bedeckt. Eine gut getarnte Wildkamera! Leider hing die Kamera viel zu hoch, als dass sie sie hätte erreichen können. Sie sah zur Hütte hinüber. Ob es dort eine Leiter gab? Bei der Umrundung des Gebäudes hatte sie keine gesehen. Vielleicht im Innern? Schnell war die Frage beantwortet. Die Holztür war verschlossen.

Unschlüssig blieb Evelyne stehen. Inzwischen regnete es. Es war ein warmer, leichter Regen, der das Grün und die Erde duften ließ. Was nun? Barbara!

Evelyne zog ihr Handy aus der Jackentasche und erklärte ihrer Freundin kurz und knapp die Situation.

»Ich komme.«

Evelyne setzte sich unters Hüttendach, nicht ganz ohne ein mulmiges Gefühl, da sie daran dachte, dass keine zwei Meter von ihr entfernt vor Kurzem ein Mensch erschlagen worden war. Wieder begann die Motorsäge zu kreischen. Dieses Mal war ihr das Geräusch gar nicht unangenehm, zeugte es doch davon, dass sie hier nicht ganz allein war.

Während sie den Regentropfen zusah, wie sie auf der Wasseroberfläche zig kleine Kreise malten, die ineinander verschwammen, drang nach einiger Zeit das dumpfe Dieselgeräusch von Barbaras Defender an ihr Ohr. Und keine Minute später kam ihre Freundin über den Wildpfad auf die Lichtung gefahren. Sie hielt an den Baumstämmen an, wo der Handschuh gelegen hatte.

»Das ist ja ein Ding!«, rief Barbara begeistert aus. »Wenn wir Glück haben, können wir den Täter gleich schon dingfest machen.«

»Nun mal langsam«, bremste Evelyne sie. »Vielleicht ist die Kamera auch kaputt. Die Dinger sind Tag und Nacht der Witterung ausgesetzt.«

»Wir werden sehen«, meinte Barbara zuversichtlich, während sie die Heckklappe öffnete und beherzt eine lange Leiter herausholte. »Hochsteigen musst du«, stellte sie gleich klar. »Du bist die Sportlichere von uns beiden. Hier …« Sie reichte Evelyne eine Zange. »Die habe ich noch mitgebracht, falls du Nägel oder Schrauben herausziehen musst oder so was …«

Keine fünf Minuten später saßen die beiden im Auto. Die Kamera lag auf dem Armaturenbrett wie ein Fremdkörper, den sie erst einmal skeptisch beäugten.

»Die hat kein Display«, bemerkte Barbara.

»Hmm.« Evelyne nahm sie in die Hände, drehte sie hin und her.

Währenddessen holte Barbara eine Thermoskanne, zwei Plastikbecher und eine Dose mit belgischen Butterwaffeln aus der Mittelkonsole. »Ich wusste ja nicht, wie schnell das hier gehen würde.«

Genüsslich kauend betrachteten sie die Wildkamera.

»Und jetzt?«, fragte Barbara. »Mit so was habe ich keine Erfahrung.«

»Ich auch nicht. Ich weiß nur, dass da eine SD-Karte, also eine Speicherkarte, drin ist, die ausgelesen werden muss«, erwiderte Evelyne.

»Und wie?«

»Entweder mit einer Digitalkamera oder einem Lesegerät, das man an einen Computer oder Laptop anschließt.« Evelyne hob die Schultern. »Ich dachte an Heinz Friedrichs. Der hatte bis vor Kurzem selbst ein Jagdrevier. Vielleicht kann der uns weiterhelfen.«

»Das ist eine gute Idee«, sagte Barbara begeistert. »Und Rosa wird sich freuen.«

Evelyne musste lachen. »Das wird sie. Sie kann ihn nach dem Mittagessen sofort anrufen. Vielleicht hat er schon heute Abend Zeit.«

»Ich kann heute Abend aber nicht. Ich habe Gemeinderatssitzung«, erwiderte Barbara mit bedauernder Miene. Dann winkte sie energisch ab. »Weißt du was? Die werde ich ausfallen lassen. Die Ermittlung ist jetzt wichtiger. Stell dir vor, wenn dieses Ding tatsächlich den Täter aufgenommen hat … Sag mal, wie bist du überhaupt darauf gekommen?«, erkundigte sich Barbara, nachdem sie herzhaft in die Waffel gebissen hatte.

»Ach …« Evelyne überlegte und nahm einen Schluck von dem noch heißen Kaffee. Ihre Freundinnen waren in diesem Punkt genau wie ihre Mutter: Sobald sie ihnen etwas von einem Mann erzählte, boten sie sich gleich als Trauzeuginnen an.

»Durch den Bekannten, von dem du auch von Friderikes geplatztem Alibi erfahren hast?«

Evelyne zog die Stirn zusammen. »Wie kommst du darauf?«

»Du kommst mir verändert vor. Das sagt auch Ingrid. Irgendwie weicher.«

»Was?« Evelyne musste lachen.

»Du hast jemanden kennengelernt. Stimmt's?«

Als Evelyne schwieg, stieß sie sie kameradschaftlich in die Seite. »Komm schon, erzähl mal!«

»Erst, wenn wir alle zusammensitzen. Dann muss ich die Geschichte nicht mehrmals erzählen.«

»Dann heute Abend. Falls Heinz nicht kann, kommen Ingrid und ich trotzdem. Deine Männergeschichte ist genauso spannend wie der Mordfall.«

24. KAPITEL

Der herzhafte Döppekuchen aus geriebenen Kartoffeln, Ei und Speck brauchte an diesem Mittwochmittag etwas länger als üblich. »Ich glaube, ich habe die Temperatur zu niedrig eingestellt«, entschuldigte sich Tine mit erhitzten Wangen. »Wahrscheinlich bin ich aus der Übung.«

»Wir setzen uns schon mal an den Tisch«, entschied Rosa, die gerade vom Frisör und von ihrer Verabredung in Adenau zurückgekommen war. Auch sie hatte rote Wangen, jedoch nicht vom Backofen, sondern vom Sekt – wie Evelyne vermutete.

»Und was hast du heute Morgen so gemacht?«, erkundigte sich ihre Mutter, nachdem sie sich im Esszimmer an dem bereits gedeckten Tisch niedergelassen hatten.

Evelyne erzählte ihr von der Wildkamera. »Ich dachte, dass Heinz sie vielleicht auslesen könnte. Er ist ebenfalls Jäger. Und wir haben weder eine Digitalkamera noch ein entsprechendes Lesegerät für den Computer. Könntest du ihn nach dem Essen mal anrufen?«

»Nichts lieber als das! Vielleicht kann er schon heute Abend vorbeikommen.«

»Daran dachte ich auch. Barbara wird auch dabei sein. Und Ingrid auch, die habe ich eben angerufen.«

»Ingrid?«

Evelyne unterdrückte ein Schmunzeln. Sie wusste genau, was gerade im Kopf ihrer Mutter vor sich ging. Der Rechtsanwalt aus Adenau gefiel nicht nur Rosa. Mit seinen siebenundsiebzig Jahren war Dr. Heinz Friedrichs durchaus noch vorzeigbar, überdies ein großer Charmeur. Und Ingrid war eine attraktive Frau, die ihre Mutter in diesem Zusammenhang als Rivalin empfand.

Rosa fasste sich in das frisch geföhnte Haar, das einen leichten lila Schimmer hatte – wie immer, wenn sie gerade vom Frisör kam. »Nun gut«, meinte sie. »Lass mich kurz überlegen … Dann mache ich ein paar italienische Häppchen. Bruschetta, hauchdünne Salamischeiben, Mozzarellasticks mit Kirschtomaten und Basilikumblättern, meine eingelegten Oliven … Und dazu einen schönen, samtigen Primitivo aus Apulien. Aber dafür müssten wir noch mal runter nach Adenau, einkaufen.«

»Jetzt mach dich nicht verrückt, Mama. Heinz erwartet doch kein kaltes Büfett. Er soll sich nur mal die Wildkamera anschauen.«

»Männer werden gerne verwöhnt, mein Schatz«, belehrte ihre Mutter sie. Evelyne musste in diesem Moment zugeben, dass sich ihre Mutter immer schon besser auf die männliche Spezies verstanden hatte als sie. »Aber weißt du was?«, fuhr Rosa fort. »Das kann eigentlich auch Tine erledigen. In dieser Zeit lege ich mich lieber eine Stunde aufs Öhrchen und mache einen Schönheitsschlaf. Und du wolltest doch heute Nachmittag zu Friderike, um sie ein bisschen über ihren Freund auszuhorchen, oder?«

»Ich hab's mir anders überlegt«, erwiderte Evelyne kurz und knapp, während sie mit vorgestrecktem Kinn zum Fenster hinaussah, an dem die Regentropfen herunterliefen. Sie wollte das Gespräch mit ihrer Freundin noch ein bisschen hinausschieben. Diese Vernehmungen, wie sie die Unterhaltung mit Friderike inzwischen empfand, waren ihr mehr als unangenehm. Stets hatte sie das Gefühl, Friderike damit zu hintergehen.

»Vielleicht erledigt sich das auch durch das Auslesen der Wildkamera«, meinte ihre Mutter zuversichtlich. »Womöglich präsentiert uns Heinz heute Abend den Täter auf dem Laptop.« Sie lachte. »Das wäre wirklich ein Ding. Da würde Hannes Augen machen. Dass die Kripo nicht auf die Idee mit der Wildkamera gekommen ist oder sie bei der Tatortuntersuchung entdeckt hat ...«

»Die arbeiten in Wirklichkeit doch ganz anders, als wir es aus dem Fernsehen kennen«, antwortete Evelyne. »Das hat Hannes uns doch auch gesagt.«

Ihre Mutter fasste sie scharf ins Auge. »Sag mal, wie bist du überhaupt auf diese Idee gekommen?«

Evelyne zuckte mit den Schultern und schwieg. Da drohte ihr Rosa spielerisch mit dem Zeigefinger. »Michael Groß? Hat er dir den Tipp gegeben? Ist er Jäger?«

Unwillig schüttelte Evelyne den Kopf. Ihre Mutter hatte einfach den sechsten Sinn. Das war schon immer so gewesen. Sie hatte ihr gegenüber nie etwas verbergen können.

Rosa lachte ihr herzhaftes Lachen. »Wusste ich's doch.« Sie tätschelte Evelynes Hand. »Ärgere dich nicht. Das ist Mutterinstinkt. Ich sehe es dir doch an, dass da etwas ist«, fügte sie zwinkernd hinzu.

Zu Evelynes Erleichterung kam jetzt Tine mit dem brutzelnden Döppekuchen und enthob sie einer Antwort. Die braune, glänzende Kruste und der würzige Duft von Schinkenspeck, gebratenen Zwiebeln und Kartoffeln lenkten ihre Mutter ab. »Hmm! Wie das wieder duftet! Den habe ich vermisst!«

Auch Evelyne ließ der Anblick der gläsernen Auflaufform das Wasser im Munde zusammenlaufen. Erst jetzt merkte sie, wie hungrig sie war.

Nachdem sich Tine, die wie immer mit den beiden zusammen aß, gesetzt hatte, reichte Rosa die Schale mit Apfelkompott herum, den Tine aus den Äpfeln von Barbaras Hof gemacht hatte. »Ein Bierchen?«, fragte sie in die kleine Runde.

»Mutter!«, entsetzte sich Evelyne. »Ich glaube, du hattest heute Vormittag schon ein Sektchen. Wir wollen es nicht übertreiben.«

Rosa lächelte ihr Madonnenlächeln. »Du glaubst gar nicht, wie dankbar ich bin, dass du so gut auf mich aufpasst.«

Tine lachte. Sie kannte längst die kleinen Kabbeleien zwischen Mutter und Tochter.

»Jetzt erzähl uns mal von der Kur«, forderte Evelyne sie auf. »Heute Morgen hatten wir ja keine Zeit dafür.«

Voller Begeisterung ließ sich Tine über die Kurklinik in Bad Bertrich aus, das Essen dort, die Leute, die sie kennengelernt hatte, und den idyllischen Ort an der Mosel. »Da war abends immer was los. Wir waren eine Gruppe von fünf Frauen und haben fast jeden Tag was zusammen unternommen. Kino, tanzen, Wein trinken … Kalle war richtig eifersüchtig und ist jedes Wochenende schon freitagabends gekommen – was er wegen mir gar nicht hätte machen müssen. Ich hatte letztendlich mehr Spaß mit meinen Kurfreundinnen als mit ihm – wenn ich ehrlich sein soll. Aber das habe ich ihm natürlich nicht gesagt.« Sie hielt einen Moment inne, bevor sie mit großen Augen fortfuhr: »Aber jetzt stellt euch vor, wen ich dort gesehen habe!« Tines karamellfarbene Augen glänzten verheißungsvoll, während sie Rosa und Evelyne ansah.

»Nun sag schon!«, drängte Rosa sie.

Tine lehnte sich zurück, ihre Hände, die Messer und Gabel fest umschlossen hielten, lagen seitlich des Tellers auf der Tischdecke. »Also, dort gibt es ein Café am Schwanenteich«, begann sie zu erzählen. »Da waren wir jeden Nachmittag Windbeutel essen. Die haben die Form eines Schwans und sind gefüllt mit Sahne, Kirschen und cremigem Vanilleeis. Eine Köstlichkeit, sage ich euch.«

»So wie dein Döppekuchen«, meinte Rosa, während sie genüsslich weiteraß.

»Und da hast du also jemanden gesehen«, brachte Evelyne, die wusste, wie ausschweifend Tine erzählen konnte, sie auf das Thema zurück.

»Genau.« Tine rückte wieder an den Tisch heran und beugte sich vor. »Ihr werdet es nicht glauben«, sagte sie mit unterdrückter Stimme, die ankündigte, dass jetzt etwas ganz Besonderes folgte.

Evelyne seufzte genervt in sich hinein. Ihre Mutter dagegen schien das Gespräch weit weniger zu interessieren als ihr Lieblingsgericht, von dem sie sich jetzt noch einmal einen Nachschlag nahm.

»Also …« Tine riss die Augen auf. »Die Kellnerin in dem Café am Schwanenteich hatte uns gerade diese herrlichen Sahnewindbeutel gebracht, als ich unseren Verbandsbürgermeister entdeckte.«

Rosas Kopf zuckte hoch.

»Brandt?«, fragte Evelyne.

Tine nickte mit triumphierender Miene. Sie freute sich sichtlich, nun die volle Aufmerksamkeit der beiden auf sich gezogen zu haben.

»In flagranti«, legte sie nach. »Er spazierte am Teich vorbei. Gerade zwanzig Meter von mir entfernt. Bei dem schönen Wetter saßen wir draußen im Garten. In Begleitung einer jungen Frau. Und ich spreche da von sehr jung«, fügte sie nachdrücklich hinzu. »So Anfang zwanzig.«

Evelyne legte Messer und Gabel zur Seite. Auch ihre Mutter hörte auf zu essen.

»Und wann war das?«

»Lasst mich überlegen. Vor eineinhalb Wochen. Genau. Freitagnachmittags.«

»Vielleicht war es seine Frau«, mutmaßte Rosa.

»Nein, die kenne ich doch vom Sehen«, widersprach Tine entschieden. »Die in Bad Bertrich war zwar auch blond und schlank, aber wie gesagt höchstens Anfang zwanzig.«

»Vielleicht eine Kollegin oder Bekannte, die er dort in seiner

Funktion als Verbandsbürgermeister getroffen hat«, mutmaßte Evelyne, die für Klatsch und Tratsch nicht viel übrighatte.

Tine sah sie zweifelnd an. »Arm in Arm?«

»Also ein Fisternölschen«, vermutete Rosa.

»Genau das!«, bestätigte Tine und nickte bekräftigend. »Die beiden schlenderten eng umschlungen am See vorbei. Wobei die Frau eindeutig verliebter war als er. Ständig blieb sie stehen und küsste ihn. Bei Brandt hatte ich eher den Eindruck, dass ihm das peinlich war.«

Evelyne lachte kurz auf. »Kein Wunder. Der musste doch befürchten, gesehen zu werden – was auch passiert ist.«

Rosa hob in lehrhafter Manier den Finger und gab zwinkernd von sich: »Nichts ist so fein gesponnen, als käme es nicht ans Licht der Sonnen.«

»Dann hatte Brandt also eine Affäre«, murmelte Evelyne vor sich hin.

»Was bedeutet, dass wir eine weitere Verdächtige haben«, fügte Rosa hinzu, woraufhin Tine sie verständnislos ansah.

Rosa winkte ab. »Was geht es uns an?« Sie lächelte Tine zu. »Lasst uns erst mal diesen köstlichen Auflauf genießen. Den habe ich so vermisst.«

Evelyne warf Tine einen versteckten Blick zu. Die Vermutung ihrer Mutter hatte Tine aufhorchen lassen. Aber Christine war schlichten Gemütes. Mit unbeantworteten Fragen oder ungeklärten Situationen hielt sie sich nicht lange auf.

»Tja, und jetzt ist er tot«, sagte Tine dann auch erwartungsgemäß nur und widmete sich wieder ihrem Teller.

Und wer war nun die junge Frau?, fragte sich Evelyne.

25. KAPITEL

Barbara und Ingrid kamen eine halbe Stunde früher als Heinz Friedrichs. So hatten die beiden es geplant.

»Du willst uns doch noch was erzählen«, erinnerte Barbara Evelyne zwinkernd, bevor sie miteinander anstießen.

Die vier Frauen saßen dieses Mal im Wintergarten, an dessen Scheiben der Regen herunterlief. Der Sommer in der Eifel schien sich erst einmal verabschiedet zu haben. Es war so kühl wie im April. Evelyne hatte sogar den Kamin angezündet, und Rosa trug über ihrem tiefgrünen taillierten Seidenkleid, das für Evelynes Geschmack viel zu overdressed für diesen Anlass war, eine schwarze Strickjacke. Aber auch Ingrid wirkte in ihrem camelfarbenen Hosenanzug und der weißen Seidenbluse, als wäre sie zu einem besonderen Event eingeladen. Barbara hatte ihren grünen Overall und die Gummistiefel gegen Jeans, eine blaue Trachtenjacke und Wanderschuhe eingetauscht.

»Da gibt es nicht viel zu erzählen«, beantwortete Evelyne die Frage, während sie ein Taschentuch aus ihrer Funktionsweste herauszog, um sich die Nase zu putzen. Das mussten die Margeriten sein, die ihre Mutter heute Morgen bei Luise gekauft hatte. Auf den prächtigen, rosé blühenden Oleanderstrauch oder die deckenhohen Palmen hatte sie noch nie allergisch reagiert.

»Jetzt zier dich doch nicht so, mein Schatz«, drängte ihre Mutter sie. »Wir sind doch unter uns.«

Evelyne seufzte. »Na gut …« Kurz und knapp, wie es ihre Art war, erzählte sie, wie sie Michael kennengelernt hatte, was er beruflich machte und gemacht hatte, wo er wohnte und dass sie miteinander telefoniert hatten. »So bin ich darauf gekommen, dass Brandt in seinem Revier vielleicht auch Wildkameras aufgestellt haben könnte.«

»Und er hat ihr nach diesem Abend im Burghotel einen wunderschönen Blumenstrauß geschickt«, ergänzte Rosa so stolz, als würde es sich um einen ihrer Verehrer handeln.

»Sehr nobel«, meinte Barbara trocken.

»Wie sieht er denn aus, Kind?«, fragte Rosa wissbegierig.

»Nett«, antwortete Evelyne möglichst gleichgültig.

»Ich finde, aufs Aussehen kommt's doch nicht an«, sagte Barbara. »Hauptsache, ihr passt zusammen. Was im Alter nicht mehr so einfach ist, weil jeder schon sein eingefahrenes Leben hat. Das sagt ja auch Hannes …«

»Seht ihr euch wieder?« Ingrid, die eine Schwäche für Liebesgeschichten hatte, sah Evelyne mit versonnenem Lächeln an.

Evelyne hob die Schultern. »Mal sehen.«

»Unbedingt, würde ich doch sagen«, sagte ihre Mutter in energischem Ton. »Schließlich wollen wir ihn mal kennenlernen.«

»Mutter …!« Evelyne verdrehte die Augen. Für sie stand fest, dass es noch sehr, sehr lange dauern würde, bis sie Michael den dreien vorstellen würde. Wenn überhaupt. Außerdem – wie schnell konnte sich alles ändern. Vielleicht würde sich die Geschichte auch in einem Monat längst erledigt haben.

Während sie sich das im Stillen sagte, schlich sich ein Anflug von Bedauern in ihr Herz. »Hat sich Gustav Engels eigentlich noch mal bei dir gemeldet?«, fragte sie Ingrid, um von diesem Thema abzulenken.

Ihre Freundin schüttelte bedauernd den Kopf.

»Sei's drum«, tröstete Barbara sie. »Das wäre sowieso nichts für die Zukunft gewesen. Melde dich doch einfach mal auf einer dieser Datingplattformen im Internet an. Das machen heutzutage viele in unserem Alter.«

Ingrid hob unschlüssig die Schultern. Begeistert schien sie von dieser Idee nicht zu sein.

»Also ich …« Rosa brach den Satz abrupt ab. Denn in diesem Moment klingelte es an der Haustür. »Das ist Heinz!« Sie sprang auf und eilte aus dem Wintergarten – und wieder einmal wunderte sich Evelyne, wie jugendlich ihre Mutter mit ihren dreiundachtzig Jahren immer noch wirkte.

Ingrid fingerte an den Rüschen ihrer Bluse, und Barbara griff in die Schale mit den Macadamianüssen, die auf dem niedrigen Rattantisch stand. Evelyne stand ebenfalls auf. »Dann hole ich jetzt mal die Häppchen, die meine Mutter unbedingt anbieten wollte.«

»Das ist toll!« Barbara strahlte. »Ich bin nämlich nicht mehr zum Essen gekommen.«

Ingrid lächelte nur fein und schob eine ihrer dezent blondierten Strähnen aus der Stirn. Auf ihren sanften, harmonischen Zügen stand geschrieben, dass sie wusste, warum Rosa sich an diesem Abend von ihrer besten Seite zeigte.

Auf dem Weg in die Küche begrüßte Evelyne den Rechtsanwalt mit einer Umarmung. Wie lange kannte sie ihn schon!

»Evelynchen, wie geht es dir?«, fragte Heinz mit seinem leicht schiefen Lächeln, das ihm etwas Jungenhaftes, etwas Verwegenes gab. Mit seiner beeindruckenden Größe von eins neunzig, dem noch vollen weißen Haar, das er etwas länger trug, seiner stets sportlich gebräunten Haut und den lebendig funkelnden Augen machte er was her.

»Evelynchen …«, wiederholte sie und lachte.

»Für mich wirst du immer die kleine Evelyne bleiben«, erwiderte er mit liebevollem Blick. »Gut siehst du aus.« Er legte den Kopf schief und betrachtete sie. »Irgendwie entspannt.«

Hoffentlich hält Mutter jetzt den Mund, dachte Evelyne mit angehaltenem Atem. Stell dir vor, Evelyne hat einen Mann kennengelernt … Das würde sie ihr durchaus zutrauen.

Aber da hatte sie sich getäuscht. Stattdessen trat Rosa auf Heinz zu und hakte sich vertraulich bei ihm ein. Dabei schmiegte sie sich sogar ein wenig an ihn, wie ihr schien.

»Du schaust auch sehr gut aus«, gab Evelyne gerne das Kompliment zurück. »So gebräunt, als kämst du geradewegs aus dem Urlaub.« In den maisgelben Jeans, dem weißen Sporthemd mit den lässig aufgekrempelten Ärmeln, über das er einen grünen Pullover gelegt hatte, wirkte er sehr jugendlich. Seine nackten Füße steckten in weichen italienischen Slippern. Das gefiel ihrer Mutter, wie sie wusste.

Heinz lachte. »Ich bin viel mit dem Eifelwanderverein unterwegs, wie du weißt.«

»Komm, wir gehen in den Wintergarten. Barbara und Ingrid sind schon da. Ich habe ein paar Antipasti vorbereitet«, wechselte Rosa mit lockendem Lächeln das Thema. Von seinem Hobby hörte sie nur ungern. In diesem Verein waren ihr zu viele alleinstehende Frauen.

Heinz strahlte sie an. »Das klingt wunderbar! Du weißt, ich liebe deine Antipasti.« Ein paar Sekunden lang blieben die Blicke der beiden ineinander versunken – so lange, dass es Evelyne peinlich war, davon Zeugin zu werden.

»Ich hole die Häppchen«, sagte sie schnell und verschwand in der Küche.

Als sie mit dem großen Tablett in den Wintergarten zurückkehrte, hatte Heinz bereits Barbara und Ingrid begrüßt und saß jetzt neben ihrer Mutter, deren gerade frisch manikürte Rechte besitzergreifend auf seinem Arm lag. Rosa strahlte in die Runde. »So, jetzt essen wir erst mal eine Kleinigkeit. Und dann hoffen wir, dass wir dem Täter endlich ins Auge blicken können.«

»Soll ich mich um den Wein kümmern?«, fragte Heinz sie.

»Das wäre schön.« Rosa schenkte ihm einen liebevollen Blick.

Evelyne stellte das Tablett auf den Rattan-Teewagen und rollte ihn an den Tisch.

»Dann hoffentlich auf die Enthüllung des Mörders«, sprach Rosa mit erhobenem Glas den Toast aus, bevor alle an dem tiefroten Appassimento nippten.

Barbara griff als Erste zu. Dass ihr dabei eine Kirschtomate von dem Mozzarellastick abfiel, auf ihren Jeans landete und dann auf den Steinboden kullerte, machte ihr nichts aus. Sie bückte sich, hob sie auf und steckte sie in den Mund. Ingrid dagegen hielt sich mit dem Essen zurück. Mit spitzen Fingern kostete sie eine Olive. Dabei hielt sie die Serviette darunter, damit kein Öltropfen auf ihre Bluse fiel.

»Und ihr wollt also als Ermittlerinnen tätig werden, wie mir Rosa heute Mittag erzählt hat?«, fragte Heinz lächelnd in die Runde, während sie aßen. Er kannte Ingrid und Barbara ebenfalls seit vielen Jahren von Partys und Geburtstagsfeiern, die Rosa noch zu Lebzeiten ihres Mannes veranstaltet hatte.

»Wir sind schon tätig geworden«, antwortete Ingrid mit ihrer weichen Flirtstimme. »Und es macht uns großen Spaß.«

»Es geht hier weniger um Spaß, als dass wir zur Lösung des Mordfalls beitragen wollen«, stellte Rosa richtig, bevor sie wieder die Hand auf Heinz' Unterarm legte.

»Gibt es auch noch eine Kripo, die in diesem Fall ermittelt?«, fragte Heinz schmunzelnd.

Ihm war anzusehen, dass er die Sache nicht ganz ernst nahm – was Evelyne nur zu gut verstehen konnte. Ihr war es anfänglich genauso gegangen. Obwohl sie jetzt zugeben musste, dass sie in ihren Ermittlungen bereits weiter waren als Hannes. Also konnten sie sich nicht allzu dilettantisch anstellen. Aber Heinz war ein angesehener Rechtsanwalt und Strafverteidiger gewesen. Er besaß einen klaren, analytischen Verstand. Und jetzt saß er hier inmitten einer Gruppe von vier betagten Frauen, die Detektivinnen spielten. Kein Wunder, dass er sich amüsierte.

»Natürlich ist die Kripo auch tätig«, antwortete Barbara ein wenig zu scharf. »Mein Bruder ist der Hauptermittler in diesem Fall.«

Rosa lächelte Heinz an. »Barbaras Bruder weiß natürlich nichts von unserer Arbeit«, vertraute sie ihm an. »Aber wir sind ja viel näher an der Sache dran und können viel mehr erfahren als Herr Neffgen. Wir kennen die Witwe und auch Leute, die uns manchen Hinweis geben. Das hat sich bereits dadurch gezeigt, dass Evelyne die Wildkamera entdeckt hat, die die Spurensicherung völlig übersehen hat.«

»Und die soll ich jetzt auslesen …«, brachte Heinz es auf den Punkt.

»Ja.« Rosa nickte. »Wie ich dir am Telefon schon gesagt habe, besitzt keine von uns eine Digitalkamera. Und auch kein Kartenlesegerät. Und mit dem Computer können wir alle sowieso weit weniger gut umgehen als du«, fügte sie schmeichelnd hinzu.

»Ich habe natürlich einen Computer wie auch einen Laptop«, stellte Evelyne klar. »Aber halt kein Kartenlesegerät, das man daran anschließen muss, um die Karte in der Kamera auszulesen.«

Barbara lachte unbeschwert. »Ich habe mit Computern und dem ganzen elektronischen Zeug nichts am Hut. Ich melke meine Kühe noch per Hand – und ich bin mir sicher, dass sie die Berührungen genießen. Das ist doch viel angenehmer für sie, als wenn ich sie an diese Zapfsäulen aus kaltem Edelstahl anschließen würde.«

»Ich habe zwar auch keine Digitalkamera, in die ich die SD-Karte der Wildkamera reinschieben könnte, aber einen Laptop«, brachte Ingrid sich jetzt ins Gespräch. »In den vielen Jahren, als ich in unserer Firma das Büro geleitet habe, musste ich natürlich mit der Zeit gehen.« Sie lächelte Heinz an. »Aber ich würde mir nicht zutrauen, die Karte aus der Wildkamera in meinem Laptop zu installieren.«

»Das ginge auch gar nicht ohne Kartenlesegerät«, sagte Heinz mit tiefem Blick in Ingrids große blaue Augen.

»Stimmt!« Ingrid lachte und hob in hilfloser Geste die Schultern. »Von Elektronik verstehe ich halt nichts. Das ist eher Männersache.«

»Ganz und gar nicht«, widersprach ihr da der Rechtsanwalt. »Es gibt Frauen, die sind auf diesem Gebiet wesentlich versierter als Männer.«

Rosas dunkler Blick schoss zu ihm hinüber. »Tatsächlich?«

Er drückte ihre Hand und zwinkerte ihr zu. »Ich kenne sie nicht persönlich.«

Rosa entzog ihm ihre Hand. »Nun gut. Wollen wir anfangen? Evelyne, wo ist die Wildkamera?«

Evelyne stand auf. »Ich hole sie.«

Heinz stand ebenfalls auf. »Und ich gehe mal schnell zum Wagen und hole meine Kamera.« Er blieb stehen und sah in die Runde. »Wie ich Rosa heute Mittag schon gesagt habe, besitze ich auch kein Kartenlesergerät. Deshalb habe ich meinen Laptop auch gar nicht erst mitgebracht. Aber mit meiner Digitalkamera müsste ich die Karte auf alle Fälle lesen können.«

Ein paar Minuten später hielt Heinz die Wildkamera in den Händen. »Wie ihr bestimmt schon gesehen habt, hat diese Kamera keinen integrierten Bildschirm, was jedoch unwichtig ist. Die Auflösung der Displays von Wildkameras ist zum Erkennen von Details oder kleinen Bildelementen in der Regel sowieso viel zu gering. Was bedeutet, dass man auf ihnen kaum etwas erkennen kann. Und darum geht es euch ja in diesem Fall. Ihr wollt den Täter doch identifizieren.«

»Unbedingt«, sagte Rosa, die mit geradem Rücken und aufmerksamem Blick im Sessel sitzen geblieben war.

»Ich nehme also jetzt die Speicherkarte heraus«, kommentierte Heinz sein nächstes Vorgehen und zog diese aus dem flachen Fach auf der Rückseite der Wildkamera heraus. »Oh, das ist eine SDHC-Speicherkarte«, stellte er erstaunt fest. »Die sind größer als SD-Karten und besitzen eine schnellere Speicherfunktion.«

»Und was bedeutet das?«, fragte Evelyne, die sich mit Speicherkarten auch nicht auskannte.

»In diesem Fall, dass meine Kamera, die schon älter ist, sie eventuell doch nicht auslesen kann, da sie nicht zu SDHC kompatibel ist, obwohl die Karten dieselben Anschlüsse und Abmessungen haben. Die Formatierung ist jedoch eine andere.«

»Na toll …«, murmelte Barbara.

»Probieren kannst du es doch trotzdem mal.« Ingrid sah ihn bittend an.

»Selbstverständlich.«

Es dauerte ein paar Augenblicke, in denen niemand etwas sagte. Alle Frauenaugen hingen an dem Rechtsanwalt, der an seiner Digitalkamera herumfingerte. Die Sekunden verstrichen, wurden zu Minuten. Nur das Knistern des Feuers im Kamin und das Klopfen der Regentropfen auf das Glasdach waren zu hören. Schließlich ließ Heinz seine Digitalkamera auf die Knie sinken.

»Es geht nicht«, sagte er in bedauerndem Ton. »Entweder ist meine Kamera tatsächlich zu alt, oder sie sucht auf der Karte im falschen Ordner und findet somit keine Fotos.« Er seufzte. »Aber keine Sorge, ich werde ein Kartenlesegerät besorgen. Das schließe ich dann an meinen Laptop an, und damit wird es bestimmt funktionieren.«

Rosa sank in den Korbsessel zurück. »Wie schade.«

»Und ich habe schon gehofft, wir könnten heute Abend den Fall lösen«, sagte Ingrid bedauernd.

Heinz zog die Speicherkarte aus seiner Kamera und steckte sie wieder in die Wildkamera. »Tut mir leid, meine Damen. Aber es ist, wie es ist. Wie gesagt, ich …«

»Ich habe eine andere Idee«, sagte Evelyne wie aus der Pistole geschossen. Plötzlich war sie ihr gekommen. Michael! Das würde ein guter Grund sein, ihn zu kontaktieren, ohne den Eindruck zu erwecken, sie wäre persönlich an ihm interessiert. Warum nur war ihr dieser Gedanke nicht schon heute Vormittag gekommen? Dann hätte ihre Mutter sich die Antipasti sparen können.

»Und welche Idee?«, fragte Ingrid.

Evelyne lächelte sie geheimnisvoll an. »Lasst mich nur machen.«

Barbara lachte wissend. »Alles klar!«

Auch Ingrid schien jetzt zu verstehen und nickte schmunzelnd.

»Nun gut«, meinte Rosa zwinkernd. »Wir zählen auf dich.«

Heinz Friedrichs stand auf. »Ich möchte mich dann auch jetzt verabschieden«, sagte er ein wenig verlegen. »Aber ich muss noch zur Hegeringversammlung in Adenau. Die fängt um zwanzig Uhr an.«

Evelyne sah ihrer Mutter die Enttäuschung an. »Ich dachte …«, sagte Rosa halblaut.

»Ich komme in den nächsten Tagen noch einmal vorbei, meine Liebe«, erwiderte Heinz mit seinem charmanten Lächeln. »Begleitest du mich noch hinaus?«

»Natürlich.« Rosa stand auf.

Heinz verabschiedete sich von Barbara, Ingrid und Evelyne mit einer Verbeugung. »Ich wünsche euch noch einen schönen Abend.«

»Den werden wir haben«, antwortete Barbara. »Ich schlage vor, mal wieder eine Runde Rommé zu spielen. Das haben wir in der vergangenen Woche nämlich vernachlässigt.«

26. KAPITEL

Auch am nächsten Tag regnete es in Strömen. Als Evelyne morgens aus dem Schlafzimmerfenster schaute, war der Himmel immer noch grau und verhangen. Sie fröstelte. Wie lange würde dieses Tief denn noch über der Eifel liegen? Nun gut, der Boden brauchte den Regen, aber schließlich war es Sommer.

Nach dem Frühstück fuhr ihre Mutter nach Bonn, und Tine widmete sich dem Aufräumen des Kellers, was bedeutete, dass Evelyne oben in ihrer Wohnung absolute Ruhe hatte – und genau diese brauchte sie, um Michael anzurufen. Denn dafür musste sie sich gänzlich auf das Gespräch konzentrieren können.

Sie setzte sich an den Schreibtisch und wählte Michaels Handynummer. Dabei erhöhte sich schon ihr Pulsschlag. Wie in Teenagerzeiten, ging ihr durch den Kopf, und sie musste über sich selbst lächeln. Ein paar Augenblicke lang horchte sie mit klopfendem Herzen in die Leitung. Als sich dann Michaels Reibeisenstimme meldete, begann ihr Herz, noch schneller zu schlagen.

»Ich bin's wieder – Evelyne«, sagte sie weit weniger energisch, als sie sonst auftrat.

»Das ist aber schön!«, rief Michael hörbar erfreut aus.

»Störe ich?«

»Überhaupt nicht. Ich sitze hier in meinem Büro und mache das, was ich am wenigstens gerne mache – Schreibtischarbeit.« Er zögerte und fragte dann: »Gibt es einen besonderen Grund, dass du anrufst?«

»Ich bräuchte mal deinen Rat.« Sie räusperte sich und fuhr dann fort: »Wir haben doch über diese Wildkameras gesprochen …« Und nun erzählte sie ihm auch von ihrem Engagement in dem Mordfall.

»Ich finde es toll, dass ihr euch da einbringt, wenn der Kommissar so einer ist und die Sache nicht auf die Reihe bekommt«, erwiderte Michael schließlich. »Und wie ich deinen Worten entnehme, seid ihr bereits viel weiter in euren Ermittlungen als die Kripo. Chapeau!«

Evelyne spürte, wie sie errötete. Sein Kompliment freute sie. Zumindest tat Michael ihre Ermittlungstätigkeit nicht als absoluten Blödsinn ab. Er traute ihnen etwas zu.

»Und ich soll jetzt die Wildkamera auslesen?«, fuhr er fort.

»Das wäre wirklich toll. Ich besitze weder eine Digitalkamera noch ein Kartenlesegerät.«

»Dafür müssten wir uns aber sehen.« Sie hörte, wie er lächelte.

»Das wäre nicht das Schlimmste, oder?«, konterte sie.

Da lachte er sein warmes Lachen. »Bestimmt nicht. Dann müssen wir jetzt nur noch die berühmte Frage klären: Zu dir oder zu mir?«

Jetzt musste sie lachen. Sie kannte diese Frage am Ende eines Abends, wenn auch nur vom Hörensagen.

»In diesem Fall zu dir«, antwortete sie. Schon allein der Gedanke daran, Michael würde sie zu Hause besuchen und ihre Mutter würde sich in ihrer überschwänglichen Art auf ihn stürzen, ließ ihr das Blut in den Adern stocken.

Er zögerte. »Okay …«

»Natürlich nicht zu dir nach Hause«, stellte sie schnell richtig. »Ich dachte, dass ich dich im Naturpark besuchen könnte. Oder nicht?«, fügte sie plötzlich unsicher hinzu.

»Natürlich. Das ist eine gute Idee«, erwiderte er sofort – und wie sie aus seiner Stimme heraushörte, sogar erleichtert. Hatte er sie etwa für so dreist und selbstbewusst gehalten, dass sie sofort bei ihm zu Hause auftauchen würde? Sie kannten sich doch kaum.

»Was hältst du von Sonntag?«, schlug Michael vor. »Vielleicht ist bis dahin auch das Wetter besser.«

»Das passt«, antwortete sie, obwohl sie eigentlich nicht noch drei Tage auf die Enthüllung des Mörders warten wollte. Aber wenn es nicht anders ging …

»Wanderst du gerne?«, erkundigte sich Michael.

»Und wie!«

»Dann pack die Wanderschuhe ein, und ich zeige dir ein paar schöne Landschaften. Wir könnten auch irgendwo in freier Natur ein Picknick machen. Was hältst du davon?«

Ein Picknick! Wie romantisch! Sie atmete tief ein. »Das ist eine wundervolle Idee«, antwortete sie aus vollem Herzen. »Und ich sorge für das Picknick.«

»Das klingt sehr gut. Schön, wenn eine Frau kochen kann.«

O Gott! Wenn er wüsste, dass sie das gerade nicht konnte. Sie hatte vielmehr vor, von Tine ein paar kalte Leckereien vorbereiten zu lassen.

»An warme Speisen habe ich jetzt nicht gerade gedacht«, wandte sie ein. Dabei hörte sie selbst die Verunsicherung in ihrer Stimme.

»Entschuldige bitte, das meinte ich auch nicht so«, erwiderte er schnell.

»Kein Problem. Ich lasse mir etwas einfallen«, versprach sie. Liebe ging bekanntlich durch den Magen. Also musste sie sich auch ein bisschen bemühen, wenn sie ihm gefallen wollte. Und dass sie das wollte, wusste sie spätestens, nachdem sie jetzt wieder seine erotische Stimme gehört hatte.

Sie verabredeten sich für Sonntagvormittag elf Uhr vor dem Naturparkzentrum Prümer Land.

»Von dort aus fahren wir dann mit meinem Wagen weiter. Von dir aus sind das etwa fünfzig Kilometer«, erklärte Michael ihr.

»Ich weiß. Ich war schon mal mit einer Schulklasse dort. Im selben Haus ist doch auch das Schülerforschungszentrum untergebracht.«

»Dann kennst du die Landschaft hier schon.« Er klang enttäuscht.

»Nein, nur die naturkundliche Ausstellung und das SFZ«, tröstete sie ihn. »Ich freue mich sehr darauf, mit dir zusammen die Gegend zu erwandern.«

Nachdem sie das Gespräch beendet hatten, blieb sie mit dem Telefon in der Hand noch eine Weile am Schreibtisch sitzen. Sie würden sich also wiedersehen. Er schien auch an ihr Interesse zu haben, sonst hätte er ihr nicht den Vorschlag gemacht, mit ihm wandern zu gehen. Keiner der Männer, die sie in all den Jahren kennengelernt hatte, hatte dazu je Lust gehabt. Theater, Museen, Kirchen, Kino, essen gehen ... Keiner von ihnen hatte ihre Liebe zur Natur mit ihr geteilt. Sollte es jetzt wirklich sein, dass sie auf ihre alten Tage noch ihrem Traummann begegnet war?

Vorsicht, Evelyne, warnte sie sich und stand entschlossen auf. Wie sagte ihre Mutter immer? Man soll den Tag nicht vor dem Abend loben.

Sie stellte sich an die Balkontür und schaute in den Regen hinaus. Sonntag ... Heute war Donnerstag. Noch drei Tage.

Warum fahre ich jetzt eigentlich nicht nach Adenau hinunter und kaufe ein Kartenlesegerät?, kam ihr da plötzlich in den Sinn. Das kostete bestimmt nicht die Welt. Außerdem – selbst war die Frau. So hatte sie es immer gehalten. Dann würde sie heute schon dem Täter ins Gesicht sehen können. Die Verabredung mit Michael hatte sie ja jetzt in der Tasche.

Sie lächelte über sich selbst. Ohne es vorgehabt zu haben, hatte sie das tatsächlich geschickt eingefädelt.

27. KAPITEL

Kurz entschlossen fuhr Evelyne ein paar Minuten später los, um in dem Elektronikladen in der Nähe des Kreisels ein Kartenlesegerät zu kaufen. Hinter der Theke stand Kevin, ein ehemaliger Schüler von ihr, der sie strahlend begrüßte. Schon als Junge von zehn Jahren hatte er wie Harry Potter ausgesehen, was sich bis heute nicht geändert hatte. Sie freute sich, ihn wiederzusehen, und sie unterhielten sich eine Weile. Dann trug sie ihm ihren Wunsch vor und nannte die Marke ihres Computers sowie die ihres Laptops.

»Diese Geräte sind absolut kompatibel«, beruhigte Kevin sie. »Einfach Karte reinschieben, das Gerät in den USB-Anschluss Ihres Computers oder Laptops stecken und dem Menü folgen. Das ist alles.«

Der Kauf dauerte keine zehn Minuten. Beschwingt ging sie zu ihrem Parkplatz zurück. Sie war froh, dass sie auf dem kurzen Weg niemandem begegnete, den sie kannte – was schon einem Wunder gleichkam. Ein Small Talk hätte sie heute nur aufgehalten. Denn jetzt wollte sie es wissen: Wer war der Mörder?

Doch sie hatte sich zu früh gefreut. Als sie ihren Wagen aufschließen wollte, hörte sie eine Stimme hinter sich nach ihr rufen: »Hallo, Evelyne!«

Sie drehte sich um. Vor ihr stand Sonja Thelen.

»Sonja … Du?« Sie musste sich zusammennehmen, um sich ihr Entsetzen nicht anmerken zu lassen. Sie hatte die Frau des reichen Hoch- und Tiefbauunternehmers schon länger nicht mehr gesehen. Sie kannten sich zwar, so, wie sich alle hier im Tal irgendwie kannten, pflegten aber keinen näheren Kontakt. Außerdem hatten die Thelens keine Kinder, die sie unterrichtet hätte. Sonja, die früher sehr attraktiv gewesen war, hatte stark abgenommen. Tiefe Schatten lagen unter ihren braunen Augen. Ihr Haar war dünner geworden, und sie sah krank aus.

»Wie geht es dir?«, erkundigte sich Sonja betont fröhlich.

»Ähm … gut.« Die Gegenfrage wagte Evelyne gar nicht erst zu stellen. »Schade, man sieht sich kaum«, fügte sie stattdessen hinzu.

»Stimmt. Im Büro gibt's viel Arbeit. Dann die Tätigkeit im Gemeinderat, und einkaufen tu ich auch selten. Also …« Sonja lächelte sie an, wobei dieses Lächeln traurig wirkte.

»Im Sportverein machst du dich auch rar.«

»Ja, wir haben halt viel zu tun. Aber Barbara sehe ich alle zwei Wochen im Gemeinderat. Von ihr erfahre ich immer, wie es dir und deiner Mutter geht. Ich freue mich, dass sie noch so rüstig ist.«

Evelyne musste lachen. »Rüstig? Glaub mir, sie ist mehr als das.«

»Ist doch schön.« Sonja zögerte. Dann blickte sie auf ihre goldene Rolex und sagte gehetzt: »Du, ich muss …. Toll, dass wir uns mal wieder gesehen haben.«

»Finde ich auch.«

Evelyne sah ihr nach, bis sie um die Ecke verschwunden war. Eines war ihr durch dieses Wiedersehen klargeworden: Sonja Thelen war unglücklich. Was kein Wunder war, wenn ihr Mann sie schlug – wie Barbara erzählt hatte. Sie musste ihre Freundin unbedingt darauf ansprechen. Vielleicht sollten sie Sonja mal einladen. Immerhin kannten Sonja und Ingrid sich auch. Vielleicht gab es einen Weg, Sonja zu helfen.

28. KAPITEL

Als Evelyne zu Hause ankam, saß Tine gerade in der gemütlich warmen Küche und gönnte sich eine Kaffeepause. Sie hatte Zimtschnecken gebacken, deren köstlicher Duft Evelyne schon in der Diele entgegengeweht war. Normalerweise hätte sie sich zu ihr gesetzt und eine der Schnecken gekostet, aber jetzt konnte sie es nicht abwarten, den Kartenleser seine Arbeit machen zu lassen.

Bevor sie sich ans Werk begab, atmete sie zweimal tief durch. Dann öffnete sie den Steckplatz der Wildkamera, entnahm die SDHC-Speicherkarte und steckte sie in den Kartenleser, den sie zuvor mit ihrem Computer verbunden hatte. Dann folgte sie der Menüanweisung, und siehe da – auf dem Computerbildschirm erschien eine Bildabfolge. Evelyne schluckte aufgeregt. Sie hatte nicht damit gerechnet, dass es so einfach sein würde.

Es waren Bilder von der Jagdhütte, von Wildenten und Hasen, die den Bewegungsmelder ausgelöst hatten, von Rehen, einer Rotte Wildschweine, von zwei und mehreren kapitalen Hirschen. Ein Bild folgte dem anderen. Alle Fotos waren klar und deutlich zu erkennen. Sie waren gekennzeichnet durch Uhrzeit und Datum. Brandt hatte also die Zeitschaltuhr der Kamera programmiert, denn sie hatte sich immer nur frühmorgens, mittags, am Abend und nachts für eine Stunde eingeschaltet. Immer um die gleiche Uhrzeit, die auch die Tatzeit einschloss, wie sie mit plötzlich hämmerndem Herzen feststellte.

Evelyne spürte, wie ihre Hände klamm wurden, während sie immer wieder ähnliche Fotos weiter herunterscrollte. Jetzt war sie bei den Aufnahmen angelangt, die die Wildkamera einen Tag vor dem Mord aufgenommen hatte. Sie hielt in der

Bewegung inne. Noch ein bisschen weiter, und sie würde wahrscheinlich dem Mörder ins Gesicht blicken.

Sie lehnte sich zurück. Vielleicht sollte sie warten, bis sie alle zusammensitzen würden, um diesen besonderen Moment mit ihren Freundinnen und ihrer Mutter zu teilen? Sie nahm die schwarze Lesebrille ab und legte sie auf die lederne Schreibtischunterlage. Unschlüssig strich sie sich den Pony aus der Stirn. Sollte sie weitermachen oder nicht? Wer würde gleich auf der Bildfläche erscheinen, wenn sie jetzt weitermachte? Würde sie vielleicht sogar einen Schock bekommen? Unsinn, sie war nie ein Hasenfuß gewesen.

Sie setzte die Brille wieder auf. Wie unter dem Einfluss einer fremden Macht, die plötzlich von ihr Besitz ergriffen hatte, legte sie den Zeigefinger wieder auf die Scrolltaste. Nur noch die Fotos des Morgens und Mittags des Tages, an dem Brandt abends ermordet worden war ..., sagte sie sich. Doch nichts passierte. Sie drückte fester. Sie drückte mehrmals hintereinander. Nichts. Es zeigten sich keine neuen Bilder mehr auf dem Bildschirm. Wie das?, fragte sie sich verblüfft. Streikte ihr Computer? Hakte das Programm? Sie versuchte es andersherum, mit Erfolg. Die Bildabfolge bewegte sich wieder zum Anfang zurück. Evelyne zog die Stirn zusammen. Dann scrollte sie die Fotos erneut herunter. Und wieder war das letzte von Samstagnacht. Brandt aber war Sonntagabend ermordet worden.

Ungläubig schüttelte sie den Kopf. Ihr war gerade zumute, als würde ihr das Schicksal einen Streich spielen. Das konnte doch nicht wahr sein! Machte sie etwas falsch, oder war die SDHC-Speicherkarte vielleicht defekt?

Voller Unverständnis ging sie ins Internet, um dort vielleicht die Erklärung für dieses Phänomen zu finden. Und sie wurde fündig: *Prüfen Sie, ob auf der SD- oder SDHC-Karte noch Platz ist. Bei einer vollen SD-Karte ist keine Aufnahme mehr möglich.*

Sie lehnte sich zurück. Die Speicherkarte war mit dem letzten Bild Samstagnacht voll gewesen. So einfach war das.

29. KAPITEL

Nach diesem Schock ging Evelyne erst einmal hinunter in die Küche, machte sich einen Espresso und stopfte aus lauter Frust zwei der noch warmen Zimtschnecken in sich hinein. Während sie diese gedankenverloren aß, hörte sie Tine im Keller rumoren. Und jetzt? Also würde sie die Wildkamera am Sonntag doch mit zu Michael nehmen. Vielleicht gab es einen Trick mit der Karte, den nur Ranger und Jäger kannten. Nachdem sie den Espresso getrunken hatte, blickte sie auf ihre Armbanduhr. Gerade zehn. Sie nahm ihr Handy aus der Westentasche und rief Friderike an. Sie hatte ohnehin vorgehabt, sie zu besuchen, um vielleicht etwas über ihren Freund zu erfahren.

»Ich bin zu Hause«, sagte ihre Sportfreundin. »Du kannst gerne vorbeikommen.«

Im strömenden Regen machte sich Evelyne in Wachsjacke und Hut auf den Weg. Die Scheibenwischer ihres alten Volvos wurden der Wasserfluten kaum Herr. Als sie an Barbaras Hof vorbeikam, drängten sich die Kühe und Schafe unter ihre Unterstände. Selbst ihnen gefiel das Wetter nicht. Und als sie die Auffahrt zur Villa hinauffuhr, machte diese im Regen einen noch tristeren Eindruck als bei Sonnenschein.

Friderike sah schlecht aus, was kein Wunder war. Aber sie sah nicht danach aus, als würde sie von Trauer zerfressen sein, sondern eher so, als hätte sie ein großes Problem. Sie wirkte fahrig und nervös. Zweifelsohne stand sie unter großem Druck. Und zum ersten Mal zog Evelyne ernsthaft in Erwägung, ob diese schmale, blasse Person vor ihr in dem pfirsichfarbenen Anzug vielleicht doch eine Mörderin sein könnte.

Sie saßen im Wohnzimmer, in dem es sehr kühl war. Ohnehin strahlte dieser Raum schon eine sehr kalte Atmosphäre aus, darüber hinaus war das Feuer im Kamin wahrscheinlich schon seit Wochen erloschen und die Heizung abgestellt, wie Friderike ihr jetzt gestand. »Ich bin hier nie. Meistens sitze ich in der Küche, oder ich halte mich in meinem Kabäuschen auf. Das war in der letzten Zeit mein Wohnzimmer.«

»Und Jan?«, fragte Evelyne besorgt. Der Junge brauchte doch jetzt ganz besonders die mütterliche Zuwendung.

»Der ist eben zu einem Freund geradelt. Er braucht jetzt Ablenkung.«

Evelyne stand auf. »Können wir in die Küche gehen?«, bat sie. »Sei mir nicht böse, aber mir ist es hier zu kalt.«

In der riesigen Küche, die mit ihrem Aluminium und den weißen, glänzenden Schränken eher einem Labor glich als einer gemütlichen Wohnküche, wo es nach warmen Brötchen, Butter und Kaffee duftete, war es zumindest deutlich wärmer. Kaum, dass sie auf einem der sechs Edelstahlstühle an dem langen schwarzen Lacktisch Platz genommen hatte, zündete sich Friderike die nächste Zigarette an. Evelyne nippte an ihrem Kaffee, während sie besorgt bemerkte, wie Friderikes Hände dabei zitterten. Nachdem ihre Sportfreundin den Rauch an die Decke gestoßen hatte, holte sie tief Luft und sagte: »Friderike, darf ich dich was fragen?«

Die großen, wasserhellen Augen ihres Gegenübers sahen sie offen an. »Klar.«

»Hast du ein Verhältnis?«

»Ja.« Die Antwort kam so schnell, schlicht und selbstverständlich über Friderikes Lippen, dass sie Evelyne erst einmal verblüffte. Damit hatte sie nicht gerechnet. Vielmehr hatte sie erwartet, dass sich Friderike herausreden oder sie sogar freiweg belügen würde.

»Wie kommst du darauf?« Friderike hielt ihrem Blick stand.

Evelyne räusperte sich, um Zeit zu gewinnen. Unmöglich konnte sie ihr von dem Handytausch oder dem Päckchen erzählen. »Das ist nur so ein Gefühl …«, redete sie sich mit schlechtem Gewissen heraus.

Friderike lehnte sich zurück und legte die Füße, die in weißen Clogs steckten, auf einen der Stühle. »Schon vor Huberts Tod«, sagte sie. »Seit der Flut.«

Evelyne sah sie nur mit hochgezogenen Brauen an, woraufhin Friderike weitererzählte: »Thomas war Fluthelfer. Und ich ja auch. Dabei haben wir uns kennengelernt und ineinander verliebt. Er kommt aus Koblenz.«

»Aha …« Evelyne wusste nicht, was sie sagen sollte.

»Er ist bei einer großen Aluminiumfirma tätig. Als Handelsvertreter.«

Sie räusperte sich. »Wusste Hubert davon?«

»Um Himmels willen! Ich bin ganz sicher, dass er noch nicht einmal was geahnt hat. Der hat sich in den letzten Jahren doch nur noch für seine politische Karriere interessiert.« Ihre Freundin zog hastig an der Zigarette und sah dabei hoch zu der weißen Decke, von der die vier Strahler ihr hartes Licht auf den Tisch warfen. Dann sagte sie leiser und mit verklärtem Gesichtsausdruck: »Bei Thomas habe ich das gefunden, was ich bei Hubert in den letzten Jahren vermisst habe. Liebe, Zärtlichkeit, er kümmert sich um mich, sorgt sich um mich …«

Ob dieser Thomas der Täter ist?, überlegte Evelyne sofort. Wollte er Friderike aus Liebe aus dieser schrecklichen Ehe befreien?

»Weiß Jan von deinem Verhältnis?«, fragte sie.

»Noch nicht. Aber ich werde es ihm bald sagen müssen, denn Thomas drängt jetzt darauf, dass wir zusammenziehen.«

»In dieses Haus?« Evelyne hörte selbst, wie entsetzt sie klang.

»Natürlich nicht. Das werde ich verkaufen. Thomas besitzt selbst ein Haus, aus seiner ersten Ehe.«

»Aber Jan ist kein Kleinkind mehr«, wandte sie vorsichtig ein. »Der Junge hat doch ein Mitspracherecht. Und vielleicht sollte er deinen … deinen Freund auch erst einmal richtig kennenlernen, bevor man übers Zusammenziehen redet.«

Friderikes Augen wurden noch größer. »Meinst du?«, fragte sie verzagt.

»Ja, das meine ich.«

»Vielleicht ...« Jans Mutter drückte die Zigarette aus und wirkte plötzlich völlig verunsichert. Nein, so sah keine raffinierte Mörderin aus, dachte Evelyne. Oder Friderike war eine ganz gerissene Schauspielerin, aber so konnte sie sich doch nicht täuschen. Vielleicht war es eine Gemeinschaftstat – Thomas und Friderike. Sie hatte ihren Mann in die Falle gelockt, und er hatte zugeschlagen? Unwillig schüttelte sie den Kopf. So etwas wollte sie sich gar nicht vorstellen. Andererseits stand fest, dass Friderike für den Mordabend kein Alibi hatte. Evelyne, die nicht viel für Spekulationen übrighatte, straffte sich.

»Friderike, ich muss dich noch was fragen. Durch Zufall habe ich gehört, dass du zur Tatzeit gar nicht zu Hause warst, sondern unterwegs. Du hattest einen kleinen Unfall auf dem Tankstellengelände oben am Ring. Das bedeutet für die Polizei, falls sie davon erfahren würde, dass du kein Alibi hast.«

Ihre Sportfreundin wurde noch eine Spur blasser, wenn das überhaupt noch möglich war. Aber ohne lange zu zögern, gab sie zu: »Das stimmt. Ich war an dem Abend mit Thomas zusammen. Wir hatten eines unserer heimlichen Stelldicheins. Jan habe ich erzählt, dass ich bei einer Bekannten eingeladen wäre.« Friderike seufzte schwer, bevor sie mit niedergeschlagenem Blick weitersprach: »Im Nachhinein habe ich ihn dann auch gebeten, der Polizei gegenüber auszusagen, dass ich an diesem Abend zu Hause gewesen bin. Sonst hätten die mich vielleicht noch für die Täterin gehalten«, fügte sie leise hinzu.

Evelyne rauchte der Kopf. Ihr kamen so viele Fragen in den Sinn, aber sie hatte Hemmungen, sie alle zu stellen. Schließlich wollte sie bei Friderike nicht den Eindruck erwecken, als würde sie sie verdächtigen.

»Dann ist es also was Ernstes …«, murmelte sie.

»Ja.« Friderike lächelte versonnen. »Wir passen unheimlich gut zusammen. Wir haben viele gleiche Interessen. Thomas ist auch sehr sportlich und sehr tierlieb. Mit ihm könnten Jan und ich endlich auch einen Hund haben. Hubert war ja gegen Tiere im Haus.«

»Boxt er auch?« Viel zu schnell kam Evelyne diese Frage über die Lippen, aber sie konnte sie nicht mehr zurücknehmen. Zu dumm. Ihr war nur plötzlich eingefallen, dass man an Brandts Leiche Boxspuren gefunden hatte.

»Boxen?« Friderike sah sie verständnislos an.

»Ja … Zurzeit ist das doch ein beliebter Sport bei Männern«, redete sie sich schnell heraus.

»Tatsächlich? Das ist mir neu«, erwiderte ihre Freundin, während sie eine Zigarette aus der Packung nahm. Dann lächelte sie weich. »Nein. Zumindest weiß ich nichts davon.«

Evelyne trank von ihrem Kaffee. Sie überlegte, ob sie Friderike erzählen sollte, dass ihr Mann auch ein Verhältnis gehabt hatte. Lieber nicht, sagte sie sich dann. Das ging Evelyne schließlich nichts an. Außerdem schien Friderike wegen ihres Seitensprungs keinerlei schlechtes Gewissen zu haben, also auch keine Schuldgefühle, die diese Information eventuell würde schmälern können.

Friderike zündete sich die Zigarette an. Die beiden schwiegen. Nach ein paar Augenblicken hörten sie, wie sich die Haustür öffnete.

»Das ist bestimmt Jan«, sagte Friderike und stand auf. »Ziehst du bitte die Schuhe aus?«, rief sie in die Diele.

Nur einen Moment später trottete Jan auf Socken in die Küche, mit zerzaustem, feuchtem Haar und zerknittertem weißen T-Shirt.

»Du bist ja ganz nass«, entsetzte sich seine Mutter.

»Es regnet«, gab Jan zurück, ohne sie anzusehen. Dann ging er auf Evelyne zu und reichte ihr die Hand. »Hallo, Frau Görgens.«

»Hallo, Jan.« Evelyne sah ihn liebevoll an. »Willst du dich nicht ein bisschen abtrocknen?« Die Regentropfen liefen ihm über das schmale Gesicht, die er sich jetzt mit dem Unterarm einfach abwischte.

»Geht schon«, meinte er.

»Magst du was trinken?«, fragte Friderike.

Jan nickte, öffnete die Tür des deckenhohen Kühlschranks und nahm die Milchpackung heraus.

»Aber bitte mit Glas«, forderte seine Mutter ihn mit einem Augenzwinkern auf, das Evelyne verriet, dass er sonst aus der Packung trank.

Jan holte ein Glas aus dem Schrank und setzte sich zu ihnen an den Tisch.

»Wie geht es dir?«, erkundigte sich Evelyne.

»Ich war bei einem Freund. Wir haben sein Fahrrad repariert.«

»Toll«, sagte seine Mutter stolz.

»Und was macht das Fußballspielen?«, erkundigte sich Evelyne.

»Am Sonntag haben wir wieder ein Spiel. Unsere Schule gegen eine aus Koblenz. Unten in Adenau«, erzählte Jan, wobei seine blauen Augen wieder mehr Ausdruck bekamen.

»Du hast jetzt viel Zeit«, begann Evelyne. »Hättest du Lust, mit mir mal was zu unternehmen? Zum Beispiel ein Besuch im Regierungsbunker in Ahrweiler. Das ist total interessant.« Sie sah Jans Miene an, dass dieser Vorschlag nicht gerade auf fruchtbaren Boden fiel. »Oder in die Römervilla«, fügte sie hinzu. Aber auch diese Idee konnte kein Leuchten in Jans Augen zaubern. »Vielleicht ein Fußballspiel«, kam ihr da die zündende Idee. »Du bist doch Fan vom 1. FC Köln. Hast du denen schon mal beim Training zugeschaut?«

»Nee, noch nicht«, antwortete Jan jetzt mit sichtlichem Interesse.

»Die trainieren immer von montags bis freitags am Geißbockheim, dem Clubhaus des Vereins, im Grüngürtel in Köln.

Da kannst du den Spielern hautnah zusehen und vielleicht auch mit dem einen oder anderen reden.« Das wusste sie von Heinz Friedrichs, der auch ein Fan vom 1. FC Köln war.

Jan sah seine Mutter an.

»Das ist doch eine super Idee«, sagte Friderike in aufmunterndem Ton.

»Ich überleg's mir«, erwiderte Jan. »Jetzt am Sonntag spielen wir erst mal hier.« Er wandte sich wieder an Evelyne. »Hätten Sie Lust, meine Mannschaft anzufeuern? Mama hat nämlich keine Zeit.«

Evelyne wechselte einen Blick mit ihrer Freundin, die mit schuldbewusster Miene die Schultern hob. »Ich habe mich mit meiner Freundin verabredet«, erklärte sie leise.

Evelyne verstand. Die Freundin hieß Thomas.

»Mit der ist sie inzwischen ständig zusammen«, maulte Jan. »Als Papa noch da war, war ich dann wenigstens nicht allein. Aber jetzt ...«

»Ich muss ja auch irgendwie mit allem fertigwerden«, begehrte da seine Mutter auf, wobei sie laut aufschluchzte.

Evelyne legte ihre Hand auf die von Jan. »Weißt du was? Ich werde am Sonntag auf dem Fußballplatz stehen, mit Trillerpfeife, Schal und Fahne, wie es sich gehört. Einverstanden?«

Jan nickte strahlend. »Super! Dann werden wir bestimmt gewinnen.«

»Das will ich hoffen«, erwiderte Evelyne.

Auf dem Rückweg fiel ihr jäh ein, dass sie Sonntag mit Michael verabredet war. Ein paar Sekunden lang spielte sie mit dem Gedanken, Jan wieder abzusagen. Aber dann entschied sie, dass sie stattdessen Michael absagen würde. Vielleicht ließ sich ihre Wanderung auf Samstag vorziehen. Wenn Michael ein Herz für Kinder hatte, würde er das bestimmt verstehen. Das würde seine erste Feuerprobe werden.

30. KAPITEL

Im Laufe des nächsten Tages kam der Sommer zurück. Ab Freitagmittag lichtete sich der Himmel, und als die Sonne schließlich den Kampf gegen die Wolken gewonnen hatte, wurde es auch schnell wieder warm. Tine ging wie jede Woche um zwei Uhr ins Wochenende. Vorher hatte sie noch eine Käsequiche gebacken, die Evelyne und Rosa abends zu Barbara mitnehmen wollten. Auf dem Bauernhof feierte Matthias in kleinem Kreis seinen neunundfünfzigsten Geburtstag. Da Evelyne und ihre Mutter viel zu früh fertig waren und nicht die ersten Gäste sein wollten, saßen sie noch eine Weile auf der Terrasse in der Sonne und tranken einen Espresso. Rosa sah in den Jeans und der zitronengelben Hemdbluse wieder sehr jugendlich aus. Ihre goldenen Creolen blitzten im Sonnenschein. Evelyne trug wie immer ihre Uniform – wie ihre Mutter es nannte. Jeans, Poloshirt, Funktionsweste und Sneakers. Auf Rosas maßregelnden Blick hin sagte sie genervt: »Mutter, wir gehen nur zum Grillen.«

Rosa schwieg und wechselte das Thema. »Also, dass das mit dieser Karte nicht klappt«, sagte sie zum zigsten Mal kopfschüttelnd. »Da waren wir so nah an der Lösung, und dann versagt die Technik.«

»Nicht die Technik. Die Karte ist wahrscheinlich nur voll«, erwiderte Evelyne nun auch zum zigsten Mal.

»Wollen wir nicht doch noch mal Heinz hinzuziehen?«

»Da kann auch Heinz nichts dran ändern. Voll ist voll.«

Ihre Mutter reckte das Kinn und schwieg. Beide schauten auf die Eifelhügel, die am Horizont ineinander verschwammen. In den Obstbäumen unterhalb der Steinterrasse zwitscherten die Vögel. Auch sie freuten sich darüber, dass der Sommer endlich zurückgekommen war. Am Himmel schwebten ein paar Schönwetterwolken. Evelyne sah ihnen verträumt nach.

»Weißt du noch, Schatz? Als du noch klein warst, haben wir in diese Wolken immer allerhand Gestalten hineinfantasiert«, sagte ihre Mutter in das Schweigen zwischen ihnen hinein.

Evelyne lächelte. »Daran musste ich auch gerade denken. Wie lange ist das her!«

»Und dein Vater war dabei immer der Kreativste von uns. Was dem alles eingefallen ist!« Rosa lachte herzlich. »In seinen Augen ist da ein ganzer Zoo vorbeigeschwebt!«

Wieder schwiegen sie eine Weile. Dann fiel Evelyne ein: »Ich bin morgen übrigens den ganzen Tag unterwegs.«

Als sie Michael am Mittag angerufen hatte, hatte er sofort in ihren Vorschlag, die Wanderung auf Samstag zu verschieben, eingewilligt, womit er einen weiteren Pluspunkt gewonnen hatte.

Rosa drehte sich zu ihr um und nahm die schwarze Sonnenbrille ab. »Wo bist du denn?«

»Im Prümer Land.«

Evelyne sah ihr an, wie es in ihrem Gehirn arbeitete. »Im Naturpark?«, fragte sie schließlich zwinkernd.

Sie nickte.

Da strahlte ihre Mutter sie an. »Dann habt ihr euch also verabredet. Das finde ich aber schön! Du hast recht, Kind, Beziehungen sollte man in der Jugend schließen. In meinem Alter ist es schwierig. Das siehst du doch bei Heinz. Der kommt ja irgendwie auch nicht mehr in die Pötte«, fügte sie bitter hinzu.

In der Jugend!, wiederholte Evelyne amüsiert im Stillen. Mit einundsechzig war man wahrlich nicht mehr jung. Aber die Welt zeigte sich halt im Vergleich. Für ihre Mutter war sie noch jung.

Rosas Blick nahm einen forschenden Ausdruck an. »Sollte Tine deshalb die Leberpastete vorbereiten?«

»Wir wollen ein Picknick machen. Ich dachte, wenn ich ein paar von deinen köstlichen Oliven mitnehmen könnte …?«

»Ein Picknick! Wie romantisch. Wer hatte denn diese Idee? Du etwa?«

»Michael«, musste Evelyne eingestehen.

»Welch ein Mann!« Rosa verdrehte aus lauter Entzückung die schwarzen Augen. »Dein Vater und ich ...« Sie lächelte verschmitzt. »Weißt du, dass du bei einem unserer Picknicks im Wald gezeugt worden bist?«

»Mutter!« Davon wollte sie nun gar nichts hören. Nicht aus dem Mund ihrer dreiundachtzigjährigen Mutter.

»Damals liefen auch noch nicht so viele Leute durch die Wälder. Heute würde man wahrscheinlich entdeckt werden«, meinte Rosa ganz selbstverständlich.

»Ich habe nicht vor, es morgen auszuprobieren«, entgegnete Evelyne trocken.

Rosa zuckte lässig mit den Schultern. »Solltest du aber mal.«

Evelyne schaute auf ihre Uhr und stand auf. »Wir müssen.«

31. KAPITEL

Auf dem Weg zu Barbaras Hof holten die beiden Ingrid ab, die bereits in sandfarbenen Jeans, farblich passenden Ballerinas und cremeweißer Seidentunika, um die sie eine lange beige Strickjacke gelegt hatte, vor ihrer schmucken Villa stand, die viel zu groß war für nur eine Person. Sie hatte für die Gastgeberin einen üppigen Blumenstrauß im Arm und für das Geburtstagskind eine Flasche feinsten schottischen Whisky.

»Wir haben auch Whisky«, stellte Rosa ein wenig enttäuscht fest, die sich immer gerne von den anderen abhob.

Ingrid lachte. »Davon kann Matthias nicht genug bekommen. Der wird außerdem nicht schlecht.«

Als die drei auf dem Bauernhof ankamen, stellten sie fest, dass die Feier, die im kleinen Rahmen angekündigt war, in Wirklichkeit doch sehr viel größer war.

»Die sind alle unangemeldet gekommen«, sagte Barbara mit unterdrückter Stimme. »Gott sei Dank hat jeder was mitgebracht, sonst hätten wir tatsächlich zu wenig zu essen. Und dass ihr auch noch die Quiche habt, finde ich ganz toll.«

»Dann wollen wir uns mal ins Getümmel begeben«, sagte Rosa und marschierte voran.

»Wir müssen aber gleich noch mal miteinander reden, ob es Neuigkeiten gibt«, sagte Barbara schnell, bevor die drei aus der Küchentür in den Innenhof traten.

»Die gibt es«, versprach Evelyne ihr.

Im Innenhof ging es trotz der etwa zwanzig Leute gemütlich zu. In der Mitte stand ein großer runder Grill von dem Durchmesser eines Traktorreifens. Über ihm hing ein Rost, auf dem würzig riechende marinierte Steaks lagen. Um den Grill herum standen die unterschiedlichsten Sitzgelegenheiten – Terrassensessel, Küchenstühle, zwei Knechtbänke und jede Menge Strohballen, auf denen sich bereits die Nachbarn niedergelassen hatten.

Nachdem die drei Frauen Matthias gratuliert hatten, begrüßten sie die anderen. Aus Köln war Anna gekommen, die ihrer Mutter zur Hand ging; aus Blankenheim Matthias' ältere Schwester, die inzwischen Witwe war, und sein jüngerer Bruder mit Frau und den beiden Kindern, die schon über zwanzig waren und die Semesterferien zu Hause verbrachten. Sven, der Hofnachfolger, stand mit einer speckigen Lederschürze am Grill und sorgte für Leib und Wohl der Gäste. Barbaras Enkel, die Zwillinge, spielten im Stall mit den kleinen Kätzchen.

»Ist Hannes nicht da?«, fragte Rosa enttäuscht.

»Der kommt noch«, erwiderte Barbara lachend. »Wie immer zu spät.«

Kaum hatte sie den Satz zu Ende gesprochen, als der Herr Hauptkommissar auch schon durchs Tor geschritten kam, in der Hand eine Flasche Whisky. Da auch Hannes alle kannte, gab es erst mal eine lautstarke Begrüßung. Evelyne merkte ihrer Mutter an, dass sie wieder die Nähe zu Hannes suchte – und sie wusste nur zu gut, warum. Ingrid dagegen setzte sich weit von ihm weg. Auch hier wusste sie nur zu gut, warum.

Die kunterbunte Geburtstagsgesellschaft genoss nach den Regentagen diesen schönen Sommerabend in vollen Zügen. Bei Steaks und krossen Bratwürsten, Kartoffel- und Nudelsalat, Bier und Wein saßen alle einträchtig in der Runde in dem Innenhof, den die letzten Sonnenstrahlen des Tages in ein warmes Licht tauchten. Die bunten Blumen in den Kübeln und auf den Fensterbänken glänzten nach dem Regen wie frisch bemalt.

Rosa rückte näher an Hannes heran, dem gerade ein Fettfaden übers Kinn lief. In mütterlicher Geste tupfte sie ihn mit der Serviette weg. »Jetzt erzähl mal, Hannes, wie steht es denn mit den Ermittlungen?«

Hannes nahm einen großen Schluck Wein, um den letzten Bissen Fleisch hinunterzuspülen, und wischte sich den Mund ab. Dann lehnte er sich in dem Terrassensessel, den er sich geangelt hatte, entspannt zurück. »Was soll ich erzählen?« Er seufzte tief. »Wir kommen nicht weiter. Alle bisher Verdächtigen haben ein hieb- und stichfestes Alibi. Auch der Vater von Friderike Brandt, der durchaus auch der Täter hätte sein können.«

»Warst du in Mainz und hast ihn verhört?«, fragte Rosa erstaunt.

»Nein, ich habe die dortige Polizei um Mithilfe gebeten. Ein Kollege dort hat mit einem Nachbarn gesprochen, der hat Weißhaupt an dem Abend durchs Fenster vorm Fernseher sitzen sehen. Obwohl – er muss seinen Schwiegersohn gehasst haben, wie wir inzwischen wissen.« Hannes lachte. »Aber so was kennen wir ja. Schwiegerväter und Schwiegersöhne sind sich selten grün. Die Väter wachen meistens eifersüchtig über ihre Töchter.«

Wenn er wüsste …, ging Evelyne durch den Kopf, die neben ihrer Mutter saß. Jans Großvater wusste doch von den Gewalttätigkeiten, und wenn das kein Grund war, um seinen Schwiegersohn zu hassen … Müssten wir das jetzt Hannes nicht sagen?, fragte sie sich wieder einmal mit schlechtem Gewissen. Dann käme die Kripo vielleicht in diesem Fall schneller weiter. Denn darum ging es: den Täter so schnell wie möglich zu fassen.

»Habt ihr eigentlich von Friderike und ihrem Sohn Fingerabdrücke genommen?«, fragte ihre Mutter jetzt in ihre philosophischen Betrachtungen hinein. Was sollte das denn?, ging Evelyne durch den Kopf. Wollte sie Hannes etwa geradewegs auf Friderikes Fährte führen?

Hannes schien die Frage ebenfalls zu überraschen. Er schüttelte den Kopf. »Nein, darauf habe ich erst mal verzichtet. Die beiden können es nicht gewesen sein. Sie haben ein wasserfestes Alibi. Außerdem … Die Frau ist gerade Witwe geworden, der Junge Halbwaise. Da erwecke ich doch nicht den Eindruck, als hätte ich sie als Mörder in Verdacht.« Er kniff die Augen zusammen. »Wie kommst du eigentlich darauf?«, fragte er Rosa mit lauerndem Blick. »Denkst du etwa, sie könnte ihren Mann ermordet haben?«

»Nur so«, gab Rosa mit arglosem Lächeln zurück. »So was sieht man doch immer im Fernsehen.«

Hannes kratzte sich an der Stirn, hinter der es zu arbeiten schien. Das sah Evelyne ihm an. Hoffentlich hatte ihre Mutter gerade keine Lawine ins Rollen gebracht.

»Friderike Brandt kann es nicht gewesen sein. Und an den Jungen denke ich gar nicht«, sagte Hannes dann mit fester Stimme zu ihrer Erleichterung. »Wie gesagt – sie haben ein Alibi. Wofür sollen wir dann ihre Fingerabdrücke nehmen? Wir müssen effizient arbeiten.« Er nahm noch einmal einen tiefen Schluck Spätburgunder. »Inzwischen nehmen wir sogar an, dass es vielleicht mehrere Täter waren, die mit Brandt gar nichts Persönliches zu tun hatten. Ein Raubmord sozusagen.«

Er seufzte. »Obwohl die Fingerabdrücke auf dem Stein in keiner unserer Datenbanken zu finden sind. Es sind also Täter, die der Polizei bislang noch nicht bekannt sind.«

Evelyne musste sofort wieder an Friderike denken. Oder doch Jan? Womöglich Brandts Geliebte vom Schwanenteich?

»Dann hätten sie doch auch den Jeep mitgenommen«, warf Rosa ein.

Hannes verzog geringschätzig das Gesicht. »Das Gewehr war neu und teuer, aber der Jeep alt und rostig. Aus so was lässt sich kein Gewinn erzielen. Wie wir wissen, ist jedoch Brandts Uhr verschwunden. Eine Rolex. Das sind so Dinge, die Diebe leicht und sehr gewinnbringend veräußern können.«

»Wer sagt das?«, fragte Evelyne wie elektrisiert. Das war wahrlich ein ganz neuer Aspekt. Warum hatte Friderike ihr das nicht erzählt?

»Frau Brandt. Die Uhr war nicht bei den Sachen, die wir am Tatort sichergestellt und ihr zurückgegeben haben. Laut Frau Brandt hatte ihr Mann sie immer an. Also, ihr hört: Wir tappen noch im Dunkeln.« Hannes stand auf. »So, das war's. Ich gehe mal zu meinem Schwager rüber.«

Rosa erhob sich auch von ihrem Strohballen. »Und ich zu deiner Schwester in die Küche. Gehst du mit?«, wandte sie sich an ihre Tochter.

Die beiden nickten Ingrid, die ein paar Tische entfernt saß, verschwörerisch zu, woraufhin sich ihre Freundin ihnen sofort anschloss.

Barbara stand an der Anrichte und schnitt ofenfrisches Brot auf. Sie hielt in der Bewegung inne. »Jetzt erzählt mal schnell, ob es was Neues gibt.«

»Wusstest du, dass der oder die Täter Brandts Rolex gestohlen haben?«, fragte Rosa sie.

»Nein.«

»Friderike hat es der Polizei gesagt. Und jetzt zieht Hannes auch einen Raubmord in Erwägung«, erzählte Evelyne. »Nur auf die Schnelle: Ich war heute Vormittag bei Friderike. Sie hat zugegeben, dass sie ein Verhältnis hat. Thomas Mayer aus Koblenz, Handelsvertreter, mit dem sie über kurz oder lang zusammenziehen will. Und dann noch etwas. Ich habe versucht, die Karte aus der Wildkamera auszulesen. Ihr werdet es nicht glauben …« In wenigen Worten fasste sie das Ergebnis ihrer Bemühungen zusammen.

»Welche Verschwörung haben wir denn hier?«, fragte Matthias in leicht angeheiterter Stimmung. »Wir brauchen noch Brot, Liebelein«, sagte er zu seiner Frau, wobei er, übers ganze Gesicht strahlend, sie fest an sich drückte. Dabei sah er ihre drei Freundinnen voller Stolz an. »Wisst ihr, dass das die beste aller Ehefrauen ist? Ich wüsste nicht, wo ich ohne sie heute wäre.« Dann drückte er dieser besten Ehefrau einen dicken Schmatzer auf die Lippen.

»Wo du ohne mich heute wärst …«, wiederholte Barbara und lachte. »Das hört sich so an, als hätte ich dich auf der Straße aufgegabelt und hochgepäppelt.« Sie drückte ihm den Brotkorb in die Hand. »Pass auf, die Stufe …!«, rief sie ihm hinterher, bevor sie mit den Augen rollte. »Männer! Dass die bei solchen Anlässen immer trinken und dann so viel dummes Zeug reden müssen.«

»Das kann uns Frauen nicht passieren«, sagte Rosa mit todernster Miene, woraufhin die anderen lachten.

32. KAPITEL

»Hannes hat dich den ganzen Abend nicht einmal angeguckt«, sagte Rosa zu Ingrid, die auf der Rückbank saß.

»Ich glaube, er hat's endlich kapiert. Ich bleibe lieber den Rest meines Lebens allein, als dass ich mich mit ihm zusammentun würde.« Ingrid beugte sich vor und sah Evelyne neugierig von der Seite an. »Wie läuft es denn bei dir? Hat sich der attraktive Ranger noch mal gemeldet?«

»Morgen geht sie mit ihm wandern«, platzte Rosa heraus, woraufhin Evelyne laut seufzte.

»Wie schön!«, rief Ingrid neidlos aus.

»Ich habe Michael gebeten, sich mal die Speicherkarte der Wildkamera anzusehen«, sagte Evelyne, um der Verabredung einen sachlichen Hintergrund zu geben. Ihre Freundin sollte nicht denken, sie würde bereits am Anfang einer Liebesbeziehung stehen.

»Dann wünsche ich dir morgen von Herzen einen wunderschönen Tag. Wann sehen wir uns?«

»Ich würde sagen, spätestens am Montagabend zum Rommé«, erwiderte Rosa.

Nachdem Ingrid ausgestiegen war, fuhr Evelyne nach Hause.

»Ich bin noch gar nicht müde«, sagte ihre Mutter. »Trinken wir noch was? Der Abend ist so schön.«

Das ist er wirklich, dachte Evelyne, als sie ein paar Minuten später auf der Terrasse saß. Auch sie hätte noch nicht schlafen können. Wenn sie an den kommenden Tag dachte, spürte sie eine leichte Unruhe in sich. Eine Wanderung und ein Picknick mit Michael! So etwas hatte sie noch nie mit einem Mann gemacht.

»Willst du Wasser oder vielleicht auch mal ein Schlückchen Rotwein?«, fragte ihre Mutter, die in der Terrassentür stand.

Evelyne biss sich auf die Lippe. »Ein Schlückchen Rotwein bitte«, antwortete sie vergnügt lächelnd, woraufhin sie ihre Mutter »Es geschehen noch Zeichen und Wunder« murmeln hörte.

Evelyne lehnte sich zurück und legte die Beine hoch. Versonnen schaute sie hoch zum Himmel. Er zeigte sich in einem schweren, samtenen Blau, auf dem die ersten Sterne blinkten. Die Terrassenlampe verbreitete einen sanften Schein, und das Mondlicht legte einen silbernen Schimmer über die Landschaft. Sie atmete tief ein. Die milde Abendluft trug den Duft von frisch gemähtem Gras zu ihr herüber. Rosa setzte sich neben sie und legte mit einem wohligen Seufzer ebenfalls die Füße hoch. »Zum Wohl, mein Kind.«

Nachdem die beiden sich zugeprostet hatten, schwiegen sie eine Weile und hörten den Geräuschen zu, die aus dem Wald hinter dem Haus zu ihnen herüberdrangen – das Bellen eines Fuchses, der Ruf eines Uhus und der Gesang einer Nachtigall. Rosa zündete sich eine Zigarette an.

»Mutter …«

»Kind …«, erwiderte ihre Mutter im gleichen vorwurfsvollen Tonfall. Dann lachte sie. »Lass mir doch das kleine Vergnügen. Davon sterbe ich keinen Tag früher. Außerdem heißt es so schön:

Himmlisch war's, wenn ich bezwang
Meine sündige Begier,
aber wenn's mir nicht gelang,
hatt' ich doch ein groß Pläsir.

Der kleine Vers ist von Heinrich Heine, aus dem *Buch der Lieder*.«

Evelyne schwieg. Ihre Mutter hatte immer schon ein Faible für Zitate und Sprichwörter gehabt und je nach Situation Sätze aus ihrem Fundus schlagfertig angewendet.

»Lass uns noch einmal zusammenfassen«, fuhr Rosa dann sachlich fort. »Wie wir von Hannes wissen, hat die Kripo bis jetzt keine neuen Verdächtigen. Selbst Jans Großvater hat ein Alibi. Und an Friderike und ihren Sohn denken die noch nicht.« Sie sah Evelyne von der Seite an. »Wir jedoch sind schon ein paar Schritte weiter. Wir wissen, dass weder die Witwe noch ihr Sohn ein Alibi haben. Des Weiteren ist jetzt Friderikes Freund hinzugekommen, der durchaus ein Motiv hätte. Und eventuell auch Brandts Freundin, die wir jedoch noch nicht kennen. Hannes hat auf dem Hoffest vergangene Woche von zwei unterschiedlichen Reifenspuren erzählt, die sie, abgesehen von Brandts Jagdwagen, am Tatort gefunden haben. Was durchaus für mehrere Täter sprechen könnte – wie die Kripo momentan denkt. Aber ich frage mich: Ist eine Diebesbande mit zwei Auto unterwegs? Eher unwahrscheinlich, oder? Und woher sollen die Täter überhaupt gewusst haben, dass Brandt an diesem Abend jagen gegangen ist? Und warum ausgerechnet Brandt? Nur wegen einer Rolex? Also, die Theorie von einem Raubmord erscheint mir ziemlich absurd. Ich glaube nach wie vor an ein persönliches Motiv. Was meinst du?«

Evelyne seufzte laut. »Ich weiß es nicht, Mama. Vielleicht erfahre ich morgen mehr. Du weißt, ich bin nicht so fürs Spekulieren.«

»Das ist kein Spekulieren, sondern Kombinieren.« Ihre Mutter tippte sich an die Stirn und ahmte in gekonnter Weise Hannes' Miene nach. »Köpfchen!«

Evelyne musste herzlich lachen. Dann stand sie auf. »Ich gehe hoch. Morgen muss ich früh aufstehen.«

»Ich trink noch mein Glas aus. Schlaf schön.«

Als Evelyne im Bett lag und der Mond ins Zimmer schien, dachte sie an den nächsten Tag. Würde Michael der Speicherkarte tatsächlich den Mörder entlocken können? Sie glaubte es nicht. Vermutlich war der Speicher voll. Und daran konnte der Ranger auch nichts ändern. Aber viel wichtiger als die Mördersuche war für sie, wie sie und Michael morgen miteinander umgehen würden. Würden sie wieder so viel Spaß haben wie an dem Abend im Burghotel? Würden sie sich vielleicht sogar ein bisschen näherkommen? Bei dem Gedanken daran, dass sie Hand in Hand durchs Prümer Land wandern würden, wurde ihr ganz heiß. Panik machte sich in ihr breit. Sie hatte doch gar keine Erfahrung mehr im körperlichen Umgang mit Männern. Du meine Güte! Wie lange war das her?

Mit einem Satz war sie aus dem Bett und trat auf den Balkon. Kühle Nachtluft umfächelte ihr Gesicht, und sie fühlte sich gleich besser. Die Steinterrasse unter ihr lag nun verlassen da. Ihre Mutter war inzwischen auch in ihrem Zimmer. Wie oft schon hatte sie in solch schönen Nächten hier gestanden oder gesessen und ein Ziehen im Herzen gespürt – die Sehnsucht danach, nicht mehr allein zu sein. Jetzt hatte sie morgen nach langer, langer Zeit wieder ein Date, mit einem Mann, der sie faszinierte. Und was war? Sie bekam Panik. Evelyne!, rief sie sich zur Ordnung. Jetzt fang nicht an zu spinnen. Sie würde den morgigen Tag einfach auf sich zukommen lassen. Außerdem wollte sie von Michael auch nur die Speicherkarte auslesen lassen.

33. KAPITEL

Am nächsten Morgen wurde Evelyne viel früher wach als sonst. Sie schlüpfte in den weißen Bademantel und trat auf den Balkon hinaus. Der Mond hing noch als bleiche Sichel an dem bereits dämmrigen Himmel. Frische, kühle Morgenluft strich ihr ums Gesicht, die den Geruch von feuchter Erde mit sich brachte. Im Osten kündete ein heller Schein den erwachenden Tag an. In der kleinen Kochnische machte sie sich einen großen Becher Kaffee. Mit diesem in der Hand trat sie wieder nach draußen. Inzwischen begann das Blau des Himmels, sich zu lichten. Am Horizont stieg die Sonne auf. Binnen weniger Minuten schickte sie ihre Strahlen wie eine Feuerwelle übers Land. Sie ließen unzählige Funken aus den Wiesen unterhalb des Grundstücks sprühen. In den Bäumen begannen Meisen und Schwalben mit ihrem Morgenkonzert. Im Wald meldete sich ein Kuckuck, und vom Kirchturm von St. Donatus unten im Dorf klangen sechs Glockenschläge zu ihr herauf. Daraufhin bellte irgendwo ein Hund.

Evelyne genoss diese frühe Morgenstunde. Während sie Schluck für Schluck ihren Kaffee trank, beobachtete sie ein Rudel Rehe, das friedlich auf dem Wiesenhang unterhalb des

Hauses äste. Mit ruhigem Flügelschlag flog ein Graureiher über sie hinweg zu seinem Horst im Wald hinterm Haus. Zu dieser Stunde lagen die Häuser unten in Himmelrath noch still und schlafend zu beiden Seiten der Dorfstraße. Nur ein Auto war unterwegs. Es gehörte dem Bäcker aus Adenau, der einen Korb mit frischen Brötchen und Eifler Brot vor Helgas Lädchen ablud.

Als Evelyne ihren zweiten Morgenkaffee trank, hatte sich die Luft bereits erwärmt. Wiesen, Wälder und Höhenzüge lagen im hellen Sonnenschein. Vielversprechender konnte ein Tag nicht beginnen. Die warmen Sonnenstrahlen, die klare, duftende Luft und die beschauliche Stille um sie herum schenkten ihr eine Energie und Lebensfreude, wie sie sie lange nicht mehr gespürt hatte. Heute war ihr Tag! Da war sie sich ganz sicher.

Mit dieser Energie und Lebensfreude sprang Evelyne unter die Dusche, zog sich an und holte einen Weidenkorb aus der Garage, den sie sonst immer beim Einkaufen nutzte. Leberpastete, Eifler Hartwurst, ein Stück Heukäse aus Barbaras Käserei, vier gekochte Eier, eine Rispe süße Cherrytomaten sowie ein großes Küchenhandtuch, Servietten, Trinkbecher und Besteck fanden im Korb ihren Platz. Eine Flasche Rotwein …? Ja. Sie nickte bekräftigend, als sie die Flasche aus dem Weinregal nahm. Der gehörte an diesem Tag dazu.

»Wollt ihr den Korb etwa mit auf die Wanderung nehmen?«, fragte ihre Mutter.

»Natürlich nicht«, erwiderte Evelyne. »Wir werden die Sachen auf unsere Rucksäcke verteilen. Deshalb habe ich auch alles in Dosen verpackt.«

»Und eine Decke?« Rosa sah sie bedeutsam an.

»Wir werden uns nicht hinlegen.«

Da drohte ihre Mutter ihr verschmitzt mit dem Zeigefinger. »Man weiß nie …« Sie zeigte auf die lange Treckinghose. »Willst du nicht lieber deine khakifarbenen Bermudas anziehen? Du hast doch noch so schöne Beine. Und jetzt, da sie so braun sind … Die könntest du ruhig zeigen.«

»Mutter!« Evelyne stöhnte auf.

»Die lange Hose ist doch viel zu warm für heute. Und die Haare würde ich an deiner Stelle hochstecken. Das steht dir sehr gut.«

»Und ein bisschen Wimperntusche und Lippenstift dürfen es auch noch sein, oder?«, fragte Evelyne sarkastisch.

»Ja«, lautete die selbstverständliche Antwort. »So hat er dich kennengelernt.«

34. KAPITEL

Als Evelyne eine Viertelstunde später in Bermudas, mit hochgestecktem Haar und dezent geschminkt durch das schmiedeeiserne Tor fuhr, fühlte sie sich rundum wohl. Der Flurspiegel hatte ihr bestätigt, dass sie sportlich, jugendlich und attraktiv aussah. Bevor sie in ihren Wagen stieg, nahm sie schnell noch die doppelte Dosis Allergietabletten. Sie wollte schließlich nicht den ganzen Tag über schniefen müssen. Die Blisterpackung steckte sie in die Hosentasche. Für alle Fälle … Nachdem sie in Helgas Lädchen dann auch noch ein knuspriges Eifler Brot gekauft hatte, begab sie sich auf die große Fahrt.

In geruhsamem Tempo steuerte sie der Karolingerstadt Prüm entgegen. Da sie viel zu früh aufgebrochen war, mied sie die Autobahn und blieb auf den Landstraßen, wo schattige Waldstücke, durch deren Baumkronen ein tiefblauer Himmel blitzte, sich mit kleinen, von Steinhäusern geprägten Ortschaften, blühenden Wiesen und gelben Rapsfeldern abwechselten. Jenseits der Straßen waren hier und da eine Burgruine oder ein römischer Wall zu sehen. Schön und friedlich lag die Landschaft vor ihr. Unberührte Natur. Eine Welt der ländlichen Ruhe.

Ihre ausgeglichene Stimmung jedoch machte schließlich einer immer größer werdenden Unruhe Platz, je näher sie ihrem Ziel kam. Als sie am Hahnplatz mit seiner Basilika vorbeifuhr, wusste sie, dass es nicht mehr weit war bis zum Naturparkzentrum. Es lag an der Tiergartenstraße. Schon von Weitem sah sie Michaels verbeulten Geländewagen am Bürgersteig stehen. Ihr Ranger lehnte rauchend an der Beifahrertür, in Wanderstiefeln, khakifarbenen Bermudas, Safarihemd, das fast identisch war mit ihrem, und mit einem Trapperhut auf dem Kopf. Wie männlich er wirkte! Von all den Männern, die sie im Laufe ihres Lebens kennengelernt hatte, war er nicht nur der attraktivste, sondern auch der interessanteste – worauf es ihr besonders ankam. Sie spürte, wie eine warme Woge ihr Inneres durchflutete. Sie parkte hinter seinem Wagen und stieg mit weichen Knien aus.

»Zünftig siehst du aus«, sagte Michael zur Begrüßung.

»Du auch«, erwiderte sie, wobei ihr Blick seine muskulösen braun gebrannten Beine streifte. Was sie sah, gefiel ihr. Sexy … Noch während sie das dachte, erschrak sie über ihren Gedanken. Steckte etwa tief in ihr doch etwas von der Frivolität ihrer Mutter und war bis jetzt nur noch nicht geweckt worden? Dem Alkohol zeigte sie sich bereits offener gegenüber. Und dem Rauchen auch. Was würde denn an Lastern noch bei ihr zutage kommen?, fragte sie sich amüsiert.

Michael nahm den Hut ab und reichte ihr die Hand. Sie wechselten einen festen Händedruck. Seine Hand fühlte sich warm und trocken an. Und für einen Sekundenbruchteil stellte sie sich vor, diese Hand würde sie berühren. Sofort spürte sie die Hitze, die ihr in die Wangen stieg. Schnell trat sie einen Schritt von ihm zurück.

»Hattest du eine gute Fahrt?«, erkundigte sich Michael. Dabei setzte er den Hut wieder auf.

»Sehr angenehm. Um diese Zeit war noch nicht viel los auf den Straßen«, antwortete sie, dankbar für dieses lockere Geplänkel.

»Hast du die Wildkamera oder die Speicherkarte mitgebracht?«

Sie zwinkerte ihm verschwörerisch zu. »Nicht nur die, sondern auch einen Picknickkorb.«

»Darauf freue ich mich!« Michael strahlte sie an. Zwei, drei Sekunden lang sahen sie sich an, dann schaute sie schnell weg.

»Ich schlage vor, wir packen deine Sachen in meinen Wagen und fahren ein Stück raus aus Prüm«, hörte sie Michael sagen.

»Eine gute Idee.«

Sie setzten sich in seinen Landrover und fuhren auf der Tiergartenstraße weiter in Richtung Norden. Michael plauderte dabei darüber, dass er am Abend erfolglos auf Jagd gewesen sei und danach mit seinen Jagdfreunden noch ein Bier getrunken hätte. Evelyne hörte ihm zu, obwohl sie das Erzählte weniger interessierte, als wieder seine raue Stimme zu hören und die Art, wie er erzählte.

Bald ließen sie die Häuser hinter sich. Nach ein paar Hundert Metern bog Michael rechts in einen Feldweg und fuhr durch den Raps bis zum Waldrand.

»Darf man denn hier parken?«, fragte Evelyne skeptisch.

Michael lachte unbeschwert. »Hier kennt man überall meinen Wagen. Und als Ranger habe ich die Lizenz, auch Feld- und Waldwege befahren zu dürfen.«

Beruhigt stieg sie aus. Michael öffnete die Heckklappe und verstaute ihre gesamte Verpflegung in seinem Rucksack. »Ich trage alles«, sagte er ganz selbstverständlich.

Endlich mal ein Kavalier, hörte Evelyne ihre Mutter sagen und verkniff sich ein Lächeln.

Zuletzt hängte er sich seine Kamera um den Hals. »Ich fotografiere gerne. Außerdem wollen wir bei unserem Picknick auch die Speicherkarte aus der Wildkamera auslesen.«

Die hatte Evelyne schon längst vergessen – zumal sie sich fast sicher war, dass auch Michael ihr nicht mehr entlocken konnte als sie.

35. KAPITEL

Nachdem sie sich beide die Sonnenbrillen aufgesetzt hatten, ging es los. Zu dieser Mittagsstunde war es still im Wald. Anfang Juli hockte in manchen Vogelnestern noch die Brut. Da hielten Meise, Specht und Buchfink besser ihre Schnäbel, um keine Nesträuber anzulocken. Auch Evelyne und Michael gingen auf dem schmalen Pfad schweigend hintereinander her. Evelyne nahm die Natur mit allen Sinnen auf. Wie herrlich die Kiefernnadeln in der Mittagswärme dufteten! Das dicke Moos unter ihren Wanderschuhen gab ihr das Gefühl von enger Verbundenheit mit der Erde. Immer wieder hob sie den Kopf ehrfürchtig zu den Wipfeln, in denen die Sonne das ewige Spiel von Licht und Schatten spielte, ohne dass je einer den anderen besiegen konnte. Der Wald besaß etwas Urwüchsiges. Rechts und links vermoderten umgestürzte Birken. Wettergebleichte Wurzeln ragten hier und da wie Gebeine aus dem Unterholz, und immer wieder streckte dichter Wurmfarn seine gefiederten Wedel über den Waldboden. Michael blieb stehen und drehte sich zu ihr um.

»Du wunderst dich vielleicht, warum der Wald hier im Naturpark so unaufgeräumt ist, aber inzwischen hat man erkannt, dass, je intensiver die forstliche Bewirtschaftung ist, desto größer ist die Störung oder sogar Schädigung. Heute weiß man, dass Naturwälder wie dieser hier ganz wichtig für uns und das Klima sind. Sie speichern Wasser und reinigen die Luft. Schau mal dort hinten!« Er zeigte nach rechts auf die bemoosten Reste einer alten Buche, auf der wieder junge Bäume sprossen. »So sieht ein Naturwald aus«, fügte er hörbar stolz hinzu.

»Wie viele Bäume braucht man eigentlich, um den Klimawandel zu stoppen?«, erkundigte sie sich. »Das ist heute ein großes Thema.«

Michael lachte kurz auf. »Den können wir, wenn überhaupt, nur stoppen, wenn wir unser Verhalten ändern. Bäume helfen da letztendlich wenig. Um eine Tonne CO_2 aufnehmen zu können, muss eine Buche etwa achtzig Jahre wachsen. Was bedeutet, dass sie pro Jahr zwölfeinhalb Kilogramm CO_2 bindet. Man müsste also achtzig Bäume pflanzen, um jährlich eine Tonne ausgestoßenes CO_2 durch Bäume allein zu kompensieren.«

Betroffen ging Evelyne weiter.

»In vierzehn Tagen fährt ein Ranger von uns für zwei Monate nach Ungarn. Die Grünen dort, die LMP, wollen von unseren Konzepten bezüglich nachhaltiger und naturnaher Forstwirtschaft lernen«, erzählte Michael, während er strammen Schrittes neben Evelyne herging. »Ungarn hat derzeit zwei Millionen Hektar Wald. Wir dagegen haben etwas mehr als elf Millionen. Da die ungarische Regierung gerade die Abholzungsregeln gelockert hat, was angeblich der Nachhaltigkeit dienen soll, hält die LMP dagegen und will mehr geschützte Naturparks einrichten.«

»Und was macht dein Kollege dort?«

»Vorträge halten, vor Ort mit Forstingenieuren zusammenarbeiten …«

»Das ist bestimmt interessant.«

»Ehrlich gesagt, ich beneide ihn.«

»Und warum hast du dich nicht für diese Aufgabe gemeldet?«, erkundigte Evelyne sich.

»Weil er die besseren Kontakte zu den Grünen hat, die dieses Projekt großzügig unterstützen, und ich keine Chancen bei der Bewerbung gehabt hätte«, erwiderte Michael.

Als sie aus dem Wald heraustraten, türmten sich rechts und links am Wegesrand dicke geschlagene Stämme, die einen würzigen und schweren Duft verströmten. Vor ihnen öffnete sich eine weite Ebene mit Wacholderbüschen. Michael hatte ein recht schnelles Tempo vorgegeben, sodass Evelyne ein wenig außer Atem war. Hoffentlich bemerkte er es nicht. Sie waren schließlich kaum eine halbe Stunde unterwegs!

»Pause?« Michael blieb stehen und zwinkerte ihr wissend zu.

»Wir könnten uns mal kurz hierhin setzen, um die Speicherkarte auszulesen. Dann hätten wir das erledigt«, schlug sie vor, um gleich zwei Fliegen mit einer Klappe zu schlagen.

»Eine gute Idee.«

Erleichtert ließ sie sich auf einem der Baumstämme nieder. Michael setzte sich neben sie.

Das Auslesen der Karte war rasch erledigt.

»Die ist tatsächlich voll«, sagte Michael, nachdem er die Bilder hatte durchlaufen lassen. »Ein Tag vor dem Mord … Hier!« Er beugte sich zu ihr herüber und zeigte auf den roten Punkt. »Das ist das Zeichen dafür, dass der Speicher keine Kapazität mehr hat.« Mit bedauerndem Blick sah er sie an. »Tut mir leid. Aber das soll wohl Schicksal sein. Fragt sich nur, für wen.«

Sie roch sein Aftershave, den kräftigen und erfrischenden Duft von Sandelholz und Zitrone, und musste sich darauf konzentrieren, sachlich zu antworten: »Ich habe es mir fast gedacht.«

»Seht es als Herausforderung an, dem Mörder jetzt erst recht auf die Schliche zu kommen.«

Sie lachte. »Keine Sorge, wir lassen ihn nicht entkommen.« Mit diesen Worten steckte sie die Speicherkarte, die er inzwischen aus seiner Kamera gezogen hatte, in die Seitentasche ihres Rucksacks und zog den Reißverschluss zu. Dieses Thema war für heute durch. Jetzt würden sie sich nur noch den schönen Seiten dieses Ausflugs widmen.

Sie trank ein paar Schlucke aus ihrer Wasserflasche, die an ihrem Gürtel hing. Michael tat es ihr gleich. Mit der Flasche in der Hand zeigte er auf die Wacholderheide, die vor ihnen lag.

»Siehst du den Turm dort hinten? Davon haben wir viele hier im Park. Wollen wir da hoch?«

Mit frischer Energie wanderten sie über den staubigen Weg zwischen den Wacholderbüschen hindurch auf den hölzernen

Turm zu. Die Sonne stand hoch am Himmel und brannte auf sie herab. Im Wald hatte es Evelyne sehr viel angenehmer empfunden, was sie sich jedoch nicht anmerken ließ. Insgeheim dankte sie ihrer Mutter für den Vorschlag, die Haare hochzustecken.

Als sie vor dem Aussichtsturm standen, erschien er ihr viel höher, als er von Weitem ausgesehen hatte.

»Nur zwanzig Meter«, sagte Michael, als hätte er ihre Gedanken erraten.

Hinter der Sonnenbrille konnte sie seine Augen nicht sehen, doch sie war sich sicher, dass sie spitzbübisch blitzten. Wollte er ihre Kondition testen? Na warte …

»Das ist ja lächerlich«, erwiderte sie betont gelassen. Sie fragte ihn mit gespielter Besorgnis: »Schaffst du den Aufstieg noch, oder wollen wir erst noch mal eine Pause einlegen?«

Michael lachte sein tiefes Lachen, gab ihr einen kameradschaftlichen Knuff in die Seite, spurtete los und rief ihr über die Schulter hinweg zu: »Wer als Erster oben ist!«

»Das ist gemein!«, rief sie ihm mit gespielter Empörung hinterher. »Du hast doch jetzt schon einen Vorsprung!«

Schließlich kamen sie beide schwer atmend in zwanzig Meter Höhe an. Michael als Erster.

»Welch eine Fernsicht«, sagte er in andächtigem Ton beim Anblick des Panoramas, das sich ihnen bot.

Wie ein Mosaik aus Rotbuchen, schwarzen Fichten, bunten Wiesen, gelben Feldern und grauen Felsformationen bot sich die Eifel ihnen dar.

Michael streckte den Arm aus. »Schau! Dort hinten am Horizont liegen die Ardennen. Und dort …«, er drehte sich ein wenig, »ist der Kölner Dom. Deshalb haben wir, also die anderen Ranger und ich, diesen Turm auch Domblick genannt.«

Evelyne sah sich um. Dabei atmete sie wieder sein Aftershave ein. Michael schaute sie an, als wartete er auf eine Antwort. Aber in seinem Blick lag auch etwas anderes. War es Zärtlichkeit? War es Begehren?

»Traumhaft«, bestätigte sie mit belegter Stimme.

Sie standen so nah nebeneinander, dass sich ihre Hände auf dem Geländer fast berührten. Die Sonne umarmte sie mit ihren warmen Strahlen. Vögel trillerten in den Wacholderbüschen, Funken sprühten durch die Luft, während ihre Blicke ineinander lagen. Evelyne konnte die Spannung zwischen ihnen, das Knistern, geradezu körperlich spüren. Irgendwann hielt sie es nicht mehr aus. Sie trat ein paar Schritte zur Seite. »Wollen wir den Abstieg wagen?«

36. KAPITEL

Lange Zeit sprachen sie kein Wort. Die Sonne schien unerbittlich auf sie herab. Am Ende der Wacholderheide lag ein kleines Gehöft. Dahinter schloss sich wieder ein Waldgebiet an.

»Wenn wir gleich wieder im Wald sind, könnten wir das Picknick machen. Was hältst du davon?«, schlug Michael vor.

»Sehr viel«, antwortete sie erleichtert. »Ich brauche Schatten und etwas zu essen.«

»Mir geht's genauso.«

Während er weitermarschierte, nahm er den Hut ab und wischte sich mit einem großen grün-weiß karierten Taschentuch über Stirn und Nacken. Danach setzte er ihn wieder auf. Evelyne folgte seinem Beispiel. Ihr Taschentuch war kleiner und rot-weiß kariert. Damit tupfte sie sich übers Gesicht und ebenfalls über den Nacken.

»Selbst unsere Taschentücher passen zusammen«, hörte sie Michael sagen, woraufhin sie ihn erstaunt von der Seite ansah.

»Passen wir auch zusammen?«, sprang ihr die Frage viel zu spontan über die Lippen, die sie im nächsten Moment noch mehr erröten ließ, als die Sonne es bislang getan hatte.

»Beim Wandern auf alle Fälle«, erwiderte er ganz selbstverständlich, während er mit großen Schritten ausschritt. »Mal abwarten, wie das gleich beim Picknick aussieht«, fügte er trocken hinzu, woraufhin sie lachen musste.

Sie gingen am Rande des großen Bauernhofes vorbei, wo ein bunter Hahn gerade einer gackernden Henne nachrannte.

»Verrückter Kerl«, kommentierte Michael die Szene grinsend. »Mit ein bisschen Zurückhaltung würde er vielleicht mehr bei ihr erreichen.«

Evelyne zog die Brauen hoch und schwieg. Hatte Michael gerade verraten, mit welcher Taktik er die Frauen einfing? Mit Zurückhaltung? Dann würde das mit ihnen nie was geben. Denn sie hatte wahrlich nicht vor, in die Offensive zu gehen. Sie hatte bei einem Mann noch nie den ersten Schritt getan. Dazu fehlten ihr letztendlich die Selbstsicherheit und die Übung.

»Endlich«, sagte Evelyne mit erleichtertem Seufzer, als sie in das nächste Waldstück eintauchten, wo sich der Wanderweg ins Tal hinunterschlängelte. Hier hielt das dichte Kronendach der Rotbuchen die Sonnenstrahlen zurück. Ein Bächlein, das munter über Steine und Wurzeln sprang, begleitete sie.

»Unten im Tal gibt es einen kleinen Teich. Dort können wir picknicken«, kündigte Michael an. »Ich glaube, das haben wir uns jetzt verdient.«

Evelyne, die hinter Michael herging, betrachtete immer wieder fasziniert die mächtigen Buchen, diese lebenden Zeugen längst vergangener Zeiten.

Bisher war ihnen noch niemand begegnet. »Ist das hier ein offizieller Wanderweg?«, fragte sie Michael neugierig.

»Nein. Warum?«

»Weil uns bis jetzt noch niemand begegnet ist.«

»Ist es dir zu langweilig mit mir?«

Sie lachte. »Nein, überhaupt nicht. Nur ich …«

»Auf den offiziellen Wanderwegen ist am Wochenende bei so schönem Wetter der Teufel los. Ich bin lieber mit der Natur allein.«

»Ich auch. Viel lieber«, bekräftigte sie. »Ich habe mich nur gewundert.«

Michael blieb stehen, drehte sich zu ihr um und lächelte sie an. »Siehst du, da haben wir wieder etwas gemeinsam. Es sind nicht nur die Taschentücher.«

Wieder musste sie lachen.

Als sie in dem Tal, in das die hochstehende Sonne schien, ankamen, sah sich Evelyne um. Der kleine See, von dem Michael gesprochen hatte, versteckte sich hinter einem Birkenhain. Sie sah ihn durch die silbrigen Baumstämme hindurch schimmern.

»Ein richtiges kleines Paradies«, schwärmte sie, als sie zwischen den Birken heraustraten.

Wie ein blauer flacher Teller lag der Weiher am Ende einer Wiese. Hinter ihm zog sich ein Fichtenwald den Hügel hinauf. Die Sonne malte silberne Streifen auf seine Oberfläche. Schilf und blaue Schwertlilien säumten sein Ufer. Als sie darauf zuging, sagte Michael: »Geh bitte nicht zu nah ran. In dem Schilf ziehen Haubentaucher und Enten gerade ihre Jungen auf.«

Sofort blieb sie stehen. Sie wollte doch die jungen Eltern nicht stören.

»Wunderschön! Kaum zu glauben, dass es in einem Naturpark, der doch allen zugänglich ist, noch einen solch abgeschiedenen Ort gibt.«

Michael ließ den Rucksack vom Rücken gleiten, stellte ihn aufs Gras und streckte sich. Evelyne wusste, dass ihr Picknick einiges wog. Dennoch hatte er ohne zu stöhnen oder zu murren die Last ganz selbstverständlich getragen. Nachdem er ein paarmal seine Schultern gerollt hatte, antwortete er: »Wie eben schon gesagt – die meisten gehen auf den offiziellen Wanderrouten. Die wollen Kilometer abspulen. Denen geht es um die sportliche Betätigung. Den wenigsten Wanderern geht es darum, eins zu werden mit der Natur. Und das kann man nur in der Abgeschiedenheit.«

»Da ist etwas Wahres dran. Das ist auch der Grund dafür, warum ich mich nie einem Wanderverein angeschlossen habe, sondern immer auf eigene Faust losgezogen bin.«

Er lächelte sie an, und sie ahnte, was er gerade dachte.

»Wieder eine Gemeinsamkeit?«, fragte sie spitzbübisch.

»Eindeutig ja.«

»Ich habe einen Riesenhunger«, fuhr sie fort, um sich aus dieser Situation, die viel zu viel Nähe zwischen ihnen aufkommen ließ, zu befreien.

»Wieder eine«, erwiderte Michael sachlich. Ihr gleiches Empfinden wurde schon zum Running Gag zwischen ihnen!

Sie packten das Picknick aus. Evelyne breitete das Küchenhandtuch auf der Wiese aus, und Michael stellte alle Dosen darauf. Dabei beobachtete sie seine Hände. Sie verrieten Sensibilität, Stärke und die Gabe, Geborgenheit schenken zu können. Und wieder fragte sie sich, wie sich diese Hände auf ihrer Haut anfühlen mochten.

»Wenn das nicht nach einer deftigen Mahlzeit aussieht …«, sagte Michael anerkennend, während er ihren Tisch in der Natur betrachtete. »Jetzt müssen wir nur noch den Wein öffnen.«

»Bitte!« Sie reichte ihm die Flasche. In dem Moment fiel ihr ein, dass sie den Flaschenöffner vergessen hatte. »Der Flaschenöffner …« Zerknirscht sah sie ihn an.

»Kein Problem.« Er zog ein Schweizer Taschenmesser aus seiner Hosentasche, klappte es auseinander, und der Öffner kam zutage. Erleichtert atmete sie aus.

Sie stießen mit Pappbechern an. Dennoch schmeckte der erste Schluck köstlich. »Herrlich!« Michael seufzte genießerisch.

Auch Evelyne genoss den tiefen, beerigen Geschmack des Appassimento.

»Es ist angerichtet, Mylady. Greifen Sie zu«, forderte Michael sie mit einer ausholenden Bewegung auf und setzte sich ins Gras. Evelyne tat es ihm gleich. Hungrig fielen sie über die Köstlichkeiten her, wobei Evelyne ihm nicht verschwieg, dass die Leberpastete das kulinarische Werk Tines war. Allerdings verschwieg sie ihm, dass sie überhaupt nicht kochen konnte. Vielleicht kann ich's noch in einem Schnellkurs lernen, dachte sie, während sie herzhaft in ein Stück Hartwurst biss, das Michael mit seinem Messer abgeschnitten und ihr gereicht hatte. Während sie aßen, sprachen sie kaum miteinander. Es war jedoch ein harmonisches Schweigen, das sie miteinander verband. Hin und wieder prosteten sie sich zu und sahen sich dabei einen Herzschlag lang in die Augen. Nachdem sie fast alles verputzt hatten, lehnten sie sich an ihre Rucksäcke, streckten satt und träge die Beine von sich und schauten übers Wasser. Evelyne kam sich vor wie in Studentenzeiten, als sie mit ihren Kommilitonen im Sommer die Tage mehr auf dem Rasen des Bonner Hofparks verbracht hatte als in den Vorlesungen – noch frei und unbeschwert von der Last des Lebens.

»Ich danke dir für das Picknick. Es war fantastisch«, sagte Michael, bevor er sein ledernes Zigarilloetui aus der Hosentasche nahm. »Möchtest du?«

Sie schüttelte den Kopf, woraufhin er ein Zigarillo herausschnippte und es anzündete. Sein würziger Geruch vermischte sich mit dem von sonnenwarmem Gras. Wie eine süße Verheißung schwebte er über ihnen. Obwohl sich Evelyne noch am Morgen geschworen hatte, nur ein paar Schlucke Wein zu trinken, stellte sie jetzt fest, wie sehr er ihr schmeckte. Mit einem amüsierten Lächeln schaute sie in den Himmel, an dem ein kleines Motorflugzeug seine Bahn zog. Sein surrendes Geräusch durchbrach für kurze Zeit die Stille in dem kleinen Tal, das ihr wie ein Kokon aus Gras, Moos, Glockenblumen und Löwenzahn vorkam. Ihr eigenes Paradies, in dem die Sonne schien, Zitronenfalter und Adlerauge durch die warme Luft schwebten, Vögel zwitscherten, Bienen summten und blaugrün schillernde Mistkäfer umherkrabbelten. Ab und zu schoss eine Schwalbe vom Himmel herunter, streifte die Wasseroberfläche und stieg wieder in das unendliche Blau empor.

»Mit fällt gerade ein Vers von Schiller aus der *Braut von Messina* ein«, sagte Michael in ihr Schweigen hinein.

»Wohl dem! Selig muß ich ihn preisen,
der in der Stille der ländlichen Flur,
fern von des Lebens verworrenen Kreisen,
kindlich liegt an der Brust der Natur.«

Sie lächelte ihn von der Seite an. »So empfinde ich es auch gerade.«

Nachdem er sein Zigarillo zu Ende geraucht hatte, kam zwischen ihnen wieder eine Unterhaltung auf. Sie sprachen über ihre erfüllten und unerfüllten Träume; über die Kinder, die sie beide nicht hatten, gerne aber gehabt hätten; über ihr Berufsleben und übers Älterwerden.

»Wie alt bist du eigentlich?«, fragte Evelyne neugierig.

»Sechsundfünfzig.«

O weia. Fünf Jahre jünger als sie! Sie räusperte sich entschlossen. »Ich bin einundsechzig.«

Abwartend sah sie ihn an. Doch er zuckte nur lässig mit den Schultern. »Weiß ich längst. Onkel Georg hat es mir verraten.«

»Woher …?« Entgeistert starrte sie ihn an.

»Durch den Spendenlauf hat er doch deine Daten. Aber keine Sorge – ich habe eine Schwäche für ältere Frauen.«

»Ältere Frauen?« In flapsiger Manier stieß sie gegen seinen Oberarm. »Das möchte ich jetzt aber nicht gehört haben.«

Da stützte er den Ellbogen auf und sah sie von der Seite an. »Ich finde dich einmalig, Evelyne«, sagte er ernst. »So einer Frau wie dir bin ich noch nicht begegnet. Ich würde gar nicht wollen, dass du zehn Jahre jünger wärst als ich. Jedes Jahr hat dich zu dem gemacht, was du jetzt bist. Hier und heute.«

Ihr wurde ganz warm ums Herz. »Danke«, erwiderte sie wie benommen leise. »Ich glaube, das war das schönste Kompliment, das ich je bekommen habe.«

»Ich mache keine Komplimente über Oberflächlichkeiten. Obwohl du auch optisch sehr viel zu bieten hast. Zwischen zwei Menschen kommt es doch auf etwas anderes an.«

Ihr Pulsschlag beschleunigte sich. Die Wärme, das Flimmern der Luft, die hellen Lichtpunkte, die auf der Wiese flirrten, das leise Wispern der Blätter ... Es ist ein Zauber, ging ihr durch den Sinn, während sie gleichermaßen verblüfft wie besorgt erkannte, dass sie in diesem Augenblick gänzlich glücklich war.

»Darf ich dich fotografieren?«, hörte sie Michael fragen.

»Fotografieren?«, wiederholte sie, als würde sie aus einem Traum aufwachen.

»Ja. Ein Schwarz-Weiß-Foto. Ich glaube, das passt zu dir.«

Sie blinzelte verwirrt. Dann musste sie lachen. »Das stimmt. Ich bin vielleicht manchmal zu kompromisslos.«

»Das habe ich nicht gemeint. Ich finde Personenfotos einfach besser in Schwarz-Weiß. Farbe lenkt zu sehr von den Gesichtszügen ab.«

»Mich fotografieren?« Unsicher lächelte sie ihn an und fuhr sich dabei verlegen mit beiden Händen über das hochgesteckte Haar. »Ich weiß nicht ...«

»Bitte.« Seine Reibeisenstimme klang ganz weich. »Genau so, wie du jetzt aussiehst. Die ganze Zeit schon denke ich daran, wie gut dein Profil als Schwarz-Weiß-Aufnahme aussehen würde.«

Wie hätte sie seinem Lächeln widerstehen können? »Meinetwegen.«

Er sprang auf die Füße, zog sie an der Hand hoch und ließ sie dann sofort wieder los. »Lass uns zu den Birken dahinten gehen.«

In den nächsten Minuten suchte er die passende Perspektive aus. Mit der Kamera vor den Augen ging er vor ihr hin und her, gab ihr Anweisungen, welche Haltung sie einnehmen sollte. Sie tat, was er sagte. Dabei fühlte sie sich wie in Trance. Sie ließ es geschehen, dass er ihr, ruhig und bestimmt, die Hand unters Kinn legte, es anhob, ihren Kopf nach rechts und links drehte, den Pony zur Seite strich. Bei alledem versuchte sie, den plötzlichen Wunsch nach mehr Intimität zu ignorieren. Schließlich ließ Michael seine Kamera sinken. Er blieb vor ihr stehen und betrachtete sie wie ein Gemälde.

»Weißt du, dass du ein gutes Fotomodel bist?«, fragte er ernst. »Ich würde gerne irgendwann mehr Fotos von dir machen.«

Sie vergaß zu atmen, vergaß für ein paar Augenblicke, wo sie war und wer sie war. Michaels Nähe machte alles andere unwichtig. Sie hatte das Gefühl, als würde sich die Luft zwischen ihnen verdichten.

»Vielleicht ... Vielleicht sollten wir jetzt erst mal weitergehen«, brachte sie hervor – und hätte diesen Satz am liebsten gleich wieder zurückgenommen. Mit einem Mal war der Zauber gebrochen.

Michael trat einen Schritt zurück. »Du hast recht. Es könnte sonst zu spät werden. Du musst ja noch zurück.«

Sie packten die Reste des Picknicks zusammen und stiegen an der anderen Seite des Sees aus dem kleinen Tal wieder auf die Höhe. Von dort aus ging es weiter an Feldern vorbei, durch Senken und Wälder, bis sie schließlich an Michaels Landrover wieder ankamen. Michael erzählte über seine Arbeit als Ranger; Evelyne verriet ihm, dass sie mit dem Gedanken spiele, im nächsten Jahr als Ortsbürgermeisterin in Himmelrath zu kandidieren. »Das weiß sonst noch niemand«, fügte sie hinzu.

»Ich bin verschwiegen wie ein Grab«, versicherte er ihr. Lange Strecken wanderten sie auch im harmonischen Schweigen. Zu der intensiven Nähe wie in dem kleinen Tal am See fanden sie an diesem Tag jedoch nicht mehr zurück.

»Werden wir uns wiedersehen?«, fragte Michael beim Abschied vor ihren Autos.

»Warum nicht?« Evelyne lächelte ihn an – und wartete. Warum schlug er jetzt keinen Termin vor? Zum Beispiel am nächsten Wochenende?

»Ich freue mich.« Das war alles, was er dazu sagte? Für sie war es viel zu wenig und viel zu unverbindlich. Insgeheim wartete sie darauf, er würde sie zum Abschied küssen – auf die Wange, wie es so üblich war. Doch nichts dergleichen geschah. Als sie schließlich im Auto saß, streckte er den Kopf ins Fahrerfenster und sagte: »Fahr vorsichtig. Und schick mir eine WhatsApp, wenn du angekommen bist.«

Als sie abfuhr, hob er die Hand. Obwohl sie für diese oberflächliche Küsserei eigentlich gar nichts übrighatte, schlich sich ein Hauch von Enttäuschung in ihr Herz. Hatte sie ihn eventuell zu deutlich zurückgestoßen, als sie diese heikle Situation beim Fotografieren so jäh abgebrochen hatte? Schon einmal war es ihr passiert, dass sie sich zu zickig – wie der Typ sich damals ausgedrückt hatte – angestellt hatte, als sie sich nähergekommen waren. Das Ende vom Lied war gewesen, dass dieser Typ sich danach nie mehr gemeldet hatte. Hoffentlich würde ihr das Gleiche jetzt nicht bei Michael passieren.

37. KAPITEL

»Jetzt erzähl mal!« Das waren die ersten Worte, die Rosa am Sonntagmorgen an ihre Tochter richtete, als Evelyne zum Frühstück erschien. Die beiden hatten sich abends nicht mehr gesehen. Rosa war – zur Freude und Erleichterung Evelynes – an diesem Samstag mit Heinz verabredet gewesen und erst nach Hause gekommen, als Evelyne schon im Bett gelegen hatte und die Stunden mit Michael in Gedanken noch einmal hatte Revue passieren lassen.

»Erst einmal guten Morgen, liebe Mama«, erwiderte Evelyne mit amüsiertem Lächeln. Während sie ihre Müslischale an ihrem Platz positionierte, konterte sie: »Erzähl du doch erst mal, wie es gestern mit Heinz war.«

»Ach, Schatz, jetzt zier dich nicht so«, erwiderte Rosa. »Ist es nicht völlig verständlich, dass ich mich als deine Mutter dafür interessiere?«

Evelyne seufzte und sah sie über den Brotkorb, die Himbeermarmelade, die Aufschnitt- und Käseplatte hinweg an. »Es war sehr schön«, sagte sie dann betont gleichgültig. »Das Wetter hat mitgespielt, die Landschaft war beeindruckend, und anders als du und Vater haben wir gestern kein Kind gezeugt.«

Ihre Mutter hielt in der Bewegung, die Espressotasse zum Mund zu führen, abrupt inne. Sie schien sich nicht sicher zu sein, ob sie Evelyne richtig verstanden hatte. Dann prustete sie los. »Diese Worte aus deinem Mund …! Ich glaube, dieser Mann tut dir gut.«

Evelyne lächelte fein. »Das könnte sein«, meinte sie nur, bevor sie sich ihrem Müsli widmete.

Während ihre Mutter das Brötchen in zwei Hälften schnitt und die eine mit Butter und Marmelade bestrich, fuhr Evelyne fort: »Ich gehe gleich zu Jans Fußballspiel. Hast du Lust mitzukommen?«

Rosa schüttelte den Kopf. »Ich glaube, ich muss heute mal in die Kirche. Pfarrer Heidenreich hat mich kürzlich im Dorf schon ziemlich pikiert angeguckt.«

»Hast du gestern gesündigt?«, kam es Evelyne viel zu schnell über die Lippen, woraufhin ihre Mutter wieder aus vollem Halse lachte.

»Solche Gedanken in deinem kühlen Kopf, mein Kind?«

»Stimmt«, murmelte Evelyne kauend. Wie kam sie nur auf so etwas? Und dann auch noch im Zusammenhang mit ihrer Mutter. Das wäre ihr vor Kurzem noch nicht passiert.

»Obwohl diese Gedanken gar nicht so abwegig sind«, fuhr Rosa fort. »Aber Heinz will da nicht so richtig mitziehen. Ich weiß nur noch nicht, aus welchem Grund.« Sie beugte sich vor. »Meinst du, dem bin ich zu alt?«

»Na ja, so jung ist er auch nicht mehr. Außerdem gibt es Männer, die stehen auf ältere Damen«, sagte sie mit verschmitztem Lächeln.

»Wie alt ist denn Michael?«

»Fünf Jahre jünger als ich.«

»Wir sollten die beiden Männer mal zusammenbringen. Vielleicht kann Heinz von Michael bezüglich des Altersunterschieds zwischen Mann und Frau noch was lernen.«

»Vorerst ganz sicher nicht«, wehrte Evelyne energisch ab. »Die Sache zwischen Michael und mir wird bestimmt nicht so bald zur Familiensache erklärt.«

»Ist ja schon gut«, beschwichtigte ihre Mutter sie und biss herzhaft in ihr Brötchen.

Bis Evelyne schließlich aufbrach, um pünktlich auf dem Fußballplatz in Adenau zu stehen, unterhielten sich die beiden über Alltägliches, ohne dass Rosa erneut auf Michael Groß zu sprechen kam.

Hoffentlich hat sie es kapiert, dachte Evelyne, während sie den Frühstückstisch abräumte.

38. KAPITEL

Eine halbe Stunde später parkte Evelyne ihren Volvo vor dem Fußballplatz, auf dem sich die beiden Mannschaften bereits warm liefen. An den Autos erkannte sie, dass sie hier viele Bekannte treffen würde. Normalerweise freute sie sich darauf, ein Pläuschchen zu halten und Neuigkeiten auszutauschen. Doch an diesem Sonntagvormittag war sie noch viel zu sehr in Gedanken bei dem Picknick versunken, sodass sie am liebsten ihre Ruhe gehabt hätte. Wie wäre es, wenn ich jetzt mit ihm zusammen hier wäre?, fragte sie sich. Wenn er mich als mein Partner begleiten würde? Natürlich wäre sie dann erst einmal für die nächsten Tage Ortsgespräch. Habt ihr schon gehört, die Görgens, die ehemalige Rektorin von der Realschule in Adenau, hat auf ihre alten Tage hin jetzt noch einen Freund. Und einen sehr attraktiven sogar, würde es dann heißen. Evelyne lächelte in sich hinein. Wie ein Lauffeuer würde es rumgehen. So war das nun mal auf dem Land. Und wenn es dann zu Ende wäre, würden alle sagen: Dass das nicht gutgehen würde, hätte man von vornherein sagen können.

Nein, so schnell würde sie Michael in die Himmelrather oder Adenauer Gesellschaft nicht einführen – falls er sich überhaupt noch einmal melden würde. Was Männer betraf, war sie nun mal ein gebranntes Kind.

Mit diesen Gedanken bahnte sie sich den Weg durch die Zuschauer, Eltern, Verwandte und Freunde der Spieler zum Spielfeld. Sie grüßte nach allen Seiten, wechselte hier und da ein paar lockere Worte. Bei Jutta Häuser, der Apothekerin, eine bildhübsche, mollige Person, mit der sie bis zum Abitur die Schulbank gedrückt hatte, blieb sie etwas länger stehen. Jutta war irgendwann in ihren Dreißigern kinderlos geschieden worden und seither lebensfroher Single. Um jedoch mit ihr engeren Kontakt zu haben, war sie Evelyne ein bisschen zu oberflächlich, zu unsportlich und viel zu anstrengend.

Als Jan sie entdeckte, winkte er ihr stürmisch zu. Auf die Entfernung hin sah sie ihm an, wie sehr er sich freute, dass sie gekommen war. Und in diesem Moment erfasste sie eine unbändige Wut auf Friderike. Warum traf sie heute lieber ihren Liebhaber, als ihrem Sohn bei dem für ihn so wichtigen Spiel zuzuschauen? So, wie auch all die anderen Eltern hier? Mehr denn je brauchte der Junge jetzt den Rückhalt und Zuspruch seiner Mutter. Darüber werde ich mit ihr noch einmal ernsthaft reden müssen, nahm sie sich vor.

Sie hatte sich einen Schal von der Adenauer Jugendmannschaft um den Kragen ihrer hellblauen Hemdbluse gelegt und eine Trillerpfeife, die noch aus dem Sportunterricht stammte, um den Hals gehängt. Eine Fahne hatte sie nicht auftreiben können, aber sie war nur allzu bereit, Jans Mannschaft nach besten Kräften anzufeuern.

Nachdem das Spiel vom Schiedsrichter, ein früherer Kollege von ihr, angepfiffen worden war, schossen die Jugendlichen wie Raketen übers Spielfeld. Es war schon warm, und die Jungen kamen schnell ins Schwitzen. Jan spielte im Mittelfeld. Aufgrund seiner fast zierlichen Statur war er flink und wendig. Schnell zeigte sich, dass er in der Verteidigung sowie beim Angriff eine sehr gute Figur machte. Entsprechend honorierte Evelyne sein Spiel mit Pfeifen und anfeuernden Rufen, wenn er sich an den Spielern der Gegenmannschaft vorbei wieselflink aufs gegnerische Tor zubewegte. Es zeigte sich auch bald, dass er mehr als seine Teamkameraden lief. Eindeutig schien er seiner Aufgabe gewachsen zu sein. Als er mit dem Ball an ihr vorbeistürmte, schrie sie ihm zu: »Super, Jan! Du schaffst das!« Augenblicke später jagte der Ball ins gegnerische Tor, und Jans Mannschaft hatte die Führung übernommen. Jan konnte auch während der zweiten Halbzeit seine Kondition halten und brachte schließlich durch seinen unermüdlichen Einsatz und seine ausgefeilte Technik seiner Mannschaft den Sieg.

Unter den Eltern aus Adenau und Jans Mitschülern brach ein Jubel aus. Fairerweise gratulierten auch die Zuschauer und Schüler aus Koblenz. Jedem war bewusst, dass Jan an dem Sieg seiner Mannschaft maßgeblich beteiligt war. Evelyne freute sich. Das war genau das, was der Junge jetzt brauchte.

Als Jan vom Platz kam, erschöpft und schwitzend, nahm sie ihn vor aller Augen in die Arme und gratulierte ihm.

»Wollen wir deinen Sieg ein bisschen feiern?«, fragte sie. »Du hast doch jetzt bestimmt Hunger.«

»Und wie«, lautete seine Antwort.

»Pizza, Döner oder Burger?«

»Pizza«, kam es da aus seinem Mund wie aus der Pistole geschossen.

39. KAPITEL

Nachdem sich die Spieler in den Kabinen des Adenauer Fußballvereins erfrischt und umgezogen hatten, packte Evelyne Jan in ihren Wagen und fuhr mit ihm in Richtung Nürburgring. An der Nordschleife lag Jans Lieblingsitaliener.

»Das hast du dir jetzt verdient«, sagte sie, als sich der Junge eine üppig belegte Pizza mit doppelt Käse bestellte. Evelyne gab sich mit Spaghetti arrabiata zufrieden. Nach dem reichhaltigen Frühstück hatte sie eigentlich gar keinen Hunger, aber sie wollte Jan nicht den Spaß verderben. Sie saßen draußen unterm Sonnenschirm und betrachteten die aufgemotzten Wagen, die an jedem Wochenende die Gegend um den Ring bevölkerten. Hier wollte sich jeder Autofahrer einmal für ein paar Stunden wie Michael Schumacher fühlen.

»Ich habe Mama ein Alibi gegeben, obwohl sie an dem Abend gar nicht zu Hause war«, sagte Jan da völlig unvermittelt in ihr beschauliches Schweigen hinein.

Evelyne sah ihn an. Er schaute sie aus seinen großen hellblauen Augen an, die er von seiner Mutter geerbt hatte, als würde er jetzt eine Strafpredigt erwarten.

Sie räusperte sich. »Ich weiß. Deine Mutter hat es mir erzählt. Sie hatte dich darum gebeten.«

Jan nickte. »Und ich hab's getan, weil sie mich immer gegenüber meinem Vater in Schutz genommen hat. Obwohl mein Vater mir immer gesagt hat, dass ich nicht lügen soll«, fügte er mit gesenktem Kopf hinzu.

Sie trank einen Schluck Mineralwasser, um Zeit zu gewinnen. »Da hat dein Vater natürlich recht gehabt. Aber deine Mutter will bestimmt auch nicht, dass du lügst«, erwiderte sie. »Das war sozusagen eine Ausnahmesituation.«

»Sie war bei einer Freundin. Aber inzwischen glaube ich, dass sie auch gelogen hat und bei diesem Typen war.«

Evelyne zog die Brauen hoch. »Du weißt also von Thomas?«

»Sie hat's mir gestern erzählt. Auch, dass wir bald zu ihm ziehen.«

»Bald?« Sie lächelte ihn beruhigend an. »Na ja, das wird bestimmt noch eine Weile dauern. Willst du das denn überhaupt?«

Jan schüttelte so heftig den Kopf, dass ihm die braunen Locken ins Gesicht fielen. »Nein. Ich will hierbleiben. Hier sind alle meine Freunde und der Fußballclub. Außerdem kenne ich diesen Typen doch gar nicht.«

Evelyne seufzte in sich hinein. Da war dringend ein Gespräch fällig! Unmöglich konnte ihre Sportfreundin so egoistisch sein und nur ihr eigenes Glück im Auge haben. Zu Jan sagte sie: »Deine Mutter hat bestimmt nicht vor, nächste Woche umzuziehen. Für sie ist es im Moment natürlich auch nicht einfach. Da sagt man schon mal schnell etwas, was man eigentlich gar nicht so meint.«

»Vielleicht hat er meinen Vater umgebracht.«

»Jan ...« Evelyne sah ihn entsetzt an. »So was darfst du nicht laut sagen. Das weißt du doch gar nicht.«

»Das sieht man aber oft in den Krimis im Vorabendprogramm. Der Liebhaber ist der Mörder«, versicherte er ihr trotzig.

»Bitte, Jan, sag so was bloß nicht zu anderen. Die Polizei wird es schon herausfinden, wenn's so sein sollte.«

»Ich habe ein schlechtes Gewissen, dass ich die Polizei belogen habe«, gestand er ihr mit zerknirschter Miene.

Sie presste die Lippen zusammen, bevor sie erwiderte: »Du hast deiner Mutter einen Gefallen getan. Und eigentlich bist du noch viel zu jung, um überhaupt in diesen Fall hineingezogen zu werden«, fügte sie mit deutlicher Missbilligung in der Stimme hinzu. »Mach dir deswegen keinen Kopf. Du hast mir gerade gezeigt, dass du genau weißt, was recht und unrecht ist.«

»So was hätte mein Vater niemals von mir verlangt. Und mein Opa auch nicht«, fügte er hinzu. »Ihm habe ich natürlich auch nicht erzählt, dass Mama weg war. Sie kam kurz vor ihm nach Hause.«

Evelyne zog die Stirn zusammen. »Wie meinst du das?«

»Na ja, Opa ...«, Jan grinste, »ich soll ihn eigentlich Werner nennen, weil er sich noch nicht so alt fühlt ... Also, Opa kam kurz vor Mitternacht und hat bei uns übernachtet. Dann ist er aber am nächsten Morgen schon ganz früh wieder gefahren. Deshalb hat er von allem nichts mitbekommen.«

Sie biss sich auf die Lippen. Jans Großvater war in der Mordnacht in Himmelrath gewesen? Das hatte Friderike ihr nicht erzählt.

»Wo war er denn?«, fragte sie so gleichgültig wie möglich.

Jan hob die schmalen Schultern. »Keine Ahnung. Der ist in der letzten Zeit öfter hier. Besucht irgendwelche Leute.« Er lächelte voller Zärtlichkeit. »Werner ist echt cool.« Dann seufzte er aus tiefstem Herzen. »Aber Papa war auch echt cool. Ich vermisse ihn.«

Betroffen sah sie ihn an. Wie schnell Kinder ihren Eltern doch verziehen! Brandt hatte seinen Sohn schlecht behandelt – sogar handgreiflich war er ihm gegenüber geworden –, und trotzdem liebte der Junge ihn. Sie spürte, wie ihr der Hals eng wurde. Erneut schoss in ihr die Wut auf ihre Sportfreundin hoch, die so wenig Rücksicht auf ihr Kind nahm.

»Ich glaube, dass mein Vater eine Freundin hatte«, sagte Jan da in ihren Gefühlsaufwall hinein.

»Wie bitte?«

»Ich habe in seinem Kombi einen Ohrring gefunden. Kurz vor seinem Tod. Meine Mutter hat so welche nicht. Dann habe ich ihn darauf angesprochen, und er hat gesagt, der könnte nur von einer Kollegin sein, die er mitgenommen hätte. Aber das habe ich ihm nicht geglaubt. Ich habe genau gemerkt, dass das eine Ausrede war.«

»Hast du …« Sie zögerte, entschied sich dann, die Frage doch zu stellen. »Hast du deiner Mutter davon erzählt?«

Jan schüttelte den Kopf. »Da wusste ich noch nicht, dass sie auch einen Freund hat. Außerdem hat mein Vater immer gesagt, dass wir Männer zusammenhalten müssten.«

Das musste wohl in den guten Zeiten zwischen den beiden gewesen sein, dachte Evelyne bitter. Womit sich der Junge mit seinen dreizehn Jahren seelisch schon herumschlagen musste!, ging ihr voller Mitleid durch den Sinn. Wie gut, dass er sein Fußballspiel hatte. Damit konnte er vielleicht einiges kompensieren.

40. KAPITEL

Als Evelyne wieder zu Hause war, erzählte sie ihrer Mutter von dem Gespräch, woraufhin Rosa ihrer Empörung über Friderikes Verhalten lauthals Luft machte.

»Die weiß gar nicht, was für einen tollen Jungen sie hat! Sie soll schön aufpassen, dass sie ihn nicht irgendwann verliert. Jan scheint in seiner Reife seinem Alter ganz schön voraus zu sein. Wenn er nicht auch sogar seine Mutter als Täterin in Verdacht hat …«

»Nun mal langsam, Mama, davon hat er nichts gesagt.«

»Weil er sie noch schützen will.«

»Jan hat erzählt, dass sein Großvater in der Mordnacht bei ihnen übernachtet hat«, erzählte Evelyne weiter.

Rosa hob die Brauen. »Sieh mal an! Aber der sollte doch ein Alibi haben, wie Hannes auf Matthias' Geburtstag gesagt hat. Ein Nachbar soll ihn den ganzen Abend vorm Fernseher sitzen gesehen haben.« Sie hielt inne, schüttelte dann den Kopf. »Ob Friderike und ihr Vater …? Vielleicht war sie an diesem Abend gar nicht mit ihrem Freund zusammen.«

Evelyne atmete tief durch. »Dafür müssten wir mit ihrem Freund sprechen.«

»Und wie sollen wir das anstellen?«

»Siehst du, Mama, da stoßen wir wieder an unsere Grenzen. Die Kripo hat da ganz andere Möglichkeiten.«

»Dennoch.« Rosa reckte das Kinn. »So schnell geben wir nicht auf. Immerhin sind wir in dem Fall schon weiter als Hannes.«

»Zumindest wissen wir jetzt ganz sicher, dass Tine sich an diesem Schwanenteich in Bad Bertrich nicht geirrt hat. Brandt hatte eine Geliebte. Der Ohrring in Brandts Auto ist bestimmt von ihr. Warum soll die nicht die Täterin sein? Eine Tat im

Affekt sozusagen. Vielleicht hatte er mit ihr Schluss machen wollen.«

Rosa seufzte bekümmert. »Und wie finden wir das heraus?«

»Ich sag's ja. Wenn wir bei der Kripo wären, könnten wir aufgrund Tines Beschreibung ein Phantombild anfertigen lassen.« Evelyne hob die Schultern. »Und wenn wir an diesem Punkt unserer Ermittlungen endlich Hannes über alles informieren?«

»Kommt nicht infrage! Dann gleitet uns der Fall aus den Händen.«

»Ansonsten aber könnte der Täter, beziehungsweise die Täterin, straflos davonkommen.«

»Lass uns erst mal alle gemeinsam darüber nachdenken«, schlug ihre Mutter vor. »Morgen kommen Barbara und Ingrid zum Rommé. Außerdem – wie sage ich immer? Es sind oft die völlig unerwarteten Dinge, mit denen man einen Verbrecher zur Strecke bringt.«

Erst am Ende dieses Tages kehrten Evelynes Gedanken wieder zu Michael zurück. Als die Kirchenglocke von St. Donatus zwölfmal zu Mitternacht schlug, lag sie immer noch mit offenen Augen im Bett. Immer wieder durchlebte sie im Geiste die Stunden, die sie mit Michael verbracht hatte, rief sich seine Blicke, seine Gesten in Erinnerung – in der Hoffnung, sie würden ihr über sein Verhältnis zu ihr mehr sagen als seine Worte. Er wollte sie wiedersehen. Ja. Er fand sie attraktiv. Ja. Aber sie wusste nur zu gut, dass es in ihrer Altersgruppe auch rein platonische Freundschaften zwischen Frau und Mann gab. Wollte er nur eine Wanderfreundin, oder wollte er mehr von ihr? Und was wollte sie überhaupt von ihm?

Evelyne drehte den Kopf zur Seite, sodass sie aus dem offen stehenden Fenster blicken konnte. Das Geißblatt unten im Hof schickte seinen süßen, betörenden Duft ins Zimmer. Leuchtkäfer flogen durch die warme Nachtluft, und ein kreisrunder Mond überzog die Anhöhe mit silbrigem Glanz. Gedankenverloren betrachtete sie die Sternbilder, die wie

Schmuck aus glitzernden Kristallen am blauschwarzen Himmel hingen. Und plötzlich war sie nach vielen, vielen Jahren wieder da – die Sehnsucht nach Liebe. Die Sehnsucht nach Zärtlichkeit, nach Glück. Ein Mann namens Michael aus Prüm hatte sie wieder in ihr geweckt. Ja, sie wollte sich noch einmal auf die Liebe einlassen. Wenn es ihr überhaupt gelingen würde, würde es das letzte Mal in ihrem Leben sein.

41. KAPITEL

»Heute Abend ist unser Rommé-Abend«, sagte Rosa, als sie am Frühstückstisch saßen. An diesem Montagmorgen aßen sie an dem langen Holztisch in der Küche. Der Himmel war bedeckt, es wehte ein kühler Wind. Es sah nach Regen aus. Wieder einmal schien der Sommer eine Pause einlegen zu wollen. Denn auch für die nächsten Tage hatte der Wetterbericht bedecktes Wetter angekündigt.

»Ich weiß«, erwiderte Evelyne zweisilbig. Durch den plötzlichen Wetterumschwung hatte sie Kreislaufschwierigkeiten und Kopfschmerzen.

»Was hast du heute Vormittag vor?«, erkundigte sich ihre Mutter.

»Ich werde an dem Mathematikbuch weiterarbeiten. Damit bin ich zeitlich arg im Verzug.«

»Ich fahre runter nach Adenau. Ich brauche ein paar Sachen aus dem Drogeriemarkt. Und ein paar Leckereien für heute Abend.«

Evelyne war ihrer Mutter dankbar, dass sie sich jetzt der Tageszeitung widmete, sodass sie in Ruhe frühstücken konnte. In diese Ruhe hinein klingelte jedoch schon wenige Augenblicke später das Telefon. Sie stand auf und ging in die Diele.

»Ich bin's, Friderike«, meldete sich die frühe Anruferin. »Störe ich?«

»Guten Morgen. Was gibt's denn?«, fragte Evelyne besorgt, ohne ihre Frage zu beantworten.

»Könntest du heute mal vorbeikommen? Ich muss dir was zeigen.«

Eine Stunde später schon fuhr Evelyne durch den Nieselregen durch Himmelrath. Die drei Stehtische vor Helgas Lädchen standen einsam und verlassen da. Die Sonnenschirme vorm Goldenen Hirschen waren eingezogen. Aus Juttas Apotheke kam gerade ein älteres Paar mit Rucksäcken, das sie nicht kannte. Wahrscheinlich Touristen, die dem ungastlichen Wetter trotzten. Ansonsten war niemand auf der Straße. Als sie an Barbaras Hof vorbeifuhr, hupte sie zweimal, woraufhin ihr Matthias, der mit dem Traktor über die nasse Wiese fuhr, zuwinkte.

Die Villa der Brandts wirkte ausgestorben und verlassen. Friderike öffnete ihr in grauen Schafwollsocken, Jeans und einem blauen Pullover, in den sie zweimal hineingepasst hätte. Dieses Mal war sie völlig ungeschminkt – und sah erschreckend aus. Blass, hager, die Haare lieblos auf dem Oberkopf zusammengebunden.

»Wo ist Jan?«, fragte Evelyne als Erstes, weil sie befürchtete, dass ihre Freundin sie wegen des Jungen gerufen haben könnte.

»Der schläft in den Ferien immer bis mittags, weil er bis tief in die Nacht am Computer spielt.«

Evelyne schluckte ihre Kritik erst einmal entschlossen herunter. Gleich würde sie sowieso noch mit Friderike über die ganze Situation reden. Sie wollte nicht sofort mit der Tür ins Haus fallen.

Jans Mutter führte sie in die Küche, die wieder so aussah, als würde man sich in dem Ausstellungsraum eines Küchenstudios befinden. Auf dem Tisch standen nur ein gelber Kaffee- und ein grüner Aschenbecher. Daneben lagen ein Feuerzeug und eine Mappe aus schwarzem Kunststoff. Evelyne vermutete, dass diese schwarze Mappe der Grund für Friderikes Anruf war.

»Möchtest du einen Kaffee?«

»Nein, danke. Ich habe gerade gefrühstückt.«

»Danke, dass du gleich gekommen bist.«

Evelyne lehnte sich auf dem unbequemen Stahlrohrstuhl zurück und schlug die Beine übereinander. »Jetzt erzähl mal, worum es geht«, forderte sie ihre Sportfreundin auf.

Mit bebenden Fingern zündete diese sich eine Zigarette an. Nachdem sie zweimal daran gezogen hatte, legte sie sie in den Aschenbecher und schlug die Mappe auf. Sie zog ein Foto heraus. »Hier.«

Evelyne nahm es in die Hand. Auf dem Bild war eine Frau zu sehen. Eine sehr junge Frau. Lange blonde Haare, schlank, sehr hübsch. Sofort fiel Evelyne Tines Entdeckung in Bad Bertrich ein.

»Dreh es mal um«, sagte Friderike, die inzwischen weiterrauchte.

Für immer in Liebe – Maja, las Evelyne auf der Rückseite. Das Datum stammte von vor zwei Jahren. Hatte Brandt etwa schon so lange eine Geliebte gehabt?

»Seine Geliebte«, sagte Friderike tonlos. »Ich habe es heute Morgen, als ich mal wieder seinen Nachlass gesichtet habe, in dieser Mappe hier gefunden. Das Foto ist heute laut Datum zwei Jahre alt. Das heißt, dass er zumindest vor zwei Jahren eine Geliebte gehabt hat.« Friderike stieß ein kurzes, hartes Lachen aus. »Zu einer Zeit, als ich noch dachte, wir kriegen unsere Ehe wieder in den Griff. Vielleicht hat er sie sogar noch bis zu seinem letzten Tag gehabt. Zumindest hat er das Foto aufbewahrt. Vielleicht gibt es sogar zwei Witwen – eine offizielle, sprich mich, und eine inoffizielle, die Maja heißt. Und vielleicht trauert diese Maja sogar mehr um ihn als ich. Falls sie nicht die Täterin sein sollte.«

Evelyne schwieg. Sie wusste nicht, was sie so schnell sagen sollte. Zig Gedanken schwirrten ihr durch den Kopf. In einer

Vermutung lag Friderike bestimmt richtig: Brandt hatte diese Maja höchstwahrscheinlich bis zu seinem letzten Tag als Geliebte gehabt. Maja war sicherlich die Frau aus Bad Bertrich.

»Und ich hatte ein total schlechtes Gewissen, das mich nachts nicht mehr hat schlafen lassen, nachdem ich was mit Thomas angefangen hatte. Wenn ich gewusst hätte …« Kopfschüttelnd zerdrückte Friderike die angerauchte Zigarette im Aschenbecher, lehnte sich zurück und verschränkte die Arme vor der Brust, als wolle sie nun nichts mehr an sich herankommen lassen. Einen Moment lang war Evelyne versucht, ihr von Tines Beobachtung von vor etwa drei Wochen zu erzählen, doch dann schwieg sie. Was sollte das jetzt noch bringen? Viel wichtiger war herauszufinden, wer diese Frau war. Wo sie wohnte, wo sie zur Tatzeit gewesen war. Doch wie sollten sie das anstellen?

Ziemlich ratlos, wie sie mit dieser Situation umgehen sollte, seufzte sie in sich hinein. Da kam ihr ein Gedanke. Wie ein Blitz schoss er ihr durch den Kopf. Sie sah sich in der Küche um. »Sag mal, könnte ich vielleicht ein bisschen Saft haben?«, fragte sie Friderike.

Ihre Freundin stand auf und schlüpfte in die Holzclogs, die unterm Tisch standen. »Klar. Dafür muss ich nur in den Keller. Ich bin gleich wieder da«, sagte sie und verschwand durch die Küchentür.

Evelyne konnte kaum glauben, dass ihr Trick funktioniert hatte. In Windeseile nahm sie ihr Handy aus der Westentasche, loggte sich mit vor Aufregung bebenden Fingern ein und drückte auf den Button der Kamera. Dann fotografierte sie das Foto. Sie drückte gleich mehrmals ab, für den Fall, dass das erste Bild eventuell unscharf sein könnte. Noch bevor sie Friderikes Schritte wieder auf der Kellertreppe hörte, hatte sie die Aktion beendet.

»Hast du eine Ahnung, wer diese Frau sein könnte?«, nahm Evelyne das Thema wieder auf, nachdem sie gezwungenermaßen an dem Orangensaft genippt hatte.

»Nein. Die habe ich nie gesehen.« Friderike griff wieder zu den Zigaretten, schüttelte eine aus der Packung und zündete sie an. »Eine Kollegin von Hubert kann es nicht sein. Die kenne ich alle.« Während sie den Rauch ausstieß, nahm sie das Foto in die Hand und betrachtete es. »Sie ist viel jünger als Hubert. Oder ich«, fügte sie bitter hinzu. »Wie alt schätzt du sie?«

Evelyne hob die Schultern. »Anfang bis höchstens Mitte zwanzig?«

»Hm.« Friderike legte das Bild zur Seite und starrte zur Terrassentür hinaus in den Regen.

Evelyne beugte sich vor. »Friderike, die Sache ist vorbei. Darüber solltest du jetzt nicht mehr nachdenken. Außerdem habt ihr beide euch im Nachhinein gegenseitig nichts vorzuwerfen. Schließlich hast du ihn auch fast ein Jahr lang betrogen. Was jetzt viel wichtiger ist, ist die Zukunft. Ich habe mich gestern nach dem Fußballspiel mit Jan unterhalten. Ich glaube, über ihn sollten wir viel eher mal reden. Der Junge hat Probleme. Und das geht mir richtig ans Herz.«

In kurzen Worten fasste sie ihre Sorge um den Dreizehnjährigen zusammen. Nachdem Friderike mit betroffener Miene stumm zugehört hatte, begann sie zu weinen. Sie wurde von einem Weinkrampf geradezu geschüttelt. Evelyne ließ ihr die Zeit, sich zu beruhigen. Endlich, nachdem sie sich die Nase geputzt und die Tränen getrocknet hatte, sagte Jans Mutter mit belegter Stimme und roten Augen: »Ach, Evelyne, du musst mir glauben, dass Jan das Wichtigste in meinem Leben ist. Ich würde alles für ihn tun, um ihn glücklich zu sehen. Nur im Moment …« Wieder begann sie zu schluchzen. »Du weißt ja gar nicht, was ich zurzeit durchmache. Ich weiß nicht mehr, wo oben und unten ist. Was richtig und was falsch ist. Und Thomas …« Sie schüttelte den Kopf und seufzte. »Inzwischen habe ich doch auch eingesehen, dass ich Jan einen Umzug in Thomas' Haus nicht zumuten kann. Und ich will es auch selbst nicht mehr. Das geht mir einfach zu schnell. Außerdem hat Thomas …« Wieder ließ sie das Ende des Satzes in der

Luft hängen, schnäuzte sich und trank von ihrem Kaffee. Dann blickte sie stumm in den Regen.

»Was ist mit Thomas? Willst du mit mir darüber reden?«, fragte Evelyne weich.

»Das kann ich nicht.« Friderike sah sie wieder an. »Aber eines verspreche ich dir: Ich werde mich jetzt wieder mehr um meinen Sohn kümmern. Ich merke doch auch, wie unglücklich er ist. Er hat schon seinen Vater verloren – obwohl Hubert ihn einige Male so schlecht behandelt hat, hat er an ihm gehangen. Jetzt braucht er mich umso mehr. Und mit all den anderen Problemen muss ich allein zurechtkommen«, fügte sie leise mit gesenktem Kopf hinzu. »Irgendwie wird schon alles seinen Weg gehen.«

Über den Tisch hinweg ergriff Evelyne Friderikes eiskalte Hand und hielt sie fest. »Überleg's dir. Du kannst jederzeit mit mir reden, wenn du glaubst, allein nicht mehr mit deinen Problemen klarzukommen. Aber du musst wissen, dass mir Jans Schicksal sehr am Herzen liegt. Der Junge hat sein Leben noch vor sich, und wenn in seinem Alter von den Eltern was verbockt wird, trägt er das sein Leben lang mit sich herum. Da helfen dann auch keine Psychologen – von denen ich sowieso wenig halte.«

Da sah Friderike sie mit ihren großen hellblauen Augen an. In ihrem Blick konnte sie lesen, dass sie ihre Worte begriffen hatte. »Ich habe verstanden, was du mir gesagt hast«, bestätigte sie ihr dann auch. »Und ich gebe dir mein Wort, dass ich mein Verhalten ändern werde. Und es wird auch keine nächtelangen Computerspiele mehr geben. Stattdessen werde ich mal wieder die ganzen Brett- und Kartenspiele aus der Kiste holen, die wir früher gespielt haben. Tja …«, ihre Miene hellte sich auf, »und übermorgen kommt mein Vater für einen Tag. Wir wollen alle zusammen nach Holland ans Meer fahren – mein Vater und meine Schwester mit ihren beiden Kindern. Das tut Jan bestimmt gut.«

»Übermorgen schon?«, fragte Evelyne erstaunt.

»Nein. Erst am Ende der Ferien. Aber übermorgen fahren wir nach dem gemeinsamen Frühstück zu meiner Schwester und besprechen die Reise.« Friderike hielt inne, zögerte sichtlich. Dann sah sie sie unsicher an. »In diesem Zusammenhang wollte ich dich noch was fragen. Hättest du Lust, auch zum Frühstück zu kommen? Ich habe meinem Vater schon so viel von dir erzählt. Auf der Beerdigung habt ihr euch ja nur kurz im Vorbeigehen gesehen.«

Da musste Evelyne gar nicht lange überlegen. »Sehr gerne«, antwortete sie. So konnte sie sich mal ein Bild von Jans Großvater machen. Immerhin war nicht ganz auszuschließen, dass er der Täter war.

Friderike lächelte liebevoll. »Mein Vater war stets ein guter, verständnisvoller Vater für meine Schwester und mich. Und genauso ist er zu Jan. Ich bin sehr froh, dass er mir in dieser Situation so zur Seite steht.«

Bevor Evelyne sich auf den Weg machte, fiel ihr in der Tür noch ein: »Sag mal, es heißt, dass Huberts Rolex in der Tatnacht gestohlen worden ist.«

Friderike winkte ab. »Das war mein Fehler. Ich hatte gedacht, er hätte sie an dem Abend getragen, aber dann habe ich sie vor ein paar Tagen im Kleiderschrank gefunden.«

Also war damit Hannes' Vermutung einer Diebesbande auch unwahrscheinlicher geworden, dachte Evelyne auf dem Nachhauseweg. Nun stand die Frage im Raum, war eine junge Frau namens Maja die Täterin? Friderike? Oder deren Freund Thomas, Großvater Werner oder eine bisher gänzlich unbekannte Person? Und was hatte Friderike ihr über Thomas sagen wollen, als sie den begonnenen Satz nicht beendet hatte?

42. KAPITEL

Da es an diesen Montag bis abends nicht aufklarte, fand der Rommé-Abend im Wohnzimmer statt, das ein weißer Kachelofen dominierte, den Evelyne angeheizt hatte. Die große L-förmige Zimmerflucht wirkte durch die einzelnen Sitzecken aus unterschiedlichen Stilepochen, den kunstvollen Seidenbespannungen an den Wänden, den riesigen Gemälderepliken von Dali und Max Ernst sowie den Art-déco-Spiegeln individuell und gemütlich. Die spannungsvollen Gegensätze schufen eine Atmosphäre, die Lebendigkeit versprühte – wie die Hausherrin selbst.

»Ob ihr's glaubt oder nicht …«, sagte Ingrid, als sie sich in einen der tiefen Sessel fallen ließ, »für mich ist das hier der schönste Raum im ganzen Haus. Schöner als der Wintergarten. Das Wohnzimmer hat so was aus der Zeit der Berliner Salons in den 20er Jahren.«

»Nur leider nicht so verrucht«, murmelte Rosa.

»Gott sei Dank nicht«, hielt Evelyne ebenso leise dagegen.

»Woher kennst du denn die Berliner Salons in den 20ern?«, fragte Barbara stirnrunzelnd.

Ingrid sah sie an und zog die blonden, exakt gezupften Brauen hoch. »Na ja, ich lese …«

»Und ich melke Kühe«, entgegnete Barbara und lachte ihr herzhaftes Lachen. »Wir sind schon eine Truppe …«

»Diese Truppe muss sich heute Abend erst einmal mit unserem Fall beschäftigen, bevor wir spielen«, sagte Rosa ernst. »Wir haben nämlich Neuigkeiten.«

Evelyne teilte ihren Freundinnen mit, was sie gestern von Jan und heute von dessen Mutter erfahren hatte.

»Zeig mal das Foto«, forderte Barbara sie auf.

»Ich habe es mehrmals ausgedruckt.« Evelyne griff nach

den vier Fotokopien, die auf dem niedrigen, kunstvoll gekachelten Rauchtisch lagen, und verteilte sie. Für ein paar Sekunden herrschte Stille in dem großen Raum. Alle schauten sich das Foto an. Es waren nur die Regentropfen zu hören, die ans Fenster klopften.

»Jetzt müssten wir natürlich wissen, ob das die junge Frau ist, die eure Tine in Bad Bertrich gesehen hat«, sagte Barbara schließlich.

»Ist sie«, bestätigte Rosa. »Evelyne ist nach dem Besuch bei Friderike ins Hotel Bergfrieden gefahren. Da arbeitet Tine montags als Mädchen für alles. Sie hat bestätigt, dass diese Frau hier die vom Schwanenteich ist.«

Barbara setzte sich aufrecht hin und griff in das Schälchen mit den gesalzenen Mandeln. »Wir sollten Hannes das Foto zeigen. Der könnte eine Fahndung einleiten«, sagte sie entschlossen, bevor sie sich eine Handvoll in den Mund schob. »Wir können diese Maja doch niemals ausfindig machen«, fuhr sie kauend fort. »Da steht kein Ort drauf. Nur das Datum. Wo sollen wir da anfangen zu suchen?«

Evelyne biss sich auf die Lippe. Diesen Gedanken hatte sie auch schon gehabt. Ihre Mutter jedoch schüttelte energisch den Kopf. »Noch nicht.«

Alle vier schwiegen, betrachteten wieder das Bild mit der jungen hübschen Frau.

Ingrid sah Evelyne an. »Das hast du doch bestimmt noch auf dem Handy, oder?«

Evelyne nickte. »Klar.«

Ihre Freundin streckte die Hand aus. »Darf ich mal?«

Evelyne nahm das Handy aus der Westentasche, schaltete es ein, rief das Foto auf und reichte es ihr.

»Darf ich?« Ingrid sah sie an.

Nachdem Evelyne erstaunt genickt hatte, zog Ingrid das Bild mit Daumen und Zeigefinger auseinander. »Dachte ich es mir doch«, sagte sie dann zufrieden lächelnd. »Das ist in Mayen aufgenommen. Schaut euch mal das Bild genau an. Im

Hintergrund seht ihr den Schriftzug der Buchhandlung Röffel. Die Häuser …« Sie nickte entschlossen. »Das ist eindeutig die Marktstraße in Mayen. Da kenne ich mich aus.«

Evelyne, Barbara und Rosa sahen sie mit großen Augen an.

Ingrid nickte zufrieden. »Eine Bekannte von mir hat auf der Marktstraße eine Boutique. Die könnte ich mal fragen, ob sie diese Frau kennt. Fragen kostet nichts. Und Uta wird mir den Namen oder die Adresse bestimmt nennen, falls sie die Frau kennt. Die hat's nicht so mit dem Datenschutz.«

»Das wäre super!«, rief Evelyne begeistert aus.

»Wenn wir wüssten, wer sie ist oder wo sie wohnt, würden wir der jungen Dame mal einen Besuch abstatten«, sagte Rosa. »Das würde uns maßgeblich weiterbringen.«

»Wenn wir Hannes das Foto geben würden, wäre es leichter«, wandte Barbara ein.

»Soll dein Bruder den Fall lösen, oder wollen wir uns den Erfolg auf die Fahne schreiben?«, fragte Rosa sie da energisch. »Du warst doch anfänglich auch dafür, auf eigene Faust zu ermitteln.«

Barbara schien sich kaum merklich zu ducken. »Ja, stimmt«, gab sie zu. »Ich dachte nur …«

Rosa straffte sich. »Also, wer ist dafür, dass wir erst mal ohne die Kripo weitermachen?«

Keine wagte zu widersprechen.

»Schön«, fuhr sie lächelnd fort. »Dann haben wir das ja geklärt und können jetzt mit dem Spielen anfangen.«

»Moment noch, was ist denn mit Jans Großvater? Wenn der in der Mordnacht in Himmelrath war …«, gab Ingrid zu bedenken.

»Stimmt.« Barbara nickte. »Vielleicht ist er der Täter. Vielleicht sogar mit Friderike zusammen.«

»Nee, wartet mal«, fiel Ingrid dann ein. »Der hat doch laut Kripo ein Alibi.«

»Alibis können sich auch als falsch erweisen«, wusste Rosa. »Nachbarn, die etwas gesehen haben wollen, was in Wirklichkeit doch ganz anders war ... Auf Zeugenaussagen ist nie hundertprozentig Verlass.«

Evelyne griff sich an die Stirn. »Meine Güte! Mir schwirrt der Kopf. Wie viele Unsicherheiten! Diese Mutmaßungen bringen uns doch nicht weiter. Lasst uns alles nacheinander abhandeln. Zuerst diese Maja. Ich finde Ingrids Idee ganz toll. Und um Jans Großvater kümmere ich mich übermorgen.«

Ihre Mutter nickte zufrieden. »Können wir das Spiel jetzt mit einem Gläschen Sekt eröffnen?«

Barbara und Ingrid nickten. Evelyne stand auf. »Ich hole ihn.«

»Und wie viele Sektgläser?«, rief ihre Mutter ihr hinterher.

»Vier, Mama. Ich trinke auch ein halbes Gläschen.«

»Na, geht doch ...«, murmelte Rosa schmunzelnd in sich hinein.

Sie spielten bis kurz vor Mitternacht, was ihrer Kasse ein schönes Sümmchen einbrachte. Einmal im Jahr machten sie davon einen zweitätigen Ausflug. Am Ende des Abends verabredeten sie sich für den nächsten Vormittag, um nach Mayen zu fahren.

»Wir können meinen Wagen nehmen«, bot Evelyne ihren Freundinnen an. »Der ist groß genug für alle. Mutter und ich holen euch ab.«

»Kommt gar nicht infrage«, widersprach Rosa ihr entschlossen. »Wir fahren mit meinem. Und ich fahre. Sollte es zu einer Verfolgungsjagd kommen ...« Den Rest des Satzes ließ sie in der Luft hängen, aber jede wusste, was sie sagen wollte.

Evelyne schwieg. Ihr war klar, dass sie in diesem Fall gegen ihre Mutter nicht ankommen würde. Neben Krimis war Autofahren ihre Leidenschaft.

43. KAPITEL

»Gott sei Dank ist das Wetter heute wieder besser«, sagte Barbara, die sich mit Evelyne auf die Rückbank von Rosas roten Fiat gedrückt hatte.

»Obwohl der Wetterbericht doch vorausgesagt hat …«, wandte Ingrid ein.

»Dem kann man doch sowieso nicht trauen«, unterbrach Barbara sie. »Die Natur ist unberechenbar.«

»Wenn Engel reisen …«, flötete Rosa bestens gelaunt. »Sag mal …«, wandte sie sich an Ingrid, die auf dem Beifahrersitz saß, »lässt der Engels eigentlich noch von sich hören?«

»Vor ein paar Tagen hat er angerufen.«

Barbara schoss nach vorne. »Und? Was wollte er?«

Ingrid lachte bitter auf. »Was wohl? Weitermachen wie bisher.«

»Aber das wirst du doch hoffentlich nicht, oder?«, fragte Evelyne empört.

»Natürlich nicht«, antwortete ihre Freundin. »Damit bin ich durch. Ich habe mir überlegt, in naher Zukunft mal eine dieser Datingseiten im Internet zu besuchen. Eine seriöse, die was kostet, um auch ein entsprechendes Publikum zu haben.«

»Die Idee finde ich gut«, erwiderte Barbara, die auf einem Erdbeerbonbon herumlutschte. »Auf diesem Weg haben sich schon viele gefunden.«

»Aber vorher besuche ich ein Selbstfindungsseminar«, fuhr Ingrid fort. »Mein Vetter hat mir vor Kurzem das Veranstaltungsprogramm seines Klosters zugeschickt. Da findet nächsten Monat ein Seminar statt, mit dem Titel ›Wie werde ich mir selbst genug‹. Ich glaube, das könnte was für mich sein. Vielleicht will ich danach auch gar keinen Partner mehr.«

»Das wäre aber schade«, sagte Rosa.

»So ganz ohne Mann …«, meinte auch Barbara mit zweifelnder Miene.

Evelyne enthielt sich der Stimme, obwohl sie inzwischen durchaus Barbaras Meinung teilte. »Wie geht's Claudius überhaupt?«, erkundigte sie sich stattdessen.

»Den Klosterbrüdern geht's immer gut«, nahm Rosa der Gefragten die Antwort lachend ab. »Die müssen sich doch um nichts kümmern. Die gärtnern oder schreinern ein bisschen, haben keinen Ärger mit Frauen, haben keine Geldsorgen, weil sie gar kein eigenes Geld besitzen, und sie sündigen nicht.«

»So, jetzt sind wir gleich da«, wiegelte Ingrid das Thema ab. Sie mochte es nicht, wenn Rosa zulasten der Mönche in dem Kloster, in dem ihr Vetter Abt war, Scherze machte. »Am besten lotse ich dich jetzt, um möglichst nahe an der Marktstraße einen Parkplatz zu finden.«

»Ich folge widerspruchslos deinen Worten«, erwiderte Rosa vergnügt. Ihre schwarzen Augen blitzten vor Abenteuerlust. Dieser Ausflug war so ganz nach ihrem Geschmack.

Die Parkplatzsuche war keine große Sache, da es erst halb zehn und die idyllische Stadt unter der mächtigen, aus dem 13. Jahrhundert stammenden Genovevaburg noch ziemlich leer war.

»Am besten ist, wenn wir uns auf dem Marktplatz in eines der Cafés setzen und du zu deiner Bekannten gehst«, schlug Evelyne ihrer Freundin vor, nachdem sie sich aus dem engen Auto befreit hatten.

»Das halte ich für eine gute Idee«, stimmte ihr Rosa zu. »Aber nichts kaufen«, scherzte sie mit erhobenem Zeigefinger. »Heute geht's nicht ums Shoppen, sondern darum, diese ominöse Maja dingfest zu machen. Hast du die Fotokopie?«

»In meiner Tasche.« Ingrid blinzelte ihr vergnügt zu. »Keine Sorge. Ich bin mir meiner verantwortungsvollen Aufgabe durchaus bewusst.«

44. KAPITEL

Am Ende der kleinen Gasse bog Ingrid nach rechts ab, die anderen nach links in Richtung Markplatz, der direkt unterhalb der Genovevaburg lag. Den Platz säumten Restaurants, Cafés und Geschäfte. Die drei wählten ein Café aus, das dem barocken Rathaus gegenüberlag, und setzten sich unter einen der großen sandfarbenen Sonnenschirme.

»Jetzt bin ich gespannt«, sagte Rosa, nachdem sie drei Cappuccini bestellt hatten. Sie zog ihr silbernes Zigarettenetui aus der Handtasche und zündete sich – ungeachtet des kritischen Blickes ihrer Tochter – eine Zigarette an.

»Ich auch«, sagte Barbara aus vollem Herzen. »Das könnte heute der große Durchbruch werden. Vorausgesetzt, Ingrid hat sich nicht getäuscht. Meines Wissens gibt es diese Buchhandlung auch in Koblenz.«

»Ingrid hat aber die Marktstraße hier an ihren Gebäuden erkannt«, verteidigte Evelyne ihre Freundin.

»Damit ist immer noch nicht gesagt, dass ihre Bekannte unsere Gesuchte kennt«, hielt Barbara dagegen.

»Stimmt. Aber das kriegen wir gleich heraus«, sagte Rosa entschlossen.

Während sie ihren Cappuccino tranken, wollte zwischen ihnen kein richtiges Gespräch in Gang kommen. Alle drei waren in nervöser Erwartung.

»Kann mir mal einer sagen, warum der Turm da hinten so verdreht ist?«, fragte Barbara nach einer Weile, in der sie die Leute beobachtet hatten, die jetzt immer mehr den Marktplatz bevölkerten.

»Das ist der Turm der St.-Clemens-Kirche«, erwiderte Evelyne. Sie lächelte Barbara und ihre Mutter an. »Wollt ihr die Geschichte hören?«

»Solange uns Ingrid keine aufregendere erzählen kann«, meinte ihre Mutter schulterzuckend.

»Also, der Sage nach soll dieser Turm vom Teufel verdreht worden sein, nachdem ihn die Einwohner Mayens beim Bau des Gotteshauses übers Ohr gehauen haben. Die Leute haben ihm nämlich erzählt, dass sie einen großen Tanzsaal mit einem Wirtshaus bauen würden. Daraufhin hat sich der Teufel sofort bereit erklärt, das Baumaterial aus den Basaltgruben aus der Umgebung heranzuschaffen. Als er jedoch ihre Lüge erkannte, ist er sehr wütend geworden und hat aus Rache den Kirchturm verdreht.«

»Ich finde solche Geschichten immer herrlich«, sagte Barbara lachend.

Rosa schaute auf ihre goldene Uhr. »Hoffentlich hält Ingrid jetzt nicht noch stundenlang ein Schwätzchen mit dieser Uta. Wir müssen heute noch mit Brandts Geliebten reden.«

»Dahinten kommt sie!«, rief da auch schon Evelyne aus.

Ingrid, wie meistens in Weiß und Beige gekleidet, fiel in der engen Marktstraße schon von Weitem wie ein Lichtpunkt zwischen den anderen Leuten auf. In der Hand hielt sie eine große, schwarz glänzende Einkaufstüte. Als sie sich näherte, lag ein strahlendes Lächeln auf ihrem Gesicht.

»Da hat sie sich doch in der kurzen Zeit wieder etwas aufs Auge drücken lassen«, stellte Rosa kopfschüttelnd fest.

»Hoffentlich strahlt sie nicht nur wegen des neuen Kleides oder Rockes so«, meinte Evelyne trocken.

»Und?« Barbara blickte erwartungsvoll zu Ingrid hoch, als diese an den Tisch trat.

Ingrid hob den Daumen hoch. »Ein voller Erfolg.«

»Meinst du damit deinen Einkauf oder deinen Auftrag?«, fragte Rosa.

Ingrid lachte. »Beides.«

»Aber bitte zuerst der Auftrag«, sagte Evelyne energisch, die sowieso nur wenig Verständnis für die Kauflust ihrer Freundin hatte.

»Einen Kaffee bitte!«, rief Ingrid dem Kellner zu, der gerade vorbeiging. Dann wandte sie sich den dreien wieder zu. »Also, Uta kennt Maja«, platzte sie heraus. »Was heißt kennen? Aber sie weiß, wo sie arbeitet. Und zwar in der Parfümerie dort hinten.« Sie zeigte auf die Marktstraße. »Dort hinten rechts.«

»Das ist doch schon mal was«, stellte Rosa zufrieden fest.

»Wir sollten uns nicht zu früh freuen«, wandte Evelyne ein. »Maja könnte heute ihren freien Tag haben oder krank sein.«

»Das finde ich heraus«, bot sich Barbara an. »Ich sehe von uns vieren am ehesten danach aus, als könnte ich kosmetische Unterstützung gebrauchen. Ich gehe jetzt dort rein und lasse mich wegen einer Nachtcreme beraten. Und zwar von Maja. Ich werde sagen, ich möchte gerne von ihr beraten werden, weil eine Nachbarin sie mir empfohlen hat.«

»Eine super Idee«, lobte Evelyne sie.

»Und wenn sie heute tatsächlich ihren freien Tag hat?« Mit bedenklicher Miene blickte Ingrid in die Runde.

»Dann überlegen wir weiter«, entschied Rosa.

»Aber wir können sie unmöglich in der Parfümerie befragen«, sagte Evelyne streng. »Wer weiß, wie sie reagiert.«

»Wir warten, bis sie Schluss hat«, schlug Rosa vor.

Evelyne schüttelte den Kopf. »Nein. Auf der Straße ist auch schlecht. Bei ihr zu Hause wäre am besten.«

»Dann fahren wir ihr halt nach.« Rosa rieb sich triumphierend die Hände. »Wie gut, dass wir nicht mit Evelynes trägem Volvo unterwegs sind. Jetzt gibt es vielleicht sogar noch eine Verfolgungsjagd.«

45. KAPITEL

Es dauerte eine Viertelstunde, bis Barbara wieder aus der Parfümerie herauskam. Im Laufschritt und mit hochrotem Kopf näherte sie sich dem Café. Atemlos ließ sie sich auf den Stuhl fallen.

»Ihr glaubt's nicht«, stieß sie hervor. »Ich würde sagen, das Schicksal ist uns heute gut gesonnen.«

»Jetzt sag schon!«, forderte Rosa sie ungeduldig auf.

»Also … Ich habe mit ihr gesprochen. Das heißt, sie war da. Das hat auch alles gut geklappt. Sie ist übrigens sehr sympathisch. Ich glaube nicht, dass sie die Täterin ist. Also …« Barbara steckte sich ein Stück Würfelzucker in den Mund und wollte fortfahren, als Rosa sie energisch unterbrach: »Barbara, jetzt erzähl mal in Ruhe und der Reihe nach, damit wir mitkommen.«

»Das will ich ja, aber wenn du mich unterbrichst …«, erwiderte Barbara pikiert.

»Maja war also da«, fasste Evelyne sachlich zusammen. »Und wie ging es dann weiter?«

Barbara schluckte den Zucker hinunter. »Ich habe gesagt, dass ich mir das mit der Creme noch mal einen Tag überlegen will. Das habe ich nur so gesagt, um sie nicht kaufen zu müssen. Die war nämlich nicht billig. Da sagte sie, dass sie morgen aber nicht mehr da wäre. Sie würde in Urlaub fahren. Und heute auch nur noch bis drei arbeiten.«

»Flucht?« Rosa schaute in die kleine Runde. »Was meint ihr?«

»Das muss nicht sein«, erwiderte Ingrid, die stets vom Guten ausging. »Vielleicht wirklich Zufall.«

»Nun gut, also müssen wir hier bis drei ausharren und warten, bis sie nach Hause fährt«, schlussfolgerte Evelyne.

»Oder zu Fuß geht«, sagte Barbara.

»Oder mit dem Bus fährt«, erwog Rosa mit skeptischer Miene. »Die Haltestelle ist gleich da hinten.«

»Dann haben wir wenig Chancen, ihr zu folgen«, sagte Evelyne.

»Dann müssen wir sie doch hier befragen«, entschied Rosa. Da hellte sich ihre Miene wieder auf. »Wir laden sie zu einem Kaffee ein. Was haltet ihr davon?«

»Wenn sie sich von Fremden überhaupt einladen lässt«, gab Ingrid zu bedenken.

»Lasst mich mal machen. Sobald sie rauskommt, spurte ich los«, bot sich Barbara an.

Evelyne warf einen Blick auf ihre Armbanduhr. »Und was machen wir bis dahin? Wir haben gerade erst elf.«

»Sie hat doch bestimmt Mittagspause«, fiel Ingrid ein.

»Seht ihr! Hannes hätte jetzt weniger Probleme. Der würde einfach in den Laden marschieren und seinen Ausweis vorzeigen«, sagte Barbara.

Rosa verdrehte die schwarzen Augen. »Jetzt hör doch mal endlich auf mit deinem Bruder. Wir schaffen das auch ohne ihn.« Sie schnappte sich ihre Handtasche, die sie auf dem Boden neben ihrem Stuhl abgestellt hatte, und stand auf. »Ich gehe jetzt zu ihr. Dann soll sie ihre Mittagspause halt ein bisschen vorziehen.«

»Und was willst du sagen?«, fragte Evelyne ungläubig.

»Das lass mal meine Sorge sein. Ich bin nicht umsonst dreiundachtzig geworden«, erwiderte ihre Mutter und marschierte auch schon los.

»O weia«, sagte Ingrid leise wie zu sich selbst. »Hoffentlich macht sie uns jetzt durch ihr Temperament nicht jede Chance kaputt.«

»Also weißt du …« Barbara sah Evelyne entrüstet an. »Deine Mutter kann ganz schön nervig sein. Dagegen war meine ein Lämmchen.«

Evelyne hüllte sich in Schweigen, während sie beobachtete, wie Rosa in der Parfümerie verschwand.

»Und jetzt?«, fragte Ingrid sichtlich verunsichert.

»Jetzt müssen wir abwarten«, sagte Barbara und lehnte sich zurück. Dann lachte sie vergnügt. »Vielleicht kommt Hannes doch noch zum Zug. Und das geht dann ganz allein auf Rosas Kappe.«

46. KAPITEL

Während die drei innerlich angespannt darauf warteten, wie sich die Dinge nun weiterentwickeln würden, bestellten Evelyne und Ingrid Kaffee. Und Barbara einen Eisbecher. Doch schon bevor der Kellner ihre Bestellung brachte, sahen sie Rosa aus der Parfümerie heraustreten – im Schlepptau hatte sie Maja. Mit großen Augen beobachtete Evelyne, wie ihre Mutter und die junge Frau so lebhaft plauderten, als wären sie die besten Freundinnen.

»Darf ich vorstellen?« Strahlend blieb Rosa am Tisch stehen. »Ich bringe euch Maja mit. Maja, das sind Barbara, Ingrid und Evelyne, meine Tochter. Setzen Sie sich doch zu uns …« Während sie sprach, zog sie einen weiteren Stuhl vom freien Nebentisch heran und schob Maja darauf. »Was möchten Sie denn trinken? Wir laden Sie selbstverständlich ein«, fuhr sie fort, während sie sich ebenfalls setzte.

»Einen Espresso bitte«, sagte Maja mit angenehmer Stimme. Sie sah in Wirklichkeit noch jünger aus als auf dem Foto. Höchstens wie dreiundzwanzig, schätzte Evelyne.

»Das gefällt mir, Mädchen«, nahm Rosa auch sogleich das Geplauder wieder auf. »Ich trinke auch nur Espresso oder Cappuccino.« Vertrauensvoll beugte sie sich zu Maja hinüber. »Sie müssen wissen, ich bin nämlich Halbitalienerin – wie Mario Adorf, der bekannte Schauspieler, der hier aus Mayen stammt. Aber Sie sind keine Halbitalienerin, nicht wahr?«, scherzte sie.

Maja lachte schwach. »Nein.« Sie wirkte sehr unsicher. Man sah ihr deutlich an, dass sie sich fragte, was das hier werden sollte.

»Kellner!« Rosa schnippte mit den Fingern. »Due Espressi!«

Evelyne wechselte einen schnellen Blick mit Ingrid und Barbara, die beide ziemlich irritiert dreinschauten. Sie schien die Einzige am Tisch zu sein, die das Verhalten ihrer Mutter richtig deutete: Sie wollte eine Vertrauensbasis schaffen, damit die junge Frau sich ihnen unbefangen öffnen würde.

So bestritt Rosa erst einmal die Tischunterhaltung, bei der sie besonders Maja miteinbezog. Nachdem der Kellner alles serviert hatte, wurde sie ernst.

»Maja ...«, begann sie behutsam, »wie ich schon eben im Geschäft angekündigt habe, würden wir gerne mit Ihnen über Hubert Brandt reden. Da wir in dieser Mordsache als Detektivbüro tätig sind, können Sie uns vielleicht weiterhelfen. Und ich bedanke mich jetzt nochmals auch im Namen meiner Kolleginnen bei Ihnen, dass Sie sich bereit erklärt haben, mit uns zu sprechen.«

Maja nickte schulterzuckend und nippte an ihrem Espresso. Dann glitt ihr Blick, der immer noch etwas zaghaft wirkte, zu Evelyne, Ingrid und Barbara, die ihr aufmunternd zulächelten.

»Ich habe aber eigentlich gar nichts damit zu tun«, stellte sie dann klar. »Die Polizei war auch noch nicht bei mir.«

Rosa nickte. »Die wissen auch noch nichts von Ihrem Liebesverhältnis zum Opfer.«

Maja setzte sich aufrecht hin. »Aber woher wissen Sie denn ...?« Fragend sah sie von einer zur anderen.

»Wir sind eine Privatdetektei. Wir haben ganz andere Möglichkeiten. Anders als die Polizei können wir jedoch niemanden verhaften. Also müssen Sie keine Angst vor uns haben«, fügte sie zwinkernd hinzu.

»Ich war es auch nicht! Nicht, dass Sie mich jetzt verdächtigen. Ich war es wirklich nicht. Niemals könnte ich so etwas tun. Ich habe ihn doch geliebt.« Mit bebenden Lippen senkte sie den Kopf und schluchzte leise auf.

»Nun mal langsam, Kindchen.« Rosa tätschelte ihr die Hand. »Wir verdächtigen Sie doch gar nicht. Wir möchten nur, dass Sie uns ein paar Fragen beantworten, damit wir in dem Fall weiterkommen.«

Maja nickte, atmete tief durch und hob den Kopf. »Woher wissen Sie überhaupt von mir und Hubert?«

»Von der Witwe«, platzte Barbara heraus, woraufhin Ingrid und Evelyne die Augen verdrehten.

Maja sah sie entsetzt an. »Sie wusste von uns?«

»Nein, Frau Brandt hat ein Foto von Ihnen im Nachlass ihres Mannes gefunden«, erklärte Evelyne ihr. »Aber keine Sorge. Frau Brandt wird sich bestimmt nicht mit Ihnen in Verbindung setzen.«

Maja schluckte schwer und nickte.

»Wie gesagt ... Nicht, dass wir Sie verdächtigen, aber wir würden gerne wissen, wo Sie an diesem Abend waren, als es passiert ist«, sagte Rosa jetzt mit einer Stimme, als würde sie mit einem verängstigten Kind reden. »Und wann Sie überhaupt von der Tat erfahren haben.«

»Aus der Zeitung«, antwortete Maja wieder mit bebenden Lippen. Sie schien tatsächlich um Hubert Brandt zu trauern.

»Und an dem Abend?«, hakte Rosa mit ihrem Madonnenlächeln nach.

Die junge Frau griff mit zittriger Hand nach der Espressotasse. Nachdem sie getrunken hatte, sah sie Rosa geradeaus an. »Ich war an diesem Abend mit Hubert zusammen.«

Ihre Antwort ließ erst einmal alle am Tisch den Atem anhalten.

»Also an der Jagdhütte?«, fragte Evelyne, die sich als Erste wieder fing.

»Ja.«

Rosa biss sich auf die Lippe. Ingrid räusperte sich, während sie sich angelegentlich durchs Haar fuhr, und Barbara tauchte den langstieligen Löffel in ihren Eisbecher und aß weiter. Sollte etwa diese junge, sympathische Frau doch die Täterin sein? Das fragten sich in diesem Moment alle vier.

»Aber ich war's nicht«, verteidigte sich Maja so laut, dass das ältere Paar am Nebentisch sich neugierig zu ihnen umdrehte.

»Davon gehen wir doch auch gar nicht aus«, beruhigte Rosa sie und tätschelte wieder ihre Hand. »Erzählen Sie uns doch einfach, was an dem Abend passiert ist.«

Maja stürzte das Wasser aus dem Glas, das neben der Espressotasse stand, in einem Zug hinunter. Man sah ihr an, wie sehr sie das Gespräch seelisch mitnahm.

»Also, ich weiß nicht …«, sagte sie dann abrupt. »Ich weiß nicht, ob ich jetzt was falsch mache«, fügte sie hinzu und schaute hilflos in die Runde. »Ich kenne Sie alle doch gar nicht …« Sie wollte aufstehen, doch Rosa drückte sie sanft auf den Stuhl zurück.

»Sie machen nichts falsch, mein Kind«, erwiderte Evelynes Mutter. »Sie kennen das doch bestimmt aus dem Fernsehen: Detektivbüros arbeiten oft mit der Staatsanwaltschaft zusammen, um einen Mordfall aufzuklären. Und wenn Sie mit uns reden, helfen Sie uns dabei, der Staatsanwaltschaft zu helfen, den Täter zu finden, der den Mann, den Sie geliebt haben, umgebracht hat. Und das wird Ihnen doch bestimmt auch wichtig sein, oder?«

Alle am Tisch sahen, wie Majas Schultern herunterfielen. »Nun gut«, gab sie schließlich nach. »Also, wir waren oft in der Jagdhütte. An diesem Abend waren wir auch wieder dort verabredet. Als ich ankam …«

»Um wie viel Uhr war das?«, unterbrach Evelyne sie.

»So gegen neun. Also, als ich ankam, merkte ich sofort, dass etwas anders war. Hubert hatte auch schon die Handschuhe an, wie immer, wenn er schießen wollte. Überhaupt hatte er sich mir gegenüber in der letzten Zeit anders verhalten. Kühler irgendwie. Zurückhaltender. Als ich ihn dann küssen wollte, wehrte er mich ab und sagte, er hätte mich einbestellt – er hat tatsächlich einbestellt gesagt! –, um unsere Beziehung zu beenden. Nach zwei Jahren wäre die Luft raus, und er hätte eine andere kennengelernt. Eine aus irgendeinem Ministerium in Mainz.« Maja hob den Blick und sah Rosa mit Tränen in den großen veilchenblauen Augen an. »Das hat er mir einfach so ins Gesicht gesagt. Zuerst habe ich geweint und ihn geradezu angefleht, er solle sich das doch noch mal überlegen. Wir hätten doch fast schon ein Kind zusammen gehabt, und ich hätte nur, weil er es so gewollt hätte, abgetrieben, und er hätte mir doch daraufhin versprochen, dass er sich nach der neuen Bürgermeisterwahl trennen und mich heiraten würde …« Sie schluchzte auf und senkte wieder den Kopf.

Jeder am Tisch merkte ihr an, dass sie alles gerade noch einmal durchlebte. Ingrid reichte ihr dezent ein Tempotaschentuch, in das Maja schnäuzte.

»Und dann ist er auch noch so gemein geworden«, fuhr sie stockend fort. »Ich solle bloß nicht hysterisch werden. Er ließe sich sein Leben nicht durch mich ruinieren. Er hätte gleich gewusst, dass ich viel zu jung für ihn sei. Ich hätte einfach noch kein Verständnis fürs Wesentliche. Und als ich einfach nicht aufhören konnte zu heulen, hat er mich am Arm gepackt und zu meinem Wagen gezerrt. Er wolle jetzt endlich jagen. Dann bin ich wie betäubt eingestiegen und gefahren. Ich hatte außerdem echt Angst, er würde mich schlagen.«

»Hat er das schon mal getan?«, fragte Barbara entsetzt.

Maja schüttelte stumm den Kopf und schnäuzte sich noch einmal.

»Und dann?«, fragte Evelyne weich.

Maja holte tief Luft. »Dann gar nichts mehr. Ich bin gefahren.«

»Wissen Sie noch, was Sie an diesem Abend anhatten?«, erkundigte sich Ingrid, woraufhin die anderen sie erstaunt ansahen.

Maja schien zu überlegen und sagte dann: »Ich glaube, eine hellblaue Bluse und Jeans.« Sie strich sich das schulterlange blonde Haar zurück und sah Rosa fragend an. »War es das jetzt? Dann möchte ich jetzt gehen.« Sie war gerade im Begriff aufzustehen, setzte sich dann jedoch noch einmal hin. »Moment, da war noch was«, fuhr sie fort. »Auf dem Rückweg durch den Wald wäre ich fast mit jemandem zusammengeprallt. Der ist dann zwischen die Bäume gefahren, damit ich an ihm vorbeikonnte. Ich weiß selbst nicht mehr, wie ich an diesem Abend nach Hause gekommen bin«, fügte sie mit einem zittrigen Seufzer hinzu.

Rosa riss die Augen auf. »Fast ein Zusammenstoß? Auf dem Waldweg zur Jagdhütte?«

Maja nickte. »Es war schon dämmrig. So etwa halb zehn oder so. Und der Wagen kam ziemlich schnell auf mich zu. Wahrscheinlich ein Jagdfreund von Hubert. Das würde auch erklären, warum er mich so schnell loswerden wollte.«

Rosa sah Evelyne, Ingrid und Barbara nacheinander bedeutsam an.

»Haben Sie den Wagen erkannt?«, fragte Evelyne.

»Nein. Wie gesagt – es war schon dämmrig.« Die junge Frau, die sich jetzt wieder ein bisschen beruhigt hatte, hob die Schultern. »Ich weiß nur noch, dass er lang war. Aber kein Geländewagen. Niedriger. Ein Kombi vielleicht. Und ja ... Er war dunkel. Eigentlich schwarz. Ja, schwarz«, bestätigte sie mit Entschlossenheit.

»Ein schwarzer Kombi also ...«, sagte Rosa wie zu sich selbst. Dann schenkte sie Maja ihr Madonnenlächeln. »Darf ich fragen, welchen Wagen Sie fahren?«

Da sprang Maja auf. »Verdammt, ich war es doch nicht!«, rief sie sichtbar verzweifelt aus. »Wie oft soll ich das denn noch beteuern?«

Rosa griff nach ihrer Hand und hielt sie fest. »Das glauben wir doch auch gar nicht. Nur für unsere Unterlagen, damit wir Sie endgültig von der Liste der Verdächtigen streichen können«, fügte sie sanft hinzu.

Maja atmete kraftlos aus und antwortete leise: »Einen weißen Polo.«

47. KAPITEL

Evelynes Angebot an Maja, sie nach Hause zu fahren, lehnte die junge Frau mit den Worten ab: »Ich wohne gleich um die Ecke«. Nachdem sich Brandts ehemalige Geliebte verabschiedet hatte, blieben die vier noch sitzen und sahen sich gegenseitig abwartend an.

»Entweder hat sie den Oscar für die beste Darstellung verdient, oder sie hat die Wahrheit gesagt«, brach Barbara als Erste das Schweigen.

»Ich glaube ihr«, erwiderte Ingrid.

»Ich auch«, schloss Rosa sich ihr an. »Sie ist ein junges Ding, ohne große Lebenserfahrung und Raffinesse, sonst wäre sie nicht meiner Einladung zum Kaffee gefolgt. Sie hat sich unsterblich in diesen Brandt verliebt. Hat sogar auf sein Geheiß und seine Versprechung hin, sie zu heiraten, ihr Kind abgetrieben.«

»Das sehe ich auch so«, schloss sich Evelyne ihrer Mutter an, was selten vorkam. »Sie ist nicht die Täterin.«

»Die blonden Haare und die hellblauen Fussel an Brandts Leiche werden jedoch von ihr stammen«, sagte Ingrid.

»Laut Maja ist es ja zu einem Gerangel zwischen den beiden gekommen, als Brandt sie fortgeschickt hat«, entgegnete Evelyne.

»Wie könnt ihr das eigentlich so einfach voraussetzen?«, fragte Barbara spitz. »Das kann doch nur die KTU eindeutig feststellen. Männer tragen heute auch lange Haare. Und hellblaue Oberhemden gibt es ebenfalls. Ich wiederhole mich ungern, aber ich meine, es wird jetzt endlich Zeit, Hannes hinzuzuziehen«

»KTU!« Rosa verdrehte genervt die Augen. »Forensische Beweise sind längst nicht immer fehlerlos. Wie hat es denn Miss Marple gemacht? Sie hat Fakten gesammelt und mit ihrem gesunden Menschenverstand daraus Schlussfolgerungen gezogen. Ein bisschen Glück schadet dabei natürlich auch nicht – so, wie wir das Glück hatten, Maja aufzuspüren, bevor sie morgen in Urlaub fährt.« Sie fuhr sich durch das gestylte Haar und blickte in die kleine Runde. »Aber jetzt noch mal zurück. Maja hat von einem schwarzen Kombi gesprochen, der etwa zur gleichen Zeit wie sie am Tatort gewesen sein soll. Nämlich zur ungefähren Tatzeit. Das könnte das Fahrzeug des Täters gewesen sein. Was meint ihr?«

»Wahrscheinlich«, erwiderte Barbara mit deutlich desinteressierter Miene, während sie das Schokoladeneis aus dem schmalen Becher kratzte.

»Das ergibt Sinn«, stimmte auch Ingrid zu.

»Was auch die beiden unterschiedlichen Reifenspuren am Tatort erklären würde – neben der Reifenspur von Brandts Jagdwagen«, sagte Evelyne.

»Kann man eigentlich aufgrund der Reifenspuren eines Fahrzeuges den Fahrzeugtyp bestimmen?«, fragte Ingrid in die Runde.

»Keine Ahnung«, erwiderten Rosa und Evelyne wie aus einem Mund.

Ingrid lächelte sie entwaffnend an. »Das haben wir gleich. Wir googeln mal.« Sie zog ihr Handy und ihre cremefarbene Lesebrille aus der großen Umhängetasche und machte sich ans Werk. Rosa und ihre Tochter sahen ihr gebannt zu. Barbara betrachtete die Leute auf dem Marktplatz, so, als hätte sie mit alledem nichts zu tun.

»Und? Hast du was gefunden?«, fragte Evelyne ungeduldig.

Ingrid legte das Handy auf den Tisch und schob die Brille ins Haar. »Also – durch die Reifen kann man den Fahrzeugtyp nicht bestimmen«, sagte sie. »Ein Fahrzeug kann zig Reifen von verschiedenen Reifenherstellern fahren. Ein extrem breiter könnte jedoch auf einen großen Geländewagen hindeuten.«

»Wenn wir von Majas Auto einen Reifenabdruck hätten, könnte Hannes ihn mit den beiden Reifenspuren am Tatort vergleichen«, meldete sich Barbara jetzt wieder mit süffisantem Lächeln zu Wort.

Rosa räusperte sich kurz. »Haben wir aber nicht. Und brauchen wir auch nicht. Maja hat gerade ausgesagt, am Tatort gewesen zu sein. Von den drei Reifenspuren gehört also eine zu Brandts Jeep und die andere zu Majas Polo. Die Frage ist jetzt, wem gehört die dritte? Und die ist vermutlich dem schwarzen Kombi zuzuordnen, dem Maja begegnet ist, dessen Fahrer der Täter sein könnte.«

»Brandt fuhr einen schwarzen Audi Kombi, den auch seine Frau an diesem Abend gefahren haben könnte«, erwog Ingrid vorsichtig mit Blick auf Evelyne, die Friderike bisher stets in Schutz genommen hatte.

»Das kann ich heute Abend rausfinden«, sagte Evelyne da auch prompt. »Michael Groß hat sie doch am späten Tatabend an der Tankstelle am Ring gesehen, beziehungsweise, er hatte sogar die leichte Kollision mit ihrem Wagen. Ich werde ihn fragen, ob es Friderikes Fiesta gewesen ist oder ein schwarzer Audi Kombi.«

Ihre Mutter nickte zufrieden. »Gut. Das wird uns weiterhelfen.«

»Womöglich gehört der schwarze Kombi, dem Maja begegnet ist, Friderikes Freund«, vermutete Barbara.

»Das lässt sich ebenfalls mit geschickten Fragen herausfinden«, erwiderte Rosa und sah ihre Tochter dabei durchdringend an.

»Okay«, sagte Evelyne und hob ergeben beide Hände. »Morgen früh bin ich zum Frühstück bei ihr. Ich werde sehen, was ich tun kann. Obwohl … Ihr Vater wird dabei sein …«

»Das schaffst du schon, mein Schatz«, ermunterte ihre Mutter sie. »Du musst schließlich auch was von meinen Genen geerbt haben.«

Ingrid sah sie mit großen Augen an. »Meinst du, Friderike will dich mit ihrem Vater verkuppeln?«

»Unsinn«, wehrte Evelyne ab. Auf diesen Gedanken war sie überhaupt noch nicht gekommen. Zumal sie sich doch zurzeit für einen ganz anderen Mann interessierte.

»Genau!«, stimmte Rosa Ingrid sofort zu. »Warum lädt sie dich sonst zum Frühstück ein?«

Evelyne sah sie entwaffnend an. »Vielleicht, um den Kontakt zu Jan zu fördern?«

»Dafür müsste aber ihr Vater nicht dabei sein«, erwiderte Barbara trocken.

»Auf der Beerdigung fand ich ihn ausgesprochen attraktiv«, schwärmte Ingrid. »Was macht er denn beruflich?«

Evelyne verdrehte die Augen. »Keine Ahnung. Soll ich ihn fragen?«

»Das kann nichts schaden«, meinte ihre Mutter. »Immerhin haben wir ihn auch auf der Liste unserer Verdächtigen stehen.«

»Wir reden immer nur von Verdächtigen, können aber keinen dingfest machen«, begehrte da Barbara ungeduldig auf. »Mir ist das inzwischen alles zu vage. Irgendwann muss man auch mal zu Potte kommen.«

»Dein Bruder ist inzwischen auch noch nicht zu Potte gekommen«, konterte Rosa. »Wie hat Hannes ganz richtig gesagt? So ein Fall lässt sich nicht wie im Fernsehen in sechzig Minuten lösen. Ich glaube, dein Bruder versteht was von seinem Fach.«

»Wir sollten uns wie bisher Schritt für Schritt weitertasten, indem wir einen nach dem anderen ausschließen«, schlug Ingrid in ihrer verbindlichen Art vor. »Heute Abend ruft Evelyne erst mal ihren Ranger an. Dann erfahren wir, mit welchem Auto Friderike an dem Mordabend unterwegs war. Und morgen Mittag, nach dem Frühstück bei Friderike, sollten wir uns noch mal zusammensetzen und uns austauschen.«

»Ihr könnt zu mir kommen«, bot Barbara wieder versöhnlicher an. »Evelyne ist ja sowieso schon in der Nähe …«

48. KAPITEL

Nach dem Abendessen, das aus geräucherter Ahrforelle und einem leichten Salat bestand, sagte Evelyne: »Ich gehe hoch.«

»Rufst du jetzt Michael an?«

Michael ... Wie vertraut das aus dem Mund ihrer Mutter klang! Als wenn er schon zur Familie gehörte.

Sie lächelte fein. »Ja, Michael Groß.«

»Kommst du danach noch mal runter und erzählst mir von eurem Telefonat?«

Evelyne nickte nur.

Schon als sie die Treppe in den ersten Stock hinaufstieg, spürte sie eine gewisse Unruhe in sich. Hoffentlich würde Michael sie nicht als aufdringlich empfinden. Es war gerade erst drei Tage her, dass sie sich gesehen hatten. Er hatte sich bisher noch nicht wieder gemeldet. Blödsinn, sagte sie energisch. Sie wollte doch nur eine Info bezüglich ihres Falles. Und er konnte ihr diese Information geben. Also ... Was war daran aufdringlich?

Nachdem sie die Wohnungstür hinter sich fest geschlossen hatte, öffnete sie das große Wohnzimmerfenster, das nach Süden hinausging. In den Räumen stand die warme Luft. Sie war den ganzen Tag nicht hier oben gewesen. Dann öffnete sie auch die Balkontür – und schloss sie umgehend wieder, als ihr einfiel, dass ihre Mutter unten auf der Terrasse saß. Für dieses Telefonat brauchte sie absolute Ruhe und keine Zuhörer. Sie nahm das Festnetztelefon von der Station und setzte sich in den Ohrenbackensessel, in dem ihr Vater immer über Kopfhörer Beethovens Sinfonien gehört hatte. Dieser Sessel war neben ihrem Schreibtischstuhl das einzige bequeme Sitzmöbel in der ganzen Wohnung.

Auch unüblich, ging es ihr durch den Kopf. Wenn sie noch einmal eine Partnerschaft eingehen würde, würde sie sich zuerst einmal völlig neu einrichten. Oder vielleicht lieber ausziehen? Nein, unmöglich konnte sie ihre Mutter auf ihre alten Tage ganz allein in dem großen Haus zurücklassen. Die Chance auf ein selbstständiges Leben hatte sie ein für alle Male verpasst. Sie seufzte. Wie dem auch sei ... Warum kam sie gerade jetzt auf solche Gedanken? Hoffte sie etwa tief im Innern, mit Michael eine feste Beziehung eingehen zu können? Vor zwei Wochen hatte sie noch nicht einmal gewusst, dass es ihn überhaupt gab! Was war denn bloß in sie gefahren?

Sie stand auf, ging zu ihrem Schreibtisch und setzte die schwarze Lesebrille auf. Dies war der Platz des klaren Denkens, der Platz, an dem allein ihr Verstand waltete. Entschlossen rief sie Michaels Handynummer auf und drückte die grüne Taste. Das Pulsieren ihres Blutes versuchte sie dabei tunlichst zu ignorieren.

Nach ein paar Klingeltönen hörte sie die tiefe, raue Männerstimme, die ihr sofort wieder das Herz öffnete.

»Hallo, Evelyne«, meldete sich Michael, und sie hörte, dass er dabei lächelte.

»Hallo. Woher weißt du ...?«

Er lachte sein warmes Lachen. »Ich habe deine Nummer doch gespeichert.«

»Störe ich dich?«, erkundigte sie sich höflich.

»Du störst nie. Ich freue mich, dass du anrufst.«

Und warum hast du dann noch nicht angerufen?, hätte sie am liebsten gefragt.

»Ich hätte mich morgen gemeldet. Sozusagen, um die Woche zu teilen«, sagte er.

Sie musste lachen. »Die Woche teilen ... Das habe ich noch nie gehört.«

»Nun, ich dachte daran, dich fürs Wochenende einzuladen. Irgendwohin, wo du möchtest. Zum Essen oder wieder zum Wandern ...«

Ihr Herz machte einen Sprung. Ohne jedoch auf seine Worte einzugehen – und sie hätte selbst nicht sagen können, warum –, antwortete sie angelegentlich: »Ich rufe an, weil ich dich etwas fragen möchte.«

»Wann wir uns wiedersehen?«

»Nein, weil ich etwas wissen muss.«

»Schade.« Er schwieg einen Moment. Dann sagte er sachlich: »Also, schieß los.«

»Es geht um unseren Fall. Kannst du dich noch daran erinnern, welchen Wagen die Witwe unseres Verbandsbürgermeisters am Mordabend, als du sie oben am Ring an der Tankstelle getroffen hast, gefahren hat?«

»Einen hellblauen Fiesta.«

»Kannst du dich noch an die Uhrzeit erinnern?«

»So gegen elf oder halb zwölf.«

»Okay …« Erleichtert atmete sie aus. Damit schied ihre Bekannte endgültig aus dem Kreis der Verdächtigen aus. »Danke, damit hast du mir, beziehungsweise uns, sehr geholfen.«

»Wie weit seid ihr denn mit euren Nachforschungen?«, erkundigte sich Michael.

Sie erzählte ihm von ihrem jetzigen Stand ihrer Hobby-Ermittlungen. »Auch die Polizei ist noch nicht weiter, wie meine Freundin Barbara uns heute Morgen gesagt hat«, fügte sie hinzu.

Michael lachte sein dunkles Lachen. »Euer Kommissar scheint auch nicht so emsig bei der Sache zu sein – wie du mir erzählt hast.«

»Stimmt. Und er hat nicht die persönlichen Verbindungen wie wir.«

»Ich wünsche euch jedenfalls gutes Gelingen«, sagte Michael abschließend. »Und was ist jetzt mit uns beiden? Wollen wir am Wochenende was zusammen unternehmen oder lieber nicht?«

Sie lächelte erleichtert. »Ja, sehr gerne.«

»Vorschlag?«

»Hast du Lust, zu mir zu kommen?« Einen Sekundenbruchteil später erschrak sie über sich selbst, dass ihr diese

Frage über die Lippen gekommen war. »Also, das ist nur so eine Idee«, schickte sie gleich hinterher. »Und ich meinte auch nicht zu mir nach Hause, sondern vielmehr hier in die Gegend. Hier gibt es auch viel zu sehen und zu unternehmen. Eine Bootsfahrt vielleicht auf dem Laacher See.«

»Eine gute Idee«, erwiderte Michael. »Ich lade dich Samstagmittag ins Seerestaurant ein, und danach fahren wir Boot. Abends besuche ich dann mal wieder meinen Onkel.«

»Schön.« Doch gleich darauf runzelte sie die Stirn. Wenn er den Abend bei seinem Onkel verbringen wollte, würden ihnen nur wenige Stunden gemeinsam bleiben. Mit dieser Erkenntnis schlich sich ein Anflug von Enttäuschung in ihr Herz.

»Gut.« Michael klang jetzt so knapp, als hätte er gerade einen Geschäftstermin vereinbart. »Ich rufe dich Freitagabend noch mal wegen der Uhrzeit an. Und sollte es regnen, gehen wir halt nur essen.«

Evelyne ließ das Telefon in den Schoß sinken. Ein paar Augenblicke lang blieb sie reglos am Schreibtisch sitzen und ließ das Gespräch noch einmal Revue passieren. Eigentlich hatte es doch ganz gut begonnen. Du störst nie. Ich freue mich, dass du anrufst ... War das nur charmantes Gefasel gewesen? Ich hätte dich morgen angerufen ... Hätte er das wirklich getan? Der Ausgang des Telefonats war dann weniger enthusiastisch gewesen. Hatte sie etwas gesagt, woraufhin er sich sofort zurückgezogen hatte? Sie war gar nicht auf seinen Vorschlag, sich wiederzusehen, eingegangen. Erst einmal hatte sie ihr Anliegen klären wollen – so bürokratisch, wie sie nun mal war. War es das vielleicht gewesen?

Evelyne seufzte in sich hinein. War das alles schwierig! Und dabei hatten sie noch gar keine Beziehung. Wie sollte das erst werden, wenn sie sich näherkommen würden? Ich bin für die Liebe, für Nähe, einfach nicht geeignet, sagte sie sich wieder einmal. Das war sie schon in ihrer Jugend nicht gewesen. Wie dann im Alter?

Enttäuscht über sich selbst, über den neutralen Tenor des Gesprächs und über die ganze Welt setzte sie sich zurück in den Ohrenbackensessel und schloss die Augen. Sie ließ ihre Gedanken und Gefühle eine Zeit lang wandern – bis sie sich schließlich energisch aufrichtete. Warum fühlte sie sich jetzt eigentlich so enttäuscht? Fest stand, dass sie sich am Samstag wiedersehen würden. Und Freitagabend würde er anrufen. Und dann würde man weitersehen. Außerdem wusste sie jetzt, dass Friderike nicht die Täterin sein konnte. Im allerschlimmsten Fall eine Mitwisserin.

Evelyne stand auf und ging hinunter ins Erdgeschoss. Bevor sie nach draußen ging, schenkte sie sich in der Küche ein halbes Glas Ahrtaler Spätburgunder ein.

49. KAPITEL

Rosa sah erstaunt von ihrem Buch auf, als Evelyne mit dem Glas in der Hand auf der Terrasse erschien. Mit einem spitzbübischen Lächeln dozierte sie: »Du siehst mit diesem Trank im Leibe bald Helenen in jedem Weibe. Johann Wolfgang von Goethe.«

Obwohl ihr nicht zum Spaßen zumute war, musste sie lachen.

»Komm, setz dich zu mir.«

Evelyne kam der Aufforderung nach und trank, ohne ihrer Mutter zuzuprosten. Samtig und warm rann der Wein durch ihre Kehle. Eigentlich angenehm. Sie seufzte in sich hinein und legte die Beine hoch.

Ein warmer Südwestwind strich über das schillernde Gras unterhalb des Hauses. In den Apfelbäumen sangen Spatzen und Meisen ihr Abendlied. Ihre Mutter saß mit ebenfalls hochgelegten Beinen in einem der Terrassensessel, auf dem

Tisch neben ihr ein Glas Rotwein und das silberne Zigarettenetui. Feierabendstimmung lag über der Landschaft, die so gar nicht zu Evelynes innerer Verfassung passen wollte. Aus dem Augenwinkel bemerkte sie, wie ihre Mutter sich die Lesebrille ins Haar steckte und sie ansah. »Und?«

Evelyne atmete einmal tief durch. Dadurch ließ der Druck auf ihrer Brust etwas nach. Oder hatte das der eine Schluck Wein bewirkt? Sie zwang sich zu einem Lächeln, bevor sie antwortete: »Freispruch für Friderike. Sie war mit ihrem Fiesta unterwegs. Michael hat sie gegen elf oder halb zwölf oben an der Tankstelle getroffen.«

Entgegen ihrer Erwartung, Rosa würde diese Nachricht so positiv aufnehmen wie sie soeben, sagte diese ungerührt: »Das muss nichts heißen. Die Tatzeit liegt zwischen neun und zwölf Uhr abends. Aufgrund der kurzen Distanzen zwischen Tatort, Friderikes Haus und dem Nürburgring könnte sie die Autos gewechselt haben.«

»Warum sollte sie das getan haben?« Die Frage kam ihr so ruppig über die Lippen, dass ihre Mutter die dunklen Brauen hochzog.

»Na ja, könnte doch sein. Was weiß ich, was den Menschen so alles in die Köpfe kommen kann. Es ist alles möglich.«

»Völliger Blödsinn.« Evelyne blickte auf die Höhenzüge am Horizont, die noch im goldenen Licht der untergehenden Sonne lagen. Über den lang gezogenen Hügeln segelten ein paar rosig umsäumte Wolken – wie auf einem Gemälde von Caspar David Friedrich. Doch das romantische Bild fand keinerlei Widerhall in ihrem Innern. Immer noch hing ihr das Gespräch mit Michael nach. Es war nicht so gelaufen, wie sie es sich gewünscht hatte.

»Sag mal … Ist was?«, erkundigte sich jetzt auch prompt ihre Mutter mit forschendem Blick, den sie fast körperlich spürte.

Sie sah Rosa an. Als sie die Sorge in deren schwarzen Augen las, regte sich ein warmes Gefühl in ihr.

»Ach, ich weiß nicht«, erwiderte sie unschlüssig. »Zum einen stresst mich inzwischen dieser Fall und auch deine Art, mit ihm umzugehen. Immer ziehst du irgendwas in Zweifel. Wie gerade. Dadurch kommen wir auch nicht gerade weiter.«

»So läuft aber die Ermittlungsarbeit, mein Kind. Alles muss in Erwägung gezogen werden. Und zum anderen?«

Evelyne seufzte tief und tat etwas, was sie sonst tunlichst vermied: Sie erlaubte ihrer Mutter einen Einblick in ihr Gefühlsleben. »Die Sache mit Michael«, brach es aus ihr heraus. »Ich glaube, ich bin für so was nicht mehr geeignet. Oder noch schlimmer: Ich war es nie.«

»Willst du mir davon erzählen?«

Kurz und knapp gab sie ihr den Inhalt des Telefongesprächs wieder. Nachdem sie geendet hatte, nickte Rosa wissend und zündete sich eine Zigarette an. Nachdem sie den ersten Zug ausgestoßen hatte, sah sie Evelyne ernst an. »Wenn man sich auf Menschen einlässt, gerade im Alter, wird es meistens kompliziert. Denn zwischenmenschliche Beziehungen sind nie einfach. Schau, wir beide haben auch manchmal unsere Probleme. Außerdem ticken Männer anders als Frauen. Das ist allgemein bekannt. Aber, wie hat Goethe gesagt?« Sie hob den Zeigefinger. »Und wer nicht liebt, wird sich des schönen Maien, so gut er kann, doch leider halb nur freuen.«

Ungewollt musste Evelyne lachen. »Du und deine Weisheiten! Da kontere ich doch einfach mal mit William Shakespeare: Was soll ich mit der Liebe, wenn sie den Himmel mir zur Hölle macht.«

Jetzt musste Rosa lachen. »Das kann man so oder so sehen. Wie bei allem im Leben gibt es immer zwei Betrachtungsweisen. Bei mir war immer das Glas halb voll. Ich würde auf die Liebe und ihre schönen Seiten nicht verzichten wollen. Selbst heute im hohen Alter nicht, obwohl sich mit den Jahren nicht nur die Menschen innerlich wie äußerlich verändern, sondern sich auch die Liebesgefühle wandeln.«

Evelyne sah sie irritiert an. »Sprichst du etwa von Heinz?«

»Zurzeit gibt es ja keinen anderen am fernen Horizont. Aber ja, mit dem habe ich doch auch meine Probleme. Der will einfach nicht so wie ich.«

»Und wie willst du?«

»Nun …« Rosa schmunzelte. »Ich wollte schon ein bisschen mehr als nur essen gehen oder sonntags Spritztouren in seinem Porsche durch die Eifel machen. Er ist zwar sehr charmant, macht mir Komplimente, kleine Geschenke, reicht mir den Arm, wenn wir spazieren gehen, flirtet manchmal ganz offensichtlich mit mir, aber so richtig zu Potte kommt der auch nicht.«

Evelyne sah ihre Mutter fragend an. Das Thema begann, sie zu interessieren, obwohl sie sich bisher über die Beziehung zwischen den beiden keine Gedanken gemacht hatte.

Rosa, die ihren Blick richtig deutete, lachte wieder. »Tja, wie meine ich das? Ich meine küssen. Nicht nur auf die Wangen. Ein paar Zärtlichkeiten und so … Obwohl er mich früher schon einige Male richtig geküsst hat.«

»Wie bitte? Etwa als Papa noch lebte?«

»Na ja, ein paarmal auf Partys. Da hatten wir alle ein bisschen zu viel getrunken.«

»Und Papa hat dann fairerweise Heinz' Ehefrau geküsst. Oder wie?«

Ihre Mutter kicherte. »Das weiß ich nicht. Aber da war doch nichts bei. Das war am nächsten Tag doch längst vergessen.«

»Ich weiß nicht. Ich sehe das nicht so locker wie du.«

Rosa seufzte. »Da kommst du halt ganz auf deinen Vater raus.« Sie drückte ihre Zigarette aus. »Und wie ist Michael Groß diesbezüglich?«

Unschlüssig hob Evelyne die Schultern. »Eher so wie ich. Glaube ich zumindest …«

»Dann kann das wirklich nichts werden mit euch«, erwiderte ihre Mutter trocken.

»Und warum wird das nichts zwischen dir und Heinz, wenn er früher so locker war und du es heute noch bist?«

Rosa seufzte aus tiefstem Herzen. »Weil er sich nicht festlegen will – denke ich. Er nimmt mich nie mit auf Einladungen oder Veranstaltungen. Heinz war immer ein Frauenheld und hat seine Frau mehrmals betrogen. Und heute …«

»Doch hoffentlich nicht auch mit dir«, unterbrach Evelyne sie vorwurfsvoll.

»Natürlich nicht! Ich war deinem Vater immer treu – bis auf die paar Küsschen in angeheiterter Stimmung«, verteidigte sich ihre Mutter, während sie rasch ein Kreuz vor der Brust schlug. »Aber was ich sagen wollte … Heinz ist doch in diesem Eifler Wanderverein, und da gibt es viele Witwen, die ganz närrisch auf ihn sind. Ich glaube, das gefällt ihm auf seine alten Tage. Mit denen will er es sich nicht dadurch vermasseln, indem wir mehr als nur eine Freundschaft hätten.«

»Meinst du, mit denen hat er mehr?«

»Nein, unmöglich. Die sind zwar alle ein bisschen jünger als ich, aber sehen älter aus. Und Heinz achtet sehr aufs Äußere.«

»Michael nicht so sehr«, murmelte Evelyne, bevor sie an ihrem Glas nippte.

»Wie sieht er denn aus?«, fragte ihre Mutter neugierig.

»Gut. Sehr gut sogar. Eigentlich ist er genau mein Typ«, vertraute sie ihr an. »Nicht nur optisch, sondern von seiner Art. Ja …« Sie nickte und lächelte versonnen vor sich hin. »Eigentlich würden wir sehr gut zusammenpassen.«

Da beugte sich ihre Mutter zu ihr herüber, nahm ihre Hand und drückte sie zärtlich. »Dann gib dir ein bisschen Mühe. Vielleicht wartet er nur darauf, dass du ihm ein Zeichen gibst. Du kannst ja ziemlich verschlossen sein, in deiner Art oft recht kühl und manchmal ruppig, und als gebranntes Kind scheust du sowieso das Feuer. Und wenn er kein Draufgänger ist – so wie Heinz es immer war –, wird er wahrscheinlich nicht aus sich rausgehen, solange du ihm signalisierst, dass du einen Stock im Rücken hast.«

Evelyne sah sie an – dann lachte sie herzlich. Diese unverblümte Art besaß nur ihre Mutter. Aber hatte sie vielleicht sogar recht?

50. KAPITEL

Die rosafarbenen Wolken über den Eifelhügeln, die am Abend noch so romantisch angemutet hatten, waren in der Nacht von Dienstag auf Mittwoch zu großen grauweißen Gebilden am Himmel angewachsen, die der Sonne im Weg standen. Zu dieser Morgenstunde lag bereits eine schwüle Wärme über der Steinterrasse. In kleinen Schlucken trank Evelyne ihren Morgenkaffe. Dabei betrachtete sie den Himmel, der verriet, dass es an diesem Tag noch Regen geben würde. Es dauerte nicht lange, bis sich ihre Mutter zu ihr gesellte – in ihrem geblümten Morgenrock, einem roten Turban auf dem gewaschenen Haar und einem doppelten Espresso in der Hand. »Wann bist du bei Friderike zum Frühstück eingeladen?«, fragte sie.

»Um neun.«

»Was? So früh? Friderikes Vater kommt doch aus Mainz, oder?«

»Vielleicht hat er bei ihr übernachtet. Gegen Mittag wollen die drei zu Friderikes Schwester nach Bonn.« Evelyne stand auf. »Ich geh mal duschen. Gleich muss auch schon Tine kommen.«

»Was möchtest du heute Mittag essen?«

»Gar nichts. Nach dem Frühstück werde ich bei der Wärme bestimmt keinen Hunger haben. Außerdem wollen wir uns doch auch am Mittag bei Barbara treffen. Zur Besprechung.«

Ihre Mutter tippte sich an die Stirn. »Stimmt! Das hätte ich fast vergessen.« Mit einem theatralischen Seufzer und charmantem Lächeln fügte sie hinzu: »Ich werde alt …«

Aus welchem Grund mochte Friderike sie zu dem Frühstück mit ihrem Vater eingeladen haben?, fragte sich Evelyne wieder, als sie eineinhalb Stunden später an Barbaras Hof vorbeifuhr. Ob sie sie etwa mit ihm verkuppeln wollte? Auf diese Idee hätte ihre Sportfreundin auch schon früher kommen können. Friderikes Mutter war seit drei Jahren tot – und sie in dieser Zeit solo gewesen. So wie in der meisten Zeit ihres Lebens. Wieder musste sie an Michael denken, wegen dem sie in der Nacht kaum geschlafen hatte. Das Gespräch mit ihrer Mutter am Abend und deren Rat, in dieser Beziehung die Initiative zu ergreifen, hatten sie umgetrieben. Auch an diesem Morgen wusste sie noch nicht, ob sie den Rat befolgen sollte.

Nach ein paar Hundert Metern bog sie in die Auffahrt zur Brandt'schen Villa ein. Abrupt trat sie auf die Bremse. Vor der Doppelgarage stand Friderikes hellblauer Fiesta. Neben ihm ein großer Mercedes Kombi. Das musste der Wagen von Jans Großvater sein!

Evelynes Herz begann zu pochen. Maja hatte von einem dunklen Kombi gesprochen. Dieser hier war dunkel, wenn auch nicht schwarz, aber dunkelblau. Abgesehen davon, dass Friderikes Vater in der Mordnacht entgegen der Aussage seines Nachbarn in Himmelrath gewesen war, besaß er also auch noch ein Auto, das dem möglichen Täterfahrzeug entsprach. Würde sie gleich etwa zusammen mit dem Mörder von Hubert Brandt frühstücken?

Langsam fuhr sie die Auffahrt hoch. Als sie hinter dem Fiesta parkte, ging die Haustür auf, und Jan erschien im Rahmen. Wie immer fielen ihm die braunen Locken in die Stirn. Er lachte sie an. Er schien sich wohlzufühlen.

»Ich habe Sie kommen hören. Wir sitzen auf der Terrasse«, sagte er. Grinsend vertraute er ihr mit unterdrückter Stimme an: »Werner mag die Küche nicht. Die ist ihm zu steril.«

Dann habe ich mit Werner schon was gemeinsam, ging Evelyne durch den Kopf. Immer noch lief ihr das Blut schneller durch die Adern.

Jan führte sie um das Haus herum, wo Friderikes Vater allein an dem langen Holztisch saß. Als er sie sah, stand er auf und ging auf sie zu.

»Werner Weißhaupt«, stellte er sich mit einer Verbeugung und einem verbindlichen Lächeln vor.

Ein glatter Geschäftsmann, ging es ihr durch den Kopf. Sie reichte ihm die Hand und erwiderte sein Lächeln. »Evelyne Görgens.«

»Oh, entschuldigt«, hörte sie da Friderike hinter sich sagen, die gerade mit einer Kaffeekanne nach draußen trat. »Eigentlich hätte ich euch gegenseitig vorstellen müssen.« Sie schenkte Evelyne ihr sanftes, sonniges Lächeln, mit dem sie jeden in ihren Bann zog.

Auch Friderike machte an diesem Morgen einen gelösteren Eindruck als sonst, obwohl sie sehr blass war, worüber auch das pfirsichfarbene Rouge nicht hinwegtäuschen konnte. Mochte das an der Gegenwart ihres Vaters liegen?

»Kein Problem«, erwiderte Evelyne leichthin. »Schon geschehen.«

»Wir haben uns ja bereits auf der Beerdigung gesehen – und wiedererkannt«, fügte Werner genauso leichthin und mit einem jungenhaften Zwinkern in ihre Richtung hinzu.

Mit der hochgewachsenen, schlanken Figur, den asketischen Zügen und den wasserhellen Augen in dem gebräunten Gesicht war er zweifelsohne ein gut aussehender Mann, auch wenn er ein bisschen kühl und distanziert wirkte. Aber sagten das die Menschen nicht auch über sie?

Werner nahm seiner Tochter die Kaffeekanne aus den Händen und schenkte ein. Als er ihre Tasse füllte, lächelte er sie kurz an. Ob er tatsächlich zu einem Mord fähig wäre?, fragte sie sich. Vielleicht zu keinem raffiniert geplanten Mord, sondern eher zu einem Totschlag, um sich zu verteidigen, da es zwischen Täter und Opfer zu einem Kampf gekommen war. Er liebte seine Tochter und seinen Enkel, das verrieten seine Blicke und Gesten. Und die waren nicht gespielt, das verriet ihr ihr Bauchgefühl.

Während ihr diese Gedanken durch den Kopf gingen, betrachtete sie den Frühstückstisch. Es wunderte sie eigentlich nicht, dass er etwa nur ein Drittel des alltäglichen Frühstücks bot, das sie und ihre Mutter sich jeden Morgen gönnten. Für vier Personen gab es fünf Brötchen, die zumindest frisch dufteten, ein paar Scheiben Schwarzbrot, eine angebrochene Packung Margarine, vier Scheiben gekochter Schinken, ein Stück Holländer Käse, ein Glas Erdbeermarmelade, das gerade noch zu einem Viertel voll war, und ein volles Glas Nutella. Sie wusste, dass Friderike für den Haushalt nur wenig übrighatte. Die Brandts hatten sich meistens Essen liefern lassen.

Zunächst wollte am Tisch keine richtige Unterhaltung aufkommen. Während Friderike Margarine auf eine Brötchenhälfte strich, beklagte sie das schwüle Wetter, ihr Vater den allmorgendlichen Stau vor Frankfurt, um dann gleich wieder zu verstummen, und Jan machte sich schweigend über das Nutellaglas her. Von Sekunde zu Sekunde fühlte sich Evelyne unwohler. Was machte sie hier?

Sie räusperte sich und sagte – um überhaupt etwas zu sagen – mit Blick auf eine der verdorrten Palmen aufs Geratewohl: »Schade, aber ich glaube, Palmen passen nicht so gut in unser raues Eifelklima. Bis vielleicht auf Tage wie heute …«, fügte sie hinzu. »Heute ist es ja ungewöhnlich heiß und drückend.«

»Das habe ich Friderike damals auch gesagt«, erwiderte Werner. »Aber wenn man sie zu alledem auch nicht gießt, muss man sich nicht wundern. Bei mir gedeihen sie fantastisch. Menschen, Tiere und Pflanzen brauchen halt Zuwendung«, fügte er mit süffisantem Lächeln hinzu, bevor er herzhaft in die Scheibe Schwarzbrot biss, die er großzügig mit zwei Scheiben Schinken belegt hatte.

Friderike warf ihm einen Seitenblick zu und seufzte leise. »Papa …«

Ihr Vater sah sie zärtlich an. »Ich weiß, mein Schatz, du kannst nichts dafür.«

Und damit sind wir mittendrin in der Familientragödie, ging es Evelyne durch den Kopf.

»Ich muss mich bei Ihnen bedanken, Frau Görgens, dass Sie meiner Tochter und meinem Enkel in dieser schweren Zeit so beistehen. Jan schwärmt richtig von Ihnen. Und morgen fahren Sie sogar mit ihm nach Köln, um dem 1. FC beim Training zuzusehen.« Zum ersten Mal bemerkte sie auf dem Männergesicht einen Ausdruck von Herzlichkeit.

»Ich bin gerne mit Jan zusammen. Und ich habe selbst keine Kinder. Außerdem ist Jan ein ganz toller Junge«, fügte sie hinzu, während sie dem Dreizehnjährigen ein Lächeln zuwarf, woraufhin er errötete.

Werner nickte. »Das ist er. In zwei Wochen fahren wir in Urlaub«, erzählte er nun aufgeräumt und mit aufforderndem Blick auf seinen Enkel. »Das haben wir uns verdient.«

Evelyne sah ihre Freundin erstaunt an. »In zwei Wochen schon?«

»Wir haben umdisponiert«, erwiderte Friderike. »Nach den Tagen in Holland wollen Jan und ich dann noch bis zum Ende der Sommerferien bei meinem Vater in Mainz bleiben.«

»Mein größter Wunsch ist, dass die beiden zu mir ziehen würden«, wandte sich Werner an Evelyne. »Nicht unbedingt in mein Haus, aber ich besitze noch ein paar andere Immobilien in meiner Nähe, wo sie sich bestimmt wohlfühlen würden. Denn dieses hier …«, mit geringschätzender Miene machte er eine ausholende Armbewegung, »das hier war immer schon ein totes Gebäude. In jeder Hinsicht.«

Evelyne hätte sich fast verschluckt. Sie legte ihr Marmeladenbrötchen auf den Teller zurück und sah ihn groß an, woraufhin Werner sie entwaffnend anlächelte.

»Sie wirken erstaunt. Aber hier in dem kleinen Himmelrath müsste es doch inzwischen hinreichend bekannt sein, dass mein Schwiegersohn und ich nicht die besten Freunde waren. Und als Architekt habe ich diese Villa …«, das Wort kam ihm in verächtlichem Ton über die Lippen, »… sowieso immer schon als drittklassig empfunden. Abgesehen von der schlechten Bausubstanz ist dieser mallorquinische Stil doch heute völlig überholt und passt außerdem gar nicht in die Eifel.«

Diesbezüglich musste sie ihm allerdings recht geben.

»Bitte, Papa …« Friderike seufzte.

»Okay, okay, ich bin schon still.« Werner hob beide Hände. »Entschuldige bitte.«

»Du weißt, dass ich lieber hier wohnen bleiben möchte«, schaltete sich Jan ein, während er seinen Großvater bittend ansah. »Hier sind meine Freunde, meine Schule. Mein Fußballverein …«

»Ich weiß, mein Junge. Das verstehe ich auch. Aber vielleicht …« Er warf einen Blick auf seine Fliegeruhr. »Oh, ich muss … Ich habe noch eine Verpflichtung, bevor wir nach Bonn fahren. Sie entschuldigen mich?«

Überrascht von diesem abrupten Aufbruch nickte sie automatisch. »Ja, natürlich.«

»Vielleicht sehen wir uns bald wieder. Inzwischen bin ich öfter hier oben.«

»Ja, das könnte sein«, erwiderte sie.

Zur Verabschiedung verwuschelte er mit zärtlicher Geste Jans Locken, drückte seiner Tochter einen Kuss auf die Stirn und verschwand durch die Terrassentür im Innern des Hauses.

Was war das denn?, fragte sich Evelyne. Diese Frage musste auch in ihrem Gesicht gestanden haben.

Ihre Freundin lächelte unsicher. »Sozusagen ein Notfall«, erklärte sie das Verhalten ihres Vaters.

»Ein Notfall?«

Friderike hob die schmalen Schultern. »Nun ja …«

Evelyne merkte ihr an, dass sie nicht darüber reden wollte. Sie sah zu Jan hinüber, der neben seiner Mutter saß und ganz konzentriert die zweite Brötchenhälfte mit Nutella bestrich. Entweder interessierte ihn nicht, wohin sein Großvater jetzt ging, oder man hatte ihm untersagt, darüber zu reden.

Ein unangenehmes Schweigen breitete sich über dem Tisch aus. Merkwürdig, dachte Evelyne, während sie appetitlos in ein kleines Stück Holländer Käse biss, der durch die Wärme inzwischen fettig zwischen ihren Fingern glänzte. So eine Frühstückseinladung hatte sie noch nie gehabt. Ihre Freundin schien die Situation ähnlich zu empfinden. Mit ihrer sanften Stimme sagte sie in die gespannte Atmosphäre hinein: »Ich wusste nicht, dass mein Vater heute Morgen noch etwas erledigen muss. Das hat sich erst gestern Abend ergeben. Doch da wollte ich dich natürlich nicht wieder ausladen. Das wäre doch unhöflich gewesen.«

»Warum hast du mich denn überhaupt eingeladen?«, kam es Evelyne da spontan über die Lippen. »Ich habe mich natürlich darüber gefreut, aber ...« Sie wusste nicht mehr weiter.

Friderike lächelte matt. »Ich dachte, du und mein Vater ... Ihr solltet euch mal kennenlernen. Aber jetzt ...« Wieder verstummte sie.

»Was jetzt?«, hakte Evelyne nach.

»Ach ...« Ihre Freundin winkte ab. »Ist auch egal.«

»Darf ich aufstehen?«, fragte Jan. »Max hat ein neues Computerspiel, das möchte ich mir gerne ansehen.«

Verwirrt sah Friderike ihren Sohn an. »Aber du weißt, dass wir um zwölf nach Bonn fahren?«

»Bis dahin bin ich längst wieder da. Ich will doch bei unserer Urlaubsplanung mitreden können«, fügte er grinsend hinzu.

»Und wir sehen uns morgen?«, fragte Evelyne ihn, als er sich von ihr verabschiedete.

»Super.«

»Ich hole dich um dreizehn Uhr ab. Dann sind wir ungefähr gegen zwei in Köln. Passt das?«, fragte sie mit Blick auf ihre Freundin, die daraufhin nickte.

»Das war ja ein kurzes Frühstück«, sagte Friderike sichtbar verlegen, nachdem Jan im Haus verschwunden war.

Evelyne lächelte sie beruhigend an. »Es ist wahrscheinlich zurzeit alles ein bisschen anders als sonst.«

Ihre Freundin stieß die Luft scharf aus. »Das kann man so sagen.« Mit ihren schmalen Händen griff sie sich an die Schläfen. »Ich weiß manchmal nicht, wo mir der Kopf steht. Jeden Tag stürzt was Neues auf mich ein. Tatsächlich würde ich am liebsten lieber heute als morgen von hier wegziehen. Aber Jan … Das kann ich ihm nicht antun. Du hast ihn ja gehört.«

Evelyne nickte. »Für ihn ist es genauso schwer wie für dich. Und gerade deshalb wäre es verkehrt, ihn hier aus seiner gewohnten Umgebung zu reißen.«

»Und dabei weiß er manches noch gar nicht, was auch gut so ist. Wahrscheinlich wäre es dann noch viel schlimmer«, murmelte Friderike vor sich hin.

In diesem Moment war sich Evelyne zum ersten Mal ganz sicher, dass ihre Freundin über den Tod ihres Mannes mehr wusste, als sie sagte. Sie beugte sich über den Tisch. »Friderike … Willst du nicht mal mit mir reden? Du kannst das doch nicht alles allein mit dir ausmachen.« Dann lehnte sie sich wieder zurück, trank einen Schluck Kaffee, der inzwischen kalt war, und sah ihr Gegenüber abwartend an.

Wie ein Häufchen Elend saß Jans Mutter vor ihr und schwieg.

»Was ist eigentlich mit deinem Freund?«, fuhr sie fort, in der Hoffnung, wenigstens darauf eine Reaktion zu bekommen.

Tatsächlich hob ihre Freundin da auch den Kopf. »Thomas macht alles noch schlimmer.«

»Hast du eigentlich noch mal darüber nachgedacht, wer deinen Mann ermordet haben könnte?«, fragte sie vorsichtig. Als sie sah, wie Friderike zusammenzuckte, fügte sie rasch hinzu: »Ich zum Beispiel denke schon manchmal daran. Immerhin hat die Kripo den Mörder bis jetzt nicht gefunden.«

»Und wenn es gar kein Mord war?« Mit vorgestrecktem Kinn sah Friderike sie an. In ihren wasserblauen Augen lag ein Ausdruck von Entschlossenheit, den man nur selten bei ihr sah. »Es könnte auch Notwehr gewesen sein.«

Evelyne schluckte. »Natürlich.«

»Vielleicht war es auch Huberts Geliebte«, fügte Friderike hinzu.

Evelyne zog die Brauen zusammen. Maja hatten sie gestern gerade erst einmal als Täterin ausgeschlossen. Aber wussten sie das tatsächlich mit Sicherheit? Vielleicht lag Friderike in ihrem Verdacht sogar richtig?

Mit bebenden Fingern zündete sich ihre Freundin eine Zigarette an, stieß den Rauch scharf aus und sagte leise, den Blick in den Himmel gerichtet, der sich immer mehr zuzog: »Die Kripo wird es schon herausfinden. Heute kommen die wenigsten Täter ungestraft davon.«

51. KAPITEL

Als Evelyne eine Viertelstunde später bei Barbara ankam, staute sich im Innenhof des Gehöfts die Hitze. Der Boden war staubig. Phlox und Hortensien ließen Blüten und Blätter hängen. In der Luft jedoch hing der verlockende Duft von frisch gebackenem Butterstreusel, der Evelyne wieder munter machte. Sie hatte Hunger.

»Wenn es heute nicht regnet, muss Matthias gießen. Der Boden ist wieder viel zu trocken«, sagte Barbara und besah sich die Pflanzen.

»Wo ist eigentlich Sven?«, fragte Evelyne, nachdem sie ein paar Schlucke Wasser getrunken hatte.

»Die vier sind ein paar Tage in der Bretagne. Sie kommen am Sonntag zurück.« Barbara seufzte. »Er fehlt auf dem Hof. Das merken wir immer wieder, wenn er nicht da ist. Für Matthias und mich allein wäre die Arbeit auf Dauer inzwischen zu viel. Wenn Sven den Hof nicht übernommen hätte, müssten wir ihn verkaufen.«

Evelyne nickte. »Das kann ich mir gut vorstellen. In der Landwirtschaft geht es heute anders zu als noch vor fünfzig Jahren.«

»Du sagst es. Sven hat viele Neuerungen eingeführt. Wir sind inzwischen ein kleines Wirtschaftsunternehmen mit einem großen Abnehmerkreis. Raps für die Lebensmittelölherstellung, Energiepflanzen als Gärsubstrat für Biogasanlagen … Aber anders könnte man auch gar nicht mehr in dieser Branche bestehen.« Barbara lächelte sie stolz an. »Wenn sie aus dem Urlaub zurück sind, will Sven noch jemanden einstellen, der sich mit Digitalisierung auskennt. Inzwischen können wir uns das leisten.«

»Aber trotz aller Digitalisierung melkst du die Kühe noch selbst, oder?«, fragte Evelyne zwinkernd.

Ihre Freundin lachte. »Das lasse ich mir nicht nehmen. So viele sind es auch nicht mehr. Sie dienen uns, oder besser gesagt mir, nur noch zur Käseherstellung.«

Ein zweifaches Hupen kündigte die Ankunft von Rosa und Ingrid an.

»Puh, ist das heiß!« Ingrid seufzte und ließ sich auf den Terrassenstuhl unter dem großen Marktschirm fallen. »Heute gibt's bestimmt ein Gewitter.«

Rosa sah ihre Tochter an. »Du bist schon da? Das war aber ein kurzes Frühstück.«

»Friderikes Vater musste weg. Und die drei wollen heute Mittag auch nach Bonn«, erklärte Evelyne nur kurz.

»Erzähl doch mal … Wie ist denn Friderikes Vater so?«, erkundigte sich Ingrid.

Evelyne hob die Schultern. »Dass er noch ganz gut aussieht, haben wir ja auf der Beerdigung gesehen. Ansonsten … Ich weiß noch nicht so richtig, was ich von ihm halten soll. Eines steht jedoch fest: Er liebt seine Tochter und seinen Enkel über alles. Was ihn wiederum sympathisch macht.«

»Was macht er denn beruflich?«

»Architekt.«

»Ein interessanter Beruf«, meinte Ingrid. »Der passt zu einem solchen Mann.«

Im nächsten Moment kam Barbara mit einer Platte Streuselkuchen aus der Küchentür. »Ich denke, Teller können wir uns sparen. Den können wir auf der Hand essen. Hier sind Servietten.«

»Klar doch«, sagte Evelyne, die sich beherrschen musste, nicht sofort gierig zuzugreifen.

»Soll ich Kaffee machen, oder wollt ihr lieber Wasser bei der Wärme? Ich habe auch eisgekühlten Sekt da.«

»Wasser«, erwiderte da selbst Rosa. »Sekt könnte uns bei dem Wetter zu sehr in die Köpfe steigen. Wir müssen noch arbeiten.«

»Genau«, stimmte Evelyne ihr zufrieden zu. »Und diesbezüglich habe ich euch etwas Interessantes zu berichten. Stellt euch vor: Werner Weißhaupt fährt einen großen dunkelblauen Mercedes Kombi.«

Ingrid sah sie mit großen Augen an.

»Und er war in der Mordnacht hier, wie Jan erzählt hat«, fügte Barbara mit bedeutsamem Blick hinzu, bevor sie herzhaft in ihren Streuselkuchen biss, woraufhin auch Evelyne eifrig zugriff.

»Sein Nachbar in Mainz hat ihm aber ein Alibi gegeben, wie wir von Hannes wissen«, erinnerte Ingrid die anderen. »Er soll den ganzen Abend vorm Fernseher gesessen haben.«

»Zeugen oder Nachbarn können sich irren«, stellte Rosa ungerührt richtig. »Oder bewusst Falschaussagen machen. Ich glaube da eher dem Jungen. Die Frage ist jetzt, was hat Friderikes Vater in dieser Nacht hier in Himmelrath gemacht?«

Evelyne wischte sich mit der Papierserviette einen Krümel von der Unterlippe, bevor sie antwortete: »Das würde mich auch interessieren. Eben hatte er auch noch was hier zu erledigen.« Sie sah die anderen an. »Habt ihr schon mal was davon gehört, dass Friderikes Vater hier Freunde hat? Früher hat man ihn doch auch nicht hier gesehen.«

Die drei schüttelten kauend einvernehmlich die Köpfe.

»Und dabei spricht sich doch alles schnell bei uns rum«, sagte Barbara undeutlich. Sie musste husten, weil ihr beim Sprechen ein Krümel in den Hals gekommen war. »Vielleicht ist Werner Weißhaupt der Täter, und seine Tochter weiß davon«, fuhr sie dann fort. »Nicht umsonst hat Friderike so sehr abgenommen und wirkt so angeschlagen. Bestimmt nicht aus Trauer um ihren Ehemann.«

»Er hat aber keine langen blonden Haare«, wandte Ingrid ein.

»Da waren wir uns doch einig, dass die von Maja stammen könnten«, erwiderte Rosa.

Barbara wandte ein: »Was noch nicht bewiesen ist. Hannes weiß bis jetzt nichts von ihr. Deshalb kann er Haare und Fussel, die die KTU auf DNA-Spuren untersucht hat, noch nicht mit ihrer DNA vergleichen. Und lasst mich das noch einmal an dieser Stelle sagen: Ich bin mir sicher, dass wir uns rein rechtlich inzwischen wegen Unterschlagung von Beweismaterial in diesem Mordfall schuldig machen.«

»Wir sollten Friderikes Freund nicht vergessen«, wandte Ingrid ein, als hätte sie Barbaras Einwand nicht mitbekommen.

Barbara lehnte sich zurück. »Womit wir diesbezüglich auch wieder an unsere Grenzen stoßen«, gab sie zu bedenken. »Auch da hätte Hannes sehr viel mehr Möglichkeiten, Klarheit in den Fall zu bringen. Denn mit den Infos, dass Werner Weißhaupt einen dunklen Kombi fährt und dass er in der Tatnacht nicht zu Hause in Mainz war, hätte mein Bruder genügend in der Hand, ihn zu verhören.«

Rosa rutschte auf die Stuhlkante. »Ich werde mich um Friderikes Freund kümmern«, bot sie sich ungeachtet Barbaras Belehrung an. »Der arbeitet doch laut Friderike bei einer großen Aluminiumfirma in Koblenz. Da es dort mehrere solcher Firmen geben wird, werde ich alle durchtelefonieren und Thomas Mayer am Telefon verlangen. Dann kennen wir wenigstens schon seine Arbeitsstelle. Und irgendetwas wird mir schon einfallen, damit wir uns den Mann mal persönlich anschauen können.«

»Da bin ich mir sicher«, murmelte Evelyne vor sich hin.

»An dem besagten Abend war Friderike mit ihm zusammen«, fuhr ihre Mutter ungerührt fort. »Also hat er erst einmal ein Alibi – sofern die beiden die Tat nicht zusammen begangen haben.«

»Wir müssten herausfinden, welchen Wagen Mayer fährt«, wandte Ingrid ein.

»Letztendlich bleibt es dabei – wir können weder Friderikes Vater noch ihren Freund verhören oder gar verhaften«, sagte Barbara mit Nachdruck. »Und deshalb sollten wir die Miss-Marple-Spielchen jetzt mal beenden und den Fall der Kripo übergeben.«

Ingrid senkte den Kopf und zupfte angelegentlich an dem mit cremefarbenen Pailletten besetzten Ausschnitt ihres weißen T-Shirts. Rosa wischte sich ein paar Krümel von den Jeans, und Evelyne setzte sich aufrecht hin.

»Ganz unrecht hat Barbara nicht«, erwiderte sie mit verbindlichem Lächeln. »Aber lasst uns erst noch versuchen, Werner Weißhaupt und Thomas Mayer unter die Lupe zu nehmen. Den Vorschlag meiner Mutter finde ich gut.«

Rosa strahlte sie an. »Einverstanden.« Dann schaute sie auf ihre goldene Armbanduhr. »So, ihr Lieben, ich muss fahren. Ich bin gleich mit Margit Häuser in Adenau zum Kaffee verabredet. Juttas Mutter hat Probleme, über die sie mit mir reden will. Da wir im gleichen Alter sind …«

52. KAPITEL

Das ersehnte Gewitter blieb auch am Nachmittag aus. In Evelynes Dachgeschosswohnung war die Luft so stickig und schwül, dass sie sich mit ihrer Arbeit in die Bibliothek im Erdgeschoss zurückzog. Aber dort war es nicht nur Tines Herumwuseln, das sie um ihre Konzentration brachte. Auch die Spekulationen bezüglich ihres Falls nahmen ihr die Ruhe – und nicht zuletzt die Gedanken an Michael. Am Spätnachmittag verabschiedete sich Tine. Sie gab sich mit Rosa sprichwörtlich die Klinke in die Hand.

»Wo warst du denn so lange?«, fragte Evelyne ihre Mutter erstaunt.

Rosa fächelte sich Luft zu. »Noch bei Margit zu Hause. Sie wollte mir ein Kleid zeigen, das sie sich online bestellt hat. Jutta hat zurzeit nicht den Kopf dafür, sie modisch zu beraten.« Sie schaute sich in der Bibliothek um. »Hier ist es herrlich angenehm. Bleibst du noch sitzen? Ich hole mir noch einen Espresso. Soll ich dir auch was mitbringen?«

Evelyne schüttelte den Kopf. »Danke. Ich habe noch Jasmintee.«

Es dauerte keine zwei Minuten, da kehrte ihre Mutter barfuß zurück. Ihre Pumps hatte sie inzwischen ausgezogen. »Bei der Hitze schwellen die Füße so an«, beschwerte sie sich, bevor sie sich in einen der beiden braunen Chesterfieldsessel fallen ließ und die Beine auf den Hocker legte.

Evelyne klappte ihren Laptop zu. »Jetzt erzähl mal! Was ist denn mit Frau Häuser?« Ein bisschen Tratsch würde sie vielleicht von ihren eigenen Problemen kurzfristig ablenken.

Nachdem ihre Mutter einen Schluck getrunken hatte, begann sie zu erzählen: »Jutta hat einen Freund. Zumindest ist es für Jutta eine verbindliche Beziehung, und sie spielt mit dem Gedanken, die Apotheke zu verkaufen und zu ihm zu ziehen.«

»Was?« Evelyne riss die Augen auf. »Sie wollte doch bis zur Rente arbeiten! Und das große Haus hier?«

»Genau. Für Margit ist das natürlich ein Problem. Alleine kann sie das Haus nicht halten. Jetzt überlegt sie, ob sie in eine dieser Seniorenpensionen ziehen soll.«

»Aber Moment mal ...« Evelyne rückte auf die Sesselkante. »Frau Häuser ist doch noch richtig rüstig.«

»Das ist nicht nur was für Pflegefälle. In Bad Neuenahr zum Beispiel gibt es zwei schöne Häuser, in denen kannst du dir ein Appartement mieten oder kaufen und dort ganz eigenständig leben. Hast aber dennoch jede medizinische und pflegerische Hilfe vor Ort, falls du sie spontan brauchen solltest.

Die bieten ihren Gästen ein umfangreiches Kulturangebot an. Da ist immer was los.«

Evelyne zog die Brauen zusammen. »Und woher weißt du das?«

Rosa zuckte mit den Schultern. »Nun ja, in meinem Alter muss man sich doch auf dem Laufenden halten. Außerdem habe ich mal mit Heinz darüber gesprochen. Und falls du auch mal …« Sie blickte auf die Tasse in ihren Händen und schwieg.

»Du meinst, wenn ich auch mal die Apotheke verkaufen will?«, scherzte Evelyne.

Da lachte ihre Mutter herzlich auf. »Nein, falls du auch mal einen Mann mit einem tollen Haus wie Juttas Freund kennenlernen solltest.«

»Michael hat nur eine kleine Mietwohnung in Prüm. Fünfzig Quadratmeter. Mitten in der Stadt, wo es ihm überhaupt nicht gefällt.«

Rosa riss die schwarzen Augen auf. »Wirklich? Dann würde es ihm hier bei uns bestimmt sehr viel besser gefallen. Zumal er die Natur liebt. Lade ihn doch mal ein.«

»Jetzt mal langsam mit den jungen Pferden«, bremste Evelyne sie sofort und wechselte das Thema. »Wo wohnt Juttas Freund denn?«

»Das ist es ja. Etwa einhundertfünfzig Kilometer von hier entfernt. In Richtung Süden. Irgendwas mit ...heim am Ende. Ich habe gar nicht richtig zugehört, weil Margit so durch den Wind war und ich sie trösten musste.«

»Und wo haben die beiden sich kennengelernt?«

»Er hat in der Apotheke was gekauft. Du kennst doch Jutta. Die geniert sich nicht, auf einen Mann zuzugehen, wenn er ihr gefällt.«

»Vielleicht war er hier zum Wandern«, mutmaßte Evelyne. »Aber komisch, dass sich das noch nicht rumgesprochen hat.«

»Sie hat es wohl bis jetzt unter Verschluss gehalten. Außerdem ist sie an den Wochenenden mehr bei ihm als er bei ihr. Tja, und jetzt will sie zu ihm ziehen.«

»Will er das denn auch?«

»Margit zweifelt daran. Aber das ist von ihr natürlich rein subjektiv. Er scheint an Jutta wohl was zu finden, sonst hätte er die Beziehung schon längst beendet.«

»Kennt Frau Häuser ihn?«

»Sie hat ihn einmal gesehen.«

»Und?«

»Margit sagt, sie würde niemals mit ihm warm werden können.«

»Na ja, in ihren Augen stört er auch die Mutter-Tochter-Idylle.«

Rosa seufzte und schickte ihren Blick durch die hohe Fenstertür hinaus auf den Fichtenwald. »Da wäre ich ganz anders«, murmelte sie mit versonnenem Lächeln. »Ich würde einen Mann in deinem Leben als Bereicherung ansehen. Als ein neues Familienmitglied. So sind wir Italiener eben.«

Evelyne schluckte. In diesem Moment hätte sie nicht sagen können, welche dieser beiden Möglichkeiten ihr lieber gewesen wäre: ein schlechtes oder ein zu enges Verhältnis zwischen ihrer Mutter und Michael. Auf alle Fälle würde die Sache nicht einfach werden, falls sie und Michael sich jemals näherkommen würden. Das wurde ihr in diesem Moment nur allzu deutlich bewusst.

»Margit meint, dass Jutta sich ihm an den Hals wirft. Sie ist wohl unsterblich verliebt in ihn. Sie trägt jetzt knallrote Nägel, weil ihm das gefällt.« Rosa lachte. »Aber wie heißt es so schön? Wenn alte Scheunen brennen …«

53. KAPITEL

In der Nacht von Mittwoch auf Donnerstag gab es dann endlich das Gewitter, das die Himmelrather innigst herbeigesehnt hatten. Nachdem sich der Nebel dann während des Vormittages verzogen hatte, wirkte der Himmel wie frisch geputzt, und die Temperatur lag bei angenehmen zwanzig Grad. Genau das passende Wetter für den Ausflug zum Geißbockheim, dem Clubhaus des 1. FC Köln, dachte Evelyne unternehmungslustig und voller Vorfreude, Friderikes Sohn etwas Besonderes bieten zu können.

Tatsächlich wurde der Ausflug für Jan auch zu einem ganz großen Erlebnis. Besonders faszinierte ihn das taktische Spiel des Torschützen Ellyes Skhiri, zumal er in seinem Verein ebenfalls als Stürmer spielte. Und nach dem Training gab ihm Steffen Baumgart, der Vereinstrainer, ein Autogramm auf seinen Fußball. Evelyne hatte den Dreizehnjährigen noch nie so aufgeregt erlebt wie auf der Rückfahrt. Deshalb störte sie auch nicht der lange Stau auf der A3 bei Troisdorf – Jan machte mit seinem Geplauder die Fahrt kurzweilig.

»Habt ihr gestern ein Ferienziel gefunden?«, fragte sie, nachdem sich Jan lange genug über seinen Lieblingssport ausgelassen hatte.

»Wir fahren nach Noordwijk. In ein ganz tolles Hotel mit Meeresschwimmbad. Direkt an der Strandpromenade.«

»Das klingt super.«

»Opa lädt uns alle ein. Ich glaube, der hat echt viel Geld«, fügte er im Brustton der Überzeugung hinzu. »Er will mit mir Tennis spielen, obwohl ich das noch nie gemacht habe. Er ist nämlich im Tennisverein.«

»Keine Sorge, laufen kannst du bestimmt schneller als er.«

»Ich bin ja auch jünger«, meinte Jan altklug.

»Hat dein Opa eigentlich eine Freundin?«, erkundigte sich Evelyne. Diese Idee war ihr ganz plötzlich in den Sinn gekommen. Wie sie darauf gekommen war, hätte sie in diesem Moment selbst nicht sagen können.

»Nee. Der ist immer allein. Oder mit seinem Bruder zusammen«, erzählte Jan. »Onkel Ralf ist nur zwei Jahre älter als Werner und lebt in der Schweiz, aber er kommt meinen Opa oft besuchen. Dann gehen die beiden wandern, spielen Tennis oder Schach.«

»Dann hat dein Opa ja keine Langeweile.«

»Werner ist doch noch berufstätig. Aber nur ein paar Tage in der Woche. Wenn wir nach dem Urlaub zu ihm fahren, nimmt er sich frei, damit er die ganze Zeit mit uns verbringen kann.«

Erst als sie am Meckenheimer Kreuz in Richtung Adenau abfuhren, schien Jan müde zu werden. Er lehnte den Kopf an die Sitzstütze und schloss die Augen. Evelyne lächelte versonnen vor sich hin. So war es in der Jugend – man konnte überall schlafen.

Es dauerte jedoch nur ein paar Minuten, bis Jan fragte: »Machen Sie eigentlich auch Kampfsport?«

Überrascht warf sie ihm einen schnellen Blick zu. »Nein, wie kommst du darauf?«

»Weil Mama Kampfsport macht. Karate.«

Evelyne war zumute, als würde ein Blitz sie durchzucken. Abgesehen davon, dass sie der zarten Friderike einen solch harten Sport niemals zugetraut hätte, musste sie in diesem Moment sofort an die Kampfspuren an Brandts Leiche denken. Hatte ihre Freundin ihr von dem neuen Hobby deshalb nichts erzählt, um sich nicht verdächtig zu machen?

Sie konzentrierte sich weiter auf die Straße, die sich durch Weinberge hinunter ins Ahrtal schlängelte. Mit belegter Stimme erkundigte sie sich: »Seit wann macht sie das denn?«

Aus dem Augenwinkel sah sie, wie Jan mit den Schultern zuckte. »Vielleicht seit zwei Monaten. Wussten Sie das nicht?« Er sah sie von der Seite an.

»Nein.« Sie zwang sich zu einem lockeren Lächeln und scherzte: »Aber deine Mutter muss mir ja nicht alles erzählen.«

»Sie macht's mit ihrem Freund zusammen.«

Siehe da! Als sie Jans Mutter gefragt hatte, ob Thomas Mayer boxen würde, hatte sie dies voller Empörung verneint. Nun gut, aber auch bei Karate ging es hart zu. Ob der Mord an Brandt vielleicht doch eine Gemeinschaftstat von Friderike und deren Freund war? Bei diesem nicht fernliegenden Gedanken brach ihr der Schweiß aus allen Poren. Rasch stellte sie die Klimaanlage höher.

»Hast du Mamas Freund eigentlich inzwischen mal kennengelernt?«, fragte sie dann.

»Nöö. Will ich auch nicht. Vielleicht dauert das mit den beiden auch gar nicht mehr lange«, erzählte Jan unbefangen weiter. »Ich glaube, die streiten sich oft. Wenn Mama aus Koblenz zurückkommt, ist sie meistens genervt.«

Das waren ja Neuigkeiten! Evelyne schluckte aufgeregt.

»Ich glaube, deshalb fahren wir nach dem Urlaub auch noch zu Werner. Damit sie ihn nicht sehen muss.«

Das konnte tatsächlich der Grund dafür sein, überlegte sie.

»Ist schon komisch, oder?« Jan sah sie von der Seite an.

Sie wagte einen raschen Blick. »Was?«

»Jetzt, wo Papa tot ist, trennen die sich vielleicht.« Jan seufzte, während er sich wieder zurücklehnte. »Ich verstehe die Erwachsenen nicht. Auch Opa ist im Moment so anders. Eigentlich will ich gar nicht erwachsen werden.«

Da musste Evelyne leise lachen. Obwohl sie stets darauf achtete, auf kurviger Strecke beide Hände am Lenkrad zu haben, drückte sie liebevoll Jans Hand und tröstete ihn: »Keine Angst, es dauert noch, bis du erwachsen bist. In dieser Zeit kannst du dich langsam daran gewöhnen.«

54. KAPITEL

Als Evelyne vor der Doppelgarage parkte, trat Friderike aus der Haustür – so, als hätte sie bereits auf sie gewartet.

Sie umarmte ihren Sohn, der sich aber schnell aus ihren Armen befreite. »Wie war es denn?«, erkundigte sie sich in bemüht munterem Ton.

»Echt cool.«

Sie lachte. Evelyne sah ihr an, dass sie sich auch zu diesem unbeschwerten Lachen zwingen musste. »Erzähl doch mal!«

»Heute Abend«, wiegelte Jan ab. »Ich gehe hoch, meine Mails checken.« Dann drehte er sich zu Evelyne um, reichte ihr die Hand und machte einen braven Diener. »Vielen Dank, Frau Görgens, dass Sie mit mir zu den Geißböcken gefahren sind.«

Evelyne zwinkerte ihm zu. »Immer wieder gerne.«

Als er an seiner Mutter vorbeiging, wollte diese ihm über den Lockenkopf streichen, doch er wich dieser zärtlichen Geste aus – woraufhin Friderike ihm traurig nachblickte, bis er im Haus verschwunden war. Als sie Evelyne wieder ansah, standen Tränen in ihren großen Augen.

»Ich komme zurzeit nicht an ihn ran«, sagte sie wie zur Entschuldigung. »Er verhält sich mir gegenüber so, als wenn er mich nicht mehr lieben würde. Und dabei waren wir beide doch immer ganz eng miteinander«, fügte sie mit tränenverhangener Stimme hinzu.

Evelyne presste die Lippen aufeinander. Ihre Sportfreundin tat ihr leid.

»Warte mal ab, wenn ihr im Urlaub seid. Das wird sich bestimmt wieder geben. Er macht gerade eine schwere Zeit durch. Zu alledem kommt er jetzt auch in die Pubertät, die für ein Kind nicht einfach ist.«

Friderike fingerte an dem blauen Ledergürtel herum, der ihr kurzes Jeanskleid, das ihr offensichtlich viel zu groß geworden war, in der Taille zusammenhielt. »Hast du noch Zeit, um reinzukommen?«

»Klar, gerne.«

»Geh schon mal auf die Terrasse. Ich mache uns Kaffee.«

Evelyne ging durch die Küche, die wie immer unberührt aussah, auf die Terrasse. Auf dem Tisch stand neben zwei Illustrierten ein Aschenbecher, der von Zigarettenstummeln überquoll, ein Kaffeebecher. Ihre Freundin rauchte viel zu viel. Was mochte sie wohl den ganzen Tag über machen außer Sport? Wenn man in ihr ehemals attraktives Gesicht schaute, las man darauf die Antwort geschrieben: Sie war innerlich von Problemen zerfressen. Dass sie sich um Jan sorgte, lag auf der Hand. Aber was nagte noch an ihr?

Heute werde ich sie konkret darauf ansprechen, nahm Evelyne sich entschlossen vor. Diese ungeklärte Situation hielt sie selbst kaum mehr länger aus. Sie wollte Friderike nicht schaden, sondern nur helfen, damit sie und ihr Sohn möglichst schnell wieder in ein normales Leben zurückfanden. Und das musste ihre Freundin endlich begreifen und sich ihr anvertrauen. Selbst wenn sie am Tod ihres Mannes Schuld haben sollte, würde sie alles in ihrer Macht Stehende tun, um Friderike zu helfen. Ein Mann, der Frau und Kind schlug … Nun gut, ihn gleich umzubringen, war sicherlich nicht ganz angemessen, aber Brandts Gewalttätigkeiten würden sich bestimmt mithilfe eines guten Anwalts vor Gericht als strafmildernd herausstellen. Und zu einem cleveren Strafverteidiger würde sie Friderike bestimmt durch ihre Beziehung zu Heinz Friedrichs verhelfen können.

»Milch oder Zucker?«, fragte ihre Sportfreundin, als sie mit der Kanne und einem zweiten Becher auf die Terrasse trat.

»Seit Kurzem schwarz.«

»Ach ja, stimmt«, erwiderte Friderike und seufzte. »Entschuldige bitte …« Ihr Lächeln wirkte zerbrechlich, so, als würde sie gleich wieder Tränen in die Augen bekommen. Sie schenkte ein. »Hast du Hunger?«, erkundigte sie sich, während sie sich ihr gegenübersetzte.

»Nein, danke. Wir haben in Köln Currywurst mit Pommes gegessen.« Evelyne lachte. »Meine erste Currywurst nach zig Jahren. Aber sie hat mir richtig gut geschmeckt«, fügte sie mit Nachdruck hinzu.

Im nächsten Moment musste sie an Michael denken. Auf der Wanderung rund um Prüm hatten sie sich über Fastfood unterhalten, und er hatte ihr gestanden, dass er sich einmal im Monat eine Currywurst und Pommes frites mit viel Mayonnaise gönnte. In Erinnerung an meine Zeit in Köln, wo es damals noch an jeder Ecke eine Currywurstbude gab, hatte er hinzugefügt. Natürlich hatte sie sofort klargestellt, dass sie aus gesundheitlichen Gründen ein solch ungesundes Essen strikt ablehnen würde, woraufhin er geschwiegen hatte. Doch falls sie sich tatsächlich am Samstag sehen würden, würde sie ihn darüber informieren, dass sie ihre kompromisslose Meinung zur Currywurst geändert hatte. Vielleicht würden sie dann sogar mal zusammen zu einer Würstchenbude gehen.

»Ich esse so was auch gerne, aber momentan habe ich überhaupt keinen Hunger«, sagte Friderike in ihre Gedanken hinein.

Evelyne ergriff über den Tisch hinweg ihre Hand und sagte sanft: »Das sehe ich dir an. Und ich biete dir noch einmal an, über alles mit mir reden zu können.«

Friderike lachte freudlos auf. »Es wird immer mehr. Tag für Tag. Heute Mittag zum Beispiel war die Kripo wieder hier.« Sie griff nach den Zigaretten und klopfte eine aus der Packung.

»Was?«, rief Evelyne erstaunt aus. »Was wollte die denn?«

Friderike gab sich Feuer und stieß den Rauch in die klare Luft. »Kommissar Neffgen und sein Kollege wollten meine Fingerabdrücke und eine Haarprobe. Außerdem haben sie von meinem Wagen einen Reifenabdruck genommen.« Sie hob die schmalen Schultern. »Warum, weiß ich auch nicht. Vielleicht haben sie am Tatort Reifenspuren gefunden.«

Evelyne trank einen Schluck Kaffee, um Zeit zu gewinnen. Wahrscheinlich war Friderikes Schonzeit nun vorbei, und in Ermangelung anderer Verdächtiger war Hannes jetzt auf die Ehefrau als mögliche Täterin gekommen. Trotz ihres Alibis, das in Wirklichkeit falsch war – was Hannes jedoch noch nicht wusste. Genauso wenig, wie er von Brandts Gewalttätigkeiten wusste. Aber mit Sicherheit wusste er inzwischen, dass Friderike nicht nur Brandts hohe Lebensversicherung bekam, sondern sie und ihr Sohn auch die Villa erbten. Wie gut, dass Hannes jetzt nicht etwa auch Jan als mutmaßlichen Täter in Betracht zog. Und wie gut, dass sie den einen Handschuh aus dem Verkehr gezogen und Friderike zurückgegeben hatte. Falls ihre Freundin wirklich etwas mit der Tat zu tun hatte, war sie wahrscheinlich clever genug gewesen und hatte den anderen Handschuh verschwinden lassen und bewusst die falsche Fährte gelegt, er würde in Brandts Jeep liegen.

Während Evelyne all diese Gedanken wie Blitze durch den Kopf schossen, sagte Friderike: »Sie haben mich auch nach einer blauen Bluse oder einem blauen Kleid gefragt, weil sie an Huberts Leiche Fussel gefunden haben, die vom Täter stammen.« Sie seufzte tief und fuhr mit matter Stimme fort: »Die haben meinen ganzen Kleiderschrank durchsucht, obwohl sie keinen Durchsuchungsbeschluss hatten. Aber ich habe nichts gesagt. Dann hätte es so ausgesehen, als hätte ich was zu verbergen.«

Evelyne nickte. »Haben sie denn was Blaues gefunden?«

»Natürlich habe ich eine hellblaue Bluse«, begehrte Friderike auf. »Die hat doch eigentlich jeder im Schrank.«

»Na ja … Haben sie auch in Jans Schrank gesucht?«

»Entschuldige mal«, brach es da aus ihrer Freundin heraus. »Jan hat doch seinen Vater nicht umgebracht! Wer auf so einen Gedanken kommt, ist doch nicht mehr ganz gescheit.« Zweimal hintereinander zog sie heftig an ihrer Zigarette, bekam einen Hustenanfall und drückte sie dann aus.

»Da wir einmal beim Umbringen sind …«, sagte Evelyne trocken, wenn auch mit schlechtem Gewissen, weil sie wusste, dass sie Friderike durch die nächste Frage nur noch mehr aufregen würde. »Was ist denn mit deinem Freund?«

Friderike wurde noch blasser, wenn das überhaupt noch möglich war. »Thomas? Also bitte, Evelyne, ich dachte, wir beide sind befreundet«, erwiderte Jans Mutter mit zornbebender Stimme, wobei sich ihre Augen mit Tränen füllten. Sie begann, am ganzen Körper zu zittern. »Thomas ist kein Mörder. Wie kommst du nur auf diesen Gedanken?«

»Weil du ihm ein Alibi gegeben hast, was falsch sein könnte. Wie auch Jans Alibi, das er dir gegeben hat. Und du wiederum deinem Sohn. Bitte verstehe mich nicht falsch«, fügte Evelyne rasch hinzu. »Ich möchte nur, dass du vorbereitet bist auf das, was auf dich zukommen könnte. Die Kripo ist jetzt auf deiner Spur. Und Hannes Neffgen wird sich festbeißen. Der will Erfolge. Deine Haare, deine Fingerabdrücke, deine Bluse, der Reifenabdruck vom Fiesta … Die haben Spuren am Tatort und an Huberts Leiche gefunden, und die werden jetzt mit deiner DNA und allem anderen verglichen.«

Da sah Frederike sie herausfordernd an. »Sollen sie doch. Ich habe nichts zu verbergen.« Sie streckte ihr Kinn vor. »Außerdem haben Hubert und ich in einem Haus gelebt. Er war mein Mann. Da wird es wohl nicht verwunderlich sein, dass man meine DNA an seinem Körper findet.«

Stimmt auch wieder, dachte Evelyne bei sich. »Hat Hannes Neffgen heute gefragt, ob du einen Freund hast?«

»Nein. Wie kommst du darauf? Welche Fragen stellst du mir denn hier?« Friderike sah sie mit dem Blick eines gehetzten Rehs an. »Thomas und ich haben es immer vermieden, dass man uns in Himmelrath oder Umgebung zusammen sehen konnte. Allein schon wegen Hubert.«

»Nun gut, aber vielleicht haben euch Leute bei den Aufräumarbeiten nach der Flut beobachtet und gemerkt, dass es zwischen euch prickelte. Du weißt doch, wie sehr sich die Menschen für Klatsch und Tratsch interessieren. Und das könnte der Kripo zu Ohren gekommen sein. Die recherchieren bestimmt überall.«

»Davon habe ich bis jetzt noch nichts gehört«, erwiderte Friderike wie ein trotziges Kind.

Evelyne lächelte sie beruhigend an. »Dann ist gut.«

Friderike schenkte sich Kaffee nach und – offensichtlich immer noch aufgeregt – schüttete dabei etwas daneben. Achtlos wischte sie die braune Flüssigkeit auf der Holzplatte mit dem Handteller weg und trank einen Schluck, wonach sie ihren tränennassen Blick mit versteinerter Miene auf die Eifelberge am Horizont richtete. Evelyne spürte, dass sich ihre feindliche Stimmung jetzt auch gegen sie richtete. Nach einer Weile jedoch sagte ihre Freundin wieder überraschend sachlich: »Ich habe der Kripo erzählt, dass Hubert eine Geliebte hatte. Ich habe ihnen das Bild mitgegeben. Vielleicht ist diese Maja es gewesen.«

O nein!, dachte Evelyne entsetzt. Das bedeutete, dass Hannes Maja verhören, ihre Fingerabdrücke, Haare und Kleidung untersuchen und diese mit den Spuren an Huberts Leiche vergleichen würde. Dann spätestens würde für ihn feststehen, den absoluten Volltreffer gelandet zu haben, nach dem er kurz vor seiner Pensionierung strebte. Zwischen Maja und Brandt hatte laut Maja tatsächlich ein Gerangel stattgefunden, und die Spuren an Brandts Leiche konnten durchaus von Maja sein. Wie sollten sie, die Rommé-Cops, die von Majas Unschuld überzeugt waren, diese Beweise widerlegen? Es sei denn, die KTU würde wider Erwarten herausfinden, dass die blonden Haare Friderikes DNA trugen?

Evelyne jagte das Blut durch die Adern. So schnell wie möglich musste sie den anderen von dieser Entwicklung erzählen. Doch vorher wollte sie noch die negative Stimmung zwischen ihr und Friderike aus der Welt schaffen.

»Friderike …«, sprach sie ihre Sportfreundin sanft an, selbst auf die Gefahr hin, dass diese wieder aggressiv werden würde. »Ich will dir nichts Böses. Ich mache mir nur meine Gedanken. Aber auch nur in der Hinsicht, wie ich dir helfen könnte. Das musst du mir glauben. Selbst, wenn du in irgendeiner Form in die Sache verwickelt sein solltest – wenn du zum Beispiel den Täter oder die Täterin kennen und decken würdest –, würde ich mich durch nichts in meiner Hilfe beirren lassen. Darauf gebe ich dir mein Wort.«

Entgegen ihrer Vermutung, die Atmosphäre zwischen ihnen könnte sich noch mehr aufheizen, begann Friderike, leise zu schluchzen. Dann wandte sie sich ihr wieder zu und nickte unter Tränen. »Danke, dass du das sagst. Ich vertraue dir. Aber bitte, gib mir noch ein bisschen Zeit. Vielleicht ist auch Maja die Täterin.«

Evelyne biss sich so fest auf die Lippe, dass es wehtat. Mochte Friderike womöglich so hinterhältig sein, die Geliebte ihres verstorbenen Mannes der Polizei als Täterin zu liefern, um den Verdacht von sich abzulenken? Es wurde Zeit, die Rommé-Cops zusammenzutrommeln, um sich zu besprechen.

55. KAPITEL

»Das sind ja Neuigkeiten«, sagte Rosa erstaunt, nachdem Evelyne ihnen eine Stunde später von dem Gespräch mit Friderike erzählt hatte. »Mich hat sowieso gewundert, dass Hannes nicht schon viel früher darauf gekommen ist, Friderikes Fingerabdrücke zu nehmen. Eigentlich machen die Kommissare das immer so.«

»Ich glaube, er wollte sie erst einmal schonen und sie nicht als mögliche Verdächtige hinstellen«, erwiderte Evelyne, während sie ihrer Mutter, Barbara und sich Sekt nachschenkte. Ingrid enthielt sich, weil sie noch fahren musste.

»Und wahrscheinlich traut Hannes ihr genauso wenig wie wir zu, zu einer solchen Tat fähig zu sein«, ergänzte Ingrid.

»Das sehe ich anders«, widersprach Barbara energisch. »Hannes weiß bis jetzt weder, dass Friderikes Alibi geplatzt ist, noch, dass sie einen Geliebten hat und zu alledem auch noch Kampfsport betreibt. Das alles behindert ihn doch in seinen Ermittlungen. Sonst hätte er sie schon längst in Verdacht gehabt.«

Evelyne seufzte und lehnte sich auf dem Rattansofa zurück. Die vier saßen im Wintergarten, in den die Strahlen der untergehenden Sonne fielen. Durch die offen stehenden Fenstertüren wehte der Duft der Rosenbüsche hinein. Ingrid und Barbara waren auf Evelynes Anruf hin ein paar Minuten später spontan gekommen – Ingrid im taupefarbenen, rüschenbesetzten Seidenkleid, weil sie gerade auf dem Weg zu einer Abendeinladung war, und Barbara im grünen Overall und in Gummistiefeln.

»Die arme Maja wird wahrscheinlich jetzt in ihrem Urlaub von der Polizei gestört«, sagte Ingrid mit mitfühlender Miene. »Vorausgesetzt, die Kripo findet überhaupt heraus, wo sie ist.«

»Da kannst du ganz sicher sein«, versicherte Barbara ihr. »Hannes hat da doch ganz andere Möglichkeiten als wir.«

Evelyne lächelte in die Runde. »Für unsere beschränkten Ermittlungsmöglichkeiten sind wir aber bis jetzt ganz schön weit gekommen. Oder was meint ihr?«

Ihre Mutter tippte sich an die Stirn. »Köpfchen.«

Evelyne lachte. Was bei Hannes weniger zutrifft, wollte sie schon kontern. Ingrid und Rosa stimmten in ihr Lachen fröhlich ein. Nur Barbara tat so, als hätte sie den Scherz gar nicht gehört.

»Lasst uns den Stand unserer jetzigen Ermittlungen kurz zusammenfassen, damit wir einen Überblick bekommen«, wechselte Rosa sachlich das Thema und griff nach dem Notizblock und dem Kuli, die auf dem Rattantisch lagen. »Ich schreibe erst mal alle mutmaßlichen Verdächtigen auf, die wir bisher haben.«

Während sie die Liste erstellte, betrachtete Evelyne das bizarre Muster von Licht und Schatten, das die Sonnenstrahlen auf den Natursteinboden malten. Genauso bizarr wie unser Fall, ging ihr dabei durch den Kopf.

»Also, unsere Verdächtigen sind: Jan, Friderike, Maja, Thomas Mayer und Werner Weißhaupt«, fuhr Rosa fort. »Jan haben wir jedoch schon als Täter oder Mittäter ausgeschlossen.«

»Seinen Namen kannst du also streichen«, erwiderte ihre Tochter mit Nachdruck. »Dafür lege ich meine Hand ins Feuer. Wenn er irgendetwas mit dem Mord an seinem Vater zu tun hätte, würde er sich anders verhalten. Mit Kindern und Jugendlichen kenne ich mich aus.«

»Maja auch«, sagte Ingrid. »Obwohl die blonden Haare und der blaue Fussel bestimmt von ihr stammen, was die Kripo bald auch bestätigen wird.«

»Bestimmt.« Barbara nickte bekräftigend.

Nachdem Rosa die beiden Namen durchgestrichen hatte, nippte sie kurz an ihrem Sekt, um dann fortzufahren: »Es bleiben also noch drei Verdächtige: Friderike, ihr Freund und ihr Vater. Und durch den Kampfsport rückt Friderike für mich auch wieder verstärkt in den Fokus.«

»Für mich auch«, stimmte Barbara ihr zu. »Das würde Hannes auch so sehen – wenn er davon wüsste.«

Evelyne senkte kurz den Blick. Immer, wenn ihre Sportfreundin als Täterin in Erwägung gezogen wurde, bekam sie Friderike gegenüber ein schlechtes Gewissen. Obwohl Jans Mutter durchaus Motive dafür gehabt hätte, ihren Mann umzubringen, und ihr neues Hobby auch nicht gerade entlastend für sie war, konnte und wollte sie nicht glauben, dass sie zu so etwas fähig sein konnte. Energisch schüttelte sie den Kopf.

»Ich glaube, Friderike interessiert sich nur für diese Sportart, weil ihr Freund sie dazu überredet hat. Der wollte vielleicht, dass sie sich bei weiteren Gewalttätigkeiten Brandts hätte wehren können. Aber ihn umbringen? Hubert Brandt war ein großer, athletischer Mann, der eine zierliche Frau, trotz raffinierter Kampfsporttechnik, mit einem Faustschlag hätte bewusstlos schlagen können.«

»Ich würde sie gerne auf der Liste stehen lassen«, widersprach ihre Mutter ihr. »Auch wenn du es nicht hören willst, aber sie hat starke Motive. Brandt hat auch seinen Sohn geschlagen. Das weckt den Beschützerinstinkt einer Mutter. Noch am Mordabend hat er seine Frau geschlagen, was für Friderike der endgültige Anlass dafür gewesen könnte, sich zu rächen und der Sache ein Ende zu bereiten.«

»Außerdem dürfen wir nicht vergessen, dass das Ableben ihres Ehemannes sie zu einer vermögenden Frau gemacht hat und überdies den Weg frei für ihre neue Beziehung«, fügte Ingrid hinzu.

Evelyne schwieg wieder. Dies waren Argumente, denen sie erst einmal nichts entgegensetzen konnte. Das wusste sie nur zu gut.

»Kommen wir zu Thomas Mayer«, sagte Rosa. »Wie wir jetzt wissen, versteht er sich als Kampfsportler ebenfalls darauf, jemanden k. o. zu schlagen. Mit einem Stein in der Hand wahrscheinlich noch besser. Friderike hat ihm zwar für die Tatzeit ein Alibi gegeben, weil sie angeblich ein Schäferstündchen hatten, aber wer sagt uns, ob das stimmt? Vielleicht hat er von ihr gewusst, dass Brandt in seinem Jagdrevier war, hat ihn dort aufgesucht und umgebracht. In diesem Fall wäre Friderike eine Mitwisserin.«

»Oder sogar Mittäterin«, mutmaßte Barbara.

»Bleiben wir mal bei Thomas Mayer«, sagte Evelyne, ohne auf den Hinweis einer möglichen Gemeinschaftstat einzugehen. »Der hat für mich starke Motive. Er will seine Geliebte vor weiteren Gewalttätigkeiten ihres Mannes bewahren; er will sie zukünftig für sich allein haben, und eine vermögende Lebensgefährtin ist sicherlich angenehmer als ein Sozialfall mit Kind, den er finanziell unterstützen müsste.«

Ihre Mutter sah in die Runde. »Also – Friderike und Thomas Mayer bleiben auf der Liste?«

»Ja«, antworteten Ingrid und Barbara wie aus einem Mund. Evelyne nickte nur.

»Dann haben wir noch Werner Weißhaupt«, fuhr Rosa fort. »Sein wichtigstes Motiv sehe ich darin, seine Tochter und seinen Enkel vor dem gewalttätigen Ehemann und Vater zukünftig zu bewahren.«

»Das sehe ich genauso«, stimmte Ingrid ihr zu. »Seiner sportlichen Statur nach traue ich ihm durchaus zu, trotz des Altersunterschiedes zwischen ihm und Brandt, seinen Schwiegersohn niederschlagen zu können.«

»Außerdem wissen wir inzwischen durch seinen Enkel, dass er für die Tatzeit kein Alibi hat«, fügte Barbara hinzu. »Entgegen Hannes' Nachforschungen war er nicht in Mainz, sondern hier in Himmelrath.«

Ingrid seufzte. »Nur wo, wissen wir nicht.«

»Und er fährt einen großen dunklen Kombi, einen Wagen, den Maja am Tatort kurz vor der Tatzeit gesehen hat«, erinnerte Rosa die drei.

»Eigentlich kann nur er es gewesen sein«, sagte Evelyne.

»Moment!« Ihre Mutter hob die Hand. »Da sind noch andere schwarze Löcher. Wir wissen zurzeit weder, welches Auto Friderikes Freund fährt, noch, ob deine Freundin in der Nacht den Wagen vielleicht gewechselt hat – aus welchem Grund auch immer. Michael Groß hat sie gegen halb elf in ihrem Fiesta an der Tankstelle am Ring gesehen. Das heißt jedoch nichts. Wie ich schon mal gesagt habe, liegen der Tatort, Friderikes Haus und der Ring nur unweit auseinander.«

»Was ist eigentlich mit dem Handschuh, den du an deine Freundin zurückgegeben hast?«, fiel Barbara ein. Dabei sah sie Evelyne vorwurfsvoll an. »Der ist ja eigentlich auch ein Indiz. Vielleicht wären an dem DNA-Spuren des Täters zu finden.«

Ihre Frage entlockte Evelyne ein genervtes Aufstöhnen. »Du weißt genau, wo der ist«, entgegnete sie. »Bei Friderike. Ich frage mich vielmehr, wo der andere ist, den Hannes nicht gefunden hat.«

»Stimmt.« Ingrid sah in die Runde. »Höchstwahrscheinlich hat den der Täter mitgenommen. Denn in Brandts Jeep lag er definitiv nicht.«

»So …« Rosa legte Notizblock und Kuli zurück auf den Tisch. »Statt über diese Handschuhe zu spekulieren, sollten wir jetzt unser weiteres Vorgehen planen. Denn noch steht der Täter nicht fest, dessen DNA mit denen auf den Handschuhen zu vergleichen wäre.«

»Ich werde versuchen, herauszubekommen, wo Werner Weißhaupt in der Tatnacht war«, bot sich Evelyne an. »Außerdem werde ich Friderike fragen, bei welcher Firma ihr Freund arbeitet. Dann musst du nicht alle Nummern zum Namen Thomas Mayer durchtelefonieren«, fügte sie an ihre Mutter gewandt hinzu.

»Okay, und ich werde überlegen, wie wir diesen Mayer vor die Linse kriegen. Wir müssen wissen, wie er aussieht und welchen Wagen er fährt. Besonders Letzteres ist ganz wichtig.«

»Falls er ein kleines, schmales Kerlchen sein sollte, ist es doch ziemlich unwahrscheinlich, dass er Brandt trotz Kampfsporttechniken hinstrecken konnte«, gab Ingrid zu bedenken.

»Brandts Todesursache ist der Schlag mit dem Stein auf den Kopf«, erinnerte Evelyne sie. »Und den könnte auch ein schmales Kerlchen aus dem Hinterhalt ausführen.«

»Oder eine Frau«, sagte Rosa.

»Die Fingerabdrücke auf der Tatwaffe sind doch letztendlich die einzige wirkliche Spur zum Täter«, meinte Barbara. »Falls diese mit denen von Friderike oder Maja übereinstimmen, wird Hannes den Fall in Nullkommanichts gelöst haben.«

»Und wenn nicht?«, fragte Evelyne mit hochgezogenen Brauen.

»Dann müssen wir Hannes von unseren anderen Verdächtigen erzählen – von Mayer und Weißhaupt«, antwortete Barbara ganz selbstverständlich. »Der Mörder oder die Mörderin muss schließlich mal gefasst werden. Wir bewegen uns doch eigentlich nur auf der Stelle.«

»Das sehe ich aber ganz anders«, wandte Ingrid ein. »Wir haben bis jetzt gute Arbeit geleistet. Und du wolltest ursprünglich auch, dass wir ermitteln.«

»Ja, schon ...« Barbara seufzte. Auf ihrem frischen Gesicht stand ihr der innere Konflikt geschrieben. »Mir tut mein Bruder nur so leid. Der fischt immer noch im Trüben und würde so gerne am Ende seiner Laufbahn einen Erfolg haben.« Sie sah in die Runde und fügte mit mitleidigem Lächeln hinzu: »Wir wissen doch alle, dass Hannes nicht der Meisterdetektiv in Person ist. Aber er ist halt mein Bruder, und ich habe ständig ein schlechtes Gewissen ihm gegenüber. Besonders, wenn ich ihn auch noch aushorche ...«

Nun herrschte erst einmal betretenes Schweigen im Wintergarten. Nur die Vögel draußen zwitscherten um die Wette. Und ein bisschen hörte sich das so an, als würden sie sich über den armen Hannes lustig machen. Rosa und Evelyne nippten an ihrem Sekt, Barbara kaute mit gesenktem Kopf auf ihren Nüssen, und Ingrid ordnete mit betretener Miene die Falten ihres Rockes.

»Natürlich können wir dich verstehen«, sagte Evelyne schließlich zu Barbara. »Und wir wollen deinen Bruder auch nicht um seinen Erfolg bringen. Das können wir eigentlich auch gar nicht. Wir haben weder die Mittel noch die Befugnis, den Täter oder die Täterin letztendlich zu überführen. Das kann nur die Kripo. Also Hannes. Wir leisten nur ein bisschen Vorarbeit, und Hannes wird dann aufgrund der Beweismittel, die vor Gericht Bestand haben, den Fall offiziell lösen.«

»Genau«, sprang ihre Mutter eifrig ein. »Vergiss nicht, Barbara, dass Friderike wahrscheinlich viel offener mit Evelyne sprechen wird als mit Hannes, wenn es um ihren Vater geht.«

»Oder um ihren Freund«, fügte Ingrid hinzu.

»Und ganz ehrlich ...« Evelyne lächelte Barbara an. »Dir hat es doch bis jetzt auch Spaß gemacht, ein bisschen Spürhund zu spielen. Am Anfang unserer Ermittlungen warst du ganz begeistert.«

Barbara seufzte und begann bereits wieder zu lächeln. »Ja, schon ...«

»Und noch einmal: Ganz egal, wie weit wir in unseren Ermittlungen vorankommen, in letzter Konsequenz sind wir von deinem Bruder abhängig«, machte Rosa ihr bewusst. »Es gibt nur einen, der die Befugnis hat, den Täter oder die Täterin zu verhaften. Und das ist Hannes.«

Dieses Argument schien Barbara endlich zufriedenzustellen. »Stimmt. Der Erfolg ist ihm zumindest offiziell sicher. Aber wahrscheinlich macht er in dem Fall jetzt auch Fortschritte, da er Friderikes und in den nächsten Tagen auch Majas DNA haben wird.«

»Genau«, bestätigten alle drei wie aus einem Mund.

»Gut, dann bleibt's dabei. Ich halte euch weiterhin auf dem Laufenden«, bot sich Barbara wieder in ihrer unbeschwerten, fröhlichen Art an. »Ich wollte Hannes sowieso noch eine Sommerhose kürzen. Dabei plaudert er gerne ...«, fügte sie mit vielversprechendem Blick hinzu.

56. KAPITEL

»Wann fährst du zu Friderike?«, fragte Rosa am Freitagmorgen beim Frühstück.

»Am Nachmittag«, antwortete Evelyne, während sie ihre Brötchenhälfte mit der würzig duftenden Salami belegte. »Heute Vormittag muss ich arbeiten. Der Abgabetermin rückt immer näher.«

»Ich fahre gleich nach Bonn. Ich habe Lisa zum Mittagessen eingeladen, damit sie mal rauskommt.«

»Wie geht's ihr denn?«

»Gut. Du weißt doch, wir Italienerinnen sind lebensfroh. Das erhält uns gesund und jung.«

»Ihr seid nur Halbitalienerinnen«, korrigierte Evelyne ihre Mutter. »Oma war Deutsche.«

»Das stimmt schon«, räumte Rosa ein, »aber mein Vater war in allem sehr dominant. Auch bezüglich der Gene.«

Evelyne lachte. »Diese italienischen Machos …«

»Soll ich Tine eine Einkaufsliste schreiben?«, wechselte ihre Mutter das Thema.

»Lass nur, ich kaufe heute Nachmittag ein. Bevor ich zu Friderike fahre. Du kannst mir alles aufschreiben, was du brauchst.«

Rosa nickte. »Gut, dann lass ich dich jetzt in Ruhe weiter frühstücken und gehe unter die Dusche. Sonst bin ich zu spät bei Lisa. Du kennst sie ja. Die wartet bestimmt schon seit gestern auf mich.« Sie nahm ihre Espressotasse und stand auf. Bevor sie in die Küche ging, blieb sie noch einmal stehen und sah ihre Tochter forschend an. »Sag mal, das wollte ich dich schon seit ein paar Tagen fragen: Du isst morgens gar kein Müsli mehr.«

»Stimmt.«

»Und auch keine Sojamilch mehr im Kaffee.«

»Stimmt auch.«

»Darf ich mal nach dem Grund fragen?«

»Ich … Tja, ich habe zurzeit halt mehr Appetit auf Wurst, Käse und schwarzen Kaffee.«

»Und gestern hast du sogar ein Glas Sekt mit uns getrunken.«

»Ja, Mutter, das habe ich«, erwiderte Evelyne bereits leicht genervt. »Früher hast du immer gesagt, ich würde mich zu gesund und freudlos ernähren, und jetzt scheint es dir auch nicht zu passen.«

Rosa lachte ihr herzhaftes Lachen. »Unsinn, Kind, ich stelle es nur fest und frage mich, was Michael Groß wohl so trinkt und frühstückt.«

Evelyne seufzte laut auf. »Du willst doch jetzt bestimmt hören, dass er lieber Wurst und Käse statt Müsli isst, oder?«

»Darauf würde ich mal wetten«, erwiderte Rosa mit ihrem Madonnenlächeln.

»Diese Wette würdest du sogar gewinnen. Und nun glaubst du, dass ich wegen ihm oder durch ihn meine Ess- und Trinkgewohnheiten geändert habe.«

»Na ja, wir Menschen verändern uns im Laufe des Lebens, gewollt oder ungewollt. Und oft auch durch den Einfluss anderer.«

»So oft haben Michael und ich uns bisher noch nicht gesehen, dass er bereits Einfluss auf mich haben könnte«, konterte Evelyne. »Und wie du weißt, bin ich gegen Einflüsse anderer immer ziemlich resistent gewesen.«

»Die Liebe, die Liebe …«, flötete Rosa mit einem verschmitzten Zwinkern, bevor sie sich umdrehte und schnell im Haus verschwand.

Mit verständnislosem Kopfschütteln blickte Evelyne in den Himmel über Himmelrath und aß weiter. Schon in den Abendnachrichten hatte sie gehört, dass sich das Wetter am Wochenende wieder verschlechtern sollte. Davon erzählten jetzt auch die dicken Wolken. Gegen Spätnachmittag sollte es sogar regnen, jedoch bei warmen Temperaturen. Die Bootstour morgen würde somit wahrscheinlich sprichwörtlich ins Wasser fallen. Dann würden sie sich nur zum Mittagessen im Klosterrestaurant sehen. Danach wollte er seinen Onkel besuchen. Schade.

Sie nippte an ihrem Kaffee, der ihr ohne Sojamilch viel besser schmeckte. Dass der Mensch sich so verändern konnte! Was jedoch nichts mit Michael zu tun hatte, da war sie ganz sicher. Oder strebte sie im Unterbewusstsein vielleicht doch nach immer mehr Gemeinsamkeiten mit ihm? Zumindest lauerte da tief in ihr der Wunsch, ihn viel öfter und auch länger zu sehen, als das bisher der Fall war. Diesen Wunsch hatte sie bei noch keinem Mann zuvor gehabt. Sie konnte sich sogar vorstellen, ein paar Tage hintereinander mit ihm zusammen zu sein, ohne dass es ihr langweilig werden würde. Evelyne, Evelyne …, schalt sie sich im Stillen.

Ihre Mutter war gerade gefahren, als ein Motorgeräusch im Hof Tine ankündigte. Sie ging hinunter in die Küche, wo sich ein paar Sekunden später auch Tine einfand, in Hausschuhen und blütenweißem Kittel, den Staubsauger im Schlepptau, um das Haus auf den Kopf zu stellen.

»Entschuldigen Sie, ich bin viel zu spät! Mein Auto wollte einfach nicht anspringen!«, rief Tine mit ihrer ohnehin schon lauten Stimme voller Energie. »Habt ihr es schon gehört?«

Evelyne sah sie irritiert an. »Was?«

»Der Thelen ist tot.«

»Peter Thelen? Der Hoch- und Tiefbauunternehmer?«

»Genau der. Ich habe es eben erst an der Tankstelle erfahren. Der soll sich erhängt haben.«

»Erhängt?«

»Verstehe ich auch nicht. Der war doch Jäger. Viel schneller und schmerzloser hätte er sich doch erschießen können.« Sie hob die Schultern. »Aber vielleicht wollte er sich bestrafen. So einen guten Ruf hatte der ja nicht.«

Evelyne war zunächst sprachlos. Verwirrt sah sie Tine an, die unverblümt weiterplauderte: »Das hätte man eher von seiner Frau erwartet, so unglücklich wie die in der letzten Zeit ausgesehen hat.«

»Das ist ja ein Ding!« Evelyne schüttelte den Kopf. »Weiß man auch, warum?«

»Er soll pleite gewesen sein. Insolenz nennt man das, glaube ich.«

»Insolvenz«, verbesserte sie Tine lächelnd.

»Meinetwegen. Alles wegen dem blöden Geld«, schimpfte Tine. »Wie gut, dass ich keins habe«, fügte sie lachend hinzu, bevor sie den Sauger in die Steckdose steckte.

57. KAPITEL

Erst am frühen Nachmittag ließ sich Evelyne wieder im Erdgeschoss sehen. Um ihre Arbeit nicht zu unterbrechen, hatte sie das Mittagessen ausfallen lassen.

»Ich bin jetzt weg«, verabschiedete sie sich von Tine. »Wir

sehen uns heute nicht mehr. Und meine Mutter kommt erst gegen siebzehn Uhr wieder.«

»Ich schließe alles ab«, versicherte Tine ihr. Freitags ging sie schon um zwei nach Hause, um dann zu ihrem Freund nach Trier zu fahren.

Als Evelyne in ihren Volvo stieg, warf sie einen Blick zum Himmel. Er sah tatsächlich nach dem Regen aus, den der Wetterbericht angekündigt hatte. Insgeheim hatte sie noch gehofft, die Meteorologen hätten sich getäuscht. Mit einem tiefen Seufzer schaltete sie den Motor an und fuhr ins Dorf hinunter. An Helgas Lebensmittelladen wehte die Fahne, die täglich frische Brötchen und Brote verkündete, im aufgefrischten Wind. Vor der Metzgerei Hammes bildete sich wieder eine Schlange, die ihr verriet, dass Monika inzwischen all ihre Kunden zurückgewonnen hatte und wieder ihre Schwätzchen hielt. Als sie an Juttas Apotheke vorbeikam, stellte sie erstaunt fest, dass vor die massive Eingangstür mit dem kunstvoll geschnitzten Äskulapstab das schmiedeeiserne Gitter geschoben war – wie immer, wenn Jutta geschlossen hatte. Bis vor Kurzem hatte die Apothekerin freitags stets bis neunzehn Uhr geöffnet gehabt. Ob Jutta das Wochenende bei ihrem Freund verbrachte? Und wieder musste sie an Michael denken. Sie stellte sich vor, wie es wäre, statt auf dem Weg zum Einkaufszentrum in Adenau auf dem in ein gemeinsames Wochenende mit ihm zu sein. Und als sie durch den Buchenwald fuhr, sah sie sich Hand in Hand mit ihm auf verschwiegenen Wegen wandeln.

Schluss jetzt, befahl sie sich. Der rege Betrieb unten in Adenau zwang sie, sich auf den Verkehr zu konzentrieren. Im Kreisel fuhr sie in Richtung Bahnhof, hinter dem bald schon das kleine Einkaufszentrum zu sehen war. Auch hier herrschte Gewusel. Autofahrer irrten herum auf der Suche nach einer freien Parklücke, Kunden balancierten ihre voll beladenen Einkaufswagen zu ihren Autos, und dazwischen standen Leute, die sich unterhielten.

Evelyne hatte Glück. Zwei Meter vor ihr wurde gerade ein Parkplatz frei. Mit viel zu viel Schwung, aus Sorge, jemand könnte ihr den wegschnappen, fuhr sie in die Lücke, um dann abrupt abzubremsen, denn sonst wäre sie in der Betonwand des Discounters gelandet. Geschafft. Sie nahm die Münze für den Einkaufswagen aus ihrem Handschuhfach und stieg aus. Dann ab ins Getümmel, spornte sie sich an.

Nach drei langen Schritten jedoch blieb sie abrupt stehen. Über eine Reihe parkender Autos hinweg entdeckte sie Friderike. Ihre Sportfreundin stand in einem schwarzen Jogginganzug neben einem weißen Wagen. Einem zweisitzigen, schnittigen Cabrio. Die Marke hätte sie nicht benennen können, dafür verstand sie zu wenig von Autos. Auch das Kennzeichen konnte sie nicht erkennen. Aber Friderike stand nicht allein dort, sondern mit einem Mann zusammen, der klein, sehr schlank – und sehr viel jünger war als sie. Der Altersunterschied war trotz der Entfernung deutlich zu erkennen. Er trug weiße Sneaker, schwarze Bermudas, ein schwarzes T-Shirt und auf dem Kopf eine weiße Kappe, mit dem Schirm im Nacken, unter dem ein blonder Pferdeschwanz hervorlugte. Sichtlich aufgeregt sprach er auf Friderike ein. Geradezu beschwörend. Ganz offensichtlich hatten die beiden Streit.

Dieser Mann konnte nur Thomas Mayer sein. Jetzt wollte er Friderike in die Arme nehmen, doch sie stieß ihn zurück. Dabei blickte sie sich um, als wollte sie prüfen, ob andere sie beobachteten. Dann sagte sie etwas zu ihm, schüttelte heftig den Kopf, drehte sich um und lief zu ihrem Wagen, den Evelyne in der nächsten Reihe entdeckte. Thomas Mayer stieg daraufhin in seinen Sportflitzer, ließ den Motor aufheulen und fuhr so schnell vom Parkplatz, dass ihm einige Leute voller Empörung nachblickten.

Was war das denn gerade gewesen? Evelyne blinzelte verwirrt, machte kehrt und setzte sich wieder in ihren Wagen, wobei sie die Fahrertür offen ließ. Das musste sie erst einmal verdauen. So sah also Thomas Mayer aus. Dass er sehr viel jünger zu sein schien, hatte sie nicht erwartet. Sie schätzte ihn auf höchstens Ende zwanzig. Und Friderike war immerhin einundvierzig. Aus der Entfernung, wie sie ihn nur hatte sehen können, besaß er ein durchaus sympathisches Gesicht. Ein Jungengesicht, weit entfernt von dem eines gestandenen Mannes. Friderike hatte gegen ihn wie eine ältere, vom Leben strapazierte Frau ausgesehen. Was mochte er an ihr finden? Mutterkomplex? War es die Schutzbedürftigkeit, die sie ausstrahlte, mit der sie die männliche Spezies anzog? Wahrscheinlich war sie die Letzte, die diese Frage beantworten konnte. Dafür verstand sie sich zu wenig auf Männer. Immer noch durcheinander, seufzte sie in sich hinein.

Sollte sie ihre Freundin gleich auf ihre Beobachtung ansprechen? Darüber musste sie noch nachdenken. Jetzt musste sie sich erst einmal wieder beruhigen und ihre Wochenendeinkäufe erledigen.

58. KAPITEL

Eine Stunde später machte Evelyne sich mit einem vollgeladenen Kofferraum auf den Weg zurück nach Himmelrath. Inzwischen hatte es angefangen zu regnen. Kein Sturzregen, sondern kleine, stetige Tropfen, die aneinandergereiht wie Schnüre vom Himmel fielen. Ein beständiger Regen, der tagelang anhalten konnte – was der Natur guttun würde. Damit fiel die Bootsfahrt morgen endgültig ins Wasser. Was unternahm man bei einem solchen Wetter zu einem Date?, fragte sie sich und musste unwillkürlich lächeln. Wie zwei Teenager, die beide noch bei den Eltern wohnten. Im Auto zarte Küsse miteinander tauschen? Evelyne schüttelte energisch den Kopf. Das ging gar nicht. Aber unmöglich konnte sie Michael morgen zu sich in ihre Wohnung einladen. Den Rattenschwanz, den diese Einladung vonseiten ihrer Mutter nach sich ziehen würde, wollte sie sich gar nicht ausdenken. Wie sie ihre Mutter kannte, würde sie Michael von dieser Stunde an als ihren Schwiegersohn betrachten. Das würde viel zu peinlich werden. Nein, das war keine Option. Wollte sie ihm stattdessen heute Abend am Telefon vorschlagen, ihn morgen in Prüm zu besuchen? Womöglich wollte er sie genauso wenig in seiner Wohnung empfangen wie sie ihn in ihrer – nur aus anderen Gründen. Wie kompliziert. Schließlich würde es bei der Essensverabredung bleiben – vorausgesetzt, Michael sagte diese heute Abend nicht etwa ab. Sie hatte schon alles erlebt.

Mit diesen Gedanken im Kopf fuhr Evelyne zurück durch den Buchenwald, dessen dichtes Blätterwerk den Regen abhielt. Hier war es genauso trist und trübe wie in ihrem Herzen. In der Ortsmitte überlegte sie kurz, ob sie erst ihre Einkäufe wegbringen sollte, doch dann entschied sie, auf direktem Weg zu Friderike zu fahren.

Von Weitem schon sah sie deren hellblauen Fiesta vorm Haus stehen.

»Störe ich?«, fragte sie ihre Freundin gleichermaßen erstaunt wie besorgt, als diese ihr mit verweinten Augen die Haustür öffnete.

Friderike lächelte sie schief an. »Der beste Augenblick ist es nicht, aber komm ruhig rein, wenn du schon da bist.«

Evelyne zögerte. Keinesfalls wollte sie sich aufdrängen. Und ganz sicher war dies jetzt auch der falsche Moment, Friderike darauf anzusprechen, wo ihr Vater in der Mordnacht gewesen war. Oder um gar ihren Freund zu erwähnen. »Weißt du was«, fuhr sie mit liebevollem Lächeln fort. »Wir können auch telefonieren. Es sei denn, ich kann dir jetzt irgendwie helfen …« Abwartend sah sie Friderike an.

»Komm ruhig rein.« Ihre Freundin drehte sich um und ging durch die Eingangshalle ins Wohnzimmer, wo sie sich in einen der beiden Stahlrohrsessel fallen ließ, die an der langen Fensterfront standen.

Evelyne blieb noch zwei, drei Sekunden verunsichert in der Haustür stehen, schloss sie schließlich hinter sich und folgte Friderike, die sich gerade eine Zigarette anzündete. »Was ist passiert?«, fragte sie vorsichtig.

»Stress.« Ihre Sportfreundin stieß den Rauch scharf aus. Sie schien jedoch eher wütend als traurig zu sein, was Evelyne erst einmal als gutes Zeichen wertete.

»Wo ist Jan?«

»Bei einem Freund.«

Kein Wunder, dass der Junge lieber irgendwo anders war als in diesem Haus, wo ständig eine solch bedrückende Atmosphäre herrschte und eine so problembeladene Mutter herumsaß.

»Kommt dein Vater an diesem Wochenende?«, kam Evelyne die Frage ganz spontan über die Lippen. Friderikes Vater schien zumindest Jan gutzutun.

Jans Mutter schüttelte den Kopf. »Der war doch gerade vorgestern hier.« Sie zog an ihrer Zigarette und sah dem Rauch nach. »Außerdem ist seine Freundin an diesem Wochenende bei ihm, was er zwar gar nicht wollte, aber leider ist er nicht Manns genug, um ihr abzusagen.« Sie hob die Schultern. »Vielleicht ist es der Sex …«

Evelyne machte große Augen. So unverblümte Worte hörte man selten aus Friderikes Mund. Aber ihre Freundin schien mit diesem Thema noch nicht fertig zu sein. Heftig schüttelte sie den Kopf und fuhr in aggressivem Ton fort: »Ich weiß ehrlich nicht, was in meinen Vater gefahren ist. Bei dieser Geschichte macht er sich doch zum Affen.« Ihre rotgeränderten Augen sprühten mit einem Mal Blitze. »Stell dir vor, in der Nacht, als Hubert ermordet wurde, hat sie ihn zu sich zitiert, weil sie vorher am Telefon Streit bekommen hatten. Und zwar deshalb, weil sie wollte, dass er sie besucht, und er nicht gekommen ist, weil er für drei Tage Besuch von meinem Onkel, sprich seinem Bruder, hatte. Dann hat sie am Telefon jedoch so ein Theater gemacht, dass mein Vater, eigentlich ein sehr sachlicher, von der Vernunft gesteuerter Mensch, noch am selben Abend aus Mainz hierhin gefahren ist. Immerhin ist das eine Strecke von einhundertvierzig Kilometern. Wenigstens hat er nicht bei ihr übernachtet, sondern hier bei uns, ist aber dann, bevor ich Montagmorgen aufgewacht bin und entdeckte, dass Hubert die Nacht über gar nicht da war, schon weg gewesen.« Friderike hatte so schnell und empört gesprochen, dass sie jetzt nach Luft schnappte.

Evelyne brauchte ein paar Sekunden, um das Gehörte sacken zu lassen. Hatte Friderike ihrem Vater gerade für den Tatabend unbewusst ein Alibi gegeben? War Werner Weißhaupt in dieser Nacht bei seiner Freundin gewesen? Was doch hieß, dass diese Frau in Himmelrath oder Umgebung wohnen musste. Und der Mann in Mainz vor dem Fernsehapparat womöglich Werners Bruder gewesen war? Moment mal ... Ganz leise klopfte tief in ihr etwas an. Eine Erkenntnis, die noch nicht den Weg in ihr Bewusstsein finden wollte. Doch dann fiel ihr Blick auf die Aspirintabletten, die neben Friderikes Wasserglas auf dem kleinen Tisch lagen. Jutta? War etwa Jutta Häuser, die Apothekerin, die Freundin von Werner Weißhaupt?

Friderike mochte ihren Blick auf die Tabletten bemerkt haben. Sie griff nach der Blisterpackung, drückte eine Pille heraus und schluckte sie mit Wasser herunter. Währenddessen saß Evelyne immer noch sprachlos in dem unbequemen Stahlrohrsessel.

»Ich habe Jutta Häuser nie gemocht«, fuhr ihre Freundin etwas ruhiger fort. »Sie hat sich ein paarmal an Hubert rangemacht. Völlig ungeniert. Obwohl sie doch wusste, dass er verheiratet war. Und mich kannte. Obwohl sie nicht in sein Beuteschema gepasst hat, hat er jedoch ein paarmal gesagt, dass sie auf eine gewisse Art Sexappeal hätte. Und diesem scheint mein Vater jetzt verfallen zu sein.« Sie lachte hart auf. »Ich will dir auch sagen, warum ich dich zum Frühstück eingeladen habe. Ich habe gedacht, ihr würdet doch viel besser zueinander passen, und wenn er dich kennenlernen würde, könnte er diese Jutta vergessen. Aber da habe ich mich gründlich getäuscht.

Nicht, dass mein Vater dich unsympathisch fände. Ganz im Gegenteil …«, fügte sie schnell hinzu.

Evelyne lächelte sie an. »Lass mal gut sein. Ich verstehe schon, was du meinst.« Sie schüttelte den Kopf und wiederholte voller Unverständnis: »Dann ist Jutta also die Freundin deines Vaters. Also, ich muss sagen, das überrascht mich.«

Friderike schnaubte verächtlich durch die Nase. »Das kannst du laut sagen.«

Ob Friderike schon wusste, dass Jutta vorhatte, nach Mainz zu ziehen? Welchen Ort hatte ihre Mutter noch mal genannt? Irgendetwas mit …heim.

»Wo wohnt dein Vater eigentlich?«, erkundigte sie sich spontan. »Ich meine, wo in Mainz?«, fügte sie rasch hinzu.

»In Mainz-Gonsenheim. Und stell dir vor, jetzt hat sie die Idee, ihre Apotheke aufzugeben und zu ihm zu ziehen. Als Begründung schiebt sie die gegenwärtig schwierige Situation der Apotheker vor. Kostensteigerungen, Lieferengpässe bei Medikamenten, Bürokratie … Aber letztendlich will sie nur in seiner Nähe sein, um ihn kontrollieren zu können. Sie ist nämlich krankhaft eifersüchtig. Also, eine größere Katastrophe kann ich mir nicht vorstellen! Nicht für meinen Vater, nicht für Jan, für mich und überhaupt …« Friderike schnappte nach Luft. An ihrem Hals zeigten sich inzwischen rote Flecken. Im Ton der Genugtuung fuhr sie schließlich fort: »Aber wir werden ja bald alle zusammen in Holland sein und danach noch bei ihm. Da habe ich hoffentlich genügend Möglichkeiten, ihn zur Besinnung zu bringen. Zusammen mit meiner Schwester, die auch entsetzt darüber ist. Natürlich passt es Jutta nicht, ihn so lange nicht sehen zu können. Wahrscheinlich hat sie Angst vor unserem Einfluss. Sie weiß, dass ich sie nicht mag. Und ihr liebreizendes Verhalten mir gegenüber, wenn ich mal bei ihr was kaufe, täuscht mich nicht darüber hinweg, dass sie mich genauso wenig mag.«

Evelyne kam aus dem Staunen nicht mehr heraus. So geradeheraus, wütend und hart hatte sie ihre Freundin noch nie reden hören. Eindeutig hatte die zarte, zurückhaltende und stille Friderike auch eine andere Seite. Aber machte sie diese schon zur Mörderin? Schnell verwarf sie den Gedanken wieder und fragte: »Hast du deswegen eben geweint?«

Ihre Freundin sah zum Fenster hinaus in den Regen. Sie ließ sich Zeit mit der Antwort. Schließlich schüttelte sie den Kopf. »Nein, wegen Thomas. Wir haben ständig Streit. Aber darüber will ich jetzt nicht auch noch reden. Das ist mir zu viel.«

59. KAPITEL

»Unglaublich!«, staunte auch Rosa, nachdem Evelyne ihr all das erzählt hatte, was sie an diesem Tag in Erfahrung gebracht hatte. Die beiden saßen am Küchentisch, Rosa mit einem kleinen Glas Rotwein, ihre Tochter mit Rhabarberschorle. Eigentlich hatten sie zu Abend essen wollen, doch beide waren zu aufgeregt, um Appetit zu haben.

»Dass der Thelen insolvent war!«, fuhr Rosa erstaunt fort. »Davon hat man gar nichts gehört. Wahrscheinlich hat seine Frau deshalb so schlecht ausgesehen.«

»Und wahrscheinlich war er auch deshalb so wütend auf Brandt«, sagte Evelyne. »Hätte er den Zuschlag für das Wiederaufbauprojekt bekommen, hätte er vermutlich die Insolvenz abwenden können.«

Ihre Mutter hob nachlässig die Schultern. »Brandt wird kein schlechtes Gewissen mehr quälen. Der ist unter der Erde.«

»Wenn es ihn überhaupt im Nachhinein noch gequält hätte«, bezweifelte Evelyne. »Und nun zu etwas anderem. Ich habe nämlich noch eine Neuigkeit.« Sie erzählte ihrer Mutter, dass sie Friderikes Freund gesehen hatte.

»Dass sie einen so jungen Lover hat, hätte ich nicht gedacht«, erwiderte Rosa.

»Aber das Beste kommt noch: Er hat langes blondes Haar, das er im Nacken zum Pferdeschwanz zusammengefasst hat.«

»Also ein mögliches weiteres Indiz, dass er der Mörder sein könnte, wenn diese Haare mit denen an Brandts Leiche übereinstimmen würden.«

»Was wir leider nicht feststellen können. Wir sind Amateure.«

Rosa seufzte. »Wir müssen schauen, wie sich der Fall weiterentwickelt. Gegebenenfalls müssen wir Hannes tatsächlich unser Wissen zu diesem Zeitpunkt unserer Ermittlungen mitteilen, damit er von Mayer eine Haarprobe nehmen kann.«

Evelyne trank von der Schorle. »Ich habe aber noch einen Knaller«, fuhr sie mit geheimnisvollem Lächeln fort und erzählte ihr, dass Jutta Häuser die Freundin von Friderikes Vater war.

»Heiliger Bimbam, das wird ja immer doller!«, rief da ihre Mutter aus. »Darauf wäre ich niemals gekommen.«

»Ich auch nicht«, erwiderte Evelyne. »Jetzt können wir auch Weißhaupt von unserer Liste streichen. Eigentlich bleiben nur noch Friderike, Thomas Mayer und eventuell Maja als potenzielle Täter übrig.«

Rosa trank einen kräftigen Schluck. Dann fiel ihr ein: »Hast du herausbekommen, bei welcher Firma Thomas Mayer arbeitet?«

»Nein. Das habe ich sie auch nicht mehr gefragt. Friderike war total fertig. Sie hat mich mehr oder weniger hinauskomplimentiert.«

»Nun gut, dann muss ich morgen die Aluminiumfirmen in Koblenz durchtelefonieren.«

»Morgen ist Samstag. Das geht erst am Montag.«

Rosa nickte. »Dann sofort Montagmorgen.«

»Sollen wir Barbara und Ingrid gleich noch unsere neuen Infos durchgeben?«, fragte Evelyne.

Rosa machte eine wegwerfende Geste. »Ach, was … Barbara und ihr Mann sind heute Abend sowieso nicht da, und

Ingrid übernachtet bei einer Freundin in Münstereifel, mit der sie heute Abend auf Männerjagd gehen will. Ich habe eben noch, bevor du gekommen bist, mit den beiden telefoniert. Und am Montagabend sehen wir uns doch sowieso zum Rommé. Dann können wir noch einmal alles besprechen.«

»Stimmt. Vielleicht hat Barbara auch neue Erkenntnisse von Hannes. Der wird bestimmt darauf bedacht sein, dass die KTU jetzt etwas schneller arbeitet als bisher. Schließlich steht seine Pensionierung kurz bevor.«

Evelyne schaute auf ihre Uhr und stand auf. »Ich geh mal hoch.«

Ihre Mutter lächelte sie wissend an. »Erwartest du vor dem Wochenende einen Anruf?«

Auch in diesem Augenblick fragte sich Evelyne wieder einmal, ob ihre Mutter den siebten Sinn hatte. Zumindest in Liebesangelegenheiten.

»Hm«, erwiderte sie nur, während sie ihr Glas in die Spülmaschine stellte.

»Sehr ihr euch am Wochenende?«

»Kann sein«, antwortete sie schmallippig, bevor sie sich umdrehte und ohne ein weiteres Wort die Küche verließ. Das waren die Momente, in denen sie sich wünschte, ein eigenes kleines Reich zu haben – weit weg von der Familienvilla hoch oben auf dem Hügel von Himmelrath.

60. KAPITEL

Und dann war es wie immer. Evelyne saß in dem Ohrenbackensessel in ihrem Wohnzimmer und wartete auf Michaels Anruf. Wie oft schon hatte sie hier gesessen und auf den Anruf eines Mannes gewartet. Eigentlich hatte sie eine solche Situation nicht mehr gewollt. Schon mal gar nicht mehr in ihrem

Alter. Inzwischen war es acht Uhr. Michael hatte nicht gesagt, wann er sich melden würde. Ihre Annahme war jedoch gewesen, dass er nach der Arbeit anrufen würde. Vielleicht noch aus seinem Büro oder vor dem Abendessen von zu Hause. Inzwischen hatte er bestimmt Feierabend – und auch gegessen. Ob er an diesem Abend verabredet war? Dennoch. Wozu gab es Handys oder Smartphones, die einem ermöglichten, von überall zu telefonieren?

Voller Ungeduld stand sie auf, ging wie ein Tiger im Käfig auf und ab. Der Regen klopfte leise an ihr Fenster, als wolle er sie daran erinnern, dass sie kein ungeduldiger Teenager mehr war, sondern eine Frau in den Sechzigern, die das Leben inzwischen Gelassenheit gelehrt haben sollte. Ja, sie war eine Frau in den Sechzigern, aber ihre Erfahrungen mit Männern waren nicht die besten. Was auch an ihr liegen mochte, weil sie immer so korrekt gewesen war, ein so klar umrissenes Bild von allem gehabt hatte. Eben ihr eigenes Bild – und nicht offen dafür gewesen war, dass andere Menschen andere Vorstellungen hatten.

Sie blieb stehen. Voller Frust – Frust über sich selbst – schüttelte sie den Kopf. Sie wusste doch, dass sie beziehungsuntauglich war. Warum nur hatte sie sich nach so langer Zeit wieder auf dieses Spiel, auf das sie sich so wenig verstand, eingelassen? Michael mochte jetzt, in diesen Augenblicken, vielleicht gar keinen Gedanken an sie und ihre Verabredung morgen verschwenden und seinen Spaß in der Gesellschaft anderer Leute haben, die wesentlich oberflächlicher waren als sie. Doch dann erinnerte sie sich wieder an einen seiner Sätze, die sie alle in ihrem Gedächtnis gespeichert hatte: Wir sind doch beide korrekte Menschen. Oder seine Worte: Dort sorge ich für Recht und Ordnung. Er hatte seine Arbeit im Naturparkt gemeint. Stand er vielleicht gar nicht hinter diesen Werten? Hatte er ihr etwas vorgespielt? Hatte er sie womöglich viel schneller durchschaut als sie ihn und deshalb die Schlüsselworte gesagt, die sie umgarnt hatten?

»Ich werde noch wahnsinnig«, murmelte sie vor sich hin,

während sie vor dem Wohnzimmerfenster stehen blieb. Inzwischen herrschte draußen Weltuntergangsstimmung. So, das reicht, sagte sie sich entschlossen. Sie würde ihn jetzt anrufen. In ihrer Vergangenheit hatte sie lange genug gewartet. Falls sich bei ihm die Mailbox meldete, würde sie in zuckersüßem Ton für morgen absagen. Verzeih, aber mir ist etwas dazwischengekommen. Ich melde mich wieder, hörte sie sich schon leichthin sagen. Ja, genau so. Und dann sollte er mal auf ihren Anruf warten. Bis zum Sankt-Nimmerleins-Tag.

In drei Schritten war sie an ihrem Schreibtisch, auf dem ihr weißes tragbares Telefon sowie ihr Smartphone exakt nebeneinanderlagen. Beide bereit fürs Klingeln. Während sie die Hand ausstreckte, um nach dem Telefon zu greifen, meldete sich ihr Smartphone. Mit großen Augen starrte sie auf das erleuchtete Display. Michael. Ein ungläubiges Lachen kam ihr über die Lippen. Telepathie?

Zögernd nahm sie den Apparat in die Hand, wartete noch drei Klingeltöne ab. Nach dem fünften würde ihre Mailbox anspringen. Kurz davor drückte sie rasch die grüne Taste. »Görgens.«

»Groß«, erklang es da im gleichen Tenor am anderen Ende der Leitung. Sie hörte jedoch, dass Michael dabei schmunzelte. Diese Männerstimme ... Sofort spürte sie wieder einen Schauer auf der Haut.

»Ach, Herr Groß ...«, sagte sie in übertrieben erstauntem Ton. »Das ist ja eine Überraschung.«

Er lachte sein tiefes, warmes Lachen. »Jetzt tu doch nicht so. Erstens hast du meinen Namen auf dem Display gelesen; und zweitens waren wir für heute zum Telefonieren verabredet.«

»Stimmt«, erwiderte sie so, als würde ihr das gerade wieder einfallen. »Entschuldige, ich habe gar nicht aufs Display geschaut. Ich sitze hier mit Freunden zusammen und ...«

»Dann störe ich bestimmt ...«, unterbrach Michael sie da sofort in deutlich sachlicherem Ton. »Ich wollte auch nur wegen morgen nachfragen.«

»Ist schon in Ordnung«, antwortete sie großzügig.

»Dann nur ganz kurz … In Anbetracht des Wetters verzichten wir am besten auf die Bootsfahrt und gehen mittags oder am späten Mittag nur essen. Danach fahre ich zu meinem Onkel.«

Sie schluckte. »Das passt«, erwiderte sie betont munter und fügte aus Enttäuschung noch hinzu: »Morgen Abend hätte ich sowieso nicht gekonnt.«

»Gut. Dann sagen wir bis morgen um halb zwei im Seerestaurant. Okay?«

»Okay.«

»Dann will ich auch nicht länger stören.« Seine Stimme klang jetzt geschäftsmäßig. »Einen schönen Abend noch.«

»Dir auch.«

Es klickte in der Leitung. Michael hatte die Verbindung weggedrückt – und sie hatte gerade ein Eigentor geschossen. Wie gerne hätte sie länger mit ihm telefoniert!

61. KAPITEL

Mit dem Smartphone in der Hand und Aufruhr im Herzen blieb Evelyne an ihrem Schreibtisch stehen. Sollte sie den restlichen Abend jetzt hier allein in ihrer Wohnung hocken und ihren Spekulationen nachhängen, warum das Telefonat so dumm gelaufen war, oder zu ihrer Mutter hinuntergehen und sich ihren Frust von der Seele reden? Was sie noch nie getan hatte.

Keine Minute später betrat sie die Küche. Inzwischen hatte Rosa den Tisch abgeräumt. Wo mochte sie sein? In ihrem eigenen Bereich oder vielleicht im Wintergarten? Evelyne entdeckte die angebrochene Flasche Rotwein auf der Anrichte. Ohne lange zu fackeln, schnappte sie sie sich, nahm zwei große, bauchige Weingläser aus dem Schrank und machte sich damit auf den Weg in den Wintergarten – wo ihre Mutter mit einem Buch auf dem Rattansofa saß und ihr mit großen Augen entgegensah. Dann legte sich ein amüsiertes Lächeln auf ihr immer noch schönes Gesicht.

»Willst du mir ein bisschen Gesellschaft leisten? Der Krimi hier ist nämlich längst nicht so spannend wie unser Fall. Nach den ersten Seiten habe ich den Mörder schon entlarvt.«

»Was wir bei unserem Fall nicht sagen können«, erwiderte Evelyne seufzend und setzte sich in den Korbsessel ihr gegenüber.

»Trinkst du auch etwas?« Erstaunt sah ihre Mutter sie an.

Demonstrativ hielt Evelyne die beiden Gläser hoch.

Wieder huschte ein Lächeln über Rosas Gesicht. »Schön.«

Sie stießen miteinander an. Evelyne trank zwei Schlucke hintereinander. Den samtigen, runden Geschmack des Appassimento empfand sie wieder einmal als angenehm. Binnen weniger Sekunden milderte er die Kälte, die sie in sich spürte.

Rosa saß mit hochgelegten Beinen da und strich scheinbar in sich versunken über die langen Blätter des Japanischen Palmfarn. Doch Evelyne wusste nur zu gut, dass sie darauf wartete, etwas von ihr zu erfahren. Was sie dieses Mal auch völlig in Ordnung fand. Deshalb war sie schließlich gekommen – um sich ihre Gedanken und Zweifel, die sie schon so oft in ihrem Leben zermürbt hatten, von der Seele zu reden. Und eines musste sie ihrer Mutter lassen: Vom Leben und von Männern verstand sie was. Vielleicht konnte sie von ihr im Falle Michael, der ihr so sehr am Herzen lag, noch etwas lernen.

»Ach, Mama …«, begann sie, um dann gleich wieder zu verstummen. Es fiel ihr schwer, den Anfang zu finden, ihrer Mutter einzugestehen, dass sie wieder einmal mit einem Mann Probleme hatte.

Als sie in die schwarzen Augen ihrer Mutter sah, in denen sie nur Liebe, Zärtlichkeit und Besorgnis las, fiel es ihr auf einmal ganz leicht, sich ihr mitzuteilen. Während sie erzählte, rauchte ihre Mutter eine Zigarette. Ohne sie zu unterbrechen, hörte sie ihr aufmerksam zu. Als sie schließlich verstummte, sagte Rosa: »Die Liebe ist immer eine Art Wahnsinn, mehr oder minder schön. Das hat Heinrich Heine gesagt. Aber wir können halt nicht ohne sie. Und das sagt Rosa Görgens«, fügte ihre Mutter zwinkernd hinzu.

»Sehr witzig«, entgegnete Evelyne seufzend.

»Nun mal im Ernst, Kind. Ich habe es kürzlich schon mal gesagt: Im Alter ist es noch schwieriger, Beziehungen zu knüpfen, als in der Jugend. Jeder hat schon seine eingefahrenen Gewohnheiten und vor allem seine negativen Erfahrungen im Rucksack. Man wird vorsichtiger, will keine Verletzungen mehr erfahren. Außerdem weiß man, dass man auch ohne Mann oder ohne Frau ganz gut durchs Leben kommt. Das geht dir so, aber bestimmt auch Michael.« Rosa lächelte ihre Tochter zärtlich an. »Und ganz ehrlich, du bist kein einfacher Mensch. Du hast deine ganz genauen Vorstellungen von den Dingen. Und deine Erwartungen. Zum Beispiel, um welche Uhrzeit Michael anrufen soll. Mit Sicherheit hatte er einen Grund dafür, dass er heute Abend halt eben erst um halb neun angerufen hat. Wie ich dich gerade verstanden habe, hat er dir gar keine Uhrzeit genannt.« Ihre Mutter sah sie bedeutsam an. »Wenn du dich noch einmal auf einen Mann einlassen willst, musst du offener und lockerer werden. Denn dein Partner drückt dieser Beziehung durch seine Ansichten, Gewohnheiten und vieles mehr natürlich auch seinen Stempel auf. Außerdem muss das Neue nicht immer schlecht sein. Im Gegenteil, es kann dich auch bereichern, wenn du es zulässt.« Sie trank einen Schluck, schien aber noch nicht fertig zu sein. Evelyne wartete darauf, dass sie weitersprach.

»Und was deine Zurückhaltung Männern gegenüber angeht«, fuhr ihre Mutter fort, »da kannst du durchaus mal etwas forscher vorgehen. Was hast du denn zu verlieren? Du hast dein Leben – und du hast ein schönes Leben. Das kann dir niemand nehmen. Drück deine Wünsche oder Bedürfnisse doch aus! Sag es ihm, wenn du ihn öfter sehen möchtest. Dann liegt es an ihm, zu entscheiden. Und falls er dieses Bedürfnis nicht hat, darfst du das nicht persönlich nehmen. Dann …«

»Nicht persönlich nehmen?«, unterbrach Evelyne sie empört. »Wie soll ich das denn sonst nehmen? Dann scheine ich ihm doch nicht wichtig genug zu sein. Oder?«

»Sieh es einfach so: Dann ist er einfach nicht der Richtige für dich. Du solltest von dir mehr überzeugt sein und dich nicht mit den Augen der Männer sehen, die dich nicht verdienen. Du bist es wert, geliebt, respektiert und verwöhnt zu werden. Und wenn dein Partner das vernachlässigt, ist er der Falsche. Ganz einfach. Aber vorher sollte eine Frau immer versuchen, dem Mann ihrer Träume auf charmante Art und Weise ihre Wünsche mitzuteilen. Oftmals sind die Männer betriebsblind, was nicht unbedingt mit mangelnden Gefühlen zu tun haben muss. Also, mein Schatz, rede mit Michael, bevor du ihn durch dein abweisendes Verhalten, das aus falschem Stolz und Angst vor Zurückweisung geboren ist, von dir wegstößt.«

»O Mann«, kam es Evelyne da nach einer Weile über die Lippen. »Da hast du mir aber gerade viel Stoff zum Nachdenken auf den Weg in die Nacht mitgegeben.«

Rosa lachte. »So sollte es doch sein: Die Alten geben ihre Erfahrungen an die Jungen weiter. So war es immer. Und die Jungen können dann entscheiden, was sie damit anfangen.«

Evelyne rückte näher an ihre Mutter heran und gab ihr einen Kuss auf die Wange – eine Geste, die sie nur ganz selten verschenkte. »Hört sich vernünftig an«, flüsterte sie und stand schnell auf. »Ich danke dir für diesen psychologischen Vortrag. Statt deines Schminktöpfchens hättest du damals auch gut eine Partnerschaftsberatung gründen können«, scherzte sie.

Rosa hob den Zeigefinger. »Irrtum, mein Kind. Damals hat man seine Beziehung oder Ehe einfach gelebt und nicht so viel psychologisiert. Damals drehten sich die Menschen noch weniger um sich selbst.«

62. KAPITEL

Als Evelyne auf den Parkplatz des Klosterrestaurants fuhr, hing eine dunkle Wolkendecke über der Benediktinerabtei Maria Laach. Nebel lag über dem See, und die warme Luft fühlte sich schwer und feucht an. Den grünen Landrover entdeckte sie auf den ersten Blick. Michael war also pünktlich. Genau wie sie. Da neben seinem Wagen keine Lücke mehr frei war, parkte sie weit von ihm entfernt. Hoffentlich war das kein Omen!, ging es ihr kurz den Kopf, bevor sie ausstieg. Sie sah sich um. Michael war nirgendwo zu sehen. Wahrscheinlich wartete er im Restaurant auf sie.

Als sie auf den Restauranteingang zuging, entdeckte sie ihn auch schon durch die deckenhohen Glasscheiben des Foyers. Unwillkürlich musste sie lächeln. Er war ähnlich gekleidet wie sie – Jeans, weißes Freizeithemd, ein olivfarbenes Leinensakko, braune Wildlederslipper an den nackten Füßen. Ihr Sakko war sandfarben, und die Mokassins waren taupe. Auf den Rat ihrer Mutter hin hatte sie ihr Haar wieder lässig hochgesteckt. Und natürlich ein bisschen Make-up aufgelegt wie auch rosafarbenen Lippenstift.

Als sie das Entrée betrat, glitt ein freudiges Lächeln über Michaels Züge. Seine braunen Augen leuchteten auf.

»Hallo …« Er machte einen Schritt auf sie zu, jedoch ohne Anstalten zu machen, sie zu umarmen oder ihr zwei Begrüßungsküsse zu geben.

»Hallo«, erwiderte sie und lächelte zu ihm hoch. Endlich ein Mann, der um einiges größer war als sie. Und das sollte schon etwas heißen!

»Schön, dass du da bist«, sprach Michael weiter. Das freudige Funkeln in seinen Augen war jedoch erloschen. »Hattest du eine gute Fahrt?«

»Danke. Du auch?«

»Danke.«

O weia, das fing ja fade an. Da hatte ihr Abend im Burghotel aber mit deutlich mehr Schwung begonnen.

»Lass uns reingehen«, schlug Michael vor. »Ich habe einen Tisch reserviert.« Er berührte ihren Ellbogen und führte sie ins Restaurant. Bei dieser vertrauten Geste wurde ihr sofort wärmer ums Herz. Doch als er dem heraneilenden Kellner seinen Namen nannte, ließ er sie wieder los. Auf dem Weg zu ihrem Tisch sah sie, dass jeder Platz besetzt war. Kein Wunder. Die große Terrasse mit dem Blick auf den Laacher See war bei dem Wetter geschlossen. Es sah so aus, als würde es jeden Moment anfangen zu regnen.

»Tja, da sind wir«, stellte Michael fest, als sie sich gegenübersaßen. Abwartend sah er sie an. Was erwartete er von ihr? Sie merkte, wie sie sich versteifte.

»Tja, da sind wir«, wiederholte sie seine Worte, wobei sie sie am liebsten im nächsten Moment wieder zurückgenommen hätte. Warum fiel ihr nichts Witzigeres, Spritzigeres ein, das den Humor bewies, den er ihr bei ihrem Essen im Burghotel bescheinigt hatte? Irgendwie stand diese Verabredung für sie schon unter einem schlechten Stern. Vielleicht, weil sie ein so komplizierter Mensch war. Sie hatte sich schon auf einer romantischen Bootsfahrt gesehen, in den lauschigen, kleinen Buchten des Sees schippernd … Mit unvorhersehbaren Situationen tat sie sich eben schwer. Außerdem – wo sollte hier, zwischen all den Gästen, Romantik aufkommen? Hier gab es keine intimen Nischen wie im Burghotel. Wenn sie wenigstens abends essen gegangen wären, bei Kerzenschein und melodischer Hintergrundmusik. Aber an dem Tisch hinter ihnen zankten sich zwei Kinder, rechts neben ihnen schrie ein Baby auf dem Schoß seiner Mutter.

»Such dir etwas Schönes aus«, forderte Michael sie auf, nachdem die Kellnerin die Speisekarten gebracht hatten. »Das Fleisch hier kommt vom Bio-Klostergut und der Fisch aus dem See. Also alles ganz frisch.«

Über den Rand der Karte hinweg warf sie ihm ein Lächeln zu und vertiefte sich dann in die Gerichte. Schnell entschied sie sich für Laacher Silberfelchen an Safransoße.

»Ich nehme Wiener Schnitzel mit hausgemachtem Kartoffel-Gurken-Salat«, beschloss Michael. Seine tiefbraunen Augen sahen sie fragend an. »Eine Vorspeise?«

»Nein, danke.« Sie hatte ohnehin keinen richtigen Appetit.

»Einen Aperitif?«

»Auch nicht. Ich muss noch fahren.«

Über sein Gesicht huschte die Andeutung eines belustigten Lächelns. »Aber ein Glas Wein zum Essen, oder?«

Erst zögerte sie, dann nickte sie. »Aber nur ein ganz kleines.«

Er warf einen Blick auf die Karte. »Chardonnay? Was hältst du davon?«

Sie nickte.

»Und natürlich eine Flasche Mineralwasser«, sagte er mit einem Augenzwinkern, als wollte er sie beruhigen, dass sie etwa nicht nur Alkohol trinken müsste. Dann machte er der Kellnerin ein Zeichen, die daraufhin auch sofort an ihren Tisch kam und die Bestellung aufnahm. Danach lehnte er sich entspannt im Stuhl zurück und schaute sich um. »Vielleicht ein bisschen voll und laut hier. Was meinst du?«

Erleichtert darüber, eine Gemeinsamkeit mit ihm zu haben, erwiderte sie mit einem ergebenen Seufzer: »Wir haben Wochenende. Und dann noch mittags. Wie es aussieht, eine beliebte Zeit, auswärts essen zu gehen.«

»Hm.« Er rückte näher an den Tisch heran. »Wie war denn deine Woche?«

Sie hob die Schultern. »Eigentlich wie immer. Ich habe an dem Mathebuch gearbeitet und die ganz normalen Dinge gemacht, die so anfallen. Und du?«

»Ich habe auch meinen ganz normalen Job gemacht. Nichts Außergewöhnliches. Gestern war Jägerstammtisch, aber da bin ich nicht lange geblieben.«

Aha, deshalb sein später Anruf.

»Und was macht euer Fall?«

»Nun ja, das ist alles schwierig. Den großen Durchbruch hatten wir noch nicht. Aber wir haben auch nicht die Möglichkeiten wie die Kripo.«

Michaels braune Augen blitzten auf. »Da fällt mir ein … In den Neunzigern gab es eine Serie im Fernsehen mit dem Titel Mord ist ihr Hobby. Mit der Schauspielerin Angela Lansbury, die die Rolle der Jessica Fletcher spielte. Die hat ihre Fälle auch nur mit Kombinationsgabe gelöst. Genauso wie Miss Marple. Also, nur nicht aufgeben …«, fügte er mit aufmunterndem Nicken hinzu.

»Im wirklichen Leben ist das gar nicht so einfach.«

»Aber ihr seid noch dran, oder?«

»Klar, meine Mutter hat sich festgebissen. Wir haben auch schon ein paar Verdächtige. Aber wie gesagt – uns fehlen einfach die Untersuchungstechniken und zudem natürlich auch die Befugnis, Zeugen zu vernehmen.«

Michael lächelte sie entwaffnend an. »Es gibt nicht umsonst die Kripo.«

Ihr Gespräch wurde unterbrochen, als die Kellnerin die Getränke brachte. Sie stießen mit den Gläsern an. Dabei lächelten sie sich zu, und zwei Sekunden lang sahen sie sich in die Augen. Dann blickte Evelyne schnell weg. Warum, hätte sie selbst nicht sagen können.

Nachdem sie getrunken hatten, nahm Michael die Unterhaltung als Erster wieder auf.

»Weißt du eigentlich, dass der Vulkan hier am Laacher See noch aktiv ist? Er könnte also jederzeit ausbrechen, was natürlich zu einer riesigen Katastrophe führen würde. Aus diesem Grund haben Wissenschaftler im kilometerlangen Umkreis um den See herum hochempfindliche Spezialmikrofone aufgestellt, die die Erdbebenwellen tief in der Erdkruste registrieren können.«

»Davon habe ich gelesen«, erwiderte Evelyne reserviert. Was interessierte sie gerade dieser wissenschaftliche Vortrag über den Vulkan? Vielmehr war sie daran interessiert, zu erfahren, warum es zwischen ihnen heute nicht so funkte wie bei den beiden letzten Treffen.

»Ich finde das sehr interessant«, bekräftigte Michael ernst.

Sie zwang sich zu einem Lächeln. »Ist es auch.«

Danach schwiegen sie. Evelyne ließ den Blick über die anderen Gäste gleiten. Michael genauso. Schließlich sprach er weiter.

»Schade, dass das mit der Bootsfahrt nicht geklappt hat.«

Sie sah ihn an und las in seinem Gesicht ehrliches Bedauern, was ihr Herz gleich wieder ein bisschen öffnete.

»Ja, sehr schade«, stimmte sie ihm zu. »Ich hatte mich schon so darauf gefreut«, fügte sie mutig hinzu.

Doch bevor sie diese Annäherung hätten vertiefen können, brachte der Kellner das Essen.

»Das ging aber schnell«, sagte Michael überrascht zu dem jungen Mann.

Dieser sah sehr verlegen drein. »Sie sehen ja, was hier los ist. Da muss es schnell gehen.«

»Dann müssen wir also auch schnell essen?«, kam es Evelyne spontan leicht bissig über die Lippen, was der Kellner natürlich rasch verneinte, bevor er wieder davoneilte.

Michael lachte. »Das wäre ja noch schöner. Oder ist es heute wegen der Rushhour preiswerter?«

Evelyne lachte ebenfalls. »Wohl kaum.«

»Also, dann guten Appetit.«

Aber auch während des Essens wollte kein ungezwungenes Gespräch zwischen ihnen aufkommen. Sie tauschten sich über ihre Gerichte aus, und Michael wusste, dass das Geschirr, von dem sie aßen, aus der klostereigenen Keramikmanufaktur kam.

»Außerdem gehören zum Kloster noch eine Kunstschmiede und eine Buchbinderei«, fügte er hinzu. »Früher gab es noch mehr Klosterbetriebe. Eine Schreinerei, das Klostergut und die Klosterfischerei, aber die sind mittlerweile alle verpachtet.«

»Wie ich weiß, ist es eine alte Tradition der Benediktiner, von der eigenen Hände Arbeit zu leben«, steuerte Evelyne steif zum Thema bei.

»Was auch Sinn ergibt.«

Und wieder schwiegen sie. Das war heute eindeutig nicht ihr Tag, dachte Evelyne mit wachsender Verzweiflung. Seit sie sich gegenübersaßen, konnte sie Michael nicht einschätzen. Mal wirkte er unbeschwert, dann wieder freundlich-distanziert. Eine vertrauliche Nähe wollte sich zwischen ihnen einfach nicht einstellen. Bereute er, sie eingeladen zu haben? Oder machte sie etwas falsch? Sollte sie ihn darauf ansprechen? Oder erwartete sie einfach nur wieder einmal zu viel von ihrem Gegenüber?

Rede mit Michael, bevor du ihn durch dein abweisendes Verhalten, das aus falschem Stolz und Angst vor Zurückweisung geboren ist, von dir wegstößt, hatte ihre Mutter ihr gestern Abend geraten. Nein, sie konnte nicht. Wahrscheinlich würde er sie dann als Zicke abtun, wie die Männer vor ihm auch. Außerdem – warum sprach er sie nicht darauf an, dass irgendetwas zwischen ihnen anders war als vorher? Womöglich empfand er das gar nicht so, gab sie sich umgehend selbst zur Antwort. Die Betriebsblindheit der Männer?

Sie drückte den Rücken durch. »Und gleich besuchst du deinen Onkel?«, nahm sie die Unterhaltung beherzt wieder auf.

Michael nickte. »Er freut sich schon. Er hat ja keine Kinder, und ich war immer so etwas wie ein Sohn für ihn.«

»Wirst du über Nacht bleiben?«

»Ich glaube nicht. Mal sehen, was wir machen. Wahrscheinlich spielen wir am Nachmittag zwei Partien Schach, und heute Abend gehen wir irgendwohin essen. Seine Haushälterin ist nämlich bei ihrer Schwester in Köln.«

Das hätte sie auch gerne nach der Bootsfahrt mit ihm gemacht!

Michael sah sie ernst an. »Wir haben ja auch mal übers Schachspielen gesprochen. Erinnerst du dich?«

Als wenn sie auch nur einen Satz von ihm vergessen hätte!

»Klar erinnere ich mich.«

»Ich wäre noch dabei«, sagte er, wobei sein Blick ihren suchte.

Dieses Mal wich sie ihm nicht aus. Michael sah sie forschend an. Sie hatte das Gefühl, als würde er ihr auf den Grund ihrer Seele sehen. Aber wenn es so war, würde er dort doch auch lesen, wie schwer es ihr fiel, aus sich herauszugehen, den ersten Schritt zu tun, um einander wieder näherzukommen. Warum kam er ihr nicht entgegen?

»Ich hatte eigentlich gedacht, dass wir nach dem Essen mal über das Klostergelände gehen könnten«, fuhr er sachlich fort, »aber ich glaube, bei dem Wetter hätten wir keine Freude.« Er zeigte nach draußen. »Wie es aussieht, regnet's.«

Evelyne folgte seinem Blick. Tatsächlich!

»Ja, dann ...« Sie zwang sich zu einem Lächeln. »Dann fahre ich gleich nach Hause und du zu deinem Onkel.«

»Möchtest du noch einen Kaffee oder Espresso?«, erkundigte er sich höflich.

»Nein, danke.«

»Soll ich die Rechnung kommen lassen?«

Sie nickte, immer noch lächelnd, wobei sich ihre Wangenmuskeln verkrampften.

Der Oberkellner kam so schnell an ihren Tisch, als hätte er nur auf Michaels Zeichen gewartet. Michael zahlte, sie standen auf und gingen hinaus ins Foyer. Dort blieb Michael vor ihr stehen, so nah, dass sie sein Aftershave riechen konnte. Sein Duft von Sandelholz und Zitrone zog ihr das Herz zusammen. Wie gerne würde sie jetzt noch ein bisschen Zeit mit ihm verbringen! Aber wo? Draußen im Regen? In der Klosterkirche, wo man nicht reden durfte? Im Auto wie zwei Jugendliche? Außerdem war er verabredet. Also schien er von vornherein nicht das Bedürfnis gehabt zu haben, mehr Zeit mit ihr zu verbringen.

Sie straffte sich und setzte das verbindliche Lächeln auf, das sie während ihres Berufslebens so gut beherrscht hatte, wenn sie mit unangenehmen Eltern oder Behörden zu tun gehabt hatte. Dabei reichte sie ihm die Hand.

»Also – ich bedanke mich ganz herzlich für das Essen und wünsche dir noch schöne Stunden bei deinem Onkel.« Täuschte sie sich, oder trat da tatsächlich ein enttäuschter Ausdruck in die braunen Männeraugen? Wenn sie damit richtiglag, verstand Michael es perfekt, seine Enttäuschung genauso gut zu überspielen wie sie.

Er wechselte mit ihr einen festen Händedruck und lächelte verbindlich zurück. »Ich wünsche dir auch ein schönes Wochenende und … man spricht sich«, fügte er betont heiter hinzu. »Dann wollen wir mal …« Aufmunternd nickte er ihr zu, wobei er ihr die Tür offen hielt.

»Geh du schon mal. Ich suche noch das besagte Örtchen auf. Tschüüüs!« Sie drehte sich um und folgte dem Toilettenhinweis.

Als sie fünf Minuten später zum Parkplatz ging, hatte der Regen aufgehört, und der Landrover war verschwunden.

63. KAPITEL

Auf der Autobahn spürte Evelyne einen Anflug von Trauer, der sich wie Nebel über ihr Herz legte. Es war einfach nicht so gekommen, wie sie es sich gewünscht hatte. Trotzdem wusste sie einmal mehr, dass Michael Groß der Mann war, der sie interessierte. Und wenn sie sich je noch einmal auf eine Beziehung einlassen würde, dann nur auf eine mit ihm. Seine Ausstrahlung, seine Gesten, seine Worte und wie er sie aussprach, sein Lächeln nahmen sie gefangen. Sie war noch nicht verliebt in ihn – sie hatte sich noch nie schnell verliebt, und in ihrem Alter ging das sowieso nicht mehr so fix –, aber sie war auf dem Weg dorthin.

Als hätte der Teufel seine Hand im Spiel gehabt, riss nach ein paar Kilometern auf der Autobahn die Wolkendecke auf. Und als sie bei Bad Neuenahr von der A61 abfuhr, gewann die Sonne immer mehr den Kampf gegen die Wolken. Die Weinberge, die sich rechterhand der Straße durchs Ahrtal die Hänge hinaufzogen, dampften im Sonnenschein. Was sollte sie jetzt mit diesem Nachmittag anfangen?

Nachdem sie auf der Steinterrasse, die die Sonnenstrahlen schon fast getrocknet hatten, gedankenversunken einen Espresso getrunken hatte, beschloss sie, ihre Wohnung zu entrümpeln. Das hatte sie schon lange machen wollen. Sie neigte dazu, an Dingen zu hängen, die ihr Leben einmal begleitet, aber heute keinerlei Bedeutung mehr für sie hatten. Damit musste auch irgendwann Schluss sein. Das Alte musste dem Neuen Platz machen, sagte sie sich energisch.

Doch schon bald merkte sie, dass dies keine gute Idee gewesen war. Sie konnte sich nicht richtig auf ihre Arbeit konzentrieren. Ihre Gedanken kehrten immer wieder zu dem Essen mit Michael zurück. Schließlich brachte sie die Kiste, die sie halbherzig befüllt hatte, auf den Speicher mit der Absicht, sie irgendwann noch einmal genau durchzugehen. Dann beschloss sie, das zu tun, was immer funktionierte, um ihr Gedankenkarussell anzuhalten: Sie ging laufen.

Ihre Lieblingsstrecke begann in dem Fichtenwald hinterm Haus. Hier traf sie nur selten auf Spaziergänger. Und besonders heute hatte sie keinerlei Lust auf Small Talk mit irgendwelchen Leuten aus dem Dorf oder gar Eltern ihrer ehemaligen Schüler. Bis auf das Vogelgezwitscher, ihre eigenen Schritte und das Geräusch ihres Atems war es an diesem Spätnachmittag absolut ruhig zwischen den hohen Stämmen. Diese Stille, die sie sonst so liebte, rief heute jedoch ein Gefühl von Einsamkeit in ihr hervor. Unwillkürlich beschleunigte sie ihr Tempo, als könnte sie so vor dieser Empfindung weglaufen.

Der Wald endete an einem stillgelegten Steinbruch. Hier blieb sie am Rand der etwa dreißig Meter tiefen Abbaugrube stehen, die sich die Natur im Laufe der Jahrzehnte durch Brombeersträucher, magere Birken und krautiges Gras Stück für Stück zurückerobert hatte. Nur ein rostiger Kran, der einsam in den Himmel ragte, zeugte noch davon, dass der Gegend hier einst ihr Schwarzes Gold, der Basalt, abgerungen worden war. Evelynes Blick glitt an den Klippen hinab in die Tiefe, wo noch ein Stück verrottetes Grubenbahngleis durchs Gras lief. In der warmen Luft mischte sich der Geruch von verrostetem Stahl und Staub mit dem des Waldes – ein ihr von Kindheit an vertrauter Geruch, den sie tief in sich einsog. Mit ihm kamen auch Erinnerungen in ihr hoch. Hier hatte sie zum ersten Mal einen Jungen geküsst, einen Klassenkameraden aus ihrer Abiturklasse. Bernd … Sie lächelte vor sich hin. Keine zwei Wochen später hatte er sich in eine ihrer Freundinnen verliebt, und die beiden waren miteinander gegangen. So hatte ihr Liebesleben angefangen.

Energisch schüttelte sie den Kopf. Dieser Ort tat ihr nicht gut. Schnell lief sie an der Abbruchkante weiter und tauchte in den Buchenwald ein. Durch das dichte Blätterdach war es hier schon fast dämmrig. Rasch querte sie den Wald und kam an ihren Lieblingsplatz, den sie stets aufsuchte, wenn sie ihren Kopf klären wollte. Und genau das war heute angesagt.

Hier lag ein bemooster Basaltfindling, den einer der Vulkane vor Millionen von Jahren aus dem Erdmantel an die Oberfläche geschleudert hatte. Er befand sich auf einer Anhöhe im Schutz des Waldrands, umgeben von Frauenfarn und lila Fingerhut. Vor ihm breitete sich die Eifellandschaft mit grünen Wiesen, Ginsterbüschen und dunklen Wäldern aus. Dahinter flossen bis zum weiten Horizont die Höhenzüge sanft ineinander. Evelyne setzte sich. Sie sog die würzige Luft tief ein, lauschte dem leisen Wind, der hier oben wehte, und spürte den warmen Basalt unter ihren Händen – ein geradezu sinnliches Gefühl, das sie daran erinnerte, wie sehr sie sich danach sehnte, noch einmal mit einem Mann zusammen zu sein. Mit Michael.

Sie schaute über das Land. Ruhig und friedlich lag es da. Als Kind hatte sie fest darauf vertraut, dass diese kleine, in sich geschlossene Welt, die ihre Heimat war, sie vor allem Unbill im Leben beschützen könnte. Dem war nicht so gewesen. Die Hügel dort hinten waren zwar unverrückbar; der Mensch und seine Gefühle jedoch immer wieder der Veränderung unterworfen. Und damit tat sie sich schwer. Mit einem leisen Seufzer stand sie auf und lief weiter.

Als sie zu Hause ankam, war ihre Mutter immer noch nicht da. Sie musste aber zwischendurch zu Hause gewesen sein – wahrscheinlich um sich umzuziehen und ihr Make-up aufzufrischen. Denn auf der Küchenanrichte lag ein Zettel. *Liebes Kind, ich war nur kurz hier. Bin wieder weg und komme heute spät. Bin bei Heinz.*

Hoppla! Evelyne lachte leise auf. Wahrscheinlich versuchte Rosa heute, dem Mann ihrer Träume auf charmante Art und Weise ihre Wünsche mitzuteilen. Vielleicht war es ganz gut, dass sie sich heute nicht mehr sahen, dachte Evelyne, während sie die Kaffeemaschine anstellte. Schließlich wollte sie es nicht zur Gewohnheit werden lassen, sich ihrer Mutter in ihren schlechten Stimmungen anzuvertrauen. Das hatte sie früher nicht getan, und das würde sie zukünftig auch nicht. Obwohl … Sie musste sich eingestehen, dass sie sich, seit sie Michael kannte, irgendwie verändert hatte. Nicht nur bezüglich ihrer Ess- und Trinkgewohnheiten.

64. KAPITEL

Als Evelyne am Sonntagmorgen aufwachte, war der Himmel blau, und die Vögel jubilierten. Sie stand auf. Ihr erster Blick galt dem Innenhof, wo sie den roten Fiat ihrer Mutter entdeckte. Rosa war also nicht über Nacht bei Heinz Friedrichs geblieben, was bisher auch noch nie der Fall gewesen war. Aber bei Rosa wusste man ja nie …

Als sie die Küche betrat, sah sie durch die Terrassentür ihre Mutter bereits am Tisch sitzen, wie immer in ihrem Morgenmantel, mit gestylten Haaren und Lippenstift. Vor ihr stand ein doppelter Espresso, und in der Hand hielt sie eine Zigarette.

»Du rauchst schon am frühen Morgen?«, fragte Evelyne entsetzt, als sie hinaustrat.

»Zuerst einmal guten Morgen, mein Schatz! Hast du gut geschlafen?«, erwiderte Rosa aufgeräumt, ohne auf ihre Kritik einzugehen.

»Ja, danke«, sagte Evelyne zerstreut. »Ich mache mir mal einen Kaffee«, fügte sie murmelnd hinzu, bevor sie zurück in die Küche ging.

»Das würde ich dir auch raten«, hörte sie ihre Mutter in ihrem Rücken sagen.

Als sie ein paar Minuten später mit dem Kaffee zurück auf die Terrasse kam, hatte Rosa zu Ende geraucht. »Und?« Erwartungsvoll sah sie ihre Tochter an. Natürlich wollte sie wissen, wie das Treffen mit Michael verlaufen war.

»Das kann ich dich auch fragen«, antwortete Evelyne schulterzuckend.

Ihre Mutter lachte. »Wer zuerst? Du oder ich?«

Das Spiel schien ihr zu gefallen. Zwei Frauen, die sich über ihre Männer austauschten. Darüber hatte ihre Mutter schon immer gerne geredet.

Evelyne nickte ihr zu. »Du.«

In dramatischer Manier schlug Rosa die Augen gen Himmel. »Stell dir vor: Heinz hat mich gefragt, ob ich in einem Monat mit ihm für zwei Wochen an den Lago Maggiore fahre. Dorthin, wo er mit seiner Frau immer Urlaub gemacht hat.«

Plötzlich war Evelyne hellwach. »Und? Das wolltest du doch!«

»Nein, das wollte ich nicht«, widersprach ihre Mutter ihr mit Nachdruck. »Ich möchte ihn öfter sehen, mehr mit ihm unternehmen, bei Einladungen die Frau an seiner Seite sein, aber nicht zwei Wochen lang mit ihm ein Hotelzimmer teilen. Darauf bin ich in meinem Alter nicht mehr eingestellt.« Sie klopfte eine Zigarette aus der Packung und zündete sie an. Evelyne beherrschte sich derweil, keine weitere Kritik laut werden zu lassen. Dann sprach ihre Mutter aufgeregt weiter: »Weißt du, was das für mich bedeuten würde? Stress. Purer Stress. Heute kostet es mich viel mehr Kraft und Zeit, mich schön zu machen, als in der Jugend. Und Heinz kennt mich nur als Frau, die Wert auf sich legt. Wie soll ich das bewerkstelligen, wenn wir vierundzwanzig Stunden am Tag zusammen sind? Dann sieht er mich natürlich auch ungeschminkt. Und glaube mir, dann sehe ich anders aus. Wenn man gemeinsam alt wird, zählt das nicht, aber Heinz und ich sind nicht für den Alltag gemacht, sondern, wenn überhaupt, nur für die schönen Stunden, nach denen jeder wieder zu sich nach Hause geht. Und sei es am nächsten Morgen noch im Dunklen.«

Evelyne hatte ihr erstaunt zugehört. »Von solchen Oberflächlichkeiten oder vielmehr Eitelkeiten machst du eine Beziehung abhängig?«

»Was heißt Beziehung? Ich brauche keine Beziehung im eigentlichen Sinn. Ich komme bestens allein zurecht. Ich hätte nur gerne einen Mann für die schönen Stunden. Genauso wie Ingrid. Aber mein Leben möchte ich allein leben, mit all meinen Marotten.«

»Und wie sieht Heinz das?«

»Der will wieder eine Partnerin an seiner Seite, wie er mir gestern gestand. Eine Frau, die ihn umsorgt, für ihn kocht, ihm die Wäsche wäscht, ihn bei all seinen Unternehmungen begleitet und natürlich auch für die Liebe – wobei die beiden letzten Aspekte für mich die angenehmsten wären.«

Evelyne schüttelte irritiert den Kopf. »Vor Kurzem warst du noch beleidigt, dass er dich nicht mitnimmt, und jetzt sagst du mir, dass du das gar nicht willst.«

»Nicht um diesen Preis. Ich hatte ihn überschätzt, aber er ist genauso wie alle anderen Männer in seinem Alter. Er will nicht mehr allein leben und hält nach einer Versorgungsstation Ausschau. Aber diese Frau bin ich nicht. Einmal in meinem Leben habe ich mich einem Mann gänzlich verschrieben, und das war dein Vater. Doch heute möchte ich nur noch die Kür und nicht mehr die Pflicht.«

Diese Worte aus dem Mund ihrer dreiundachtzigjährigen Mutter! Zumindest waren es eindeutige Worte.

»Also fährst du nicht mit ihm an den Lago?«

»Das kommt drauf an, ob er mich nach unserem langen Gespräch noch mitnehmen will oder lieber eine aus dem Eifelwanderverein. Falls er sich für mich entscheiden sollte, will ich ein eigenes Zimmer haben. Das habe ich ihm auch gestern klargemacht. Aber jetzt genug davon ...« Rosa drückte ihre Zigarette aus. »Was gab es denn bei dir gestern?«

Evelyne seufzte. »Nicht viel.« In knappen Sätzen erzählte sie von dem für sie so kurzen, enttäuschenden Treffen. »Jetzt weiß ich natürlich nicht, wie es weitergeht – was mich wieder unruhig macht und mich nicht schlafen lässt.«

»Dann solltest du das schleunigst ändern«, erwiderte Rosa ernst. »Die Lebenszeit ist zu wertvoll und zu kurz, um sich ständig Gedanken um die Männer zu machen. Ruf Michael an, frage, was gestern los gewesen ist, und wenn er nicht mit dir darüber reden will oder nicht checkt, was du überhaupt willst, vergiss ihn. Gerade in deinem Alter sollte eine Beziehung bereichernd sein und dir nicht noch Kraft nehmen, die bald ohnehin nachlassen wird.«

Evelyne griff sich an den Kopf und stand auf.

»Willst du nicht frühstücken?«, fragte Rosa erstaunt.

»Sei mir nicht böse, aber bei dieser Prognose ist mir der Appetit vergangen.«

65. KAPITEL

Als Evelyne ein paar Minuten später unter der Dusche stand, ließ sie sich das Gespräch mit ihrer Mutter noch einmal durch den Kopf gehen. Bis sie Michael begegnet war, hatte sie ein unbelastetes Leben geführt. Sie hatte keinerlei finanzielle Sorgen, wohnte in einem schönen Haus, hatte einen großen Bekanntenkreis, den sie zwar zurzeit wegen des Falles ein bisschen vernachlässigte, und es gab auch Männer in ihrem Alter, mit denen sie hin und wieder ausging – ohne dass sie ihr Probleme bereiteten. Und zwar deshalb, weil sie nicht emotional involviert war. Dann aber hatte sie Michael kennengelernt und schlug sich seither mit Spekulationen herum, wie er zu ihr stehen mochte. Warum klärte sie das nicht ganz einfach in einem einzigen Telefonat?

Es war zehn Uhr, als sie Michaels Nummer wählte.

Nach dem zweiten Klingeln ging er ran. »Guten Morgen«, hörte sie ihn munter sagen. »Das nenne ich eine Überraschung.«

»Guten Morgen …« Sie musste lächeln, erleichtert darüber, dass er ihren Anruf anscheinend positiv aufnahm. »Hast du einen Moment Zeit?«

»Klar.«

»Bist du noch in Adenau bei deinem Onkel?«

»Nein, zu Hause. Ich bin gestern gegen zehn gefahren. Nachdem ich dreimal beim Schach verloren habe«, fügte er hinzu.

»Dann musst du mal mit mir spielen«, erwiderte sie spontan. »Dann wirst du bestimmt gewinnen.«

Er lachte. »Nur allzu gerne.«

Evelyne spürte, wie ihr schon viel leichter ums Herz wurde. Das Gespräch begann besser, als sie erwartet hatte.

»Können wir kurz über etwas reden?«, fragte sie vorsichtig.

»Über alles«, bestätigte er ihr, ohne zu zögern.

Sie seufzte wie befreit.

»Also ...«, begann sie und sprach offen über ihre Gedanken, die sie wegen des gestrigen Treffens umtrieben. »Ich will nur wissen, worauf ich mich bei dir einzustellen habe. Falls du kein Interesse daran hast, unserer Begegnung eine Chance auf eine Wochenendbeziehung oder so was in der Art zu geben, sage es mir bitte, bevor wir weitere Zeit vergeuden durch Verabredungen, die uns beiden nichts bringen.« Nachdem sie das gesagt hatte, war sie erschrocken über ihre klaren Worte, die Michael eine Entscheidung abverlangten. Setzte sie ihn damit vielleicht zu sehr unter Druck? Ach was! Nicht, wenn er wusste, was er wollte. Und wenn er das nicht wusste, wollte sie nicht so lange warten, bis er es wusste.

Als Michael immer noch schwieg, fügte sie hinzu: »Vielleicht denkst du jetzt, ich sei zickig, aber ich will nur wissen, woran ich bin. Und ich denke, das ist zwischen zwei reifen Menschen durchaus legitim.«

Sie hörte ein Feuerzeug klicken. Sie wartete. Dann sagte er mit fester Stimme: »Ich will dich kennenlernen. Mit dir Zeit verbringen. Das wusste ich von der ersten Minute an. Eine Wochenendbeziehung, wie du sagst, oder so was in der Art. Darüber hinaus bin ich offen. Das wird das Leben entscheiden.« Er stieß den Rauch scharf aus, bevor er mit Nachdruck in seiner dunklen Stimme ruhig und energisch weitersprach: »Aber jetzt mal zu dir, meine Liebe. Was willst du denn von mir? Ganz ehrlich – du bist die schwierigste Frau, die mir je begegnet ist. Mal bist du zugänglich und weich, mal total distanziert. So wie Freitagabend am Telefon oder gestern. Ich kann nicht einschätzen, ob du nur launisch bist oder Beziehungsängste hast. Und da ich ein Mensch bin, der sich nicht aufdrängt, bin ich dann auch distanziert. Wie kann auf diese Weise eine Nähe zwischen zwei Menschen entstehen?«

Evelyne fühlte sich durch seine Worte mit einem Mal außer Gefecht gesetzt. Er hatte recht. Als sie immer noch schwieg, fuhr er etwas warmherziger fort: »Genauso wie du brauche ich auch Sicherheit, um aus mir herauszukommen. Wer handelt sich denn gerne eine Abfuhr ein? So wollte ich dich gestern zum Beispiel fragen, ob du Lust hättest, am Mittwoch zu mir zu kommen. Zum Schachspielen. Aber dein Verhalten beim Abschied oder während des ganzen Essens …« Er verstummte, ohne näher darauf einzugehen.

O weia! Wie kompliziert! Sie biss sich auf die Lippe. Lag das alles nur an ihr? Diese Frage konnte und wollte sie jetzt nicht auch noch diskutieren. Schachspielen? Am Mittwoch?

»Ich komme gerne«, sagte sie mit fester Stimme

»Ich freue mich. Heute kann ich leider nicht. Ich muss gleich für meinen Kollegen einspringen, der nächstes Wochenende nach Ungarn fährt. Ich glaube, ich habe dir von dem Projekt erzählt.«

»Ja, ich erinnere mich.«

»Aber Mittwoch bin ich früh zu Hause. Dann könnten wir was Leckeres zusammen kochen, und danach spielen wir eine Partie. Oder andersherum. Wie du willst. Was hältst du davon?« Seine Stimme hatte voller Elan und Freude geklungen, sodass Evelyne ihn vor sich sah, mit leuchtenden Augen und dem Lächeln auf dem Gesicht, das nur er besaß. Das Blut lief ihr plötzlich wieder schneller durch die Adern. Dann jedoch hielt sie inne. Zusammen kochen? Jetzt musste sie Farbe bekennen.

»Kochen?«, fragte sie vorsichtig. »Ich muss dir was gestehen: Ich kann gar nicht kochen.«

Erst war es still in der Leitung, dann lachte er. »Aber essen kannst du doch, oder? Dann koche ich, und du verlegst dich aufs Genießen.«

»Das klingt fantastisch«, sagte sie erleichtert. »Alles so einfach«, fügte sie weich hinzu, während ihr das Herz überlief.

»Man muss nur klar miteinander reden.«

»Man muss dafür aber auch das richtige Gegenüber haben«, gab sie zu bedenken.

Da klang wieder sein tiefes, warmes Lachen an ihr Ohr. »Probier's aus!«

»Abgemacht.«

66. KAPITEL

Trotz des schönen Wetters hatte Evelyne tagsüber am Schreibtisch gesessen. Die Arbeit an dem Schulbuch lief mit einem Mal wie am Schnürchen. Die Aussicht darauf, Michael in zwei Tagen wiederzusehen, verlieh ihr Flügel. Als sie fertig war, ging sie hinunter zu ihrer Mutter, die gerade dabei war, ein paar Häppchen für den Rommé-Abend zuzubereiten.

»Den Sekt habe ich bereits kalt gestellt«, sagte Rosa und zeigte auf den Kühlschrank.

»Dann bringe ich schon mal die Gläser nach draußen. Und natürlich die Karten«, fügte Evelyne gut gelaunt hinzu. »Heute Abend sollten wir uns mal wieder aufs Spielen konzentrieren. Bei den letzten Malen stand immer der Fall im Vordergrund.«

»Wir müssen Ingrid und Barbara aber noch von den neuesten Entwicklungen berichten«, erinnerte ihre Mutter sie. »Dass du am Freitagnachmittag Thomas Mayer gesehen hast und dass Jutta und Weißhaupt ein Paar sind.«

Als Evelyne auf die Terrasse trat, lag das Licht der untergehenden Sonne golden auf den Eifelhügeln. Es war ein Sommerabend wie aus dem Bilderbuch. Die Luft fühlte sich weich wie Seide an. Aus den Wiesen unterhalb der Steinbalustrade stieg ein warmer Dunst zu ihr herauf. Er roch nach Gräsern, Kräutern und feuchter Erde. Am Himmel flog ein Blaumeisenpärchen eng nebeneinanderher, stieg hinauf in das lichte Blau, flatterte wieder herunter, um sich dann in einem der Apfelbäume niederzulassen. Evelyne lächelte versonnen. Blaumeisen blieben sich ein Leben lang treu. Das hatte sie irgendwo einmal gelesen. Unwillkürlich musste sie an Michael denken und daran, dass sie sich in zwei Tagen wiedersehen würden. Bei diesem Gedanken wurde ihr ganz warm ums Herz. Bestimmt würde dieses Wiedersehen unbeschwerter werden als ihr Essen in Maria Laach.

Evelyne hörte ein Auto kommen. Dem hochtourigen Geräusch nach war es Ingrids Cabrio. Wie immer kam ihre Freundin auf die Minute pünktlich. Und wie immer sah sie wieder so schick aus wie die Geschäftsfrau, die sie einmal gewesen war. Nur ihre Miene ließ nichts Gutes erwarten.

»Was ist los?«, fragte sie, nachdem sich Ingrid an den Terrassentisch gesetzt hatte.

»Du siehst aus wie drei Tage Regenwetter«, sagte auch Rosa besorgt.

»Ich war doch übers Wochenende in Bad Münstereifel bei meiner Bekannten«, begann Ingrid mit einem tiefen Seufzer. »Ich kann euch sagen … Ich habe erst einmal die Nase voll von Männern.«

»Wirklich?«, fragten Evelyne und Rosa wie aus einem Mund ungläubig.

»Ganz gewiss«, versicherte Ingrid ihnen mit Grabesstimme. »Ulrike und ich waren tanzen. Inzwischen hat das Tanzlokal, das vor der Flut wirklich schön war, wieder geöffnet. Die haben das auch gut hinbekommen. Das Ambiente ist nach der Renovierung vielleicht sogar noch stylischer als vorher, aber die Männer …« Sie verdrehte die blauen Augen. »Wir hatten den Eindruck, als hätte die Flut auch alle netten Männer weggespült. Ulrike war kurz davor, einem eine runterzuhauen, so aufdringlich ist der geworden. Ich weiß auch nicht …« Sichtlich genervt schüttelte sie den Kopf. »Wahrscheinlich hat mit dem Besitzer auch das Publikum gewechselt. Wir werden jedenfalls nicht mehr tanzen gehen. Das haben wir beschlossen. Und den Traum von einem tollen Mann für die tollen Stunden des Lebens haben wir auch erst mal ausgeträumt.«

Evelyne musste sich ein Lächeln verkneifen. »Du wolltest doch ohnehin in ein paar Wochen ins Kloster.«

Ingrid sah sie einen Moment lang irritiert an. Dann nickte sie. »Na ja, nicht für immer, sondern zu diesem Seminar, das im Kloster meines Bruders angeboten wird. Dieses Selbstfindungsseminar.«

»Das finde ich gut.« Rosa nickte bekräftigend. »Eine Frau sollte sich erst einmal selbst gefunden haben, bevor sie einen Mann sucht. Denn sollte ihr dieser Mann irgendwann abhandenkommen, hat sie immer noch sich selbst. Und das ist ganz wichtig. Viele Frauen fühlen sich nämlich nach einer Trennung wie amputiert.«

Evelyne musste lachen. »Meine Mutter – die Psychologin.«

»Deine Mutter hat da absolut recht«, bestärkte ihre Freundin Rosa mit ernster Miene. »Ich habe es doch selbst gemerkt, als Gottfried sich von mir getrennt hat, und ich will euch sagen …« Sie verstummte.

Im Innenhof unterhalb der Terrasse hielt mit quietschenden Bremsen ein Auto.

Evelyne warf einen missbilligen Blick auf ihre Armbanduhr. »Barbara … wie immer zu spät.«

Rosa schüttelte den Kopf. »Das ist kein Defender.«

Nur ein paar Sekunden später kam jemand mit klappernden Absätzen die Steinstufen hochgelaufen. Friderike. Als sie Ingrid erblickte, blieb sie abrupt auf der Treppe stehen. Verwirrung machte sich auf ihrem aufgewühlten Gesicht breit. »Störe ich?«, fragte sie unsicher.

»Nein, komm ruhig hoch«, sagte Evelyne. »Ihr kennt euch doch.«

Zögerlich betrat Friderike die Terrasse. Sie trug einen dunkelblauen kniekurzen Rock, eine gleichfarbige Bluse, die auf einer Seite aus dem Bund gerutscht war, und blaue Pumps. Sie sah aus, als wenn sie gerade von einer Verabredung kommen würde, die gründlich falsch gelaufen war.

»Setzen Sie sich«, forderte Rosa sie herzlich auf.

Evelyne sah ihrer Freundin an, dass sie unschlüssig war. Dann jedoch folgte sie der Aufforderung. Wahrscheinlich war etwas passiert, das Friderike ihr unbedingt mitteilen wollte.

»Trinken Sie ein Schlückchen Sekt mit uns?«, fragte Rosa. »Sie sehen so aus, als könnten sie eins gebrauchen«, fügte sie in ihrer direkten Art hinzu, woraufhin Friderike müde lächelte und nickte.

Während Rosa die Flasche aus dem Kühler nahm und öffnete, sagte Friderike in das Schweigen hinein wie zu sich selbst: »Ist auch egal. Wahrscheinlich weiß sowieso bald jeder in Himmelrath und Umgebung, dass ich jetzt eine Hauptverdächtige in dem Mordfall bin.«

Evelyne sah Ingrid erstaunt an; Ingrid warf Rosa einen bedeutsamen Blick zu, und diese fragte Friderike in einfühlsamem Ton: »Was ist denn passiert?«

Bevor Jans Mutter diese Frage beantworten konnte, wurde das dröhnende Geräusch eines Dieselmotors laut.

»Das ist Barbara«, sagte Evelyne tonlos und fügte an Friderike erklärend hinzu: »Wir haben montagabends immer unseren Rommé-Abend.«

Abrupt stand ihre Freundin auf. »Ich kann auch wieder gehen …«

Doch da drückte Rosa sie auf den Terrassenstuhl zurück. »Bitte, bleiben Sie. Sie können mit uns über alles reden. Und wie Sie aussehen, haben Sie dringend Redebedarf.«

Friderike, die Evelyne als sehr zurückhaltend kannte, musste so verzweifelt sein, dass sie stumm nickte und sitzen blieb. Im nächsten Augenblick erschien Barbara schnaufend auf der Terrasse. Im grünen Overall und Gummistiefeln.

»Entschuldigt, ich weiß, ich bin mal wieder zu spät, aber Hannes …« Sie verstummte, als sie Friderike entdeckte, die etwas versteckt hinter einer der üppigen Hortensien saß. Sie lächelte unsicher. »Friderike!«

»Ich will euch nicht stören.«

»Sie stört auch nicht, nicht wahr, Barbara?«, sagte Rosa da schnell.

»Nein, überhaupt nicht«, erwiderte Barbara sofort. Genauso wie Evelyne und Ingrid schien sie verstanden zu haben, dass dies eine einmalige Gelegenheit war, mehr über den Fall zu erfahren.

»So, jetzt setzen wir uns alle erst einmal und trinken ein Gläschen«, fuhr Rosa beherzt fort.

Die fünf stießen miteinander an, wobei Friderike den Sekt in einem Zug hinunterstürzte. Dann setzte sie das Glas mit Nachdruck auf den Tisch, als hätte sie gerade eine Entscheidung getroffen. Als Nächstes sah sie Barbara an.

»Dein Bruder war vor zwei Stunden wieder bei mir«, begann sie in vorwurfsvollem Ton, als hätte dessen Schwester daran Schuld. »Dieses Mal mit einem offiziellen Durchsuchungsbefehl. Die KTU hat inzwischen festgestellt, dass drei Haare und der blaue Fussel an Huberts Leichnam von mir stammen. Was ja auch kein Wunder ist, da wir an diesem Abend auch im Clinch waren. Aber jetzt bin ich für die natürlich die Hauptverdächtige, obwohl die Fingerabdrücke auf der Tatwaffe, also auf dem Stein, nicht von mir sind. Diesbezüglich meint die Kripo jedoch, dass ich ja auch Handschuhe getragen haben könnte und die Fingerabdrücke von irgendwelchen Wanderern sind, die sich den Stein nur angesehen haben. Außerdem haben sie einen Reifenabdruck von Huberts Kombi genommen, weil angeblich jemand zur Tatzeit einen dunklen Kombi am Tatort gesehen haben will und Herr Neffgen in Erwägung zieht, ich könnte ihn gefahren haben.«

Das kann nur Maja ausgesagt haben, schoss es Evelyne durch den Kopf. Dann hatte Hannes Brandts Geliebte inzwischen auch verhört.

Mit Tränen in den Augen blickte Friderike hilflos in die Runde. »Für die bin ich jetzt das Bauernopfer, weil sie keinen anderen Verdächtigen haben. Ich soll mich zur Verfügung halten und darf die Stadt nicht verlassen. Und meinen Ausweis haben sie mir auch abgenommen, für den Fall, dass ich fliehen wollte«, stieß sie verächtlich hervor, bevor sie in Tränen ausbrach.

Evelyne rückte näher an ihre Freundin heran und nahm tröstend deren Hand. Am Tisch herrschte betretenes Schweigen, bis Friderike mit vom Weinen heiserer Stimme weitersprach: »Die haben auch nach dem Gewehr gesucht, das der Täter mitgenommen haben soll. Natürlich haben sie es nicht bei mir gefunden. Ich bin nicht die Täterin. Und trotzdem gelte ich jetzt als Hauptverdächtige«, beschwerte sie sich aufgebracht. »Bald wird man an der ganzen Ahr wissen, dass ich meinen Ehemann umgebracht haben soll. Aber ich war es wirklich nicht.«

»Hast du denn eine Ahnung, wer es gewesen sein könnte?«, erkundigte sich Barbara sanft.

Friderike schüttelte stumm den Kopf, woraufhin die Rommé-Cops einen fragenden Blick miteinander wechselten. Konnten sie ihr glauben, oder wollte Friderike in dieser Runde nur nicht darüber sprechen?

»Friderike, es geht um den Mörder Ihres Mannes«, erinnerte Rosa sie eindringlich.

»Aber ich würde doch niemanden ans Messer liefern wollen, der es vielleicht gar nicht gewesen ist«, begehrte da Jans Mutter auf. »Vielleicht hat der Täter auch nur aus Notwehr gehandelt.«

»Das wird die Kripo entscheiden«, erwiderte Barbara sachlich.

Evelyne stand auf. Sie nahm Friderikes Hand und zog ihre Freundin hoch. »Komm mal mit mir. Du solltest mal eine Tablette nehmen, damit du dich wieder beruhigst. In diesem Zustand kannst du nicht fahren.«

Energisch zog sie Friderike hinter sich her in die Küche und dann weiter in die Bibliothek, deren Tür sie fest hinter sich schloss. Hier blieb sie vor ihrer Freundin stehen und nahm sie in die Arme, was sie noch nie getan hatte. »Bitte, sag mir alles, was du weißt. Und denk an das Versprechen, das ich dir gegeben habe. Ich werde dir helfen.«

Jans Mutter befreite sich aus ihrer Umarmung, trat vor die bodenhohe Fensterscheibe und schwieg.

»Könnte es vielleicht dein Freund gewesen sein, den du schützen möchtest?«, fragte Evelyne vorsichtig.

Ein paar Sekunden lang hing die Frage im Raum, bis es aus Friderike, die mit dem Rücken zu ihr stand, herausbrach: »Nachdem Thomas an diesem Abend meine frischen blauen Flecken entdeckt hatte, wollte er mit Hubert reden. Er war einfach nicht mehr zu bremsen. Er wollte ihm alles über uns erzählen und ihm sagen, dass ich ihn verlassen und er mich sowie auch Jan fortan vor seinen Gewalttätigkeiten beschützen würde. Thomas wusste ja von mir, dass Hubert in seinem Revier war. Ich wollte ihn zurückhalten, aber er ist gefahren. Dann habe ich im Wald in meinem Auto auf ihn gewartet. Du kannst dir vorstellen, wie ich mich dabei gefühlt habe. Als Thomas nicht zurückkam, habe ich ihn auf dem Handy angerufen. Er war völlig fertig und sagte, er wäre auf dem Weg nach Hause. Hubert hätte getobt und ihm gedroht, ihn zusammenzuschlagen. Aus Panik wäre er unverrichteter Dinge wieder gefahren. Und ich sollte umgehend zu meinem Vater fahren, denn Hubert wüsste jetzt über uns Bescheid.« Friderike schnäuzte sich und drehte sich zu ihr um. Abwartend sah sie sie an.

Evelyne biss sich kurz auf die Lippe. »Sag mal, mit welchem Wagen war dein Freund an diesem Abend eigentlich unterwegs?«

»Mit seinem Firmenwagen«, erwiderte Friderike prompt, ohne dass sie diese Frage stutzig gemacht hätte. »Wie immer, wenn wir uns heimlich getroffen haben. Privat fährt er einen Zweisitzer. Der ist recht klein. Und mein Fiesta auch …«, fügte sie sichtlich verlegen hinzu.

»Hast du Kommissar Neffgen heute erzählt, dass du einen Freund hast?«

»Natürlich nicht«, antwortete ihre Freundin erschrocken. »Der glaubt doch dann sofort, den wahren Täter zu haben. Mann bringt Ehemann seiner Geliebten um … so liest man es doch manchmal in der Zeitung.«

»Glaubst du, dass Thomas der Täter ist?«

Friderike seufzte. »Ganz ehrlich, ich weiß es nicht. Eigentlich glaube ich es nicht. Über dieses Thema haben Tom und ich ständig Streit. Er schwört Stein und Bein, es nicht gewesen zu sein. Andererseits …«

Evelyne überlegte kurz. »Was hast du denn gemacht, nachdem du an diesem Abend mit Thomas telefoniert hast? Bist du auch nach Hause gefahren? Trotz der Gefahr, dass dein Mann dich erneut verprügeln könnte?«

Ihre Freundin senkte den Kopf. »Natürlich. Jan war doch da.« Sie schnäuzte sich noch einmal und sah sie an. »Auf dem Nachhauseweg habe ich meinen Vater angerufen und ihm alles erzählt.«

»Wusste dein Vater von Thomas?«

Friderike nickte stumm.

»Und?«

»Ich habe ihm natürlich auch erzählt, dass Hubert mich an diesem Abend wieder geschlagen hatte. Das Blöde war nur, dass mein Vater gar nicht zu Hause war, sondern auf dem Weg zu dieser Jutta. Sonst hätte ich Jan schnell ins Auto gepackt, und wir wären nach Mainz gefahren. Papa hatte mir jedoch versichert, auf alle Fälle noch bei uns vorbeizuschauen, wenn er von Jutta käme.« Friderike seufzte. »Was er auch gemacht hat.«

»Und dann ist dein Vater am nächsten Morgen früh gefahren.«

»Er wusste ja noch nichts von Huberts Tod. Und in Mainz saß mein Onkel und wartete auf ihn.«

Die beiden schwiegen. Friderike trocknete sich mit dem Taschentuch die Augen, Evelyne versuchte, ihre Gedanken zu ordnen. Schließlich sagte ihre Freundin: »Ich fahre jetzt. Ihr wollt Rommé spielen.«

»Warte, ich gebe dir noch eine Tablette.«
»Lass, ich nehme zu Hause eine.«
»Soll ich dich fahren?«, bot Evelyne ihr an.
»Nein, nein, das ist schon in Ordnung.«
»Dann ruh dich jetzt aus, und morgen telefonieren wir.«

67. KAPITEL

Als Evelyne auf die Terrasse zurückkam, sahen sie sechs Augenpaare erwartungsvoll an.

Evelyne ließ sich in den Sessel fallen. »Also …«, begann sie und erzählte den anderen, was sie gerade von Friderike erfahren hatte. »Glaubt ihr ihr?«, fragte sie schließlich in die Runde.

»Möglich ist alles«, erwiderte Ingrid trocken. »Vielleicht hatte Thomas Mayer tatsächlich vor Brandt Angst bekommen und das Weite gesucht.«

»Könnte sein«, sagte Evelyne. »Er ist noch jung.«

»Woher weißt du das?«, fragte Barbara überrascht.

Evelyne erzählte ihr und Ingrid, dass sie Thomas Mayer Freitagnachmittag auf dem Parkplatz des Discounters in Adenau gesehen hatte. »Aber er ist Kampfsportler«, fügte sie hinzu.

»Schon, aber Brandt hatte ein Gewehr«, gab Rosa zu bedenken.

»Aus dem aber nicht geschossen worden ist. Jetzt müssen wir Hannes informieren«, sagte Barbara energisch. »Thomas Mayer fährt also einen schwarzen Kombi. Laut Friderike war er zur Tatzeit am Tatort, was ganz einfach durch den Vergleich der Reifenprofile zu beweisen ist. Eine der beiden bisher unbekannten Reifenspuren gehört übrigens tatsächlich Maja. Das hat die KTU inzwischen festgestellt, wie mir Hannes eben am Telefon verraten hat. Er rief mich nämlich an, kurz bevor ich mich umziehen wollte. Deshalb war ich auch wieder zu spät und bin immer noch im Overall und Gummistiefeln«, fügte sie mit entschuldigendem Lächeln hinzu.

»Wir lieben dich, wie du bist«, versicherte Rosa ihr. »Aber erzähl weiter.«

»Hannes ist überzeugt davon, dass die andere Reifenspur nur vom Täter oder der Täterin stammen kann. Maja hat er nicht in Verdacht. Obwohl zwei ihrer Haare mit denen an Brandts Leiche übereinstimmen. Aber die Kripo hat kein Gewehr bei ihr gefunden. Und die Fingerspuren auf der Tatwaffe stimmen auch nicht mit ihren Abdrücken überein. Ansonsten hat sie auf Hannes ebenfalls den Eindruck gemacht, dass sie völlig unbedarft ist und Brandt geliebt hat.«

»Maja ist also draußen«, brachte Ingrid es auf den Punkt.

»Laut Hannes ja. Mit Vorbehalt natürlich. Falls sich nicht noch was Neues ergibt, das gegen sie spricht. Er meint, die Witwe hätte stärkere Motive. Wegen des Erbes und der Lebensversicherung.«

Ein paar Augenblicke hing jede am Tisch ihren Gedanken nach. Dann griff Barbara nach einer Scheibe Bruschetta und sagte: »Ich sag es noch einmal: Jetzt geht es nicht mehr ohne meinen Bruder. Die Kripo muss Mayers Fingerabdruck nehmen, einen Reifenabdruck von seinem Firmenwagen und in seinem Haus nach dem vermissten Gewehr und dem zweiten Handschuh suchen. Von dem müssen wir Hannes auch endlich erzählen. Sollte der Reifenabdruck am Tatort mit dem von Mayers Firmenwagen sowie Mayers Fingerabdrücke mit denen auf der Tatwaffe übereinstimmen, haben wir den Täter. Selbst wenn die Kripo das Gewehr und den anderen Handschuh nicht finden sollte. Diese beiden Indizien könnte er ja irgendwo entsorgt haben.« Nachdem sie zu Ende gesprochen hatte, biss sie sichtlich zufrieden in die Bruschetta.

»Wahrscheinlich leugnet Thomas Mayer gegenüber seiner Freundin bis jetzt die Tat, weil er sie nicht verlieren will«, mutmaßte Ingrid in nachdenklichem Ton und seufzte. Dann setzte sie sich aufrecht hin und sagte: »Damit wir nicht die Übersicht verlieren, lasst uns noch mal unsere Verdächtigen zusammenfassen.«

»Da haben wir immer noch Friderike, ihren Freund, eventuell auch Jan und Werner Weißhaupt«, erwiderte Barbara munter kauend.

»Letzterer ist draußen«, stellte Rosa richtig.

Ingrid und Barbara sahen sie groß an, woraufhin Rosa schmunzelnd sagte: »Hört gut zu!«

»Das gibt's doch nicht!«, rief Ingrid aus, nachdem Evelyne zu Ende erzählt hatte. »Jutta Häuser. Ich fasse es nicht. Wie klein die Welt ist.«

»Ja, Evelyne und ich waren auch erst einmal sprachlos«, pflichtete ihr Rosa bei. »Aber diese Beziehung ist alles andere als problemlos«, fügte sie hinzu. »Jutta nervt Weißhaupt, und Friderike ist mit dieser Liaison überhaupt nicht einverstanden.«

»Dann bleibt es bei den Verdächtigen Friderike, Thomas Mayer und eventuell Jan.« Barbara schaute in die Runde. »Seid ihr damit einverstanden, dass ich Hannes von Friderikes Freund erzähle?«

Rosa seufzte. »Das wird wohl das Beste sein. Wir vier haben keine Möglichkeiten, Mayer zu verhören, seine Wohnung zu durchsuchen oder ihn gegebenenfalls festzunehmen.«

»Dann rufe ich Hannes gleich an«, beschloss Barbara.

»Aber lass Jan bitte draußen«, erwiderte Evelyne scharf. »Der Junge hat damit nichts zu tun.«

»Ja, ja, mach ich«, beruhigte ihre Freundin sie.

»Und sag nichts davon, dass wir recherchiert haben«, ermahnte Rosa sie. »Stell es so dar, als hätten wir Gerüchte gehört. Und du, mein Schatz, du bereitest Friderike darauf vor, dass die Kripo ihr Verhältnis zu Thomas Mayer herausgefunden hat, sie bestimmt dazu befragen wird und sie unbedingt die Wahrheit sagen muss. Nämlich, dass ihr Freund ihren Ehemann an dem Tatabend zur Rede stellen wollte, dass er einen dunklen Kombi fährt und so weiter … Mitwisserin ist sie schon, aber sonst macht sie sich vielleicht noch der Mittäterschaft schuldig.«

Evelyne nickte.

»Gut, dann haben wir das erst mal geklärt«, sagte ihre Mutter mit einem tiefen Seufzer. »Hannes ist ab jetzt mit im Boot. Wir wollen doch schließlich auch nicht, dass dieser Fall als Cold Case in die Geschichte eingeht.«

»Was ist denn das?«, fragte Ingrid.

»Ein Fall, der nicht gelöst werden kann und den man vielleicht nach zwanzig Jahren noch mal aufrollt, weil sich ein neues Indiz gefunden hat«, erklärte Rosa ihr.

»Ich werde euch in allem auf dem Laufenden halten«, versicherte Barbara den dreien euphorisch. »Hannes wird uns bestimmt für die Hinweise dankbar sein. Allein würde er überhaupt nicht an all diese Infos kommen.«

Alle nickten.

»So, und jetzt lasst uns spielen«, schlug Rosa energisch vor. »Wir müssen ein bisschen Geld einspielen, wenn wir wieder verreisen wollen.«

»Moment noch«, sagte Barbara. Sie sah von einer zur anderen, bevor sie mit Grabesstimme fragte: »Ihr habt doch bestimmt auch schon gehört, dass sich der Thelen umgebracht hat, oder?«

Die drei bejahten.

»Ich war gestern bei Sonja. Die Firma ist insolvent. Das ist der Grund für seinen Selbstmord.« Mit besorgter Miene schüttelte Barbara den Kopf. »Sonja ist völlig fertig. Jetzt steht sie ganz allein da mit dem maroden Unternehmen. Wer kauft denn so was? Gott sei Dank steht ihr Bruder ihr zur Seite. Der ist Steuerberater. Der wird wohl alles abwickeln.«

»Erhängt …«, sinnierte Evelyne leise schaudernd vor sich hin.

»Das ist leider kein neuer Fall für uns«, meinte Barbara sachkundig. »Der Selbstmord ist eindeutig geklärt. Aber ganz ehrlich … Um den Thelen ist es eigentlich nicht schade. Genauso wenig wie um Brandt. Männer, die ihre Frauen schlagen … Das geht gar nicht.«

»Jetzt lasst uns spielen und mal was Schönes machen«, warf Ingrid ein. »In den letzten beiden Wochen dreht sich alles nur um Leichen und Mörder.«

Sie spielten bis kurz vor Mitternacht. Alle vier waren so leidenschaftlich dabei, als wollten sie sich gegenseitig beweisen, zumindest beim Rommé erfolgreich zu sein – wenn sie schon den Mordfall nicht endgültig lösen konnten.

68. KAPITEL

Als Evelyne sich zwei Tage später auf den Weg nach Prüm machte, badete die Eifellandschaft im weichen Licht der Spätnachmittagssonne. Auf der Bundesstraße herrschte viel Berufsverkehr. Dessen ungeachtet ließ Evelyne ihren alten Volvo ruhig dahinrollen. Es machte ihr nichts aus, von hinten angeblinkt oder überholt zu werden. So ausgeglichen, leicht und unbeschwert hatte sie sich schon lange nicht mehr gefühlt. Da hätte die Welt um sie herum auf dem Kopf stehen können – es hätte sie nicht gestört. Ihr Herz klopfte vor freudiger Erwartung, als wäre diese Verabredung mit Michael das erste Rendezvous ihres Lebens. Sie hatte sich dafür entschieden, sich konsequent allen Zweifeln zu verschließen und sich ohne Vorbehalte auf die kommenden Stunden einzulassen. Das war ihre Chance. Der Flurspiegel hatte ihr zudem das nötige Selbstbewusstsein mit auf den Weg gegeben. Sie hatte sich Mühe gemacht mit ihrem Aussehen, ohne dass ihre Mutter sie daran hätte erinnern müssen. Zum allerersten Mal trug sie das tailliert geschnittene olivfarbene Hemdblusenkleid im Safaristil, das bereits seit drei Jahren mit dem Kaufetikett in ihrem Kleiderschrank hing. Dazu einen breiten, rustikalen Ledergürtel und kurze braune Stiefeletten an den nackten Füßen. Das ließ sie sportlich und jugendlich aussehen. Das Haar, das sie hinter die Ohren gestrichen hatte, an denen große, handgeschnitzte Hornohrringe hingen, umschmeichelte duftig ihr Gesicht, auf das sie ein wenig Make-up aufgetragen hatte. »Du siehst toll aus!«, hatte ihre Mutter ausgerufen – sichtlich verwundert darüber, dass sie auch ohne ihre Hilfe etwas aus sich machen konnte.

Mit diesem Kompliment aus dem Munde einer Schönheitsexpertin hatte sie sich vor einer Stunde auf die Strecke begeben. Nun wies sie das Navigationssystem durch Prüms Innenstadt zu ihrem Ziel. Als sie das erreicht hatte, staunte sie nicht schlecht. Michael wohnte in einer alten Vorkriegsvilla aus Basalt und Tuffstein, vor der sie, wie für sie reserviert, einen freien Parkplatz fand. Das lief ja bis jetzt alles wie am Schnürchen, dachte sie erleichtert und stieg aus. Als sie vor der massiven Eichentür des zweistöckigen Hauses stand, begann ihr Herz zu hämmern. Drei Parteien wohnten hier. Michaels Klingel war die oberste, was nahelegte, dass er auch auf der obersten Etage wohnte. Mit klammem Zeigefinger drückte sie den messingfarbenen Klingelknopf, woraufhin keine drei Sekunden später ein Surren ertönte und sich die Haustür automatisch öffnete. Vor ihr lag ein großzügiger, heller Eingangsbereich mit Mosaikfußboden, kunstvollen Bleiglasfenstern und einer geschwungenen Holztreppe, die in die beiden oberen Stockwerke zu führen schien. Zögernd betrat sie die erste massive, ausgetretene Stufe, die unter ihr leise knarrte.

»Sorry, aber hier gibt es leider keinen Aufzug!«, hörte sie Michael da von oben rufen.

»Keine Sorge, das kriege ich gerade noch hin!«, rief sie vergnügt zurück.

Sein Lachen drang warm und dunkel durch das lichte Treppenhaus zu ihr hinunter. Angespornt durch die auf Anhieb lockere Stimmung zwischen ihnen, nahm sie die Stufen wie im

Flug. Als sie oben im Dachgeschoss ankam, blieb sie auf dem kleinen Flur dann doch ein wenig atemlos vor Michael stehen.

Wie gut er ausschaute in den schwarzen Jeans und dem anthrazitfarbenen lässigen Henleyshirt, dessen lange Ärmel er bis zum Ellbogen hochgeschoben hatte. Seine gebräunte Haut, der Dreitagebart, das grau melierte längere Haar, seine tiefbraunen Augen, die ihr entgegenleuchteten ...

»Schön, dass du da bist«, begrüßte Michael sie mit seiner Reibeisenstimme, die sie so erotisch fand. Sein Lächeln ging ihr durch und durch. Dann glitt sein Blick an ihr hinunter, als wolle er sich jeden Zentimeter von ihr einprägen. »Du siehst einfach toll aus«, sagte er, als er sie wieder ansah.

Ich mache keine Komplimente über Oberflächlichkeiten. Das waren seine Worte auf der Wanderung gewesen. Umso mehr wusste sie dieses Kompliment jetzt zu schätzen. Sie hielt seinem Blick stand. Es war ein Moment voller Nähe, der ihr das Herz weitete und sie von innen wärmte.

»Danke«, sagte sie etwas verlegen.

O weia! Nun stieg ihr auch noch die Röte in die Wangen. Als wenn sie noch ein junges Mädchen wäre. Einfach peinlich. Schnell senkte sie den Kopf und wischte sich über ihr Kleid, als würde sie einen imaginären Fussel wegstreichen.

»Komm herein, und herzlich willkommen in meinem kleinen Reich.« Michael führte sie am Ellbogen durch die enge Diele mit der Garderobe in ein großes Wohnzimmer. Hier blieb sie erst einmal stehen und sah sich um. Schon ein manches Mal hatte sie sich gefragt, wie Michaels Zuhause eingerichtet sein würde. Das, was sie nun sah, strafte alle ihre Vorstellungen Lügen. Seine Einrichtung war sehr viel gemütlicher und individueller als ihre. So viel Geschmack hatte sie nicht erwartet.

Sie schaute auf eine lange Wand aus Bruchsteinen, die durch die Balkontür unterbrochen war. Sie gab dem Raum etwas Besonderes. Links von der Tür stand eine große Sitzlandschaft aus braunem Leder. Zu ihr gesellten sich zwei tiefe, gemütlich aussehende Ledersessel und ein rustikaler, niedriger Holztisch aus rohem Eichenholz. An der linken, weiß getünchten Wand, in der eine Tür war, diente eine alte, kunstvoll restaurierte Knechtbank als Sideboard. Auf ihr standen drei afrikanische Skulpturen. Über der Bank hing das Geweih einer Antilope. Rechterhand von ihr wies die offen stehende Tür in die Küche. Neben ihr entdeckte sie eine antike geschnitzte Mehltruhe. In der Mitte des Wohnzimmers, auf dem alten, geölten Holzdielenboden, lag ein großer Kelim in gedeckten Farben. Neben den antiken Möbelstücken und den großformatigen Schwarz-Weiß-Fotografien war das absolute Highlight dieses Raumes jedoch das riesige Dachfenster, das einem das Gefühl gab, man befände sich in einem Wintergarten.

»Darf ich dir vor dem Essen etwas anbieten?«, unterbrach Michael ihre Betrachtungen. »Wasser, Kaffee oder einen Aperitif? Martini, Campari mit Orangensaft …?«

Sie drehte sich zu ihm um und lächelte ihn an. »Also … Ich bin noch ganz eingenommen von deinem Wohnungsstil. Das hätte ich nicht erwartet«, fügte sie hinzu.

Er hob die dunklen Brauen. »Tatsächlich?« Wahrscheinlich ging er davon aus, dass sie noch schöner wohnen würde.

Sie musste lachen. »Ja, tatsächlich. Das ist sehr gemütlich und vor allem sehr individuell. Ich …« Sie verzog ihr Gesicht und gab offen zu: »Bei mir ist es längst nicht so schön.«

»Das kann ich mir eigentlich nicht vorstellen«, erwiderte er erstaunt.

Sie seufzte. »Ist aber so.« Was daran liegen mag, dass ich eigentlich mit meiner Mutter zusammenlebe, wollte sie erklärend hinzufügen, konnte es sich aber gerade noch verkneifen. Dass sie in ihrem Elternhaus lebte, wusste er von seinem Onkel, aber eine Frau in den Sechzigern, die noch bei Muttern lebte … Wie hörte sich das denn an?

»Also, was möchtest du trinken?«, wechselte Michael das Thema mit seinem unnachahmlichen Strahlen. Er schien sich zu freuen, dass es ihr bei ihm gefiel.

»Kaffee bitte. Erst einmal. Nach der Fahrt …«

»Dann komm mit in die Küche.«

Evelyne folgte ihm bis zur Küchentür. Die Küche war nicht besonders groß, aber sie war das Beispiel einer Profiküche. Obwohl sie vom Kochen nichts verstand, das konnte sie beurteilen. Weiß, grauer Fliesenboden, viel Edelstahl und küchentechnisch auf dem modernsten Stand. In der Mitte stand ein Küchenblock aus hellem Holz. Darüber schwebte ein quadratisches schmiedeeisernes Gitter, an dem Kupfertöpfe und Kräuterbünde hingen – was ein bisschen Landhausatmosphäre in den ansonsten funktional wirkenden Raum brachte.

Michael stellte den Wasserkocher an.

»Für besondere Gäste brühe ich den Kaffee selbst auf, trotz des Automaten dort hinten«, erklärte er ihr. »Es dauert zwar ein bisschen länger, aber dafür schmeckt er besser. Du kannst dich gerne derweil bei mir umsehen.«

»Ich sehe dir dabei zu«, entschied sie.

Während er locker darüber plauderte, dass er an diesem Tag im Naturpark die Rastplätze kontrolliert habe, und sich dabei über das Müllproblem im Park ausließ, beobachtete sie ihn, wie er mit ruhigen, geradezu sinnlichen Bewegungen den Kaffee aufbrühte. Er ließ sich Zeit, goss immer wieder kleine Portionen heißen Wassers in den Filter. Dabei glitten ihre Gedanken in eine Richtung, die ihr erneut die Röte in die Wangen trieb. Wie mochten sich diese großen, kräftigen Männerhände wohl auf ihrer Haut anfühlen? Auf ihrem Körper? Ach, du meine Güte!

»Hm. Das riecht schon köstlich«, sagte sie, um sich von diesen wilden Fantasien abzulenken.

»Der Kaffee oder das Essen?«

»Beides. Was gibt es denn Leckeres?«

»Das verrate ich noch nicht.«

»Ich bin gespannt. Kochst du eigentlich jeden Tag?«

Michael nickte, während er vorsichtig den Filter aus der Kanne nahm und entsorgte.

»So richtig?«, fragte sie erstaunt. »Mit allem Drum und Dran?«

Er war der erste Mann, den sie kannte, der kochen konnte. Das gefiel ihr.

»Wenn du Fleisch oder Fisch und die diversen Beilagen meinst – ja, dann mit allem Drum und Dran.« In seinem Blick lag Belustigung, als er sich zu ihr umdrehte. »Und du kochst also gar nicht?«

Sie seufzte. »Na ja, ein hart gekochtes Ei oder ein Spiegelei mit Speck bekomme ich noch hin, aber darüber hinaus sieht es eher düster aus«, fügte sie verlegen hinzu.

Er reichte ihr eine kleine bemalte Keramikschale mit Zuckerstücken. »Zucker? Milch?« Dieses Lächeln, das Blitzen in den dunklen Augen … Flirtete er gerade mit ihr? Ein angenehmes Kribbeln durchlief ihren Körper.

»Nein, danke.«

»Wie kommt's, dass du nicht kochst? Du isst doch gerne, wie ich bisher feststellen konnte.«

»Wir hatten immer eine Haushälterin, obwohl meine Mutter eine hervorragende Köchin ist. Aber sie kocht nur, wenn sie Lust dazu hat. Und ich habe es halt nicht gelernt. Wenn ich in jungen Jahren eine Familie gegründet hätte, sähe das heute vielleicht anders aus.«

Sie standen beide an der Küchentür, so nah nebeneinander, dass sie seinen Duft riechen konnte. Wie gerne hätte sie jetzt mit den Fingerspitzen die glatte, gebräunte Haut seines Halses berührt, die das Henleyshirt freigab. Sie fühlte sich bestimmt warm und weich an. Um sich von diesen Gedanken abzubringen, kam sie ganz schnell zu ihrem Thema zurück.

»Wo oder von wem hast du kochen gelernt?«

»Ich stand mal kurz vor der Hochzeit. Sabine war eine begeisterte und sehr gute Köchin. Von ihr habe ich's gelernt.«

Evelyne schluckte. Das klang so, als hätte diese Sabine eine wichtige Rolle in seinem Leben gespielt. Unwillkürlich wich sie ein bisschen zurück. »Und … und was ist aus Sabine geworden?«

Michael sah sie ernst an, während er ihr die Tasse reichte. »Sie ist verunglückt. Zwei Wochen vor der Hochzeit. Komm, wir gehen auf den Balkon.«

Sie blieb stehen. »Das tut mir leid«, sagte sie zutiefst betroffen. »Dann war sie bestimmt deine große Liebe«, fügte sie leiser hinzu.

Ein Lächeln zitterte um seine Lippen, das ihr ins Herz schnitt. Er senkte sein Kinn und antwortete so leise wie zu sich selbst: »Sonst hätte ich sie nicht heiraten wollen.« Doch dann hob er energisch den Kopf, und sein Lächeln ließ ihn wieder jung und unbeschwert aussehen. »Aber das ist alles schon sehr lange her, Evelyne. Wir waren damals beide dreißig.«

Sie bemühte sich, nicht allzu erleichtert zu wirken, und folgte ihm ins Wohnzimmer, wo sie wieder stehen blieb. »Sag mal, hast du die Fotos gemacht?«

Es waren Landschaftsaufnahmen. Berglandschaften, Moore und Savannen, im Sonnenauf- und -untergang, bei Regen, im Nebel, im Sommer, im Winter.

»Ja.«

»Wunderschön«, murmelte sie, während sie von Foto zu Foto ging. »Entwickelst du sie auch selbst?«

Er nippte an seinem Kaffee, bevor er antwortete: »Nur so bekommen sie Magie.«

Ja, sie besaßen Magie. Genau so wie der Mann neben ihr.

Michael trat an die Balkontür. Sein Bitteschön begleitete er mit einer einladenden Geste, der sie folgte.

Der Balkon war bis zur Hälfte überdacht und bot einen unverstellten Ausblick über Prüm bis zu den Höhenzügen am Horizont. Er war sehr groß, wirkte jedoch kleiner durch die vielen Kübelpflanzen. Palmen, üppigen Bananenstauden, mannshohes Pampasgras, Lavendel, Lilien, Hortensien …. Dazu gab es zwei Hochbeete. In dem einen wuchsen Kräuter, in dem anderen Kopfsalat, Radieschen, eine Tomatenpflanze mit glänzenden roten Früchten und eine Zucchinipflanze, deren Äste unter ihrer Last herunterhingen. Zwischen all dem Grün stand an dem schmiedeeisernen Geländer ein Holztisch mit zwei Stühlen. Er war eingedeckt für zwei Personen.

Sprachlos betrachtete Evelyne das kleine Paradies, das Michael hier geschaffen hatte. Auf ihrem Balkon stand nur ein Liegestuhl, und an der Brüstung hingen Kästen mit weißen und blauen Petunien. Und die hatte Tine gepflanzt.

»Fantastisch«, sagte sie nur, weil ihr die Superlative fehlten. »Und das hast du alles gemacht?«

Michael lachte sein tiefes, betörendes Lachen. »Natürlich. Ich bin Single. Hatte ich dir das noch nicht erzählt?«

Sonst stünde ich nicht hier, wollte sie schon antworten. Doch das hätte vielleicht schnippisch geklungen. Stattdessen sah sie ihn spitzbübisch an, nahm sich ein Herz und konterte: »Es wäre auch schade, wenn es anders wäre.«

»Da bin ich ganz deiner Meinung«, erwiderte er ernst. »Sonst wäre ich nicht offen für dich. Ich gehöre nämlich zu denen, die monogam veranlagt sind.«

»Das freut mich.« Sie blinzelte ihm verschwörerisch zu. »Ich auch.«

»Also wieder eine Gemeinsamkeit.«

»Eine gute Voraussetzung, oder?« Mutig sah sie ihm in die Augen, deren warmer Ausdruck ihr das Gefühl gab, innerlich aufzublühen. Ihre Blicke trafen sich, der Moment zog sich in die Länge. In ihr brach ein Aufruhr von Gefühlen aus, eine undefinierbare Mischung aus Sehnsucht, Zuneigung – und auch Fluchtinstinkt. Michaels Augen waren dunkel wie Kohlen und schienen zu brennen. In ihnen las sie ebenfalls Sehnsucht und Begehren, das gleiche Begehren, das auch sie gerade überfallen hatte. Es machte ihr Angst. Noch war sie nicht bereit.

Rasch trat sie einen Schritt von ihm zurück. Er schien ihre Reaktion richtig zu deuten. Denn er lächelte sie liebevoll an. »Weißt du was?« Aufmunternd nickte er ihr zu. »Ich weiß nicht, wie es dir geht, aber ich habe Hunger.«

Erleichtert atmete sie aus. »Ich auch.«

»Dann lass uns wieder in die Küche gehen.«

Gleichzeitig traten sie durch die Balkontür. Dabei stieß sie unabsichtlich gegen ihn, spürte seinen Körper an ihrem und war erstaunt, wie fest er sich anfühlte. Ganz nah standen sie sich gegenüber. Brust an Brust. Durch sein Shirt und den Stoff ihres Kleides spürte sie die Wärme seiner Haut. Und wieder sahen sie sich an. Die Anziehungskraft zwischen ihnen war körperlich spürbar und unleugbar.

»Unser Hunger«, erinnerte sie ihn mit belegter Stimme, wobei sie sich einen Sekundenbruchteil später erschreckt fragte, ob sie vielleicht unbewusst den Hunger aufeinander meinte.

Ihre Verwirrung über diese Zweideutigkeit musste sich auf ihren Zügen widerspiegeln, denn Michaels Lachen kam aus vollem Herzen. »Ja, ja, der Hunger … Aber ich würde vorschlagen, wir stillen ihn zuerst mal mit dem, was ich gekocht habe. Bitte, Ladys first.« Mit einer Geste ließ er ihr den Vortritt ins Wohnzimmer.

Evelyne, Evelyne, schalt sie sich kopfschüttelnd und lachte in sich hinein. Sie war auf dem besten Weg, frivol zu werden.

»Was hast du uns denn Leckeres gekocht?«, erkundigte sie sich erneut, als sie in der Küchentür stand.

Er zwinkerte ihr vom Herd aus zu. »Das wirst du gleich sehen.«

»Kann ich dir helfen?«

»Lieber nicht, deine Nähe würde mich nur nervös machen.«

Sie lachte.

»Willst du schon mal den Weinkühler und den Wein nach draußen bringen? Wasser habe ich natürlich auch«, fügte er eilfertig hinzu.

»Wein ist sehr gut«, sagte sie im Brustton der Überzeugung, nahm den Kühler entgegen und brachte ihn auf den Balkon. Beschwingt ging sie zurück.

Michael reichte ihr den Chardonnay, den er gerade geöffnet hatte. »Gläser stehen schon draußen.«

»Habe ich gesehen. Hast du auch mal eine Ausbildung im Service absolviert?«, scherzte sie.

Er lachte. »Tisch decken habe ich schon als Junge von meiner Mutter gelernt. Auf Tischkultur hat sie immer Wert gelegt.«

»Leben deine Eltern eigentlich noch?«

»Ja. In Namibia.«

»In Afrika?«, staunte sie.

»Mein Vater war Tierarzt. Nachdem er seine Praxis hier verkauft hat, sind sie zu dem Bruder meiner Mutter nach Namibia gezogen. Mein Onkel betreibt dort eine Straußenfarm.«

»Das ist ja interessant! Deshalb die afrikanischen Skulpturen.«

»Ich besuche sie, sooft es geht«, antwortete er mit dem Rücken zu ihr, während er etwas in den Topf mit dem inzwischen kochendenden Wasser warf.

»Okay, ich gehe nach draußen«, sagte sie. »Soll ich schon einschenken?«

»Das wäre toll. Ich komme in ein paar Minuten mit den Tellern nach.«

69. KAPITEL

Als Michael mit den Tellern, die zwei große Edelstahlhauben krönten, nach draußen trat, konnte Evelyne ihren Gastgeber nur bewundern. »Das sieht aus wie im Nobelrestaurant!«

»Damit das Essen heiß bleibt. Wir wollen doch bestimmt erst einmal miteinander anstoßen.« Er stellte die Teller an ihre Plätze, setzte sich und nahm sein Glas.

»Auf einen schönen Abend und ein interessantes Schachspiel.«

Ach ja! Das Schachspiel. Das hatte sie ganz vergessen. Und noch etwas hatte sie völlig vergessen.

»Moment«, sagte sie, bevor sie miteinander anstießen, griff in ihre Umhängetasche, die sie über die Stuhllehne gehängt hatte, und zog ein Päckchen heraus. »Ich habe ein kleines Gastgeschenk mitgebracht, als Dankeschön für deine Einladung.« Mit diesen Worten legte sie das Mitbringsel an seinen Platz.

Er stellte sein Glas zurück und lächelte sie an. »Auch das noch! Dabei bist du doch schon ein Geschenk für mich.«

Sie musste lachen. »Jetzt übertreib es aber mal nicht mit deinen Komplimenten!«

»Stimmt, sonst wird's inflationär.« Er zwinkerte ihr zu. »Darf ich auspacken?«

»Natürlich.«

Zum Vorschein kam ein geschnitzter schwarzer Bilderrahmen von der Größe eines Schulheftes. Über Michaels Gesicht glitt ein Strahlen. »Das ist ja eine Federzeichnung von der Salvator-Basilika! Unserem Stadtwahrzeichen.«

»Es hat mal in meinem Büro in der Schule gehangen. Bei meiner Pensionierung habe ich es mitgenommen, weil ich es sehr kunstvoll fand. Aber da ich keinerlei Beziehung zu Prüm habe …« Sie hob die Schultern. »Ich dachte, vielleicht ist es in deinem Büro besser aufgehoben als bei mir in der Kiste.«

Michael hob sein Glas. »Ich danke dir. Ich werde es morgen sofort aufhängen. Das ist wirklich eine schöne Idee von dir.«

Sie stießen miteinander an, wobei Evelyne es dieses Mal vermied, ihm in die Augen zu sehen.

»Also dann …«, sagte Michael, nachdem sie getrunken hatten, und hob die beiden Hauben hoch. »Guten Appetit.«

Evelyne machte große Augen. Auf ihrem Teller lagen, kreisrund angeordnet und mit einem Sträußchen Basilikum garniert, fünf mittelgroße Teigtaschen. Sie schwammen in einer cremefarbenen Soße, die herrlich duftete.

»Steinpilze?«, fragte sie.

»Steinpilztortellini in Sahnekäsesoße.«

»Aber doch nicht etwa selbst gemacht?«

»Alles handmade. Die Pilze habe ich sogar selbst gesammelt und eingefroren.«

»Auch den Nudelteig?«, fragte sie ungläubig.

»Auch den.« Er nickte ihr auffordernd zu. »Aber jetzt koste erst mal. Vielleicht schmeckt es dir auch gar nicht.«

»Das kann ich mir wirklich nicht vorstellen. Das sieht aus wie in einem Sternerestaurant.«

»Ein Stern aus deinem Mund reicht mir«, scherzte er.

Evelyne probierte – und verdrehte die Augen. Der Nudelteig hatte auf den Punkt genau die richtige Konsistenz, elastisch und noch leicht bissfest; die Steinpilzfüllung war aromatisch, und der Geschmack der cremig-würzigen Soße rundete alles zu einer Köstlichkeit ab. Nachdem sie einen Schluck getrunken hatte, sagte sie: »Ich lege noch einen Stern drauf. Wirklich, das ist absolut fantastisch. Ein Hochgenuss.«

»Etwas anderes habe ich auch nicht erwartet.«

»Eingebildet bist du gar nicht, oder?«, neckte sie ihn.

Während sie mit Genuss und in aller Ruhe aßen, plauderten sie über ihre Vorlieben beim Essen und Trinken, über Bücher, die sie gelesen hatten, über Filme, die sie gesehen hatten. Und je weiter der Abend fortschritt, desto länger wurde die Liste der Eigenschaften, die Evelyne an Michael gefielen. Wie an ihrem ersten Abend im Burghotel spielten sie sich verbal immer wieder die Bälle zu und amüsierten sich. Vom Schachspielen war keine Rede mehr. Sie hatten sich viel zu viel zu sagen, als dass sie sich mit Spielen die Zeit hätten vertreiben müssen.

Inzwischen hatte sich die Dämmerung über Prüm gesenkt. Mit ihr wurden die Geräusche des Tages leiser. Am Himmel zeigten sich die ersten Sterne. Glühwürmchen schwirrten durch die warme Luft, und in dem großen Garten unterhalb des Balkons zirpten Grillen im Gras. Michael hatte die Windlichter auf dem Geländer und dem Tisch angezündet.

»Noch ein bisschen Wein?«, fragte er mit tiefem Blick.

Wie gerne hätte sie diese Frage bejaht! Aber sie musste doch noch fahren.

»Du kannst auch hier übernachten. Ich schlafe dann auf der Couch im Wohnzimmer«, schickte er sofort hinterher.

Sie biss sich auf die Lippe. »Ich weiß nicht …« Dann lachte sie leise. »Dafür müsste ich noch ein paar Gläser trinken.«

»An Wein soll's nicht mangeln.«

»Aber an meinem Mut«, erwiderte sie, wobei sie ihn offen ansah.

Da stand er auf, trat neben sie und zog sie an der Hand hoch. »Ich weiß«, sagte er zärtlich. Sein Blick war weich, klar und stark zugleich. Er traf sie mitten ins Herz.

Glühende Hitze durchströmte sie. Die Luft verdichtete sich. Die erotische Spannung zwischen ihnen steigerte sich. Sie wusste, dass sie jetzt etwas sagen oder tun musste, um sich aus dieser Situation zu befreien – wenn sie an diesem Abend noch nicht bereit war, mit ihm intim zu werden.

»Ich …«, begann sie, ohne zu überlegen und ohne zu wissen, was sie eigentlich sagen wollte.

Da legte Michael ihr den Zeigefinger auf die Lippen. »Sag jetzt nichts«, flüsterte er.

Er nahm sie in die Arme und hielt sie fest. Sie schloss die Augen, fühlte der süßen Welle nach, die sie durchfuhr. Wie von einer fremden Macht gesteuert, legten sich ihre Arme um seinen Körper, der sich herrlich angenehm anfühlte. Ein bisschen größer als ihrer, muskulös und kuschlig zugleich. Genau richtig. So blieben sie eine Weile stehen. Als Michael sie noch etwas enger an sich drückte, schmiegte sie sich in seine Arme, als wären sie der Hafen, den sie nach jahrelanger Odyssee endlich gefunden hatte. Sie sprachen kein Wort, waren sich fremd und vertraut zugleich. Wie zwei junge Menschen, die zum ersten Mal von der Liebe überrascht wurden, standen sie zwischen all den duftenden Pflanzen und genossen die Nähe. Nach einer Weile legte Michael seine Hand in ihren Nacken und bog ihren Kopf leicht zurück, sodass sie sich anschauen konnten. Sie lächelten sich an. Es war ein Augenblick glücklicher Intimität. Dann zog er ihren Kopf näher zu sich heran, und seine Lippen strichen so leicht wie die Flügelschläge eines Schmetterlings über ihre Wangen, ihre Schläfe hinauf zu ihrer Stirn und zu ihrer anderen Wange wieder hinunter. Dort verharrten sie, als wollte Michael abschätzen, wie weit er gehen durfte. Da hielt sie es nicht länger aus. Seine federleichten Berührungen hatten sie erbeben lassen. Das Rasen ihres Pulses, die köstlichen Spannungen im Bauch, das schmerzliche Verlangen nach diesem Mann ... Voller Zärtlichkeit nahm sie seinen Kopf in beide Hände und küsste ihn auf den Mund. So scheu wie beim allerersten Mal damals im Steinbruch. Michael erwiderte ihren Kuss. Zuerst genauso zurückhaltend, dann inniger, und dann mit einer Leidenschaft, von der auch sie sich mitreißen ließ. Für einen kurzen Moment wollte sich ihr Verstand melden, wollte ihr Argumente ins Bewusstsein spülen, die sie davor warnten, sich in diesen Mann zu verlieben, aber sie verschloss sich ihnen. Zu schön und zu kostbar waren ihr diese Augenblicke. Zum ersten Mal erfüllte ein Mann ihr Herz und ihren Geist. Sie hatte das Gefühl, nicht nur ihn zu umarmen, sondern mit ihm die ganze Welt.

In diesen Taumel hinein vernahm sie irgendwo in der Ferne ein Geräusch. Sie spürte an Michaels Reaktion, dass auch er es hörte. Ihre Wahrnehmung erwachte wieder. Es war ein schriller Ton, der den Zauber zwischen ihnen jäh zerstörte. Langsam lösten sie sich voneinander, sahen sich an, als wären sie gerade mitten aus einem tiefen Traum gerissen worden. Das Handy auf dem Wohnzimmertisch, Michaels Handy, klingelte unterdessen unbarmherzig weiter.

Evelyne spürte immer noch ein Nachbeben in sich wie nach einem Vulkanausbruch – der ihr Zusammensein gerade auch gewesen war. »Willst du nicht drangehen?«, fragte sie mit belegter Stimme.

Michael schaute auf seine Sportuhr, die kurz vor zehn anzeigte. »Wer mag das denn sein?«

Seiner Reaktion nach schien er nur wenige Anrufe zu bekommen.

Sie strich ihm zärtlich über die Wange. »Sieh nach.«

Unentschlossen blieb er stehen. Doch als sie ihn leicht in Richtung Wohnzimmer schob, bewegte er sich. Mit dem Rücken zu ihr nahm er den Anruf entgegen. Er hörte zu, sprach kaum, und was er sagte, konnte sie nicht verstehen.

Sie setzte sich wieder. Und während sie das Windlicht auf dem Tisch drehte, spürte sie dem Gefühl der Enttäuschung nach, das sich in ihr ausbreitete. Enttäuschung und Bedauern darüber, dass dieser Abend, der so wunderschön begonnen hatte, nun eine andere Wende nehmen würde. Dessen war sie sich ziemlich sicher. Nach dieser Unterbrechung würden sie kaum mehr zu ihren Zärtlichkeiten zurückfinden. Dafür waren sie beide zu sensibel, brauchten beide eine romantische, eine von Erotik aufgeladene Atmosphäre. Außerdem war es auch schon spät. Sie musste nach Hause.

Als Michael wieder auf den Balkon kam, sah sie seiner Miene an, dass irgendetwas passiert sein musste.

Sie schluckte schwer. »Alles in Ordnung?«, fragte sie vorsichtig.

Er lächelte flüchtig. »Beruflich …«

Sie entspannte sich ein bisschen. Zumindest nichts Privates. Eine ehemalige Geliebte oder so was.

»Probleme?«

Er nickte stumm, während er in die Nacht hinaussah.

»Möchtest du mit mir darüber reden?«

Sein Lächeln wirkte müde. »Heute Abend nicht mehr. Magst du auch ein Wasser?«

»Nein, danke.«

Sie beobachtete, wie er Mineralwasser in sein leeres Weinglas goss und es in einem Zug leerte. Er wirkte hilflos.

»Du, es tut mir unendlich leid, aber ich muss heute Abend noch zwei Telefonate erledigen«, sagte er dann. »Die Zeit sitzt mir im Nacken …« Voller Verlegenheit sah er sie an. »Das ist rein beruflich. Nicht, dass du irgendetwas anderes denkst«, fügte er hinzu.

Sie hob die Schultern und zwang sich zu einem Lächeln. »Pflicht ist Pflicht. Das verstehe ich sehr gut. Ich war ja auch mal berufstätig. Außerdem ist es auch schon spät.« Entschlossen stand sie auf und nahm ihre Tasche vom Stuhl. Dann zögerte sie. »Soll ich dir noch helfen abzuräumen?«

Er schüttelte den Kopf. »Nein. Das mach ich später.« Er hatte sich ebenso erhoben. »Es tut mir wirklich leid.«

Das schlechte Gewissen stand ihm ins Gesicht geschrieben. In seinem Blick las sie aber auch noch etwas anderes – eine Distanz, die ihr verriet, dass er in Gedanken schon gar nicht mehr bei ihnen war.

»Ich bringe dich noch runter«, sagte er.

Hintereinanderher gingen sie durchs Treppenhaus. Schweigend. Er öffnete die Haustür und sah sie eindringlich an. »Ich melde mich, sobald ich den Kopf frei und alles geklärt habe.« Zärtlich streichelte er ihr über die Wange. »Es war wunderschön mit dir. Und ich freue mich schon auf das nächste Mal.«

»Ich mich auch«, antwortete sie genauso zärtlich. Die Aussicht auf ein nächstes Mal beruhigte sie. Aus dieser Stimmung heraus gab sie ihm rasch einen Kuss auf den Mund, drehte sich um und ging zu ihrem Auto.

Michael blieb so lange vor der Tür stehen, bis sie abfuhr. Im Rückspiegel sah sie seine Gestalt im Licht der Hauslampe immer kleiner werden.

70. KAPITEL

Die Nacht war hell und klar. Evelyne schien der einzige Autofahrer auf der langen Landstraße zu sein, die zurück nach Himmelrath führte. Obwohl sie ein wenig enttäuscht war, fühlte sie sich wohl. Vielleicht war es ganz gut, dass der Abend so geendet hatte. Wie weit wären sie gegangen, wenn der Anruf nicht gekommen wäre? Wäre sie schon bereit gewesen, die rote Linie zu überschreiten? Wahrscheinlich nicht. Dafür brauchte sie noch Zeit. Wie viel, konnte sie nicht sagen. Sie war zufrieden, fühlte sich innerlich rund und satt. In Michaels Nähe fühlte sie sich weicher, ihre Bewegungen kamen ihr sanfter und fließender vor. Auch ihre Stimme klang anders.

Versonnen lächelte sie vor sich hin. Wie lange hatte sie sich nicht mehr so lebendig gefühlt?

Während sie langsam durch die Nacht fuhr, rief sie sich Michaels Stimme in Erinnerung, sah seine Augen mit den schwarzen, dichten Wimpern vor sich, sein bezwingendes Lächeln, spürte seinen Mund auf ihren Lippen, zärtlich und leidenschaftlich zugleich. Nein, es hatte keinen Zweck, die Wahrheit länger zu leugnen. Sie hatte sich in Michael verliebt. Spätestens an diesem Abend. Wie und warum? Auf diese Fragen fand sie keine logische Antwort. Ihr Herz, ihr Körper und ihre Seele sagten es ihr. Nur sie reagierten mit einer Ehrlichkeit, zu der der Verstand nicht imstande war. Er fing immer gleich an, zu analysieren und zu kommentieren.

Evelyne lächelte vor sich hin. Zum ersten Mal in ihrem Leben war sie sich sicher, dass ihr das Schicksal einen Mann in den Weg gestellt hatte, der ihr Leben zukünftig in der einen oder anderen Weise nachhaltig prägen würde – was alle anderen Männer nicht geschafft hatten.

Ihr Elternhaus auf dem Hügel über Himmelrath lag bereits im Dunkeln. Als sie die große Diele betrat, rechnete sie dennoch damit, dass ihre Mutter noch einmal herunterkommen würde – aus Neugierde, wie der Abend verlaufen war. Diesbezüglich jedoch irrte sie. Aus dem ersten Stock vernahm sie keinen Mucks. Erleichtert atmete sie aus. Dafür fand sie einen Zettel auf der Steinfensterbank. *Ich hoffe, Du hattest einen schönen Abend. Ich habe an Dich gedacht, bin jedoch ins Bett gegangen, weil Du bestimmt mit dem Erlebten noch ein bisschen allein sein und alles nachwirken lassen möchtest. Kuss, Mama.*

Die Worte berührten sie. Auch ihre Mutter lernte also noch dazu.

Mit den Erinnerungen an die vergangenen Stunden und lockenden Zukunftsbildern im Kopf schlief Evelyne schließlich an diesem Abend ein.

71. KAPITEL

Beim Frühstück am nächsten Morgen wollte Rosa natürlich wissen, wie es in Prüm gewesen war. Zur Erleichterung Evelynes klingelte jedoch schon eine Minute später das Telefon. Sie stand auf und eilte aus der Küche.

»Barbara hier. Ich mach's kurz«, sagte ihre Freundin atemlos. Offensichtlich stand sie mal wieder unter Zeitdruck. »Hannes hat gerade angerufen. Er hat neue Ergebnisse in unserem Fall. Heute Nachmittag kommt er vorbei. Ich soll ihm seine neue Hose umnähen. Es wäre gut, wenn ihr auch da sein würdet.«

»Aber ob er dann noch was erzählen wird?«, zweifelte Evelyne an.

»Deine Mutter wird schon die richtigen Worte finden, um ihm die KTU-Ergebnisse zu entlocken.«

Evelyne lachte. »Das kann ich dir versichern.«

»Also dann – bis heute Nachmittag. So gegen fünfzehn Uhr.«

»Fünfzehn Uhr schon?«, fragte Rosa ein paar Augenblicke später. Sie überlegte und sagte schließlich: »Dann verschiebe ich den Besuch bei Lisa halt auf morgen. Der Fall hat Vorrang.« Entschlossen stand sie auf. »Am besten rufe ich meine Schwester sofort an. Morgen soll das Wetter sowieso wieder schöner werden. Dann können wir ein bisschen am Rhein spazieren gehen.« Sie sah Evelyne an. »Soll ich Tine bitten, den Tisch abzuräumen?«

»Das mache ich. Sie ist gerade im Keller. Der muss dringend aufgeräumt und geputzt werden.« Evelyne stand ebenfalls auf. »Ich gehe erst mal laufen, und danach arbeite ich. Das Mittagessen lasse ich heute ausfallen.«

»Dann trink wenigstens am Mittag mit mir einen Espresso«, bat ihre Mutter sie. »Du wolltest mir doch gerade noch erzählen, wie seine Wohnung ist.«

Evelyne seufzte. »Meinetwegen. Komm um eins zu mir hoch. Dort sind wir ungestört.«

Rosa strahlte sie an. »Ich werde da sein.«

72. KAPITEL

»Dann war es also ein schöner Abend«, sagte Rosa abschließend so zufrieden, als hätte sie diesen selbst erlebt. »Das freut mich für dich. Jetzt warte …« Ein Klingeln an der Haustür ließ sie innehalten. Überrascht sah sie ihre Tochter an. »Erwartest du Besuch?«

Evelyne schüttelte den Kopf, ging in den Flur und drückte auf die Sprechanlage.

»Ich muss dich dringend sprechen«, hörte sie Friderike hektisch hervorstoßen. »Kann ich hochkommen?«

Seit sie sich kannten, war Friderike noch nie in ihrer Wohnung gewesen. Evelyne drückte auf den automatischen Türöffner. Eilige Schritte wurden laut. Dann erschien Friderikes blasses Gesicht auf der Treppe. Wie meistens trug sie einen Jogginganzug, den sie in allen Farben besaß. Heute hatte sie einen grauen an – passend zum Wetter. Obwohl die Nacht von Mittwoch auf Donnerstag sternenklar und warm gewesen war, hatten sich am frühen Morgen dicke Wolken am Himmel gezeigt, und es war kühler geworden.

»Was ist passiert?«, fragte sie ihre Freundin.

»Störe ich?«

»Nein. Meine Mutter ist nur gerade da.«

»Macht nichts. Die weiß ja sowieso inzwischen Bescheid.«

Rosa begrüßte den unerwarteten Gast auf ihre herzliche Art. Dann brach es aus Friderike heraus: »Das kann doch alles nicht wahr sein! Ich habe das Gefühl, ich durchlebe gerade einen einzigen Albtraum.« Ohne sich im Wohnzimmer umzusehen, ließ sie sich in den erstbesten Sessel fallen, stützte die Ellbogen auf die Knie und legte den Kopf in beide Hände.

»Möchtest du ein Wasser oder einen Kaffee?«

»Nein, danke.«

Evelyne seufzte und setzte sich auf die Couch neben ihre Mutter, deren schwarze Augen neugierig funkelten.

»Nun erzähl mal!«, forderte Evelyne ihre Freundin auf.

»Ich weiß nicht mehr, was ich machen soll«, gestand Friderike ihr kopfschüttelnd und den Tränen nahe. »Um mich herum passieren Dinge ...«

»Friderike ...«, sagte Evelyne streng, von diesem Gestammel leicht genervt. »Jetzt bitte mal ganz sachlich.«

»Beruhigen Sie sich doch erst einmal, und dann reden wir über alles«, fügte Rosa mit beruhigendem Lächeln hinzu, während sie Friderikes Hand tätschelte. »Es wird nichts so heiß gegessen, wie es gekocht wird.«

Friderike atmete tief durch. »Also, ich wollte eben Huberts Auto saugen. Ich will es verkaufen. Und da ...« Evelyne und Rosa merkten, dass sie innerlich zitterte. »Dabei habe ich auf der Rückbank Huberts Gewehr gefunden.«

Evelyne blinzelte verwirrt. »Das Gewehr, das der Täter mitgenommen haben soll?«

»Genau das.«

Rosa wirkte nicht weniger überrascht. »Sind Sie sicher?«

»Natürlich bin ich sicher«, ereiferte sich Jans Mutter. »Ich kenne alle seine Gewehre.«

Evelyne zog die Stirn in Falten. »Aber die Kripo hat doch bei der Hausdurchsuchung auch den Wagen durchsucht, oder?«

»Das ist es ja! Irgendjemand muss es danach unter dem Sitz versteckt haben.«

»Mit großer Wahrscheinlichkeit wird es der Täter oder die Täterin gewesen sein«, murmelte Evelyne immer noch verwirrt vor sich hin. »War auch der Handschuh dabei?«

Friderike sah sie voller Unverständnis an. »Welcher Handschuh?«

Da fiel Evelyne ein, dass sie ihrer Freundin erzählt hatte, Jans Handschuh in der Auffahrt zu ihrem Haus gefunden zu haben, statt am Tatort. Und dass der Mörder den zweiten Handschuh wahrscheinlich genauso und aus dem gleichen Grund mitgenommen hatte wie das Gewehr, hatte sie ihr verschwiegen.

Sie griff sich an die Stirn. »Vielleicht verwechsele ich da auch was, aber du hast doch Jans zweiten Handschuh vermisst, oder?«

»Ich dachte, den hätte Hubert im Jeep verloren, aber die Kripo hat ihn dort nicht gefunden.« Friderike zuckte nachlässig mit den Schultern. »Das ist doch jetzt auch ganz egal. Ich frage mich vielmehr, wer das Gewehr, und wann, in den Audi gelegt hat.« Voller Verzweiflung sah sie zuerst Evelyne, dann Rosa an.

»Wann war die Hausdurchsuchung?«, erkundigte sich Rosa.

»Montag.«

»Dann ist es ab Montagabend passiert«, schlussfolgerte Evelyne. »Ist die Garage etwa immer offen?«

»Wir haben sie nie abgeschlossen.«

»Da kann also jeder rein- und rausgehen?«, wiederholte Rosa ungläubig.

Friderike nickte. »Das wusste auch jeder hier. Hubert hat immer den Witz gemacht, er wäre als Bürgermeister für jeden Bürger rund um die Uhr zu sprechen. Sie bräuchten nur durch die Garage zu gehen.«

»Bescheuert«, sagte Evelyne knapp, während in ihrem Kopf ein Gedanke den anderen jagte. Ihre Mutter zündete sich eine Zigarette an – wie immer, wenn sie sich konzentrieren musste.

»Jan hat gestern eine Frau gesehen«, fuhr Friderike fort. »Sein Zimmer liegt über der Garage. Er saß noch ziemlich spät am Computer und hat bemerkt, dass der Bewegungsmelder anging. Sie muss blond gewesen sein, ungefähr meine Statur. Er dachte, ich wäre es gewesen, und hat mich heute Morgen gefragt, was ich noch so spät in der Garage gemacht habe.«

»Eine blonde Frau auf eurem Grundstück?«, fragte Evelyne skeptisch.

»Wer kann das denn gewesen sein?« Rosa sah Friderike verständnislos an.

»Ich weiß es nicht«, erwiderte Friderike. »Nur wenn ich Herrn Neffgen jetzt davon erzähle, glaubt der doch, ich wäre die Täterin. Für ihn ist diese Waffe ein wichtiges Indiz«, sagte sie gequält in die Stille hinein. »Die Haare und der Fussel an Huberts Leiche stammen ja schon von mir. Und jetzt auch noch das Gewehr! Gott sei Dank hat Neffgen mich nicht noch einmal nach meinem Alibi gefragt. Das scheint er nicht mehr im Kopf gehabt zu haben. Aber das wird bestimmt noch kommen, und dann kann Jan nicht erneut lügen. Dazu kommt, dass ich durch Huberts Tod finanziell profitiere … Das alles riecht doch geradezu danach, dass ich die Täterin bin.« Friderike schluchzte auf und versteckte ihr Gesicht wieder in den Händen.

»Wo ist das Gewehr jetzt?«, fragte Rosa sachlich.

»Ich hab's mitgebracht«, erwiderte Friderike kleinlaut.

»Wenn du möchtest, werde ich es Hannes Neffgen geben«, sagte Evelyne. »Ich sehe ihn heute. Dann musst du erst gar nicht in Erscheinung treten, und er kann dich nicht mit neuen Fragen löchern.«

Da ging ein Leuchten über Friderikes Gesicht. »Würdest du das tun?«

»Klar. Natürlich kann ich dir nicht versprechen, dass er dich daraufhin in Ruhe lässt.«

»Aber da sind doch jetzt meine Fingerabdrücke drauf.«

»Das versteht sich wohl von selbst. Du hast das Gewehr

gefunden und angefasst. Der Kripo ist doch auch klar, dass der Täter, der deinem Mann das Gewehr wahrscheinlich aus der Hand gerissen und dann in Panik mitgenommen hat, seine längst entfernt hat.«

Rosa seufzte. »Jetzt hat der Fall eine neue Wendung bekommen«, sagte sie wie zu sich selbst, nachdem sie den Rauch gegen die Decke ausgestoßen hatte. »Bis jetzt ging die Kripo davon aus, dass derjenige, bei dem sie das Gewehr finden würden, auch der Täter beziehungsweise die Täterin sein würde.«

»Ich war es aber ganz bestimmt nicht«, beteuerte Friderike aufgeregt. »Nicht, dass Sie denken, das wäre ein Trick von mir, um den Verdacht von mir auf irgendeinen Unbekannten zu lenken. Ehrlich nicht! Obwohl ...«

»Was obwohl?«, fragte Rosa sanft nach.

»Mein Freund war gestern Abend bei mir. Ob er es vielleicht in den Audi geschmuggelt hat?« Mit großen Augen sah Friderike zuerst Rosa, dann Evelyne an. »Vielleicht, um den Verdacht auf mich zu lenken? Thomas hat auch längeres blondes Haar. Und ist für einen Mann recht klein und zierlich. Vielleicht hat Jan ihn für eine Frau gehalten.«

»Trauen Sie ihm das zu?«

»Eigentlich nicht. Er ist gekommen, um noch einmal mit mir zu reden. Er will unsere Beziehung unbedingt weiterführen.« Jans Mutter seufzte. »Ich glaube inzwischen, dass er mich wirklich liebt. Sonst würde ihm doch nicht so viel daran liegen, mich zu behalten. Aber solange ich nicht weiß, dass Thomas definitiv nicht der Täter ist, kann ich keine Nähe mehr zu ihm aufbauen. Eigentlich weiß ich gar nicht, ob ich diese Beziehung überhaupt noch will. Huberts Tod hat irgendwie alles verändert, und Thomas tut mir zurzeit nur noch leid, weil er so verzweifelt ist.«

Rosa lächelte sie milde an. »Mitleid ist eine schlechte Basis für eine Partnerschaft.«

Evelyne musste ein Lachen unterdrücken. Ihre Mutter war mal wieder in ihrem Element als Partnertherapeutin.

73. KAPITEL

Keine drei Stunden später saßen die Rommé-Cops auf dem Hofmann-Hof in der Küche. Die Flügeltür zum Innenhof stand offen. Es sah so aus, als würde es jeden Moment zu regnen anfangen. Auf dem runden Holztisch in dem angebauten Erker verbreitete ein noch ofenwarmer Apfelkuchen den Duft von Butter und Vanille.

»Derjenige, der das Gewehr in den Audi gelegt hat, musste wissen, dass die Garage stets unverschlossen ist«, stellte Barbara fest, während sie genüsslich die Kuchengabel ableckte.

»Warum hat derjenige oder diejenige das Gewehr überhaupt zurückgebracht? Das ist doch hier die Frage«, sagte Evelyne.

Mit unsicherem Blick sah Ingrid von einer zu anderen. »Um den Verdacht auf Friderike zu lenken?«

»Vielleicht konnte diese Person die Waffe auch nicht mehr im Haus ertragen, weil sie sie zu sehr an die Tat erinnerte«, mutmaßte Rosa, die ihr Kuchenstück noch nicht angerührt hatte – so sehr beschäftigte sie die neue Wendung in dem Fall.

»Vielleicht auch aus Angst vor einer eventuellen Hausdurchsuchung«, fügte Barbara gelassen hinzu, bevor sie sich ein zweites Stück Apfelkuchen auf den Teller lud.

Evelyne seufzte. Vielleicht doch Jan?, fragte sie sich aufs Neue. Der Junge hatte den besten Zugang zur Garage. Womöglich hatte er das Gewehr vorher irgendwo versteckt gehabt, wo er es nicht mehr für sicher hielt? Unwillkürlich schüttelte sie den Kopf. Nein, daran wollte sie gar nicht erst denken.

Ingrid seufzte ebenfalls. »Also, ich weiß es auch nicht. Lasst uns erst mal hören, wie weit Hannes mit seinen Ermittlungen gekommen ist. Inzwischen hat er Thomas Mayer, Maja sowie auch Friderike nochmals unter die Lupe genommen. Dabei wird doch irgendetwas rausgekommen sein.«

Als hätte Hannes Neffgen seinen Namen gehört, schallte auch schon seine hohe Stimme durch den Innenhof: »Hallöchen, hier bin ich! Ist hier jemand zu Hause?«

Barbara nickte den anderen zufrieden zu und raunte: »Er ist gut gelaunt.«

Drei Sekunden später erschien Hannes in der Terrassentür – und staunte nicht schlecht. »Was haben wir denn da?«, fragte er heiter. »Einen Kaffeeklatsch?«

»Evelyne, Rosa und Ingrid sind ganz spontan vorbeigekommen«, erklärte Barbara ihm und lachte unbeschwert, bevor sie hinzufügte: »Wie gut, dass ich für dich den Apfelkuchen gebacken habe, sonst hätte ich ihnen nichts anbieten können.«

»Ich hoffe, die Damen haben mir noch etwas übrig gelassen«, erwiderte ihr Bruder aufgeräumt, wobei er in alter Stammtischmanier zur Begrüßung dreimal auf den Holztisch klopfte.

»Komm, setz dich neben mich«, forderte Rosa ihn auf, woraufhin Hannes einen Stuhl heranzog und sich zwischen sie und Evelyne quetschte.

Während Barbara ihm ein großes Stück Kuchen, gekrönt durch eine doppelte Portion Sahne, auf den Teller legte, fragte Hannes munter in die Runde: »Wie geht es euch denn? Ihr seht ja alle wieder fantastisch aus!«

Rosa strahlte ihn an. Vertraulich legte sie ihm die manikürte Hand auf den Arm und konterte: »Du schaust aber auch gut aus. Gar nicht gestresst, obwohl du doch gerade von der Arbeit kommst.«

»In meiner Position habe ich ziemlich viel Freiheit und kann selbst bestimmen, wann ich Schluss mache«, erwiderte Hannes vollmundig, bevor er mit der Gabel in den Kuchen stach. »So wie heute zum Beispiel. Heute habe ich mich schon um zwei verabschiedet. Ich bin nämlich heute Abend verabredet. Deshalb die Hose …« Er wies mit dem Kinn auf die Plastiktüte auf der Anrichte, die den Namen eines Koblenzer Kaufhauses trug. Dann machte er sich so heißhungrig über den Kuchen her, dass ihm dabei auch prompt ein paar Krümel auf sein flachshelles Leinengilet fielen, die er nachlässig abwischte.

»Wir haben die Waffe, die der Täter mutmaßlich mitgenommen hat«, sagte Evelyne in das Schweigen am Tisch hinein, woraufhin sich Hannes umgehend verschluckte. Er bekam einen Hustenanfall und schnappte mit hochrotem Gesicht nach Luft.

Nachdem er sich beruhigt hatte, legte er die Gabel auf den Teller, straffte sich und sah sie ungläubig an. »Was habt ihr?«

»Das Gewehr. Es liegt in meinem Wagen.« Kurz und knapp erzählte sie ihm, wie sie an die Waffe gekommen waren.

»Das ist doch nur ein billiger Trick von der Brandt. Die will den Verdacht, den wir begründet gegen sie erheben, nur von sich wegschieben.« Er tippte sich an die Stirn. »Welcher Täter versteckt denn ein wichtiges Indiz, das ihm die begangene Tat nachweisen könnte, im Auto des Opfers? Und woher sollte er wissen, dass die Garage stets offen ist? Das hat sich Friderike Brandt doch nur zusammengesponnen«, fügte er erbost hinzu. Und da er einmal in Fahrt gekommen war, fuhr er fort: »Jetzt will ich euch was verraten, was ich eigentlich nicht dürfte. Die KTU hat festgestellt, dass die meisten Haare an Brandts Leiche sowie der blaue Fussel von seiner Ehefrau stammen. Es muss also zwischen den beiden kurz vor seinem Tod zu einem Kampf oder Gerangel gekommen sein.«

Das wissen wir bereits, aber Brandt hat seine Frau geschlagen, wollte Evelyne schon sagen, doch sie konnte sich gerade noch beherrschen. Damit würde sie Friderike in Hannes' Augen nur ein weiteres Motiv geben.

»Und was ist mit den Reifenabdrücken des Audis und Friderikes Fiestas?«, erkundigte sich Rosa.

»Beide stimmen mit dem des Fahrzeuges, das am Tatort gewesen ist, nicht überein. Aber Frau Brandt könnte ja auch zu Fuß gegangen sein. Das müssen wir immer noch im Hinterkopf behalten.«

»Habt ihr denn Friderikes Fingerabdruck auf der Tatwaffe feststellen können?«, fragte Ingrid scheinheilig.

»Passt nicht«, gab Hannes mit gesenktem Kopf zu und schickte sich an weiterzuessen.

»Dann kann sie es auch nicht gewesen sein«, schlussfolgerte Evelyne energisch.

»Außerdem hat sie ein Alibi«, betonte Ingrid, obwohl auch sie wusste, dass das nicht stimmte.

»Brandts Geliebte war es unserer Meinung nach aber auch nicht«, sprach Hannes weiter, ohne auf Ingrids Kommentar einzugehen. »Wir haben das ganze Programm durchgezogen. Ein paar Haare von ihr haben wir an Brandts Leiche gefunden, und der Reifenabdruck ihres Wagens stimmt auch mit dem einen der beiden Reifenabdrücke überein. Aber auch ihre Fingerabdrücke stimmen nicht mit denen auf dem Stein überein.« Er lehnte sich auf dem Stuhl zurück und streckte seinen Bauch vor, bevor er mit selbstzufriedener Miene hinzufügte: »Sie hat zugegeben, am Tatort gewesen zu sein und dort mit Brandt Streit bekommen zu haben. Es ist zum Gerangel zwischen den beiden gekommen, und dann ist sie tränenüberströmt gefahren. Und jetzt hört zu! Dabei ist sie einem dunklen Kombi begegnet.«

»Thomas Mayer fährt einen dunklen Kombi«, erinnerte seine Schwester ihn.

Hannes schüttelte den Kopf. »Fehlanzeige. Den haben wir uns natürlich auch längst vorgeknöpft. Mayer hat gestanden, zur ungefähren Tatzeit am Tatort gewesen zu sein, aber sein Reifenprofil passt nicht. Er behauptet, seinen Wagen am Feldrand abgestellt zu haben. Außerdem stimmen seine Fingerabdrücke nicht mit denen auf der Tatwaffe überein.«

Verständnislos sah Rosa ihn an. »Wenn auch Mayers Reifenprofil nicht passt, wem gehört dann die Reifenspur?«

Hannes machte sich wieder über den Apfelkuchen her. »Dem Täter, nehmen wir an. Nur den zu finden, ist das Problem«, fügte er mit vollem Mund hinzu.

Jetzt herrschte erst einmal betretenes Schweigen am Tisch. Draußen hatte es zu regnen begonnen. Ingrid schob mit der Gabel die Kuchenkrümel auf ihrem Teller hin und her, Evelyne aß endlich weiter, Rosa stöhnte laut auf, und Barbara stand nach ein paar Sekunden entschlossen auf mit den Worten: »Dann hole ich mal mein Nähzeug für die Hose.«

Daraufhin warf Hannes einen Blick auf seine Uhr. »Ja bitte! Ich muss gleich wieder fahren. Um sechs bin ich mit Charly in der Altstadt verabredet.«

Barbara lächelte ihn an. »Charly heißt sie also ... Das klingt so, als wäre sie jünger.«

»Ist sie auch. Ganze fünfzehn Jahre ist sie jünger als ich«, erwiderte er triumphierend, wobei sein Blick kurz Ingrid streifte, die ihm gegenübersaß.

»Wo hast du diese Charly denn kennengelernt?«, erkundigte sich Rosa, deren Neugier geweckt war.

»Im Internet.«

»Habt ihr euch schon mal getroffen?«, fragte Barbara, während sie die Hose aus der Plastiktüte zog. Eine lachsrote Baumwollhose.

»Nein, aber schon mehrmals miteinander telefoniert«, sagte Hannes, bevor er sich noch einen Löffel Schlagsahne auf den leeren Teller lud.

Ingrid hob die dunkelblonden Brauen und erkundigte sich zuckersüß: »Hat sie schon ein Bild von dir gesehen?«

Evelyne verkniff sich ein Lachen.

»Natürlich habe ich auf der Datingseite ein Bild von mir eingestellt«, erwiderte Hannes unwirsch. Er tippte sich an die Schläfe und zwinkerte verschwörerisch in die Runde. »Aber mit Köpfchen! Es ist ein Bild aus meinen besten Zeiten.«

»O Backe«, kam es da Ingrid leise über die Lippen.

»Wie meinst du das denn?« Hannes sah sie konsterniert an.

»Nun ja«, griff Rosa ein. »Wir verändern uns halt alle im Laufe der Zeit.«

»Charlys Bild ist auch zehn Jahre alt, wie sie mir gestanden hat«, gab Hannes sichtlich pikiert zurück. »Dann stimmt es doch fast schon wieder.«

74. KAPITEL

Ein paar Minuten später brachen Evelyne, Rosa und Ingrid auf. Als sie in dem alten Volvo vom Hof fuhren, resümierte Rosa: »Das war doch ganz informativ. Nun haben wir ein aktuelles Bild von allen Verdächtigen. Wir wissen jetzt: Thomas Mayer war es nicht, Maja nicht und Friderike ebenfalls nicht. Deren Fingerabdrücke passen alle nicht zu denen auf der Tatwaffe. Und von Jan wollen wir gar nicht reden.«

Evelyne räusperte sich. »Jan ist tatsächlich draußen«, bestätigte sie mit Nachdruck.

»Obwohl er ohne große Umstände das Gewehr in den Audi hätte legen können«, gab ihre Mutter zu bedenken.

»Hammes, Engels und Thelen waren es auch nicht«, wechselte Ingrid rasch das Thema. »Die hat Hannes ja als Allererstes überprüft. Und alle drei haben ein wasserfestes Alibi. Hammes war auf der Geburtstagsfeier seiner Schwiegermutter, Thelen hat den ganzen Abend mit Sonja verbracht, und Engels war bis in den frühen Morgenstunden bei mir. Von wem ist also die dritte Reifenspur?«

»Vom Täter«, erwiderte Rosa trocken.

»Vielleicht war es doch eine Bande«, mutmaßte Ingrid seufzend.

»Die hätten das Gewehr nicht zurückgebracht, sondern teuer verschachert«, stellte Rosa energisch klar.

»Wir sollten noch einmal überlegen, wer wissen konnte, dass die Garage stets unverschlossen ist«, sagte Evelyne, als sie vor Ingrids Haus angekommen waren.

»Wie Friderike sagte, alle. Natürlich auch sie selbst, Jan …«

Rosa wollte weiterreden, doch ihre Tochter unterbrach sie: »Und natürlich Friderikes Vater. Werner Weißhaupt.«

»Der hat ebenfalls ein Alibi. Der war bei Jutta«, erwiderte Ingrid.

»Moment mal!« Rosa setzte sich auf dem Beifahrersitz so, dass sie sowohl Evelyne wie auch Ingrid ansehen konnte. »Jan hat gesagt, sein Opa wäre gegen Mitternacht zum Übernachten gekommen, aber wer sagt denn, dass Weißhaupt überhaupt bis Mitternacht bei Jutta gewesen ist?« Abwartend hielt sie inne. Als Evelyne und Ingrid schwiegen, fuhr sie fort: »Das könnten uns nur Jutta und eventuell ihre Mutter sagen. Margit beobachtet mit Argusaugen, wann der Lover ihrer Tochter kommt und geht. Rein theoretisch könnte Friderikes Vater durchaus der Mörder sein.«

»Da hast du eigentlich recht«, stimmte Evelyne ihr zu. »Wobei ich nicht daran glaube.«

»Ich auch nicht.« Ingrid schüttelte den Kopf. »Aber immerhin fährt er einen dunklen Kombi. Und er weiß bestimmt, dass die Garage immer unverschlossen ist. Wahrscheinlich hat er sogar einen Schlüssel zum Haus.«

»Und er hat ein starkes Motiv für die Tat«, ergänzte Evelyne.

»Stellt euch folgendes Szenario vor«, fuhr Rosa aufgeregt fort. »Weißhaupt wusste von Friderike, dass Brandt sie an diesem Abend geschlagen hat. Er wollte seinen Schwiegersohn zur Rede stellen. Er war sowieso schon vor Ort. Zwischen den beiden ist es zum Kampf gekommen. Brandt hat ihn mit dem Gewehr bedroht, Weißhaupt hat es ihm aus den Händen gerissen und ihn im Affekt mit dem Stein erschlagen. Dann hat er das Gewehr erst mal mitgenommen. Womöglich hat er in den nächsten Tagen Angst bekommen, man könnte ihn verdächtigen und sein Haus in Mainz durchsuchen. Also …« Erwartungsvoll sah sie ihre Tochter und Ingrid an.

»Also …«, wiederholte Evelyne, »ist es jetzt deine Aufgabe, herauszufinden, ob er an dem Tatabend die ganze Zeit bei

Jutta gewesen ist und ob er seit Montag noch mal in Himmelrath war.«

»So könnte es tatsächlich gewesen sein«, sagte Ingrid bewundernd. »Aber um ihn dingfest zu machen, müssten wir seine Reifenspuren mit denen am Tatort abgleichen. Außerdem hat der Täter ja auch den anderen Handschuh mitgenommen. Den müsste man ebenfalls bei Weißhaupt finden.«

»Den könnte er in einem Mülleimer an irgendeiner Raststätte zwischen Adenau und Mainz entsorgt haben«, warf Rosa ein. »Viel wichtiger sind seine Fingerabdrücke auf dem Stein. Erst dann können wir davon ausgehen, dass er die Tat begangen hat.«

Evelyne seufzte. »Bei alledem stoßen wir natürlich wieder an unsere Grenzen. Das können wiederum nur die KTU sowie Hannes mit einem Durchsuchungsbeschluss bewerkstelligen.«

»Alternativ würde auch ein Geständnis reichen«, erwiderte Ingrid zaghaft.

»Was wir Friderikes Vater bestimmt nicht entlocken können«, fügte Evelyne hinzu.

»Ich werde gleich, wenn wir zu Hause sind, sofort Margit anrufen und mich mit ihr für morgen verabreden«, beschloss Rosa.

»Du willst morgen zu Tante Lisa«, erinnerte Evelyne sie.

Ihre Mutter zögerte kurz. Dann sagte sie entschlossen: »Ich werde Lisa noch mal absagen. Das muss sie einfach verstehen. Wir stehen mit unserem Fall kurz vor dem Durchbruch. Da habe ich nicht den Kopf frei, um meine Schwester zu unterhalten.«

Den ganzen Tag über hatte Evelyne kaum an Michael gedacht. Als sie abends jedoch allein in ihrem Ohrenbackensessel saß und durchs Fenster in den Regen hinaussah, fragte sie sich, warum er sich noch nicht gemeldet hatte. Sie hatte ihr Handy zu Barbara mitgenommen, um seinen Anruf nicht zu verpassen. Morgen war Freitag. Vielleicht würde er sich morgen melden. Ich melde mich, sobald ich den Kopf frei und alles geklärt habe, hatte er beim Abschied gesagt und ihr dabei zärtlich über die Wange gestreichelt. Zum ersten Mal zweifelte sie nicht an seinen Worten.

75. KAPITEL

Am Freitagmorgen war die Wolkenfront weitergezogen. Da Tine sich an diesem Tag ihre Wohnung vorgenommen hatte, saß Evelyne bei geschlossener Balkontür draußen unter dem Sonnenschirm, um alle Geräusche auszuschließen. Dennoch konnte sie sich nicht richtig konzentrieren. Ihre Gedanken schweiften immer wieder von quadratischen Gleichungen und dem Satz des Pythagoras ab zu Michael und den Stunden, die sie bisher miteinander verbracht hatten. Darüber hinaus aber kam ihr auch immer wieder ein anderes Thema in den Sinn, das sie einfach nicht losließ. Es hatte mit Friderike und Sonja zu tun – zwei Frauen, die von ihren Ehemännern misshandelt worden waren. Davon las man immer wieder in der Zeitung. Noch kürzlich hatte in der Rhein-Zeitung gestanden, dass häusliche Gewalt in jeder einzelnen Minute des Tages Realität in Deutschland war und sie vor allem Frauen traf. Fast zweiundachtzig Prozent der Opfer waren weiblich. Dass dies jedoch so nah in ihrem persönlichen Umfeld passiert war, machte sie zutiefst betroffen. Jahrzehntelang hatte sie sich für das Wohl benachteiligter Kinder und Jugendlicher eingesetzt, hatte neben ihrer Schultätigkeit ehrenamtlich für das Deutsche Kinderhilfswerk e. V. gearbeitet und war immer noch für den Deutschen Kinderschutzbund e. V. tätig. Vielleicht war es jetzt an der Zeit, mal ihre Geschlechtsgenossinnen zu schützen, zusammen mit Ingrid und Barbara, statt für das Bürgermeisteramt in Himmelrath zu kandidieren, ging ihr durch den

Sinn. Davon abgesehen, schienen Bürgermeister ja ohnehin nicht ganz ungefährlich zu leben, wie die jüngste Vergangenheit gezeigt hatte.

Als Tine sich um zwei Uhr verabschiedete, war ihre Mutter immer noch nicht von der Verabredung mit Margit Häuser zurück. Erst um vier kam ihr roter Fiat den Hügel hinaufgebraust.

»Wir waren am Schalkenmehrener Maar«, erzählte Rosa sichtlich erschöpft. »Margit wollte so gerne mal einen Ausflug machen. Und sie fährt ja kein Auto mehr. Wir haben dort zu Mittag gegessen und sind danach noch ein Stück spazieren gegangen.«

»In diesen Schuhen?« Evelyne zeigte auf die burgunderroten Pantoletten mit dem spitzen Absatz, die ihre Mutter zu dem kniebedeckenden dunkelblauen Rock und der weißen Bluse trug.

»Natürlich nicht. Ich habe im Auto doch immer flache Schuhe für alle Fälle.«

»Und?« Evelyne sah sie erwartungsvoll an, während sie sich unter den großen Terrassenschirm setzten.

Rosa legte die Beine hoch und atmete erleichtert aus. »Du wirst staunen, mein Schatz. Aber vorher brauche ich unbedingt einen doppelten Espresso, um wieder fit zu werden.«

Evelyne stand schnell auf. »Ich mache uns zwei.«

Als sie mit den beiden Espressi auf die Steinterrasse zurückkam, begann ihre Mutter zu erzählen: »Werner Weißhaupt war an dem Tatabend tatsächlich nicht die ganze Zeit bis Mitternacht bei Jutta. Er ist um neun gekommen und um halb elf wieder gefahren.«

Evelyne sah sie überrascht an. »Was bedeutet, dass er für die Tatzeit kein Alibi hat. Erst gegen zwölf ist er bei Jan angekommen. Die Frage lautet also: Was hat er von halb elf bis zwölf gemacht?«

»Es kommt noch besser. Dienstagabend war er ebenfalls bei Jutta. Da hat er nämlich mit ihr Schluss gemacht.«

»Du meinst, danach könnte er heimlich das Gewehr in Brandts Audi gelegt haben?«

»Könnte doch sein.«

Evelyne schüttelte den Kopf. »Aber warum? Warum lenkt ein Vater bewusst den Verdacht auf seine Tochter?«

»Keine Ahnung. Jetzt steht jedenfalls fest, dass Hannes ihn unter die Lupe nehmen muss. Hausdurchsuchung, Fingerabdrücke, Reifenabdrücke ... Das gesamte Programm. Vielleicht ist ja sein Wagen der dunkle Kombi, den Maja gesehen hat.«

Evelyne nickte zustimmend.

»Nun ist es auch an der Zeit, Hannes von den Gewalttätigkeiten Brandts zu erzählen. Die sind schließlich Weißhaupts Motiv – falls er der Täter sein sollte.«

»Aber genauso auch für Friderike und Thomas Mayer.«

Im Grunde genommen sogar für Jan, dachte Evelyne schweren Herzens bei sich.

»Darüber soll dann Hannes entscheiden, ob er sich die beiden unter diesem neuen Aspekt noch einmal vornimmt. Für mich ist und bleibt derjenige der Täter, dessen Fingerabdrücke auf der Tatwaffe sind. Also auf dem Stein, an dem auch Brandts Blut klebte. So ist es auch immer in den Romanen. Der Fingerabdruck auf der Tatwaffe ist der eindeutige Beweis. Hannes' Spekulationen, sie könnten von einem Wanderer stammen, der sich den Stein einfach mal ansehen wollte, halte ich für vollkommenen Unsinn.«

Evelyne nickte. »Okay, ich rufe jetzt Ingrid an, erzähle ihr, was du herausgefunden hast, und wenn sie keine einleuchtenden Gegenargumente hat, beauftrage ich Barbara, Hannes über alles zu informieren.«

76. KAPITEL

»Das könnte der Durchbruch sein«, rief Barbara ein paar Minuten später begeistert aus. »Ich rufe meinen Bruder sofort an. Er soll alles in die Wege leiten. Hausdurchsuchung in Mainz, Fingerabdrücke, Reifenprofil und all das andere. Weißhaupt kann nur der Täter sein. Hannes muss es ihm nur noch nachweisen.«

Evelyne sah die Lösung des Falles noch nicht so zum Greifen nah, aber sie schwieg erst mal dazu.

»Übrigens … Das habe ich gestern, als ihr hier gewesen seid, ganz vergessen. Wie ihr wisst, feiere ich meinen Geburtstag am Montag erst in ein paar Wochen als großes Fest. Jetzt habe ich mir aber überlegt, dass an dem eigentlichen Geburtstag eine Frauenrunde gar nicht schlecht wäre. Ich bin nämlich übers Wochenende bis Dienstag allein. Matthias fährt morgen mit Sven zu einer Agrarmesse in Norddeutschland. Die kommen erst Dienstagabend zurück. Es wäre also super, wenn ihr …«

»Das ist eine tolle Idee«, stimmte Evelyne ihrer Freundin zu. »Denkst du dabei an Kaffee und Kuchen oder abends zum Grillen?«

»Kaffee und Kuchen. Anna kommt auch. Sie will sich ab Mittag in der Redaktion freinehmen. Abends muss sie ja wieder zurück nach Köln. Und Kerstin kommt mit den Zwillingen. Wer zum Abend bleiben will, den werfe ich natürlich nicht raus«, fügte Barbara mit ihrem herzlichen Lachen hinzu.

»Abgemacht. Wir freuen uns.«

77. KAPITEL

Und dann rief an diesem Freitagabend Michael endlich an – erst kurz bevor Evelyne zu Bett gehen wollte.

»Entschuldige bitte, ich weiß, es ist schon spät«, begann er das Gespräch mit seiner rauen Stimme, die Evelynes Herz umgehend schneller schlagen ließ. »Aber ich hatte in den beiden vergangenen Tagen so viel zu erledigen. Das kennst du sicher noch aus der Zeit, als du noch gearbeitet hast.«

»Ich kann mich sehr gut erinnern«, erwiderte sie und lächelte erleichtert. »Ich freue mich jedenfalls, deine Stimme zu hören.«

»Und ich mich, deine zu hören«, klang es warm und herzlich an ihr Ohr.

Dann schwiegen sie beide. Evelyne wartete. Irgendetwas lag in der Leitung, das sie noch nicht fassen konnte. Sie war sich sicher, dass Michael ihr gleich etwas erzählen würde, das ihre Beziehung in eine neue Richtung führen würde. Unbehagen machte sich in ihr breit, dann Angst und schließlich Panik, dass das zarte Pflänzchen, das da zwischen ihnen wuchs, von jetzt auf gleich jämmerlich eingehen würde.

»Können wir uns sehen?«, fragte Michael sachlich.

»Jederzeit. Wann?«

»Morgen kann ich leider nicht. Ich habe noch einiges zu organisieren. Aber Sonntag ginge es bei mir.«

»Gut. Dann Sonntag«, stimmte sie zu. Noch mehr als vierundzwanzig Stunden, die sie in Ungewissheit würde verbringen müssen, rechnete sie sich schnell mit schwerem Herzen aus.

»Ich fahre am Sonntagvormittag zu meinem Onkel. Bei ihm werde ich aber nicht lange bleiben«, fuhr Michael fort. »Wir könnten uns um dreizehn Uhr am Booser Maar zum Spazierengehen treffen. Um vier muss ich spätestens wieder fahren. Das Maar liegt praktisch auf meiner Strecke. Falls dir das so passen würde …«, fügte er in einem Ton hinzu, der ihr sein schlechtes Gewissen wegen dieser knapp bemessenen Verabredung verriet.

Evelyne biss sich auf die Lippe. »Ja, das passt. Aber willst du mir nicht sagen, was los ist?«, fragte sie sanft. »Ich spüre doch, dass da irgendetwas ist.«

»Nicht am Telefon«, erwiderte Michael entschlossen. »Ich erkläre dir alles, wenn wir uns sehen. Mach dir keine Gedanken. Es hat nichts mit meiner Einstellung zu dir oder zu uns beiden zu tun.«

Falls er glaubte, sie mit diesen Worten beruhigt zu haben, irrte er sich. »Okay«, erwiderte sie dennoch. »Dann sehen wir uns übermorgen.«

Wieder herrschte in der Leitung zwischen Prüm und Himmelrath tiefes Schweigen. Dann sagte Michael leise: »Es tut mir alles unendlich leid. Das musst du mir glauben.«

Sie schluckte. Mit einem Mal machte sich Widerwillen in ihr breit. Dem sie nun auch dadurch Ausdruck verlieh, indem sie erwiderte: »Michael, das klingt alles sehr geheimnisvoll, und damit kann ich nur ganz schlecht umgehen. Willst du mir nicht doch sagen, was passiert ist?«

»Es ist alles gut«, beruhigte er sie hastig. »Sei mir nicht böse, aber ich muss jetzt auflegen. Ich habe noch viel zu tun. Aber ich freue mich sehr auf Sonntag.«

»Ja, dann bis Sonntag …«, konnte sie gerade noch matt sagen, bevor es in der Leitung klickte.

So ein Mist, schimpfte sie stumm vor sich hin, nachdem sie das Telefon unsanft auf die Station gestellt hatte. Wut stieg in ihr hoch. Wut über Michael, der sie so im Unklaren ließ, und Wut auf sich selbst, dass sie damit nicht souveräner umgehen konnte. Warum konnte sie nicht gelassen abwarten, was er ihr am Sonntagmittag mitzuteilen hatte? Die Antwort gab sie sich umgehend selbst. Weil sie ein Mensch war, der mit solch dubiosem Wischiwaschi nichts anfangen konnte. Sie brauchte Klarheit im Leben. Das machte für sie das Leben einfacher. Aber den morgigen Samstag würde sie ohne diese sie quälenden Spekulationen verbringen, beschloss sie in ihren Aufruhr hinein. Damit würde jetzt endgültig Schluss sein. Mit wilden Gedankenspielen hatte sie bereits viel zu viel Lebenszeit vertan. Sie würde ihrer Mutter vorschlagen, mit ihr zusammen nach Bonn zu Lisa zu fahren. Dann würden sie zu dritt irgendwo lecker essen gehen, und sie würde sich vielleicht sogar etwas Schönes kaufen. Sie musste sich jetzt etwas Gutes tun.

Unwillkürlich begann sie zu lächeln. Dieses für sie so ganz neue Bedürfnis überraschte sie nicht nur – es gefiel ihr auch.

78. KAPITEL

Ein Azorenhoch bescherte der Eifel an diesem Wochenende hochsommerliches Wetter. Evelyne, ihre Mutter und ihre Tante erfreuten sich samstags an dem azurblauen Himmel über dem Rhein. Vormittags schlenderten sie über den Bonner Marktplatz, tranken in einem der Straßencafés Espresso und stöberten in aller Ruhe in den Geschäften. Dabei erstand Rosa ein Paar schwarze Pantoletten mit goldenen Verzierungen, Lisa einen farbenfrohen Seidenschal und Evelyne ein neues Kleid. Passend zum gewagten Rubinrot kaufte sie sich noch einen Lippenstift und Nagellack.

»Eigentlich weiß ich gar nicht, wo ich das tragen soll«, klagte sie später bereits voller Bedauern über ihren Wagemut, als die drei im Kastaniengarten des Hotel Dreesen ein spätes Mittagessen einnahmen.

»Blödsinn. Das ist doch kein Abendkleid, sondern ein ganz normales Tageskleid. Vielleicht bietet sich schon bald eine

Gelegenheit«, erwiderte Rosa voller Optimismus, die bei der Auswahl ihrer Kleidung weniger auf den passenden Anlass achtete, als mehr nach ihrer Befindlichkeit entschied. »Für den Herbst ist diese Farbe einfach umwerfend«, fuhr sie mit sachkundiger Miene fort. »Das kannst du zum Beispiel anziehen, wenn du ins Kino oder essen gehst.« Den letzten Satz begleitete sie mit einem verschwörerischen Zwinkern, mit dem sie auf Michael anspielte.

»Im Vergleich zu uns beiden bist du doch noch eine junge Frau«, stimmte Lisa ihrer vier Jahre jüngeren Schwester zu. »Mach dich schön. Ich finde es traurig, dass so viele Frauen heute nur noch in Jeans und Turnschuhen herumlaufen, statt sich etwas weiblicher zu kleiden. Wofür sind wir denn als Frau geboren worden?«

Evelyne musste wider Willen lachen. Gegen zwei temperamentvolle Halbitalienerinnen, die auch noch im hohen Alter das Leben und ihre Weiblichkeit feierten, konnte sie mit ihrer nüchternen, zweckorientierten Art nichts ausrichten. Aber hatten die beiden nicht sogar recht? Diese Frage musste sie sich wenig später schon bejahen, als sich zwei distinguierte Herren in den Achtzigern zu ihnen gesellten, die sie aufs Beste unterhielten und sich besonders Rosa und Lisa widmeten.

»Siehst du …«, sagte Rosa auf der Rückfahrt. »Es stimmt gar nicht, dass die Männer immer nur jüngere Frauen wollen. Viele schätzen eine reife Frau, die das Leben gelassen sieht und ihnen keinen Stress mehr macht. Das ist wie mit dem Wein. Ein alter Jahrgang hat einfach mehr Tiefe. Werner Weißhaupt zum Beispiel hat mit Jutta Schluss gemacht, weil sie ihm zu jung war«, fügte sie hinzu.

»Jutta Häuser ist genauso alt wie ich«, stellte Evelyne richtig. »Wir haben in der Grundschule nebeneinandergesessen. Und Werner Weißhaupt ist gerade vier Jahre älter.«

Rosa hob die Schultern. »Meinetwegen. Auf alle Fälle war sie ihm zu anstrengend. Das hat mir Margit anvertraut. Was in der Regel junge Frauen eher sind als ältere.«

»Das ist doch vielmehr eine Frage des Charakters als des Alters«, widersprach Evelyne ihrer Mutter kopfschüttelnd.

»Lassen wir das. Eines steht jedenfalls unstrittig fest: Das war heute ein wunderschöner Tag«, wechselte Rosa das Thema. »Es hat sich gelohnt, dass ich Heinz abgesagt habe.«

»Warst du mit ihm verabredet?«, fragte Evelyne erstaunt.

»Er wollte mit mir nach Hillesheim zu einem Autohaus fahren. Er will sich einen neuen BMW kaufen. Aber weißt du …« Ihre Mutter winkte ab. »Das interessiert mich nicht so. Außerdem habe ich heute mal wieder erfahren, dass es auch noch andere Optionen gibt.«

Evelyne warf ihr einen neugierigen Seitenblick zu. »Wirst du von der Visitenkarte des Generals a. D. Gebrauch machen?«

»Mal sehen …«, antwortete Rosa gedehnt, während sie sich im Spiegel der Sonnenblende begutachtete. Dann klappte sie die Blende zurück und schüttelte entschlossen den Kopf. »Wahrscheinlich nicht. Das war ja nur ein oberflächlicher Flirt, wie er an einem Tag überall auf der Welt tausendmal passiert. Weißt du, mein Kind … Meistens reicht doch schon allein das Wissen darum, noch begehrt zu sein. Alles, was danach kommt, könnte weniger erfreulich werden.«

Evelyne lachte. Ihre Mutter, ihre Lebensklugheit und die Männer …

79. KAPITEL

Als Evelyne am Sonntagmittag auf die kleine Ortschaft Boos zufuhr, sah sie die beiden Maare als weitläufige, flache, verlandete Kessel in der Landschaft liegen. Eines davon war heute ein Fischweiher. Oberhalb der Doppelmaare führte die Straße vorbei zum Wanderparkplatz. Hier standen Autos, Motorräder und Fahrräder. Michaels Geländewagen jedoch suchte sie vergebens.

Unschlüssig stieg sie aus, lehnte sich an ihren Volvo und wartete. Keine zwei Minuten später atmete sie erleichtert auf, als Michael mit hoher Geschwindigkeit auf den Parkplatz zugefahren kam. Er stellte seinen Wagen halb auf der Wiese am Rand des Platzes ab und kam durch die Staubwolke, die seine grobstolligen Reifen aufgewirbelt hatten, auf sie zu. Groß, breit, in khakifarbener Cargohose, weißem T-Shirt, sandfarbener Funktionsweste und Wanderschuhen. Er wirkte gehetzt. Nur allzu deutlich sah sie ihm an, dass ihre Verabredung seinen zeitlichen Rahmen an diesem Sonntag sprengte. Doch bevor sich Enttäuschung in ihr darüber ausbreiten konnte, lächelte er mit seinem besonderen Lächeln alle negativen Gefühle in ihr weg. Als er vor ihr stand, nahm er sie ohne ein Wort der Begrüßung in die Arme. Er hielt sie fest, drückte sie an sich und atmete tief durch – offensichtlich erleichtert und zufrieden darüber, dass sie sich wiedersahen. So kam es ihr zumindest vor. Sie genoss diese Umarmung, schmiegte sich ein wenig an ihn, schloss ihre Arme ebenfalls um ihn – und schloss die Augen, um diesen Moment mit allen anderen Sinnen auszukosten.

Im Nachhinein hätte sie nicht mehr sagen können, wie lange sie in so inniger Umarmung mitten auf dem Wanderparkplatz gestanden hatten. Erst als sie ein lautes Hupen hörten, fuhren sie jäh auseinander. Das junge Pärchen, dem sie auf dem Weg in die einzige noch freie Parklücke im Weg standen, lachte sie hinter der Windschutzscheibe fröhlich an. Beide hoben dabei den Daumen. Gut gemacht!, woraufhin Michael Evelyne lachend zur Seite zog, damit die beiden in die Lücke konnten. Evelyne war die Situation ein wenig peinlich. Noch nie hatte sie sich so frei in aller Öffentlichkeit verhalten. Und das in ihrem Alter!

»Wir wollten Sie nicht stören«, rief die junge Frau grinsend zu ihnen hinüber. »Aber wir brauchten den Parkplatz.«

»Einen schönen Tag noch«, fügte ihr Begleiter vergnügt hinzu, während er den Rucksack schulterte. Dann gingen die beiden winkend davon.

»Je öller, je döller, würde meine Mutter jetzt sagen«, kam es Evelyne kopfschüttelnd über die Lippen.

Michael strahlte sie an. »Genau. Ganz doll.« Sagte es, zog sie wieder in die Arme und gab ihr einen herzhaften Kuss auf den Mund. »Gleich gibt's mehr«, versprach er ihr zwinkernd, bevor er sie losließ. Danach nahm er ihre Hand, und sie begaben sich auf ihre Wanderung.

Beide schwiegen erst einmal, hielten sich nur fest, und Evelyne genoss das Gefühl der Geborgenheit, die ihr Michaels große, angenehm warme Hand schenkte. Auf dem schmalen Fußpfad, der hinunter an den Rand eines der Maare führte, mussten sie hintereinandergehen. Nachdem sie unten in der Senke angekommen waren, nahm Michael wieder ihre Hand, und sie fanden zum gleichen Schrittrhythmus zurück.

»Ich bin so froh, dass wir uns heute noch sehen können«, sagte er. »Ich hatte schon Angst, es würde zeitlich nicht mehr klappen.«

Unwillkürlich blieb sie stehen und sah ihn an. »Das klingt nach Abschied, oder?«

»Komm, dort hinten ist eine Bank.« Er zeigte hinüber zum Waldrand. »Dort sind wir ungestört. Hier auf dem Weg kommen uns bestimmt viele Wanderer entgegen.«

Während sie auf die Bank zugingen, pulsierte Evelyne das Blut in den Adern. Was hatte das zu bedeuten? Wo wollte oder musste Michael hin? Würden sie sich etwa nie mehr wiedersehen? Sie saßen kaum, als sie ihn mit belegter Stimme bat: »Sag mir, was passiert ist. Ich hatte gestern am Telefon schon so ein Gefühl ...«

»Ich habe dir doch von meinem Kollegen erzählt, der für zwei Monate nach Ungarn gehen sollte«, begann Michael. »Er hatte am Mittwoch, als du bei mir warst, einen schweren Unfall und liegt im Koma. Ein anderer Kollege ist gerade Vater geworden und will nicht einspringen. Also bin ich jetzt als Junggeselle gefragt.«

Fassungslos sah sie ihn an. »Das heißt, du fährst morgen nach Ungarn?«

»Ich fliege«, verbesserte er sie lächelnd. »Ja, für zwei Monate. Ich weiß auch noch nicht, ob ich mich darüber ärgern oder freuen soll. Ursprünglich habe ich meinen Kollegen darum beneidet, aber jetzt habe ich dich kennengelernt und ...« Er sah sie an, lächelte schief und fügte hinzu: »Eigentlich möchte ich jetzt nicht für so lange Zeit weg. Nur einer muss es halt machen. Und wir sind nur zu dritt. Es ist alles schon eingeleitet. Das Ganze findet auf Länderebene statt, ist also quasi eine politische Angelegenheit.«

Evelyne atmete tief durch. Schließlich gab sie sich einen Ruck. »Tja, was soll ich dazu sagen? Abgesehen davon, dass ich es schade finde, dich erst mal nicht mehr zu sehen, ist das für dich natürlich eine super Chance. Eine schöne Abwechslung zu deinem beruflichen Alltag, und es dient zudem auch einer großen Sache.«

Michael blickte über die beiden Maare hinweg auf die imposante Silhouette der Nürburgruine und schwieg.

»Woran denkst du?«, fragte sie, als ihr sein Schweigen zu lange dauerte.

»Daran, ob wir dadurch die Nähe, die wir gerade ein bisschen zwischen uns aufgebaut haben, wieder verlieren werden«, antwortete er, ohne sie anzusehen.

»Das würde ich nur ungern wollen«, gestand sie ihm leise mit gesenktem Kopf.

Er drehte sich zu ihr und nahm ihre Hand in seine beiden. Dann legte sich ein verschwörerisches Lächeln auf sein Gesicht. »Und da ich das auch nicht will, habe ich mir etwas überlegt.«

Sie hob die Brauen. »Was?«

»Ich werde mich erst mal dort einleben und die Lage checken. Und dann kommst du in zwei oder drei Wochen nach.

Vielleicht für ein langes Wochenende oder eine Woche oder länger. Ganz wie du willst. Da du schon groß bist, kannst du dich, während ich arbeite, bestimmt selbst beschäftigen. Und wenn ich frei habe, machen wir uns eine schöne Zeit. Wir werden uns Budapest ansehen, werden in dem prachtvollen Széchenyi-Heilbad schwimmen, werden in Kaffeehäusern sitzen und Tokaier trinken und eine Schiffsfahrt über die Donau machen. Was hältst du davon?« So erwartungsvoll wie ein kleiner Junge sah er sie mit seinen großen braunen Augen an.

Sie schluckte verwirrt. »Davon halte ich sehr viel«, antwortete sie stockend. »Aber …«

Er zog die Stirn zusammen. »Was aber?«

»Das klingt so … ja, nach einem Traum …«

»Lebenskunst besteht unter anderem darin, dass man – oder frau – sich Träume erfüllt«, erwiderte er ernst. »Also, was ist? Sehen wir uns in Budapest?«

Da wogte eine warme Welle durch ihr Herz, und sie lächelte glücklich. »Ja. Wir sehen uns in Budapest.«

Michael atmete erleichtert aus. »Dann hätten wir das schon mal geklärt. Und jetzt will ich dich küssen.« Sagte es ganz selbstverständlich und tat es auch ganz selbstverständlich.

Überrumpelt von seiner ungezwungenen Art fühlte sich sein Kuss zuerst noch ein bisschen fremd für sie an. Doch dann erkannten ihre Lippen seine wieder, und sie küsste ihn zärtlich zurück.

Danach setzten sie ihre Wanderung fort, mal Hand in Hand, mal Arm in Arm, und träumten sich nach Budapest und in die Puszta. Zwischendurch blieben sie immer wieder stehen und küssten sich wie frisch verliebte Teenager. Je näher sie schließlich dem Ausgangspunkt ihrer Wanderung kamen, desto länger wurden die Phasen ihres Schweigens. Als sie schließlich an Evelynes Wagen standen, nahm Michael sie zum Abschied in die Arme. Sie schmiegte sich an ihn, wollte noch einmal seine Wärme spüren, um sie tief in ihrem Herzen zu verankern. Sie wollte dieses Gefühl, das ihr für nur kurze Zeit so viel Geborgenheit geschenkt hatte, nie mehr vergessen.

»Es wird Zeit«, sagte Michael schließlich leise, während er sie fest umschlungen hielt. »Ich muss fahren. Ich muss noch packen.«

Wie benommen löste sie sich von ihm. Hätte sie die Macht besessen, hätte sie die Zeit angehalten, die Sonne nicht untergehen lassen und für alle Ewigkeit den Moment der Trennung hinausgezögert. »Pass auf dich auf«, sagte sie leise.

»Und du auf dich«, antwortete er zärtlich.

Sie nickte. »Mach ich.« Dann straffte sie sich und fragte betont heiter: »Wer fährt zuerst?«

»Du.«

Während sie seinen liebevollen Blick auf sich spürte, schloss sie ihren Wagen auf und stieg ein. Dann warf sie die Tür zu. Ihr war dabei zumute, als würde sie eine Tür in ihrem Leben zuwerfen, hinter der für nur wenige Stunden für sie das wirkliche, pulsierende Leben stattgefunden hatte – ein Glück, das sie in dieser Vollkommenheit niemals zuvor erlebt hatte.

Als sie vom Parkplatz losfuhr, sah sie Michael im Rückspiegel ein letztes Mal ganz deutlich. Er winkte ihr nach. Dann hüllte die Staubwolke, die ihre Reifen auf dem unbefestigten Weg hinterließen, ihn ein. So verschwand er aus ihrem Blickfeld, als wäre er nie da gewesen.

80. KAPITEL

Nachdem Evelyne, Rosa und Ingrid ihrer Freundin montagnachmittags zum Geburtstag gratuliert hatten, sahen sie sich erstaunt in dem sonnigen Innenhof um. Der Holztisch unter dem beigefarbenen Marktschirm war nur für fünf Personen eingedeckt.

»Kommen die anderen nicht?«, fragte Evelyne.

Barbara zog eine bedauernde Miene. »Kerstin kommt gar nicht. Die Zwillinge haben Fieber. Und Anna konnte doch nicht. Sie musste für eine Reportage spontan nach Hamburg. Aber Hannes hat sich angemeldet für heute Nachmittag«, fügte sie schon wieder strahlend hinzu.

»Bringt er seine neue Flamme mit?«, wollte Rosa wissen.

»Davon hat er nichts gesagt.«

»Aber hoffentlich neue Ergebnisse der KTU«, fügte Ingrid hinzu.

Barbara nickte. »Das könnte sein. Nach meinem Anruf am Freitag wollte er sofort die Hausdurchsuchung bei Weißhaupt veranlassen.«

Kaum hatten die vier am Geburtstagstisch Platz genommen, als Hannes auch schon eintraf. Allein.

»Warum hast du Charly denn nicht mitgebracht?«, fragte Rosa scheinheilig.

»Die treffe ich gleich. Deshalb kann ich auch nicht lange bleiben.«

»Und? Wie ist sie?«, erkundigte sich Evelyne. »Du hattest doch am Donnerstag dein erstes Date mit ihr.«

Hannes räusperte sich. »Leider hatte sie kurzfristig absagen müssen. Sie musste Überstunden machen. Deshalb sehen wir uns heute.«

»Hoffentlich«, murmelte Ingrid leise vor sich hin, während sie angelegentlich in ihrer Handtasche nach etwas suchte.

»Klar sehen wir uns heute«, entgegnete Hannes in herausforderndem Ton. »Wir haben eben auf der Fahrt hierhin noch miteinander telefoniert. Sie freut sich sogar«, fügte er ironisch hinzu.

Da lächelte Ingrid ihn sanft an. »Und ich freue mich für dich.«

»Das hört sich aber ganz anders an!«

»Ich sehe da das Päckchen«, wechselte Barbara rasch das Thema. »Ist das für mich?«

Hannes lächelte verlegen. »Pack's mal aus. Hoffentlich gefällt es dir.«

Zum Vorschein kam ein quadratisches Tuch in geschmackvollen zarten Farben. »Das ist wunderschön!«, rief Barbara voller Freude aus.

Auch die anderen zeigten sich begeistert. »Du hast wirklich einen guten Geschmack«, sagte Ingrid versöhnlich zu Hannes.

Triumphierend sah er sie an. »Gib's zu, den hast du mir nicht zugetraut, oder?«

»Na ja, so gut kenne ich dich auch nicht«, erwiderte sie verlegen.

Er streckte sein Kinn vor. »Das hast du verpasst. Jetzt habe ich Charly.«

»Meine Mutter, Ingrid und ich haben zusammengelegt und dir auch etwas mitgebracht«, wandte sich Evelyne schnell an Barbara, bevor sich die Stimmung zwischen Ingrid und Hannes hätte wieder aufheizen können. Sie griff nach der Tüte, aus der das Geburtstagskind nun eine große, geschmackvoll verpackte Schachtel zog.

»Ein neuer Sonnenhut!«, rief Barbara entzückt aus. »Den kann ich gut gebrauchen bei der Arbeit draußen.«

»Mit dem alten haben doch kürzlich deine Kätzchen gespielt«, fügte Rosa hinzu.

»Welch schöne Geschenke!«, schwärmte Barbara sichtlich gerührt. »Ich bedanke mich ganz, ganz herzlich bei euch allen.«

»Jetzt stoßen wir erst mal auf dich an«, schlug Rosa vor, nahm die Flasche Sekt aus dem Kühler und schenkte ein.

»Und danach essen wir Kuchen«, fügte Hannes mit sehnsüchtigem Blick auf die Donauwellen hinzu.

Nachdem alle einen Toast auf Barbara ausgesprochen hatten, verteilte Evelyne den Kuchen.

»Jetzt erzähl mal, Hannes«, forderte Rosa ihren Tischnachbarn auf. »Gibt es Neuigkeiten in dem Fall?«

Hannes lachte unwirsch auf. »Ihr fragt mich ständig aus. Ehrlich, ich tu mich damit schwer. Ich bin Beamter und stehe unter Schweigepflicht.«

»Das wissen wir ja«, versuchte Rosa, ihn zu besänftigen. »Aber du musst uns auch verstehen. Wir haben dich am Freitag mit Infos versorgt, an die du selbst nicht rangekommen wärst. Und jetzt würden wir natürlich auch gerne wissen, welche Schlüsse du daraus gezogen hast. Und überdies ...« Rosa schenkte ihm ihr Madonnenlächeln und legte dabei ihre Hand auf seine. »Du weißt doch, wie wir Frauen sind. Wir sind halt neugierig.«

Hannes lachte geschmeichelt. »Das stimmt.« Dann gab er einen Stoßseufzer von sich und meinte mit gutmütigem Lachen: »Also gut, bevor ihr mich löchert ... Wir haben Weißhaupt am Freitag natürlich sofort durchleuchtet. Die KTU hat bis heute Mittag auf Hochtouren gearbeitet, weil ich dem Fall oberste Priorität gegeben habe. Fazit ist: Weißhaupt hat zugegeben, an diesem Abend, beziehungsweise in dieser Nacht, am Tatort gewesen zu sein. Er schwört aber, Brandt sei schon tot gewesen. Nur aus Angst davor, seine Tochter könnte die Täterin sein, hätte er die Polizei nicht gerufen.« Mit forschendem Blick sah er in die Runde. »Wusstet ihr eigentlich, dass Hubert Brandt seine Frau und seinen Sohn geschlagen hat?«

Wie auf Kommando zuckten die vier Rommé-Cops mit den Schultern. »Es gab Gerüchte ...«, sagte Evelyne schließlich.

»Ist Weißhaupt nun der Täter oder nicht?«, drängte Rosa.

»Ist er nicht. Obwohl er ein starkes Motiv hätte und er sich mit seinem Schwiegersohn nicht verstanden hat, passen seine Fingerabdrücke nicht zu denen auf dem Stein. Allerdings passt sein Reifenprofil zu der zweiten Reifenspur am Tatort.«

»Die drei Reifenspuren sind also geklärt, aber den Täter haben wir immer noch nicht?«, fragte Barbara hörbar genervt.

»So sieht's aus«, erwiderte ihr Bruder. »Und ich habe auch ehrlich gesagt keine Ahnung, wer die Tat begangen haben könnte. Keiner der bisher Verdächtigen ist es nachweislich gewesen, obwohl alle ein Motiv oder sogar mehrere Motive hätten. Von dem Täter wissen wir bis jetzt nur, dass er zu Fuß an der Jagdhütte gewesen sein muss. Doch seit der Tat hat es stark geregnet, sodass wir heute weder weitere Fuß- noch Reifenspuren finden können. Außerdem geht auch ein Wanderweg in Nähe des Tatorts vorbei. Da laufen also täglich Leute herum, Autos parken an den Feldrändern …« Hannes lehnte sich zurück, ohne seine Donauwelle überhaupt probiert zu haben. Mit hilfloser Miene sah er von einer zur anderen. »Habt ihr vielleicht noch einen Verdacht? Eine Idee? Ihr lebt hier vor Ort, ihr kennt viele Leute, vielleicht seht ihr ja irgendeinen Zusammenhang, der uns auf die Spur zum Täter führt. Denn irgendeiner muss es ja gewesen sein. Von einer Bande gehe ich inzwischen nicht mehr aus.«

Rosa hob die Brauen und lächelte ihn schelmisch an. »Du nimmst uns also bei deinen Ermittlungen mit ins Boot?«

Hannes wand sich verlegen. »Natürlich nicht offiziell. Aber ganz ehrlich: Um weitere Hinweise wäre ich dankbar.« Er seufzte wieder sorgenvoll auf. »Jetzt habe ich mal einen Mordfall und könnte mich kurz vor der Pensionierung profilieren, kann ihn aber nicht lösen. Ich denke zwar immer noch an die Witwe, umso mehr jetzt, da sie durch die Gewalttätigkeiten ihres Mannes ein starkes Motiv gehabt hätte, aber deren Fingerabdrücke sind ja nun mal nicht auf der Tatwaffe.«

»Vielleicht hatte sie Handschuhe an«, sagte Barbara da.

Hannes horchte auf. Evelyne starrte sie fassungslos an. Was sollte das denn jetzt?

Hannes fuhr sich mit der Hand über die Halbglatze, dachte offensichtlich nach. Dann sah er Evelyne mit schmalen Augen an. »Hast du mich nicht mal im Zusammenhang mit Frau Brandt nach einem Handschuh gefragt? Sie hätte welche verloren oder so?«

»Sie hat sie wiedergefunden«, erwiderte Evelyne prompt und knapp. Aus dem Augenwinkel bemerkte sie, wie Barbara bei dieser Lüge die Luft anhielt und ihr einen empörten Blick zuwarf.

Da schüttelte ihr Bruder den Kopf. »Eigentlich glaube ich auch nicht daran, dass Friderike Brandt ihren Mann erschlagen hat. Sie ist doch viel zu zierlich dafür, um so eine Kante niederzustrecken. Dafür braucht es einen richtigen Kerl, der Brandt körperlich gewachsen war.«

Evelyne warf Barbara einen warnenden Blick zu. Hoffentlich erwähnte sie jetzt nicht noch den Kampfsport, ging ihr voller Entsetzen durch den Kopf. Doch Gott sei Dank widmete sich ihre Freundin wieder ihrer Donauwelle.

Ingrid schenkte Hannes ein warmes Lächeln. »Wenn wir uns tatsächlich umhören dürfen, machen wir das natürlich gerne, um dir zu helfen. Es wäre ja wirklich schön, wenn du den Fall noch lösen könntest, bevor du in den Ruhestand gehst.«

81. KAPITEL

Am frühen Abend brachen Evelyne, Rosa und Ingrid auf. Sie hatten Barbara noch geholfen, den Tisch abzuräumen und Ordnung in der Küche zu machen. Evelyne und Rosa setzten Ingrid zu Hause ab und machten sich auf den Rückweg. Als sie zu Hause ankamen, verabschiedete sich Evelyne von ihrer Mutter. »Ich gehe jetzt hoch. Ich lass den Abend noch auf meinem Balkon ausklingen.«

»Tu das. Und ich rufe Heinz an. Er will endlich wissen, ob ich mit ihm an den Lago fahre.«

»Und? Wirst du?«

»Für eine Woche in einem Einzelzimmer. Wenn er das nicht akzeptiert, muss er eine andere mitnehmen.«

Evelyne lachte. »Das ist eine Ansage.«

»Männer brauchen klare Ansagen«, lautete die Antwort der Männerexpertin.

Ein paar Minuten später hatte Evelyne es sich auf ihrem Balkon in dem Liegestuhl bequem gemacht. Neben ihr auf dem niedrigen Tisch stand ein kleines Glas Rotwein, die Milch des Alters. Während sie hoch zum Himmel blickte, der mehr und mehr an Farbe verlor, sangen die Vögel ihr Abendlied.

Inzwischen war Michael in Budapest angekommen. Das hatte er ihr im Laufe des Nachmittags per WhatsApp mitgeteilt. Morgen sollte es weitergehen in das Landschaftsschutzgebiet Pusztaszeri, eine wilde Landschaft mit Teichen und Vögeln. Bei dem Gedanken, ihn dort bald zu besuchen, seufzte sie zufrieden in sich hinein. Sie hatte sich verliebt. Wer hätte das gedacht! Versonnen lächelte sie vor sich hin. Und Michael hatte sich in sie verliebt. Einerseits war sie glücklich. Andererseits aber auch traurig. Das Leben, die Menschen – alles befand sich im Wandel. Würde ihr zartes Band die beiden Monate überdauern?

Rasch griff sie zu ihrem Glas und trank einen Schluck. Jetzt bloß nicht wieder auf das Gedankenkarussell aufspringen, ermahnte sie sich. Ihr ging es gut, besser als viele Jahre zuvor. Es gab Frauen, denen ging es zurzeit sehr viel schlechter als ihr. Friderike ... Sonja ... Welche Angst mochten sie immer wieder gehabt haben, als ihre Männer noch lebten ... Angst vor dem eigenen Mann, mit dem sie Tisch und Bett geteilt hatten! Mit dem Friderike ein Kind gehabt hatte ... Was mochte eine Frau aus dieser Angst heraus alles tun, um nicht die Wut ihres Mannes auf sich zu ziehen? Würde sie auch lügen? Natürlich würde sie das. Um sich oder ihr Kind zu schützen.

Und plötzlich nahm eine Idee tief in ihrem Innern Gestalt an. Ob Sonja ihrem Mann vielleicht aus Angst ein falsches Alibi für den Mordabend gegeben hatte? Monika Hammes und ihr Mann waren auf einer großen Feier gewesen. Da hatte es einen ganzen Tisch voller Gäste gegeben, der bezeugt hatte, dass der Metzger den gesamten Abend im Schwarzen Adler gewesen war. Engels war bis in die frühen Morgenstunden bei Ingrid gewesen. Thelen sollte angeblich auch den ganzen Abend zu Hause gewesen sein … Das hatte Sonja bestätigt. Konnte man ihr glauben? Hatte Peter Thelen vielleicht den Bürgermeister umgebracht? Hatte das Gewehr mitgenommen, weil seine Fingerspuren darauf waren, weil er es ihm aus der Hand gerissen hatte, und Sonja hatte Mittwochnacht das Gewehr zurückgebracht? Diesem Gedanken hing sie eine Zeit lang nach. Und je länger sie darüber nachdachte, umso wahrscheinlicher erschien er ihr.

Sie stand auf und lugte über das Balkongeländer. Ihre Mutter saß noch auf der Steinterrasse und las. Kurz entschlossen nahm sie ihr Glas und ging zu ihr hinunter.

Rosa lächelte ihr entgegen. »Ich dachte, du wolltest allein sein.«

»Störe ich?«

»Du störst mich nie. Ich kann noch die ganze Nacht weiterlesen.«

»Ich habe da so eine Idee im Kopf …«

Ihre Mutter nickte ihr auffordernd zu. »Dann erzähl mal.«

Evelyne trank einen Schluck. Dann begann sie: »Mir ging gerade Sonja Thelen durch den Sinn …« Sie fasste ihre Gedanken, die sie sich über ihre Bekannte gemacht hatte, kurz zusammen und fuhr dann fort: »Peter Thelen hätte nicht nur ein wirtschaftliches Motiv gehabt, Brandt umzubringen, sondern auch ein privates. Eifersucht. Es war ja bekannt, dass Brandt seiner Frau immer noch nachstellte. Und vielleicht hat er gespürt, dass Sonja noch irgendwie an Brandt hing. Darüber hinaus war Thelen Jäger. Die kennen sich doch alle untereinander hier aus der Region. Vielleicht hatte er zufällig von anderen Jägern gehört, dass Brandt an diesem Abend allein auf Jagd war, er wollte ihm eine Abreibung erteilen, und dabei kam es zum Totschlag.« Erwartungsvoll sah sie ihre Mutter an, die sich inzwischen eine Zigarette angesteckt hatte. Rosa rauchte eine Weile schweigend vor sich hin. Dann fragte sie: »Aber warum hat er Brandt nicht schon früher umgebracht? Nachdem dieser ihm den Auftrag verweigert hat?«

Evelyne biss sich auf die Lippe. »Das kann ich auch nicht sagen. Womöglich hat er seine Frau und Brandt sogar in flagranti erwischt?«, mutmaßte sie. »Dass Thelen der Täter ist, würde im Nachhinein auch seinen Selbstmord erklären«, fuhr sie fort. »Vielleicht hat er sich gar nicht wegen der bevorstehenden Insolvenz umgebracht, sondern weil er nicht ins Gefängnis wollte.«

Rosa nickte. »Das klingt durchaus folgerichtig. Nur – wie können wir diese Theorie beweisen? Peter Thelen ist tot.«

»Nur über Sonja. Vielleicht hat sie sogar in Nacht und Nebel das Gewehr zurückgebracht, damit die Polizei es bei einer möglichen Hausdurchsuchung nicht finden würde. Sie ist blond und zierlich.«

»Sonja können wir schlecht darauf ansprechen. Dafür kennen wir sie zu wenig.«

»Aber Barbara. Die beiden sind befreundet.«

»Stimmt.« Rosa drückte die Zigarette aus. »Lassen wir uns morgen noch mal darüber nachdenken. Aber grundsätzlich sollten wir diesem Gedanken nachgehen.«

Evelyne stand auf. »So, jetzt bin ich müde«, sagte sie und lächelte ihrer Mutter zu. »Übrigens, ich gehe morgen auf den Friedhof. Willst du mit?«

Rosa lächelte versonnen vor sich hin. »Ich war Sonntag nach der Kirche dort. Ich habe mich ein bisschen mit deinem Vater unterhalten. Über den Lago Maggiore und so …«

Evelyne machte große Augen. »Und was hat er gesagt?«

»Ich soll mir noch ein paar schöne Jahre machen – obwohl ich mir immer noch unsicher bin, ob diese Woche mit Heinz tatsächlich so schön werden wird, wie ich es mir wünschen würde«, fügte sie hinzu.

Evelyne sah sie ernst an und erwiderte: »Obwohl du eigentlich von uns beiden die Sprichwortexpertin bist, fällt mir dazu ein kurzer Satz ein, der alles besagt: If in doubt, leave it out.«

Ihre Mutter hob die Brauen. »Das ist Englisch.«

»Richtig, gilt aber auch für deutsche Frauen. Also – wenn du Zweifel hast, lass es sein.«

»Du hast ja auch Lebenserfahrung, mein Schatz!«, erwiderte Rosa erstaunt.

Evelyne lachte herzlich. »Ich arbeite dran.«

82. KAPITEL

In den frühen Morgenstunden des nächsten Tages hatte sich wieder ein Wetterwechsel vollzogen. Es war kühler geworden. Über Himmelrath spannte sich eine dichte Wolkendecke, und es nieselte. Dieser Sommer hatte nicht nur emotionale Höhen und Tiefen im Gepäck, sondern war auch wettermäßig eine Achterbahn.

Friedhofswetter, dachte Evelyne, als sie ihren Volvo an der Friedhofsmauer parkte. Sie setzte die Kapuze ihrer Wachsjacke auf und ging zum Eingang. Zu dieser frühen Stunde und bei dem tristen Wetter schien sie hier zwischen all den Gräbern allein auf weiter Flur zu sein. Ihre Schritte auf dem Kies waren das einzige Geräusch, das die Stille um sie herum durchbrach. Der leichte Wind zerrte an den Buchsbaumbüschen, die den Weg zum Grab ihres Vaters säumten. Vor dem Grabstein ihres Vaters blieb sie stehen. Der Name auf dem schwarzen Marmor – Enno Görgens Generalmajor a. D. – rief eine tiefe Traurigkeit in ihr hervor. Wie immer hielt sie erst einmal eine stumme Zwiesprache mit dem Verstorbenen. Dann kauerte sie sich nieder und entfernte ein paar verwelkte Blätter und Unkraut. Trotz des Nieselregens blieb sie noch eine Weile in stiller Versunkenheit stehen und ließ sich von den vielen schönen Erinnerungen an ihre Kindheit berühren.

Als sie sich schließlich auf den Weg zum Ausgang machte,

hielt sie abrupt inne. In einer der Grabreihen entdeckte sie eine Frau. Sie konnte sie nur von hinten sehen, erkannte sie jedoch sofort. Ihr halblanges blondes Haar hing ihr feucht auf die Schultern. Sie trug ein dunkelblaues Kleid und eine schwarze Strickjacke. Der Wind und der Regen schienen ihr nichts auszumachen. Sie hatte noch nicht einmal einen Regenschirm bei sich. Ungläubig schüttelte Evelyne den Kopf. Was machte Sonja Thelen dort hinten? Sie hockte nicht etwa vor dem Grab ihres Mannes, sondern vor dem von Hubert Brandt. Ihre Schultern bebten. Ganz offensichtlich weinte sie.

Evelyne brauchte ein paar Augenblicke, um sich von dieser Überraschung zu erholen. Sollte sie auf Sonja zugehen? Einerseits wollte sie sie nicht stören oder sie durch ihr Erscheinen in Verlegenheit bringen. Andererseits – vielleicht brauchte Sonja Hilfe.

Schließlich änderte Evelyne ihre Richtung und bog in die Grabreihe ein.

»Hallo, Sonja …«, sagte sie mit unterdrückter Stimme, um ihre Bekannte nicht zu erschrecken.

Dennoch schrak Sonja so zusammen, als hätte man sie bei etwas Verbotenem erwischt. Sie schnellte aus ihrer Hockposition hoch und starrte sie an. Auf ihrem bleichen Gesicht stand geschrieben, wie peinlich es ihr war, am Grab von Hubert Brandt entdeckt zu werden. Und dann auch noch mit rotgeweinten Augen.

Evelyne bereute, auf sie zugegangen zu sein. »Bitte entschuldige, ich wollte dich nicht …« Sie wusste nicht, wie sie den Satz beenden sollte. Ich wollte dich nicht in deiner Trauer stören? Dass Sonja am Grab des ehemaligen Bürgermeisters trauerte, war nur zu offensichtlich. Warum trauerte sie nicht am Grab ihres Ehemannes, der sich erst vor zehn Tagen umgebracht hatte?

Während ihr diese Gedanken durch den Kopf gingen, stand Sonja vor ihr, mit hängenden Schultern und gesenktem Kopf. Wie eine Sünderin.

»Kann ich dir irgendwie helfen?«, fragte sie. »Du bist ja völlig durchnässt.«

Da hob Sonja den Kopf. Ihr Lächeln wirkte zerbrechlich. »Ich glaube, mir ist nicht mehr zu helfen.«

Verwirrt durch diese Antwort, erwiderte Evelyne resolut: »Unsinn. Komm, wir gehen erst mal in die Kapelle. Da ist es wenigstens trocken.«

Sonja nickte stumm und folgte ihr.

In der kleinen Kirche hing der Duft von Weihrauch und den bunten Feldblumen, die den Altar schmückten. Unter dem Altar, auf dem die Mutter Gottes stand, brannten Kerzen. Die beiden waren ganz allein. Um sie herum herrschte eine heilige Stille. Sie setzten sich in die hinterste Bankreihe. Evelyne zog ihre Jacke aus und legte sie Sonja über die Schultern. Sonja hatte ihre Finger im Schoß so fest ineinander verschlungen, dass ihre Knöchel weiß hervorstachen. Sie schwieg. Evelyne ließ ihr Zeit. Nach ein paar Augenblicken begann Sonja zu reden.

»Ich kann nicht mehr«, brach es aus ihr heraus. Dabei zitterte sie wie Espenlaub. »Ich muss dieser Situation endlich ein Ende machen. Ich habe schon viel zu lange geschwiegen.« Sie schluchzte laut auf und verbarg ihr Gesicht in den Händen.

Voller Betroffenheit sah Evelyne sie an. Ob ihr Verdacht gestern Abend tatsächlich richtig war? Sie wartete, bis Sonja sich ein bisschen beruhigt hatte. Währenddessen suchte sie nach einer möglichst neutralen Erwiderung. Schließlich sagte sie: »Dein Mann und Hubert Brandt sind tot. Du aber lebst weiter. Für einen Neuanfang solltest du dir alles Belastende von der Seele reden. Vielleicht solltest du dir psychologische Hilfe nehmen, oder sprich mit einer Freundin über alles.«

Sonja hob die Schultern und murmelte: »Ich habe keine Freundin. Höchstens Barbara Hofmann …«

»Ja, rede mit Barbara.«

Sonja griff in die Tasche ihres Cardigans und zog ein Taschentuch hervor. Schniefend trocknete sie sich die Tränen. Dann sah sie Evelyne offen an. »Ich kann auch mit dir reden, falls du Zeit hast und mir überhaupt zuhören willst«, sagte sie mit fester Stimme. »Zumal ich gerade in der Stimmung dafür bin. Wir kennen uns zwar nicht so gut, wie ich Barbara kenne, aber Peter hat viel von dir gehalten. Er hat immer gesagt, dass du eine Frau mit Verstand wärst und keine Tratsche wie viele andere hier.«

Donnerwetter, dachte Evelyne verwundert. Besaß sie tatsächlich diesen Ruf? Aber noch mehr verwunderte sie, dass Sonja immer noch etwas auf die Meinung ihres Ehemannes gab, der sie so schlecht behandelt hatte. Sie verstand diese Frauen einfach nicht! Es wurde Zeit, ihnen zu helfen, daran etwas zu ändern. Doch das war jetzt nicht das Thema.

Sie nickte Sonja aufmunternd zu. »Dann sprich mit mir. Ich habe Zeit.«

83. KAPITEL

Keine Stunde später saßen die Rommé-Cops in Barbaras Küche um den großen Holztisch herum. Kaum war Evelyne in ihren Wagen gestiegen, da hatte sie auch schon ihre Mutter, Barbara und Ingrid angerufen. Dann war sie auf direktem Weg zum Hofmann-Hof gefahren, wo sie an diesem Vormittag ungestörter waren als bei sich zu Hause, wo die stets neugierige Tine herumwuselte.

»So, jetzt erzähl mal«, forderte Rosa ihre Tochter auf. »Das klang am Telefon ja sehr dringend.«

»Ist es auch«, erwiderte Evelyne. Sie sah eine nach der anderen bedeutsam an. »Ich weiß, wer Brandt umgebracht hat.«

In der Bauernküche hätte man jetzt die berühmte Stecknadel fallen hören können.

»Du machst Witze«, kam es Barbara schließlich über die Lippen.

»Wer?«, fragte ihre Mutter sachlich.

»Peter Thelen.«

»Und warum?«, fragte Ingrid sichtlich verwirrt, woraufhin Barbara ungeduldig die Augen verdrehte und Evelyne aufforderte: »Jetzt erzähl schon!«

Evelyne trank einen Schluck Kaffee. Ihre Kehle war vor Aufregung ganz trocken.

»Also …«, begann sie, »… Sonja Thelen hatte seit einem halben Jahr wieder ein Verhältnis mit Brandt. Dass Brandt sich in eine vom Bundesministerium in Mainz verliebt hatte, war also nur Tarnung. Die beiden waren wieder zusammen. Laut zusammen. Sie hatte ihn nie richtig vergessen können, und – wie sie sagte – hatte Brandt immer bereut, sie damals an Thelen verloren zu haben.« Evelyne seufzte. »Ich habe ihr natürlich nicht gesagt, dass Brandt neben ihr noch eine junge Geliebte hatte. Das habe ich nicht übers Herz gebracht. Und es ist ja auch heute egal. Auf jeden Fall hatten die beiden nach der Bürgermeisterwahl ihre Liebe öffentlich machen und zusammenziehen wollen.«

»Dann wäre die arme Sonja ganz schön vom Regen in die Traufe gekommen«, bemerkte Rosa trocken.

Ungeachtet ihres Einwands fuhr Evelyne fort: »Am Morgen des Tattages sind sich Brandt und Thelen zufällig im Wald begegnet. Und zwar in Brandts Revier. Die beiden bekamen Streit, weil Peter Thelen laut Brandt dort nichts zu suchen hatte. Thelen wurde wütend und warf Brandt vor, ihn um seine Existenz gebracht zu haben. Brandt beschimpfte ihn als Loser, und, arrogant, wie er sein konnte, jubelte er ihm in seiner Wut unter, dass noch nicht einmal seine Ehefrau was mit ihm zu tun haben wollte und sie zu ihm zurückgekehrt wäre.«

Ingrid griff sich ans Herz. »O Backe …«

»Das war wahrlich starker Tobak«, stimmte Barbara ihr zu.

»Weiter«, drängte Rosa, deren Augen vor Sensationslust funkelten.

»Merkwürdigerweise hat Thelen, als er nach Hause gekommen ist, Sonja weder geschlagen noch überhaupt etwas von dieser Begegnung erzählt. Sonja sagte, ihr Mann hätte bis abends neun Uhr keinen Ton von sich gegeben. Dann wäre er ins Auto gestiegen und weggefahren. Nach zwei Stunden wäre er zurückgekommen und hätte ihr in einem Satz mitgeteilt, er hätte Hubert Brandt ermordet.«

»Was?« Ingrid schnappte nach Luft.

»Und weiter?«, fragte Rosa sachlich.

»Mit drohender Miene hat er gesagt, er erwarte von Sonja ein Alibi. Er wäre den ganzen Abend zu Hause gewesen, und sie hätten zusammen ferngesehen.«

Mit verständnisloser Miene schüttelte Ingrid den Kopf und murmelte vor sich hin: »Und Sonja hat ihm tatsächlich das Alibi gegeben und geschwiegen!«

»Sonja und ihr Mann haben bis zu Thelens Selbstmord fortan überhaupt nicht mehr miteinander geredet. Absolutes Schweigen«, berichtete Evelyne weiter. »Thelen ist ihr aus dem Weg gegangen.«

»Da sie kinderlos sind, ist so was auch eher machbar, als wenn du eine Familie hast«, erwiderte Barbara mit sachkundiger Miene.

»Aber trotzdem ...« Ingrid schüttelte verständnislos den Kopf. »So etwas kann ich mir gar nicht vorstellen, wenn man unter einem Dach lebt.«

»Man sollte doch meinen, ein Typ wie Thelen, der zur Gewalt neigt, hätte seine Ehefrau grün und blau geschlagen, nachdem er von ihrem Verhältnis zu Brandt erfahren hatte«, mutmaßte Barbara.

»Als Sonja ihren Mann schließlich erhängt in der Werkstatt gefunden hat, hat sie seinen Abschiedsbrief, der ihm um den Hals hing, gelesen, in dem alles drinstand«, fuhr Evelyne fort. »Peter Thelen war ein gebrochener Mann gewesen. Er war mit der Insolvenz nicht klargekommen, nicht mehr mit seiner Ehefrau, die ihn schon seit Jahren nicht mehr beachtet hatte, und schon mal gar nicht mit der Tatsache, dass sie wieder mit Brandt zusammen gewesen war. Nachdem er das morgens erfahren hatte, wollte er sich an Brandt rächen. Ach ja …«, fiel Evelyne ein, »Peter Thelen wusste von einem anderen Jäger, dass Brandt an diesem Sonntagabend einen kapitalen Hirsch schießen wollte. Also war klar, wo er den Mann, der ihn um seine Existenz und seine große Liebe gebracht hatte, finden konnte.«

Nachdem Evelyne zu Ende gesprochen hatte, legte sich betroffenes Schweigen über den Tisch. Alle vier Frauen hingen erst einmal ihren Gedanken nach. Schließlich sagte Ingrid: »Dann ist der Fall also gelöst.«

»Noch nicht ganz«, sagte Barbara. »Zuerst muss Hannes noch seine Arbeit machen.«

»Stimmt.« Rosa nickte bekräftigend. »Die Kripo muss noch Thelens Fingerabdruck mit dem auf der Mordwaffe abgleichen.«

Ingrid sah sie groß an. »Aber Thelen ist doch tot.«

»Seine DNA-Spuren finden sie bestimmt noch auf irgendwelchen Gegenständen, die er angefasst hat, oder auf seiner Kleidung«, erwiderte Rosa. »Aber Sonjas Aussage und der Abschiedsbrief werden wahrscheinlich auch reichen, um den Fall zu den Akten legen zu können. Fest steht, dass der Täter nicht mehr zur Rechenschaft gezogen werden kann.«

»Was ist denn mit dem Gewehr, das Thelen mitgenommen hat?«, fiel Ingrid ein. »Wer hat das denn in Friderikes Garage gelegt?«

»Tatsächlich Sonja«, antwortete Evelyne. »Sie konnte die Waffe nicht mehr in ihrem Haus ertragen, hatte zudem Angst vor einer Hausdurchsuchung und hat es in einer Nacht-und-Nebel-Aktion zurückgebracht.«

»So eine unheimliche Aktion hätte ich ihr gar nicht zugetraut«, murmelte Barbara vor sich hin.

»Und wie geht es jetzt weiter?« Ingrid blickte von einer zur anderen.

»Jetzt ist Hannes am Zug«, sagte Barbara energisch. »Ich rufe ihn sofort an.«

Alle nickten zustimmend.

»Unglaublich«, sagte Rosa leise vor sich hin. »Dann haben wir wochenlang die Falschen verdächtigt.«

Barbara hob die Schultern. »Mein Bruder doch genauso. Wer hätte denn in diese Richtung gedacht! Da wäre doch keiner draufgekommen.«

»Wie bei einem richtig guten Krimi.« Rosa lachte freudlos auf. »Nur dass die Ermittler und Ermittlerinnen ziemliche Deppen waren.«

»Wie hast du zu Anfang gesagt?« Evelyne zwinkerte ihrer Mutter zu. »Unbedeutende Zufälle können zu großen Durchbrüchen führen. Wäre ich heute Morgen nicht um diese bestimmte Uhrzeit auf den Friedhof gegangen, hätte ich Sonja nicht getroffen, und wir würden immer noch im Dunkeln tappen.«

84. KAPITEL

Am nächsten Morgen wurde Evelyne durch die warmen Sonnenstrahlen geweckt, die durch ihr Schlafzimmerfenster fielen. Kaum hatte sie sich nach einem tiefen, erholsamen Schlaf mit dem beginnenden Tag angefreundet, fiel ihr ein, dass ihr Mordfall seit gestern gelöst war. Und nun?, fragte sie sich rekelnd. Was würden die vier Rommé-Cops in Zukunft machen – außer Karten spielen? In diese Gedanken hinein klingelte ihr Handy, das neben dem Bett auf dem Nachttisch lag. Michael, las sie auf dem Display. Wie elektrisiert richtete sie sich auf.

»Guten Morgen, ich hoffe, ich wecke dich nicht«, sagte Michael mit seiner Reibeisenstimme zärtlich. Sie ließ für sie die Sonne an diesem frühen Morgen ein zweites Mal aufgehen.

»Nein, überhaupt nicht«, erwiderte sie. »Und selbst wenn ... Ich freue mich, dich zu hören«, fügte sie genauso zärtlich hinzu.

»Ich wollte dir nur mal schnell sagen, wo ich jetzt bin. Und zwar in dem Hortobágyi-Nationalpark in der Nähe der Stadt Debrecen. Du kannst es dir ja mal auf der Karte ansehen. Ich bin in einem dieser alten, typisch ungarischen Farmhäuser mit Ziehbrunnen einquartiert. Man nennt sie Tanya. Das Land ist wirklich fantastisch. Es wird dir hier gefallen.« Erst jetzt legte er eine Pause ein und fragte hörbar besorgt: »Du wirst mich doch hier besuchen, oder?«

»Deiner Begeisterung nach zu urteilen, muss Ungarn ja ganz toll sein. Ja, ich werde kommen.«

Sie hörte, wie Michael erleichtert ausatmete, bevor er fortfuhr: »Morgen geht es mit der Arbeit los. Ich arbeite mit zwei Forstingenieuren zusammen. Die scheinen in Ordnung zu sein. Sie sprechen sogar beide ein wenig Deutsch. Ansonsten verständigen wir uns auf Englisch. Ich habe auch schon mit den Kollegen geklärt, dass ich ein verlängertes Wochenende machen kann, wenn du kommst.« Er lachte sein warmes Lachen. »Die Ungarn scheinen für Liebe viel übrigzuhaben.«

Nie zuvor hatte Evelyne ihn so aufgeregt sprechen hören. Er schien vor Lebensenergie, Arbeitseifer und Vorfreude auf ihren Besuch geradezu zu platzen. Angesteckt von seiner guten Laune sagte sie begeistert: »Das klingt alles wunderbar. Ich beneide dich.«

»Du musst mich nicht beneiden. Pack deinen Koffer, komm her und teile alles mit mir. Ich verspreche dir, wir werden eine schöne Zeit haben.«

»Ja, ich komme. Ganz sicher. Nicht morgen und nicht übermorgen. Ich brauche noch ein bisschen Zeit, um alles zu organisieren, aber sehr bald«, versprach sie ihm.

»Ich kann dir gar nicht sagen, wie sehr ich mich auf dich freue. Sag mal, was macht denn eigentlich euer Fall?«

»Der ist seit gestern erledigt. Der hat eine ganz unerwartete Wende genommen.«

»Und welche?«

Sie lachte. »Das erzähle ich dir in Ungarn. Der Mörder war jedenfalls nicht der Gärtner – so viel verrate ich dir schon mal.«

Sie tauschten noch ein paar liebevolle Worte aus wie alle Jungverliebten und verabschiedeten sich zärtlich. Dann sprang Evelyne aus dem Bett. Michaels Anruf hatte ihr Flügel verliehen.

85. KAPITEL

Beim Frühstück auf der Terrasse erzählte Evelyne ihrer Mutter, dass sie mit Michael telefoniert hatte.

»Dieser Mann tut dir gut, mein Schatz«, sagte Rosa mit strahlender Miene. »Du siehst um Jahre jünger aus. Und hast eine ganz andere Ausstrahlung als vorher. Fahr zu ihm! Jeder Tag ohne Liebe ist ein verlorener Tag.«

Evelyne lachte. Wieder so ein Spruch! »Das mache ich«, versicherte sie. »Aber wir sollten uns zeitlich absprechen, wenn du auch wegwillst. Damit das Haus nicht so allein ist. Ich bin ja flexibler als du, sollte Heinz bereits ein Hotel gebucht haben.«

»Ach …«, Rosa seufzte, »… ich weiß es immer noch nicht. Im schlimmsten Fall ersetze ich ihm die Kosten für mein Zimmer.«

Voller Unverständnis sah Evelyne sie an. »Irgendwie verstehe ich dich nicht. Genau das hast du dir doch jahrelang gewünscht: Mit Heinz ausgehen, in Urlaub fahren, ihn bei Festen als Partner an deiner Seite haben …«

»Na ja …« Ihre Mutter druckste herum. Schließlich straffte sie sich und sagte: »Gestern habe ich mit dem General a. D. aus

Bad Godesberg telefoniert. Der ist ja eigentlich auch nicht schlecht. Auf alle Fälle hat er mehr Humor als Heinz.«

Evelyne lachte. »Mama! Den kennst du doch noch gar nicht richtig. Heinz dagegen kannst du viel besser einschätzen. Außerdem sieht Heinz besser aus und ist ein paar Jahre jünger. Also, ich weiß nicht ...«

Bevor ihre Mutter darauf etwas erwidern konnte, klingelte erneut das Telefon. Dieses Mal in der Diele. Bevor Tine den Anruf hätte entgegennehmen können, sprang Evelyne auf.

»Ich bin's«, klang da Barbaras kräftige Stimme an ihr Ohr. Und wie immer legte ihre Freundin auch gleich los. »Hannes kommt heute Abend. Er hat mich gefragt, ob ihr auch da sein könntet. Er möchte sich bei uns allen bedanken. Dafür, dass wir ihm bei der Lösung des Falles geholfen haben.«

»Das ist aber eine nette Idee. Ja, ich habe Zeit, und meine Mutter wird bestimmt auch dabei sein. Also, wir kommen«, sagte Evelyne zu. »Falls meine Mutter doch nicht kann, wird sie dir Bescheid sagen.«

»Klar bin ich dabei«, sagte Rosa eine Minute später. »Mich interessiert doch noch, wie es jetzt weitergeht. Immerhin hat Sonja der Kripo den Abschiedsbrief ihres Mannes vorenthalten. Ob das strafbar ist?«

»Keine Ahnung. Das wird uns Hannes heute Abend bestimmt sagen können.«

86. KAPITEL

Nach dem Frühstück ging Evelyne laufen. Obwohl sie an diesem Vormittag eine ihrer längsten Strecken absolvierte, kam sie noch voller Energie zurück. Und nach dem Duschen konnte sie einfach nicht widerstehen – sie probierte ihr neues Kleid an. Als sie sich vor dem Schlafzimmerspiegel nach rechts und links drehte, lächelte sie versonnen. Eine Farbe wie roter Tokajer. Genau passend für Ungarn. In jeder Hinsicht, dachte sie schmunzelnd. Das Kleid war nicht nur rot, sondern auch sehr sexy. Etwas Rotes hatte sie noch nie besessen. Sie hatte nie auffallen wollen, da sie für eine Frau ohnehin schon recht groß war. Doch warum sollte sie keine Präsenz zeigen? Alt genug dafür war sie schließlich. In dem Kleid und den schwarzen hohen Pumps ging sie zurück ins Badezimmer und holte die kleine Tüte aus Glanzpapier hervor. Vorsichtig trug sie den Lippenstift auf, trat einen Schritt vom Spiegel zurück und begutachtete sich. Toll! Die Farbe passte nicht nur perfekt zu ihrem Kleid, sondern auch wunderbar zu ihrer leicht getönten Haut und zu ihrem anthrazitfarbenen Haar mit den weißen Strähnen, die ihr Gesicht einrahmten. Sie haben Glück, Frau Görgens, andere Frauen müssen sich so weiße Strähnen machen lassen, um ihr Grau aufzupeppen, hatte der Friseur noch kürzlich zu ihr gesagt. Evelyne lächelte sich im Spiegel an. Gar nicht so schlecht.

Und jetzt noch der Nagellack … Sie zog das Kleid aus, entfernte die Etiketten und hängte es in den Kleiderschrank zurück. Dann lackierte sie sich die Nägel. Zuerst die Fußnägel. Dann nach einigem Zögern kurzentschlossen die Fingernägel, die zeit ihres Lebens bisher nur Klarlack oder bestenfalls Nudefarben kannten. Schließlich betrachtete sie ihr Werk. Na ja, noch ein bisschen gewöhnungsbedürftig, aber ohne Frage sehr edel und elegant. Sie freute sich schon auf die Reaktion ihrer Mutter …

»Fantastisch!«, rief Rosa dann auch ein paar Stunden später erwartungsgemäß aus. »Dieser Mann erwirkt wahre Wunder bei dir!«

Evelyne lachte.

»Bevor du nach Ungarn fährst, müssen wir unbedingt noch mal shoppen gehen«, fuhr ihre Mutter so ernst fort, als würde es dabei um eine lebenserhaltende Maßnahme gehen. »Dann nehmen wir Lisa wieder mit. Ihr hat es so gutgetan, mal wieder rauszukommen.«

»Abgemacht«, erwiderte Evelyne und fühlte sich schon jetzt fast in Kauflaune. Was Michaels Anruf alles bewirkt hatte!, staunte sie über sich selbst.

Bevor die beiden das Thema ausweiten konnten, meldete sich Evelynes Handy.

»Hier spricht Friderike. Störe ich dich?«

»Ich bin sozusagen auf dem Sprung zu Barbara«, antwortete Evelyne. »Aber sag, was gibt es?«, fragte sie dann plötzlich besorgt.

»Ach, eigentlich nichts. Ich wollte dir nur sagen, wie glücklich ich bin«, erwiderte Friderike in dem unbeschwerten Ton, den Evelyne lange bei ihr vermisst hatte. »Herr Neffgen hat mich heute Mittag angerufen und gesagt, dass der Fall gelöst sei und dass der Thelen es war. Und stell dir vor! Sonjas Bruder hat das Gewehr zurückgebracht, weil es eine Menge wert ist und ich ja die Erbin bin. Aber ich will dich jetzt nicht aufhalten. Ich habe nur noch eine Frage: Morgen Nachmittag hat Jan ein wichtiges Fußballspiel in Adenau. Hast du Zeit und Lust, auch zu kommen?«

Evelyne musste nur ganz kurz überlegen. »Ganz klar, ich bin dabei.«

87. KAPITEL

»Du hast dir ja die Nägel lackiert!«, rief Barbara verblüfft aus, als sie Evelyne begrüßte, die in Begleitung ihrer Mutter und Ingrid den Innenhof betrat. Die drei hatten vor dem großen Holztor des Hofmann-Hofes geparkt.

»Sehr schick«, lautete Matthias' Kommentar, der jede der drei Rommé-Cops auf die Wangen küsste.

»Ich weiß nicht …«, murmelte Barbara unschlüssig, wandte sich ab und stiefelte in die Bauernküche.

»Was ist denn hier passiert?«, fragte Rosa verdutzt, als sie sich an den großen Holztisch setzte, in dessen Mitte vier üppige Blumensträuße standen.

»Die sind von mir, meine Damen«, meldete sich da eine helle Männerstimme. Hannes trat aus der Küchentür. Mitten auf dem Innenhof stellte er sich in Positur – wie ein Schauspieler auf einer Bühne. In lachsroter Hose, weißem T-Shirt, das seinen Bauch deutlich abmalte, und wie immer mit seinem leinenfarbenen Tweed-Gilet. Dabei steckte seine Linke lässig in der Hosentasche, in der Rechten hielt er seine Mutz. Seine kahle Stirn zierte eine rote Lesebrille.

Evelyne, Rosa und Ingrid sahen ihn gleichermaßen sprachlos an.

»Für uns?«, fragte Evelyne schließlich, die als Erste die Sprache wiederfand. »Warum?«

»Als Dank dafür, dass ihr mein Image aufpoliert habt. Ohne eure Info hätte ich den Fall bestimmt nicht gelöst. Und das war mir kurz vor dem Ruhestand sehr wichtig.« Er lachte jovial in die kleine Runde. »Dafür kann man leicht mal vier Blumensträuße springen lassen, oder?« Bei dem Oder sah er seinen Schwager zwinkernd an.

»Ganz klar«, stimmte ihm Matthias zu. »Von dir kann ich noch was lernen.«

Ingrid nahm den Strauß aus zartroséfarbenen Rosen, blauem Lavendel und weißen Bellis vorsichtig aus einem der Einmachgläser, die Barbara als provisorische Vasen zur Verfügung gestellt hatte. »Der ist wunderschön«, sagte sie mit versonnenem Lächeln zu Hannes, über dessen Gesicht sich ein Strahlen ausbreitete.

Mit lässigem Schulterzucken antwortete er: »Ich habe mich für vier gleiche Sträuße entschieden. Keine von euch soll sich irgendwie benachteiligt fühlen.«

»Das ist wirklich eine zauberhafte Idee«, rief Rosa und bedachte den Spender mit einem tiefen Blick.

»Ja, wirklich, Hannes«, schloss sich Evelyne ihrer Mutter

an. »Herzlichen Dank. Das wäre aber nicht nötig gewesen. Uns hat es doch Freude gemacht, dir bei der Lösung des Falles zu helfen.«

Hannes lächelte sie geschmeichelt an. »Sagen wir mal so: Den Fall habt ja praktisch ihr gelöst. Ich wäre nicht auf die Idee gekommen, dass Thelen nun doch der Täter sein könnte. Schließlich hatte er ein Alibi.«

»Was stets zu hinterfragen ist«, fügte Rosa belehrend mit zuckersüßem Lächeln hinzu.

»Blumen-Luise in Adenau hat gefragt, ob ich etwa vier Freundinnen gleichzeitig hätte«, gab Hannes grinsend zum Besten, während er sich auf den Terrassenstuhl plumpsen ließ.

»Und was hast du gesagt?«, erkundigte sich Ingrid spitzbübisch.

»Was antwortet ein richtiger Kerl auf eine solche Frage? Dass man davon gar nicht genug haben kann«, erwiderte er mit schallendem Lachen.

»Unser Hannes hatte immer schon einen Schlag bei Frauen«, bemerkte Matthias so ernst, dass sein Schwager ganz selbstverständlich nickte.

Evelyne verbiss sich ein Lachen. Rosa und Ingrid schien es ebenso zu gehen.

»Mattes, jetzt übertreib mal nicht«, wies Barbara da ihren Ehemann zurecht.

Mit einem Schmunzeln auf den Lippen verteilte Matthias die Sektflöten, und Barbara schenkte ein. Sie blieb stehen und hob ihr Glas.

»Jetzt lasst uns auf den abgeschlossenen Fall anstoßen. Das haben wir uns verdient.«

Sie prosteten sich gegenseitig zu. Matthias trank sein Glas in einem Zug leer. »So, ihr Lieben, da ich nichts zu feiern habe, verlasse ich euch jetzt wieder. Ich muss noch Käse machen. Meine Barbara, die beste aller Ehefrauen, hat sich heute freigenommen«, fügte er mit schelmischem Blick auf Barbara hinzu.

Barbara warf ihm eine Kusshand nach, als er so ungelenk wie ein Bär davontrabte. »Hast du eigentlich schon Friderike angerufen und ihr gesagt, wer der Mörder ist?«, wandte sie sich an ihren Bruder.

»Bereits erledigt«, bejahte Hannes ihre Frage. »Ihr glaubt gar nicht, wie erleichtert die war!«

Alle vier Rommé-Cops nickten. Natürlich konnten sie sich das vorstellen.

»Habt ihr schon festgestellt, ob Thelens Fingerabdrücke zu denen auf der Tatwaffe passen?«, erkundigte sich Rosa.

Hannes schenkte sich Sekt nach, während er antwortete: »Die KTU ist noch nicht so weit. Wir haben doch gestern erst die Proben genommen. Aber das ist jetzt auch nur noch reine Formsache. Die Aussage der Witwe und der Abschiedsbrief beweisen, dass er der Täter ist.« Hannes hob mahnend den Zeigefinger und wiederholte mit Grabesstimme: »Ein Abschiedsbrief, den uns die Witwe viel zu lange vorenthalten hat. Durch ihn hätten wir den Fall viel früher lösen können.«

Ingrid sah ihn an. »Ist es eigentlich strafbar, Beweismaterial zurückzuhalten?«

Hannes trank sein Glas in einem Zug aus, wischte sich mit dem Zeigefinger über den Schnauzbart und sagte: »Ja. Grundsätzlich ist die Unterschlagung von Beweismaterial nach Paragraf 258 Strafgesetzbuch strafbar, weil sie damit vereitelt, dass ein anderer wegen einer rechtswidrigen Tat bestraft wird, und wird mit einer Freiheitsstrafe von bis zu fünf Jahren oder mit einer Geldstrafe geahndet.«

Evelyne zuckte innerlich zusammen. Sie musste an Jans Handschuh denken.

Barbara sah sie bedeutsam an und schwieg. Auf ihrem Gesicht stand geschrieben, dass auch sie gerade daran dachte. Rosa räusperte sich und trank einen Schluck, und Ingrid fragte mit unschuldigem Blick: »Was ist denn, wenn jemand Beweismaterial unterschlägt, sich aber im Nachhinein herausstellt, dass dieses für die Lösung des Falls letztendlich irrelevant war?«

Hannes seufzte genervt. »Nun, dann ist es nicht strafbar. Dann hätte es außerdem nur zur Verwirrung führen können und sogar Leute belastet, die unschuldig waren. Im Fall Brandt wird man Frau Thelen auch nicht belangen. Immerhin ist ihr Mann tot und kann sowieso nicht mehr bestraft werden.«

Evelyne konnte sich nicht verkneifen, Barbara daraufhin einen entwaffnenden Blick zuzuwerfen.

»Aber jetzt genug von der Arbeit«, sagte Hannes aufgeräumt. »Jetzt habe ich Feierabend. Lasst uns lieber noch etwas trinken.«

»Was ist denn eigentlich mit Charly?«, wechselte Rosa das Thema.

Hannes wand sich sichtlich, bevor er antwortete: »Na ja, das Treffen war anders, als ich erwartet habe. Der Altersunterschied war doch zu groß. Von den Ansichten und so ... Obwohl sie für fünfzig Jahre ziemlich alt ausgesehen hat.« Er sah Ingrid an, mit einem begehrlichen Funkeln in den kleinen Augen. »Du dagegen siehst mit einundsechzig sehr viel jünger aus als sie.«

Evelyne bemerkte, wie ihre Freundin erbleichte.

»Ingrid geht jetzt ins Kloster. Sie schwört den Männern erst mal ab«, sagte Rosa schnell zu Ingrids Rettung.

»Was?« Hannes lachte ungläubig. »Du kannst dich ja bei mir melden, falls du dich anders entscheidest.«

88. KAPITEL

Die Sonne strahlte von einem blitzblanken Himmel, während die Fußballjugendmannschaft aus Adenau gegen die aus Aachen antrat. Jan zeigte sich wieder einmal als einer der Spieler, die am engagiertesten und talentiertesten waren. Angefeuert durch Freunde, seine Mutter und Evelyne schlug er auf dem Feld Haken wie ein Hase.

»Ich bin so froh, dass nun alles vorbei ist«, sagte Friderike noch einmal zu Evelyne. Die beiden saßen in der ersten Reihe der Bänke des Platzes. »So können wir unbeschwert nach Holland fahren. Und danach werde ich mich darum kümmern, das Haus zu verkaufen.«

Evelyne sah sie überrascht von der Seite an. »Ihr wollt doch danach erst mal zu deinem Vater nach Mainz.«

Friderike schüttelte den Kopf. »Ich habe es mir anders überlegt. Ich nutze die Zeit lieber, um unser Leben neu zu ordnen. Mit Thomas habe ich gestern endgültig Schluss gemacht. Er ist zwar unheimlich lieb und nett, aber viel zu jung für mich. Er wird bestimmt bald eine andere finden. Außerdem würde Jan ihn nie als meinen Partner akzeptieren. Der Tod seines Vaters ist noch zu frisch. Und da mein Vater mit Jutta Schluss gemacht hat …« Weiter kam sie nicht.

Im nächsten Moment stand Werner Weißhaupt neben ihnen. In Jeans, weißem Sporthemd und einer schwarzen Sonnenbrille auf der Nase. Ein durchaus attraktiver Mann, ging es Evelyne spontan durch den Kopf.

»Da bist du ja!«, rief Friderike aus und fiel ihm um den Hals.

»Gerade noch früh genug zur zweiten Halbzeit«, erwiderte ihr Vater, nahm die Sonnenbrille ab und sah Evelyne an. Sein Blick verharrte ein paar Sekunden länger auf ihr, als es üblich gewesen wäre.

Da es an diesem Tag sehr warm war, hatte Evelyne ihr Haar hochgesteckt, trug eine weiße Hemdbluse, die sie lässig in die enge Jeans gesteckt hatte, den roten Lippenstift und ebenfalls eine schwarze Sonnenbrille. Offensichtlich schien ihm zu gefallen, was er gerade sah.

»Hallo, Frau Görgens«, begrüßte er sie überschwänglich. »Ich wusste gar nicht, dass Sie auch hier sein würden.«

Evelyne lächelte ihn an. »Und ich wusste gar nicht, dass Sie auch kommen würden«, konterte sie.

Verschmitzt drohte Werner seiner Tochter. »Da hatte doch nicht etwa jemand seine Hand im Spiel?«

»Papa!«, empörte sich Friderike übertrieben ernst.

»Wie dem auch sei – ich freue mich sehr, Sie wiederzusehen«, sagte Weißhaupt zu Evelyne und setzte sich wie selbstverständlich neben sie. Dann sahen sie alle drei erst einmal wieder ein paar Augenblicke dem Spiel der Jungen zu, bis Friderikes Vater sagte: »Ich habe in Mainz einen bekannten und fähigen Jugendtrainer aufgetan, der sich Jans Spiel ansehen will. Dieser Mann hat schon einigen Fußballtalenten zur Karriere verholfen.«

Evelyne lächelte ihn herzlich an. »Das wird Jan bestimmt gefallen.«

»Er ist schon ganz gespannt auf die Begegnung. Nachdem wir aus Holland zurück sind, werde ich die beiden miteinander bekannt machen«, fuhr Werner fort. »Und stellen Sie sich vor! Jan ist jetzt sogar bereit, zu mir nach Mainz zu ziehen. Ich hatte Ihnen, glaube ich, schon erzählt, dass ich dort noch ein schönes Häuschen habe, das den beiden ein neues Zuhause sein könnte.«

»Friderike hat mir eben gesagt, dass sie das Haus hier verkaufen will.«

»Was meinen Sie dazu, Evelyne? Ich darf Sie doch so nennen, oder?« Er sah ihr tief in die Augen.

Flirtete er etwa mit ihr?

»Das dürfen Sie, Werner«, erwiderte sie mit feinem Lächeln. »Ich meine, dass ein Neuanfang für die beiden, nach dem, was passiert ist, in einer anderen Gegend gar nicht so schlecht ist. Zumal Jan das inzwischen ja auch will …« Schnell wandte sie sich wieder zum Fußballfeld, da der Blick aus diesen auffällig hellen Männeraugen – Augen wie ein Husky, schoss ihr durch den Sinn – sie verwirrte.

Was war los? Mit einem Mal schienen sich die Männer für sie zu interessieren. Und sie schien plötzlich empfänglich für erotische Ausstrahlung zu sein. Oder besaß sie diese sogar selbst?

Sie spürte Werners Blick auf sich liegen, viel zu lange, viel zu intensiv, und wusste nicht, was sie davon halten sollte. Auch nicht, wie sie damit umgehen sollte. Es war ungewohnt und prickelnd zugleich. Eine völlig neue Erfahrung. Unwillkürlich musste sie an Michael denken. Allein der Gedanke an ihn weitete ihr Herz. Er war der Mann, den sie sich ausgesucht hatte. Gegen ihn würde Werner Weißhaupt niemals etwas ausrichten können. Aber wie hatte ihre Mutter erst kürzlich noch gesagt? Meistens reicht doch schon allein das Wissen darum, noch begehrt zu sein. Sie drehte sich zu Friderikes Vater um, wagte einen Blick in seine Augen, in denen dieses Begehren geschrieben stand, und schenkte ihm ein Lächeln.

»Vielleicht haben Sie Lust, mich mal in Mainz zu besuchen, wenn meine Tochter und mein Enkel dort wohnen«, verabschiedete sich Werner Weißhaupt eine Stunde später von ihr, nachdem Jans Mannschaft haushoch über die aus Aachen gewonnen hatte. »Ich fand die Unterhaltung mit Ihnen sehr anregend und witzig. Außerdem ... sind Sie eine sehr attraktive Frau.«

»Danke schön«, erwiderte Evelyne so routiniert und liebenswürdig, als würde sie zigmal am Tag solche Komplimente bekommen. »Mal sehen, vielleicht schaue ich tatsächlich bei Ihnen vorbei, wenn Friderike und Jan in Mainz sesshaft geworden sind.«

Unglaublich, dachte sie schmunzelnd, als sie durch den Buchenwald auf Himmelrath zufuhr. Ihr Leben, sie selbst, alles hatte sich verändert.

89. KAPITEL – AUSKLANG

Vier Tage später saßen Evelyne, Rosa und Ingrid wie jeden Montagabend auf der Steinterrasse oberhalb von Himmelrath und warteten auf Barbara, die Vierte in der Rommérunde. Es war wie immer. Die Abendsonne tauchte die Eifellandschaft in ein weiches Licht. Auf dem Tisch standen Sekt, Gläser, Nüsse und Rosas eingelegte Oliven. Ingrid hatte die Karten schon gemischt. Schließlich kam Barbara in Latzhose, Gummistiefeln und abgehetzt – nur dass Evelyne sich dieses Mal nicht aufregte. Sie, ihre Mutter und Ingrid hatten bereits ein Gläschen getrunken und die Wartezeit mit dem Austausch lustiger Neuigkeiten aus dem Dorf gefüllt. Derer gab es jeden Tag aufs Neue. Da waren zum Beispiel der Backes-Karl und eine seiner Kundinnen, die am Vormittag von deren Ehemann in flagranti erwischt worden waren; Jutta Häuser hatte ein Auge auf den Bruder des Wirtes vom Gasthof Schwarzer Adler geworfen, der in Adenau ein Fahrradgeschäft besaß und frisch geschieden war, und Monika Hammes und ihr Mann schienen sich trennen zu wollen. So lautete zumindest das Gerücht.

»Nächsten Montag müssen wir Rommé ausfallen lassen«, kündigte Rosa an, bevor sie zu spielen begannen.

»Warum?«, fragte Barbara, während sie sich gleich drei Oliven auf einmal in den Mund schob.

»Ich bin in Ungarn«, antwortete Evelyne.

»Du willst tatsächlich fahren?«, fragte Ingrid mit großen Augen.

»Warum nicht?«

Ingrid zuckte mit den Schultern. »Stimmt, warum nicht. Wenn du glaubst, Michael ist der Richtige …«

Evelyne blinzelte ihr munter zu. »Das werde ich dort

vielleicht in Erfahrung bringen. Und falls ich mich täuschen sollte, bin ich wenigstens mal in der Puszta gewesen.«

»Mach das«, stimmte Barbara ihr zu. »Und du?« Sie sah Rosa an. »Hast du dich endlich entschieden, ob du an den Lago fährst?«

Rosa nickte. »Ich fahre. Falls es mir dort nicht gefallen sollte, gibt es immer noch die Deutsche Bahn, und der General a. D. aus Godesberg holt mich vom Bahnhof ab.«

»General aus Godesberg?«, fragte Barbara überrascht.

Rosa winkte ab. »Erzähle ich euch gleich.«

Barbara sah Ingrid an. »Und wann gehst du ins Kloster?«

»Übernächste Woche. Für vierzehn Tage.«

»Hoffentlich erkennen wir dich überhaupt noch wieder, wenn du zurückkommst«, meinte Barbara mit skeptischem Blick.

Ingrid lachte. »Ich mache dort nur ein Selbstfindungsseminar. Ich werde mich sicherlich nicht dematerialisieren.«

Barbara seufzte. »Na gut, dann habt ihr ja alle was vor. Ich verteidige derweil hier die Stellung, mache meinen Käse und halte nach einem neuen Kriminalfall Ausschau.«

ENDE

NAMENSLISTE

Die Rommé-Cops

- Evelyne Görgens, 61, frühpensionierte Schulrektorin, ledig
- Rosa Görgens, 83, Evelynes Mutter, Witwe
- Barbara Hofmann, 61, Bäuerin, verheiratet
- Ingrid Weiler, 61, ehemalige Geschäftsfrau, geschieden

Weitere Personen

- Hubert Brandt, 52, Verbandsbürgermeister, das Opfer
- Friderike Brandt, 40, seine Witwe
- Jan Brandt, 13, Sohn der beiden
- Werner Weißhaupt, 63, Architekt, Friderikes Vater/Jans Großvater aus Mainz
- Ulrike, Friderikes Schwester aus Bonn
- Hannes Neffgen, 64, Kommissar, Barbaras Bruder
- Thomas Mayer, 28, Handelskaufmann aus Koblenz
- Maja, Anfang 20, Verkäuferin aus Mayen
- Peter Thelen, 60, Hoch-und Tiefbauunternehmer
- Sonja Thelen, 52, seine Ehefrau
- Gustav Engels, 58, Elektriker, verheiratet
- Monika und Ralf Hammes, Mitte 50, Metzger
- Dr. Michael Groß, 58, emeritierter Sportprofessor und heutiger Ranger
- Dr. Georg Groß, 91, reicher Unternehmer, Michaels Onkel
- Tine, 42, Haushälterin von Evelyne und ihrer Mutter
- Jutta Häuser, 60, Apothekerin
- Margit Häuser, 87, ihre Mutter
- Dr. Heinz Friedrichs, 78, Rechtsanwalt, Rosas Verehrer
- Lisa, 87, Rosas Schwester
- Matthias Hofmann, 60, Bauer, Barbaras Ehemann

- Sven Hofmann, 33, Bauer, Sohn von Barbara und Matthias
- Anna Hofmann, 30, Redakteurin in Köln, die Tochter
- Kerstin Hofmann, 32, Erzieherin, Svens Ehefrau